삐에로와 국화

일러두기

1. 모본의 발간 당시의 내용을 그대로 살리되 편집상의 오류를 바로잡고 기본 맞춤법은 오늘
   에 맞게 수정했다.

2. 인명·지명·서명·식물명 등은 원문의 것을 그대로 살리되, 독자의 이해를 위해 현대식으로
   표기하거나 현대식 표기를 병기한 경우도 있다.

삐에로와 국화

초판 1쇄 인쇄 _ 2021년 9월 25일
초판 1쇄 발행 _ 2021년 9월 30일

지은이 _ 이병주
펴낸곳 _ 바이북스
펴낸이 _ 윤옥초
책임 편집 _ 김태윤
책임 디자인 _ 이민영

ISBN _ 979-11-5877-264-2 03810

등록 _ 2005. 7. 12 | 제 313-2005-000148호

서울시 영등포구 선유로49길 23 아이에스비즈타워2차 1005호
편집 02)333-0812 | **마케팅** 02)333-9918 | **팩스** 02)333-9960
이메일 postmaster@bybooks.co.kr
홈페이지 www.bybooks.co.kr

책값은 뒤표지에 있습니다.
책으로 아름다운 세상을 만듭니다. ─ 바이북스

미래를 함께 꿈꿀 작가님의 참신한 아이디어나 원고를 기다립니다.
이메일로 접수한 원고는 검토 후 연락드리겠습니다.

이병주 중·단편 선집

삐에로와 국화

이병주 지음

왜 지금 여기서 다시 이병주인가

탄생 100주년에 이른 불후의 작가

백년에 한 사람 날까 말까 한 작가가 있다. 이를 일러 불세출의 작가라 한다. 나림 이병주 선생은 감히 그와 같은 수식어를 붙여 불러도 좋을 만한 면모를 갖추었다. 그의 소설은 『관부연락선』, 『산하』, 『지리산』, 『그해 5월』 등을 통하여, 한국 현대사를 매우 사실적이고 설득력 있게 문학이라는 그릇에 담아낸다. 동시에 「소설 · 알렉산드리아」, 『행복어사전』 등을 통하여, 동시대 삶의 행간에 묻힌 인간사의 진실을 '신화문학론'의 상상력을 활용하여 문학의 그물로 걸어 올린다.

그의 소설이 보여 주는 주제 의식은 그야말로 백화난만한 화원처럼 다양하게 펼쳐져 있다. 『예낭 풍물지』나 『철학적 살인』 같은 창작집에 수록되어있는 초기 작품의 지적 실험성이 짙은 분위기와 관념적 탐색의 정신으로부터, 시대와 역사 소재의 작품에서 볼 수 있는 숨겨진 사실들의 진정성에 대한 추적과 문학적 변용, 현대사회 속에서의 다양한 삶의 절목(節目)과 그에 대한 구체직 세부의 형상력 등을 금방이라도 나열할 수 있다.

더욱이 현대사회의 삶을 주된 바탕으로 하는 작품들에서는, 천차만별의 창작 경향을 만날 수 있다. 1980년대 이후에는 『허망의 정열』, 『그 테러리스트를 위한 만사』 등의 창작집에서 역사적 사건과 현실 생활을 연계한 중편이나 함축성 있는 단편들을 볼 수 있는데, 여기에까지 이르면 이미 그의 작품에 세상을 입체적으로 바라보는 원숙한 관점과 잡다한 일상사에서 초탈한 달관의 의식이 깃들어 있다.

이병주는 분량이 크지 않은 작품을 정교한 짜임새로 구성하는 능력이 뛰어나지만, 그보다 부피가 장대한 대하소설을 유연하게 펼쳐 나가는 데 훨씬 더 탁월하다. 일찍이 그가 도스토옙스키의 『죄와 벌』을 읽고 그 마력에 사로잡혔다고 고백한 것도 이 점에 견주어 볼 때 자못 의미심장하게 여겨진다. 길다면 길고 짧다면 짧은 한국 현대문학사에서 이병주와 같은 유형의 작가는 좀처럼 다시 발견되지 않는다.

그 자신이 소설보다 더 파란만장한 생애를 살았던 체험의 역사성, 박학다식과 박람강기를 수렴한 유장한 문면, 어느 작가도 흉내 내기 어려운 이야기의 재미, 웅혼한 스케일과 박진감 넘치는 구성 등이 그의 소설 세계를 떠받치고 있다면, 그에게 '한국의 발자크'라는 명호를 부여해도 그다지 어색할 바 없다. 발자크가 19세기 서구 리얼리즘의 대표 작가일 때, 이병주는 20세기 한국 실록 대하소설의 대표 작가다. 그가 일찍이 책상 앞에 "나폴레옹 앞에는 알프스가 있고 내 앞에는 발자크가 있다"고 써 붙였던 사실은 널리 알려져 있다.

거기에다 그가 남긴 문학의 분량이 단행본 1백 권에 육박하고 또 이들이 저마다 남다른 감동의 문양(紋樣)을 생산하는 형편이고 보면, 이는 불철주야의 노력과 불세출의 천재가 행복하게 악수한 사례에 해당한다. 그럼에도 불구하고 그는 우리 사회의 고질적인 학연이나 지연, 그리고 일부 부분적인 '태작(駄作)'의 영향으로 정당한 평가를 받지 못했다. 요컨대 그는 그렇게 허망하게 역사의 갈피 속에 묻혀서는 안 될 작가이며, 그에 대한 정당한 평가는 한 작가가 필생의 공력으로 이룩한 문학적 성과를 올곧게 수용해야 마땅한 한국문학의 책무이기도 하다.

그래서 지금 여기서, 다시 이병주인 것이다. 마치 허만 멜빌의 『모비딕』이 그의 탄생 1백 주년 기념행사를 통해 다시 세상에 드러났듯이, 우리는 그가 이 땅에 온 지 꼭 100년, 또 유명(幽明)을 달리한 지 29년에 이르러 그의 '천재'와 '노력'을 다시 조명해 보아야 한다. 진보와 보수의 이념적 성향이나 문학과 비문학의 장르적 구분, 중앙과 지방의 지역적 차이를 넘어 온전히 그의 문학을 기리고 사랑하는 마음을 앞세워서 '이병주기념사업회'가 발족 되었던 것은, 바로 이러한 당위적인 일들을 감당하기 위해서였다.

미상불 그의 작품세계가 포괄하고 있는 이야기의 부피를 서재에 두면, 독자 스스로 하루의 일을 마치고 귀가하는 발걸음을 재촉할 것이다. 더 나아가 물질문명의 위력 앞에 위축되고 미소한 세계관에 침몰한 우리 시대의 갑남을녀(甲男乙女)들에게, 그의 소설이 거대담론의 기개를 회복하고 굳어버린 인식의 벽을 부수는 상상력의 힘, 인간관계의 지혜와 처세의 경륜을 새롭게 불러오리라 확신하는 바이다.

2021년 나림 탄생 100주년 기념사업의 일환으로 지난해 7월부터 진행해온 '이병주 문학선집' 발간 준비작업이 여러 과정을 거쳐 작품 선정 작업을 완료하고 대상 작품에 대한 출간 작업에 들어갔다. 작품 선정은 가급적 기 발간된 도서와 중복을 피하고, 재출간된 도서들이 주로 역사 소재의 소설들임을 감안하여 대중성이 강한 작품에 중점을 두기로 했다. 이를 위해 한길사 전집 30권, 바이북스 및 문학의숲 발간 25권을 기본 참고도서로 하여 선정 및 편집을 진행했다.

그동안 지원기관인 하동군의 호응과 이병주문학관의 열의, 그리고 편찬위원 및 기획위원들의 적극적인 작품 추천 작업 참여, 유족 대표인 이권기 교수 및 기념사업회 운영위원 고승철 작가 등 여러분의 충심 어린 조언과 지원에 힘입어 이와 같은 성과를 얻게 되었다. 역사 소재의 작품들에 이어 대중문학의 정점에 이른 작품들을 엄선한 '이병주 문학선집'이 독자 제현의 기대와 기쁨이 되기를 기원한다.

이병주기념사업회에서는 이 선집 발간을 위하여 〈편찬위원회〉를 구성하고 편찬위원장에 임헌영(문학평론가, 민족문제연구소 소장) 씨를 모시고, 편찬위원으로 김인환(문학평론가, 전 고려대 교수), 김언종(한 문학자, 전 고려대 교수), 김종회(문학평론가, 전 경희대 교수), 김주성(소설가, 이병주기념사업회 사무총장), 이승하(시인, 중앙대 교수), 김용희(소설가, 평택대 교수), 최영욱(시인, 이병주문학관 관장) 제 씨를 위촉했다. 이와 함께 기획위원으로 손혜숙(이병주 연구자, 한남대 교수), 정미진(이병주 연구자, 경상대 교수) 두 분이 참여했다.

이 선집은 모두 12권으로 구성되어 있으며, 선정 작품 목록은 다음과 같다. 중·단편 선집 『삐에로와 국화』한 권에 「내 마음은 돌이 아니다」(단편), 「삐에로와 국화」(단편), 「8월의 사상」(단편), 「서울은 천국」(중편), 「백로선생」(중편), 「화산의 월, 역성의 풍」(중편) 등 6편의 작품이 실려 있다. 그리고 장편소설이 『허상과 장미』(1·2, 2권), 『여로의 끝』, 『낙엽』, 『꽃의 이름을 물었더니』, 『무지개 사냥』(1·2, 2권), 『미완의 극』(1·2, 2권) 등 6편 9권으로 되어 있다. 또한 에세이집으로 『자아와 세계의 만남』, 『산을 생각한다』등 2권이 있다.

이병주기념사업회와 편찬위원들은 이 12권의 선집이 단순히 한 작가의 지난 작품을 다시 볼 수 있도록 재출간한다는 평면적 사실을 넘어서, 우리가 이 불후의 작가를 기리면서 그 작품을 우리 시대에 좋은 소설의 교범으로 읽고 즐거워할 수 있는 하나의 본보기가 되었으면 한다. 역사적 삶의 교훈과 더불어 일상 속의 체험들에 의미를 부여할 수 있는 유익한 길잡이로서의 문학이 되었으면 하는 것이다. 이 선집이 발간되기까지 애쓰고 수고한 손길들, 윤상기 군수님을 비롯한 하동군 관계자들, 특히 이 일이 진행될 수 있도록 막후에서 모든 지원을 아끼지 않으신 이병주기념사업회의 이기수 공동대표님, 어려운 시절에 출간을 맡아주신 바이북스의 윤옥초 대표님께 깊이 감사드린다.

2021년 나림 탄생 100년의 해에

이병주 문학선집 편찬위원회 일동

차례

내 마음은 돌이 아니다

그 사람을 생각하고 있으니 마음이 시(詩)의 빛깔로 고인다.

　이끼가 끼기 시작한 석상(石像)의
　그 바래진 슬픔을
　살결에 스미이고
　일월(日月)을 가두기 위해
　그 사람은 그곳으로 떠났다.

그는 시(詩)를 싫어한 사람이다. 그의 말에 의하면 '시는 구체적
인 슬픔, 개체적인 죽음을 추상적으로 일반적으로 때론 감동적으로
페인트칠해선 슬픔의 또는 죽음의 또 다른 의미가 있는 것처럼 꾸민
다. 허무를 노래해서 허무에도 원인이 있는데 그 원인을 없애야겠다
는 의욕을 마비시킨다. 절망을 노래해선 절망 속에 무슨 구원이 있
는 것처럼 조작한다. 총알 하나면 말살할 수 있는 인간을 무슨 대단

한 존재처럼 추켜올리기도 하면서 무수한 생명을 짓밟은 발에 찬사를 새긴 꽃다발을 보내는 노릇이다.' 그런데도 그를 생각하면서 어줍잖게 시를 모방하는 심성으로 기울어든다는 게 무슨 까닭인지 알 수가 없다.

그는 나와 가깝지도 멀지도 않은 사람이었다. 그에게 애착이나 동정을 느끼고 있는 바도 아니다. 그런데도 나는 그를 지나쳐 버릴 수가 없는 것이다. 그 사람의 이름은 노정필(盧正弼).

작년의 추석날이다. 절사(節祀)를 지내고 아이들을 중부(仲父)의 위패를 모셔 놓은 절로 보내곤 나는 거리로 나왔다. 명절의 거리는 언제나 을씨년스럽다. 나는 문득 노정필 씨를 찾아볼 생각을 했다. 그와는 거의 반년 동안 만나지 않고 있는 터였다. 내가 간다고 해서 반겨줄 사람도 아니고 굳이 그를 찾아봐야 할 필요나 의리가 있는 것도 아니었지만 명절에 느껴보는 고독감이 자동차를 그리로 돌리게 한 것이다.

오후 세 시쯤에 그 집으로 통하는 골목 앞에 이르렀다. 나는 집 앞에 서서 '하영신'이란 문패를 바라보며 잠깐 동안 망설였다. 아직도 문패의 이름을 고치지 않고 부인의 이름 그대로 둬 둔 것을 보니 노정필은 반년 전에 본 석상(石像) 그대로일 것이 틀림없을 것 같았다. 나는 서둘러 불쾌한 기분을 사러 가는 셈이로구나 싶었다. 그런 탓으로

"여보세요!"

하고 대문을 두드려 보기엔 약간 용기가 필요했다.

문은 쉽게 열렸다. 심부름을 하는 노파가 연 것이다. 뜨락에 들어선 나는 마루 끝에 서 있는 하영신 여사의 차림과 맵시에 우선 놀랐다.

"아이구 이 선생님이 오시네."

하고 반기며 버선발로 마루를 내려서는 하영신 여사는 흰 바탕에 돈판 무늬가 놓인, 게다가 소매 끝과 옷고름에 반회장을 곁들인 갑사 치마저고리를 단정하게 입은 날아갈 듯한 모습이었다.

마루에 돗자리를 깔고 앉을 방석까지 내 놓으며 나를 앉으라고 권하곤 인사말에 이어

"우리 집 그인 성묘하러 고향에 가셨습니다."

했는데 그 얼굴엔 가눌 수 없는 기쁨이 빛나고 있었다.

"노 선생이 성묘를요?"

나는 놀라며 되물었다. 내가 인식하고 있는 노정필로선 성묘란 어림도 없는 일이었다.

송편과 과일과 식혜가 놓인 상이 날라져 왔다.

"부끄럽지만 이게 우리 집 추석 음식의 전부랍니다."

하고 상을 고쳐 놓으며 숙인 하 여사의 뒷머리에 비취의 쪽이 꽂혀져 있는 것이 눈에 띄었다.

갑사 치마저고리에 비취의 쪽! 그것은 만석꾼의 딸이며 만석꾼

의 며느리였다는 사실을 상기시키는 것이었다. 그런 차림을 해 놓으니 육십에 가까운 여인이라곤 도무지 볼 수가 없었다. 기껏 쉰 살, 먼 빛으론 사십 세 안팎으로 통할 것 같았다. 남편이 성묘를 갈 생각을 했다는 그 사실이 부인을 이처럼 젊게 아름답게 한 원인이란 생각은 안타까웠다. 나의 이런 감회를 눈치챘음인지 하 여사는

"이십수 년 만에 이렇게 한 번 입어 봤습니다."

하곤 수줍게 덧붙였다.

"에미가 하두 권하는 바람에요."

에미란 심부름을 하는 노파를 말한다. 내가 듣기론 하 여사가 시집을 올 때 청상과부의 몸으로 몸종으로 따라왔다가 평생을 같이 지내게 되었다는 사람이다. 어떤 일이 있어도 아씨의 곁을 떠나지 않겠다는 것이 평생토록 변함없는 신념이라고 했다. 20년 동안이나 감옥살이를 한 사회주의자(社會主義者)의 가정에 이런 봉건유물이 실재해 있다는 건 그로써도 얘깃거리가 되고도 남는다.

"노 선생이 많이 변하신 모양이죠?"

"변한 건 없어요."

"성묘를 다 가시구."

"변했다면 그 정도겠죠."

"요즘도 말씀이 없으십니까."

"매양 한결 같습니다. 성묘를 가시겠다고 하면서부터 꽤 많은 말을 하셨지만요."

"기쁘시겠습니다."

"기쁘고 말구요."

"저두 기쁜데 부인께서야 오죽 하시겠습니까."

하 여사는 얼굴을 떨구었다. 소매에서 손수건을 꺼내 조용히 눈 언저리에 댔다. 나이가 들어도 여자는 소녀와 같은 감상(感傷)을 잃지 않는 모양이다.

나는 무심결에 시선을 이곳저곳으로 돌렸다. 부부방까지 합쳐 방이 세 개, 대청마루란 이름이 어색할 정도의 좁은 마루, 수도 있는 곳을 빼면 공지가 별로 없는 비좁은 뜰로 되어 있는, 초라하기 짝이 없는 집 구조인데도 초라한 느낌이라곤 없어 뵈는 청결함이 맑은 가을의 공기와 더불어 향기처럼 서려 있다.

선뜻 불룩 담장 아래, 그 담장을 끼고 두세 뼘 가량의 폭으로 화단이 일궈져 있는 게 눈에 띄었다. 전엔 보지 못했던 것이다. 화단엔 보랏빛 도라지꽃이 시들어가고 있었고 그 사이사이에 빨간 꽃잎과 샛노란 술이 선명한 대조로 사랑스런 꽃들이 다소곳이 피어 있었다.

하 여사가 얼굴을 들었다. 무료를 메꿀 필요가 있기도 해서 물었다.

"저거 무슨 꽃입니까."

"사철채송화란 겁니다.

"국화꽃도 있는 모양이네요."

"국화도 있습니다. 좁은 곳에서도 꽃은 피네요."

"노 선생이 꽃을 심었습니까?"

"그이가 꽃을 심을 어른이던가요?"

"차차 꽃을 심게도 될 겁니다."

"모르죠."

"성묘를 하실 마음까지 냈으니 꽃을 가꿀 생각도 안 하시겠습니까."

하 여사의 눈이 먼 눈빛으로 되었다. 그 눈빛을 쫓은 저편에 맑은 하늘이 있었다. 왁자지껄하고 어른 소리 아이들 소리가 섞인 일행이 문 앞을 스쳐갔다.

노정필은 무기형(無期刑)에서 감형된 20년의 형기를 꼬박 채운 사람이다. 그동안 친 아우를 사형장(死刑場)에 잃기도 했다. 2년 전에 출옥했는데 출옥 이래 전연 말을 하지 않았다. 실어증(失語症)에 걸린 사람이 아닐까 하고 처음 얼마 동안은 내 자신이 의심해 봤을 정도였다.

찾아오는 친척이나 친구에게 인사말 한 마디 없었으니까 완전히 세상과는 담을 쌓고 지내려는 각오인가 보았다. 하도 끈덕지게 군 나에게만은 몇 마디 말을 한 적이 있지만 그것은 특례에 속한다. 돌이 되어버린 사람, 사람의 형상을 지닌 돌이니 석상(石像)일 수밖에 없는 사람! 그것이 내가 알고 있는 노정필 씨였다.

부인의 말에 의하면 어떻게 어떻게 쳐서 먼 사돈이 된다지만 나와 그와의 관계엔 그의 아우 상필이 중학 시절 나의 2년 선배라는 인

연밖에 없다. 그 상필이란 사람이 형장(刑場)의 이슬이 된 것이다. 그러니 내가 노정필에게 접근한 것은 순전한 호기심 탓이었다.

만석꾼의 아들이 형은 무기징역을 받고, 아우는 사형을 당하게 된 동기와 과정이 무엇일까. 좌익운동을 했다고 치더라도 너무나 중형(重刑)이 아닌가, 그 사상이 어느 정도로 철저하며 지금의 심정은 어떠할까, 나는 이런 것을 알고 싶었다. 그러나 입을 열지 않는 그로부터 그런 사실을 알아낸다는 건 불가능한 일이었다. 나는 호기심마저 포기했다. 그래 반년 동안 발을 끊었었다.

그러한 노정필이 한사코 고향엔 돌아가지 않겠다고 버텼다는 바로 그 사람이 어떤 심정의 변화로 성묘할 생각을 했을까.

"어떻게 그런 생각을 하게 되었을까요."

마음속의 중얼거림이 물음으로 되었다.

"글쎄 말입니다."

하 여사는 고개를 갸웃했다. 그건 육십 가까운 여인의 동작이라기보다 소녀의 동작이라고 할 수 있는 그런 동작이었는데 고개를 갸웃한 자세 그대로 하 여사는 조용히 말을 엮었다.

"바로 나흘 전의 밤이었습니다. 책을 읽고 계시더니 여보, 하고 부르시지 않겠어요? 그 말소리가 어찌나 부드러운지 가슴이 철썩 내려앉았습니다. 왜 부르셨느냐고 물었죠. 그랬더니 나, 이번 추석엔 성묘하러 가야겠다고 하시잖아요?"

하 여사의 목소리가 떨렸다.

"하도 놀랍고 기뻐서 멍청하니 그일 쳐다보고 있다가 그럼 저도 같이 갈까요 했더니, 제가 같이 가면 일이 너무 번거롭게 될 거라면서 올해는 자기 혼자 가시겠다는 말씀이었습니다. 내년엔 저와 같이 가서 장인 장모의 성묘까지 하시겠단 말씀도 있었어요."

하 여사는 이 마디에서 또 뭉클한 가슴을 진정하는 시간을 가져야 했다.

"혼자 가시기로 결정을 하시곤 돈 쓸 줄을 모르니 걱정이라고 하셨습니다. 해방 후 얼마 동안을 제외하곤 돈을 만져 본 일이 없어났으니 무리도 아닌 얘기죠. 쌀 한 되 값이 얼마, 고향까지의 기차비가 대강 얼마, 자동차비는 대강 얼마 하는 식으로 가르쳐 드렸습니다. 그랬더니 웃으시며 하는 말씀이 중학교에 입학했을 때 삼촌으로부터 돈 쓰는 법을 배웠는데 그때 생각이 난다는 얘기였습니다. 그리고 아무리 궁하게 살기로서니 오랜만에 고향에 돌아가시는데 맨손으로 갈 수야 없지 않아요. 열촌 이내의 조카들, 손주뻘 되는 아이들만 대강 헤아려 보아도 서른 명이 더 될 것 같았습니다. 연필을 사가지고 가기로 했죠. 이왕이면 고급품이라야 한다며 백화점엘 그것을 사러 갔습니다."

"노 선생이 백화점엘 가셨어요?"

"같이 안 가면 저도 안 가겠다고 난생 처음으로 고집을 부려봤죠. 덕택에 이십 수년 만에 처음으로 부부동반하고 나들이를 했습니다."

"백화점에 가보시고 무슨 말이 없으셨습니까."

"별 말씀은 없으셨지만 대단히 놀라신 것 같았어요. 추석 대목이라서 그런지 사람들이 들끓고 있었어요. 이렇게 모두들 경기가 좋은가 하고 중얼거렸습니다. 그리구 어쩌면 그렇게 좋은 물건이 많은지. 그인 이게 모두 어느 나라 상품이냐고 물어보았어요. 전부 국산품이라고 하니까 믿으려 하시질 않아요. 백화점 사람이 국산품 아닌 물건은 백화점에서 팔지 못한다고 하니까 그인 이상한 얼굴을 하셨어요."

"연필은 사셨습니까."

"열 다스를 샀습니다. 일가 애들만이 아니라 동네 애들에게도 줘야겠다면서요. 집에 돌아와 연필을 깎아 써보시더니 대단히 감탄하시던데요. 썩 좋은 연필이라구요. 오랜만에 연필을 쥐어보니 감동이 새로웠던 모양입니다. 한참 동안 쓰고 계셨으니까요."

"그때 노 선생이 쓰신 종이를 혹시 남겨 두셨습니까."

"남겨 두구 말구요. 이십 수년 만에 그이가 글 쓰는 걸 처음 본 것인데 그걸 버릴 수 있겠어요? 버리는 척 해놓곤 몰래 간수해 두었습니다."

"그걸 한 번 보고 싶은데요."

"뵈드릴 건 못 돼요. 그냥 의미도 없는 낙선데요."

"의미가 없어도 좋습니다. 이십 수년 만에 쓰셨다는 필적을 꼭 보고 싶습니다."

하 여사는 문갑 속에서 종이를 꺼내 내 앞에 놓았다. 가느다란 연필 글씨는 다음과 같이 적혀 있었다.

연필, 연필! 연필을 샀다. 백화점에서 연필을 샀다. 연필은 좋다, 대단히 좋다, 내 인생에 처음으로 연필을 손에 쥔 날은? 소년, 고향, 산, 바다, 이것이 국산품이라고? 우리 사람이 만든 연필이라고? 연필을 만들 수 있는 손은 문화를 만들 수 있다. 학문은 연필로부터, 로마에서 먼 길. 돈키호테의 갑옷, 거미줄로 꽉찬 폐품 창고? 착각을 신념인 양 오인하고 있는 폐인?……

나는 그 마지막 부분에서 얼굴이 화끈함을 느꼈다. 그건 분명히 내가 쓴 적이 있는 글귀였다. 그가 내 작품을 읽은 것이 분명했다. 그 글귀가 들어있는 작품은 노정필에 대한 나의 절연장(絶緣狀) 비슷한 것이다. 그가 읽을 경우를 예상하고 쓴 것이지만 막상 읽었다는 확인을 하고 보니 당황감이 앞섰다.

"노 선생이 내 작품을 읽으신 모양이구먼요."

나는 겸연쩍스럽게 말했다.

"선생님이 쓰신 것을 잘 읽으십니다. 사위가 고등학교 교사로 있는데 이 선생님이 쓰신 것만 있으면 꼭꼭 가지고 와요. 저도 이 선생님 쓰신 건 읽습니다."

"내가 쓴 것에 관해서 말씀은?"

"아무 말씀 없었습니다."

"불쾌한 빛은?"

"왜 불쾌하겠어요?"

그러나 나는 불쾌하지 않았고서야 연필을 들자마자 노정필이 그 글귀를 복원(復元)했을 리 만무하다고 생각했다. 그리고 갖가지로 그의 동정(動靜)을 알고 싶어 이런저런 얘길 꺼내 보았으나 석상(石像)으로서의 나날에 무슨 단서가 있을 까닭이 없었다.

시간이 꽤 오래 되었다. 나는 자리를 뜨기에 앞서 이런 말을 했다.

"아무튼 노 선생께선 인생을 다시 시작해 볼 생각을 가지신 모양입니다. 부인께선 청춘을 다시 시작하셔야겠습니다."

"청춘을요?"

하 여사는 소녀처럼 얼굴을 붉혔다.

"그이가 그만큼이라도 변하게 된 건 이 선생님의 덕택이라고 생각해요."

"천만의 말씀을."

"아닙니다. 줄곧 일 년 동안을 입을 다물고 있는 그이의 입을 최초로 열게 한 건 이 선생입니다. 그인 이 선생이 쓰신 것을 열심히 읽기로 했습니다. 그밖엔 하신 일이라곤 없거든요. 접촉한 사람도 없구요."

그런 얘기를 듣고 보니 좋은 뜻이건 나쁜 뜻이건 노정필의 인간회복(人間回復)에 내가 다소나마 도움이 되지 않았을까 하는 생각이 들었다.

"앞으론 자주 놀러오세요. 이 선생님이 안 오시니 말씀은 안 하셔도 그인 퍽 섭섭한 모양이었어요."

문간에서 하 영신 여사가 한 말이다.

"또 오겠습니다."

하는 말을 남기고 그 집 문을 나섰을 때 추석의 명월이 동쪽 하늘
에 있었다.

집으로 돌아와서 나는 노정필에 관해 쓴 나의 기록을 뒤져 보았
다. 그 가운덴 다음과 같은 구절들이 있다.

그는 나의 「소설·알렉산드리아」를 읽고 일종의 분노를 느꼈던
것이 분명하다. 육신의 동생을 사형장에 잃은 사람, 그 자신 죽음의
고빗길을 몇 차례 겪고 20년의 감옥살이를 한 사람의 눈으로써 보
았을 때 나의 작품은 잔재주를 부리기 위해선 신성모독(神聖冒瀆)까
질 삼가지 않는 가장 추악하고 가장 비열한 심성(心性)의 증거물처
럼 보였을 것이다.

노정필 씨는 오늘도 내가 그 집을 나올 때 인사말이 없었다. 이를
테면 철저한 황제로서의 처신이다. 나는 바로 그 점을 기점(起點)으
로 해서 그를 경멸할 재료를 만들 수가 있다. 그가 어떤 주의(主義)와
사상으로 잔뜩 무장한 성(城)이라고 치고, 내가 철저하게 서두르기
만 하면 그 무장이 기실 돈키호테의 갑옷이며, 그 성의 내부는 거미
줄로 꽉 찬 폐품 창고나 다름없다는 검증(檢證)을 해낼 수 있을지도

모른다. 그가 쌓고 겪은 경험의 진실(眞實)이란 것이 사실은 녹슨 칼과 창이란 것을 증명할 수 있을지도 모른다. 어떤 착각을 신념인 양 오인하고 있는 하나의 폐인(廢人)을 발견할지도 모르지만 설혹 그렇다고 치더라도 나는 그를 우리 민족의 수난이 만들어낸 수난의 상징으로 보고 소중히 감싸줄 아량을 가지고 있다. 나는 그로부터 미움을 받으면서도 예의를 잃지 않았다. 그의 도발에 성내지 않았다. 내가 그에게 접근한덴 아무런 불순한 동기도 없었다. 그는 그것마저 경멸할지 모르지만 인간적인 호의, 약간의 호기심, 그런 것뿐이었다.

이상과 같은 글귀를 다시 읽어보고 나는 과히 흠잡힐 곳이 없다고 생각했다. 그런데 나는 어느 작품에서 가톨릭의 신봉자 박희영 군과 마르크스주의자인 노정필을 대비해 놓고 은근히나마 결정적인 판정(判定)을 내렸다. 그 대목은 이렇다.

노정필 씨와 이 친구를 비교해서 우열을 말할 수는 없다. 그러나 인간은 인간적인 사람을 좋아하게 마련이다. 나는 천주교를 믿을 생각은 없지만 그 친구(박희영)의 천주만은 믿고 싶은 생각이 있다. 인간이 보다 인간적일 수 없도록 하는 계기가 되는 천주란 기막힌 존재가 아닌가.

이 글귀의 배후엔 인간을 인간답지 못하게 하는 노정필의 마르크시즘에의 상정(想定)이 있다. 그는 분연한 태도로 내게 말한 적이 있다.

"이 선생은 간혹 내 앞에서 마르크스주의의 과오 같은 것을 증명해 보이려고 하는데 그런 수작은 앞으로 말도록 하시오. 나와 마르크스주의와는 아무런 관계도 없소. 내가 이해한 마르크스주의는 꼭 같은 물건인데도 젖소가 먹으면 젖이 되고 독사(毒蛇)가 먹으면 독이 된다는 이치(理致)일 뿐이오."

그런데 이 이상으로 마르크스주의자로서의 자기증명이 또 있을 수 있을까. 실천운동을 못 한다는 뜻으로 마르크스주의자로서의 실격(失格)을 표명하곤 그 진리엔 집착(執着)하고 있다는 뜻으로 들은 내 이해가 잘못이었단 말인가. 그런 까닭에 나는 다음과 같은 격한 감정을 표출하기도 했던 것이다.

노정필 씨는 시인이 아닌 나를 보고 시인이라고 했다. 시인이 무슨 대역(大逆)을 범한 죄인처럼 비난하고 그 비난을 결국 내게 돌렸다. 과연 그럴 수 있는 일일까. 말하자면 시인은 나 때문에 본의 아닌 모욕을 받은 셈이다. 나는 그 시인들을 위해 변명해야 할 것이 아닌가. 그러자면 노정필 씨가 미워하는 시인이 되어야 할 것이 아닌가. 내 속의 시인을 발견해선 그 시인을 가꾸어야 할 것이 아닌가. 만 권(萬卷)의 기록을 한 줄의 시로써 능가할 수 있는 시를 증거로서 제시해야 할 것이 아닌가. 노정필 씨는 아마 하늘은 비가 오기 위해서 있고, 거리는 교통사고를 있게 하기 위해서 있고, 집은 그 속에서 사람이 죽기 위해서 있고, 성공보다는 빛나는 실패를 위해서 인생은 있다는 사실을 모르는 모양이었다.…… 때론 허무(虛無)를 보다 정치(精緻)하게 하기 위해서 천재(天才)를 필요로 할 경우도 있다. 노정필 씨의 인간회복은 그러고 보니 그가 미워하는 환각(幻覺)을 가꾸는 길 외엔 달리 도리가 없다.

나는 기록을 덮어놓고 잠시 생각에 잠겼다. 그러나 그처럼 완강히 거부하던 귀향(歸鄕) 길을 떠나 성묘까지 하게 되었다는 것은 확실히 인간회복에의 그의 의사를 표명한 것이 아닐까.

노정필과 만날 기회를 기다려 볼 만했다.

그 기회는 의외에도 빨리 왔다.

추석이 지난 일주일쯤 되던 날 노정필이 나를 찾아왔다.

"제 집을 찾으셨더라구요."

서재의 소파에 앉으며 노정필이 한 말이다. 내가 그의 집을 찾아간 데 대한 인사를 하러 왔다는 그런 말투였다. 그러나 말이란 그뿐, 그는 소파에 덤덤히 앉아 있을 따름이다. 담배를 피우는 등의 동작도 없으니 종전 그대로의 영락없는 석상(石像)이다.

"고향에 가셨다죠?"

"모두들 열심히 살고 있습디다."

열심히라는 그의 말이 내 귀에 새로웠다.

"성묘를 하셨다죠?"

"허망합디다."

"뭣이 허망하더란 말입니까."

"산천이 허망합디다."

"산천은 의구(依舊)할 텐데요."

"그러니까 더욱 허망합디다."

"빼앗긴 산천이란 느낌이던가요?"

일순 노정필의 표정이 굳어졌다. 그러나 곧 풀렸다. 눈언저리에 주름이 잡혔다. 그건 딴으론 미소였다. 그의 얼굴에 미소가 일다니, 그것도 새로운 발견이었다.

"그렇게 이 선생은 나를 꼬집고 싶소?"

노정필의 눈이 나를 정면으로 보고 있었다.

"꼬집다뇨, 그게 무슨 말씀입니까."

"내가 어쨌다고 빼앗긴 산천이란 느낌을 갖겠소?"

차가 날라져 왔다. 노정필은 찻잔에 입술을 대는 듯 만 듯하고 다시 석상의 자세로 돌아갔다.

"부인께서 대단히 기뻐하십디다."

무심결에 내가 한 말이다.

"불쌍한 여자."

하더니 곧 다음과 같이 그는 말을 이었다.

"불쌍한 사람이 어디 그 사람 하나뿐이겠소만."

"삼천만이 전부 불쌍하다, 그런 뜻입니까?"

"또!"

하며 그는 정색을 했다. 또 꼬집느냐, 하는 그런 뜻일 것이었다.

"가장 가까이에 있는 사람을 행복하게 해 줄 수 있다는 것만으로도 대단한 일 아닙니까."

나는 신랄한 반응을 예상했는데 그는 뜻밖에도 순순히 받아들였다.

"행복하게 해 줄 수만 있다면야 오죽이나 좋겠소."

확실히 그의 내부엔 커다란 변화가 일고 있었다. 나는 대담하게 말해 봤다.

"인생을 다시 시작해 볼 각오를 해 보시죠."

그의 표정이 싸늘하게, 시니컬하게 일그러졌다.

"인생이니 행복이니, 이 선생은 어려운 말씀만 골라하시는군. 그런데 어떻게 하는 게 인생을 다시 시작하는 겁니까."

"생활에 열을 내 보는 겁니다."

"열이 없으면 썩진 않습니다."

"썩질 말고 발효(醱酵)하면 되잖습니까."

"쉰 술을 만들게요?"

"쉰 술은 초로 쓸 수도 있지 않습니까."

"허기야 썩은 것도 비료로 쓸 수는 있지."

"요컨대 호랭이 무서워 산을 피하겠단 말씀이구면요."

노정필은 입을 다물어 버렸다. 그런 상대를 두고 내 혼자만 지껄일 순 없다. 침묵이 흘렀다.

그 침묵의 저편에서 라디오의 시종이 울렸다. 이어 또록또록하게 뉴스를 전하는 아나운서의 소리가 들려왔다. 내 집 건너편 쪽에 있는 라디오 가게로부터 흘러든 소리다. 아나운서는 쿠데타 이래 포르투갈에 최대의 위기가 닥쳤다는 사실을 보도하고 있었다.

"포르투갈에 쿠데타가 있었소?"

노정필이 물었다.

나는 어이가 없었다.

"노 선생은 포르투갈에 쿠데타가 있었던 것도 모르오?"

"신문도 안 읽고 라디오도 듣지 않는데 어떻게 그런 것을 알겠소."

"철저하시구면."

"헌데 살라자르가 쫓겨났습니까."

"살라자르는 7년 전에 죽었소. 이번에 쫓겨난 건 카에타노 정권입니다."

"쿠데타를 한 세력은?"

"군부죠."

"그런 정권의 성격은 변하지 않겠군요."

"그렇지도 않습니다."

하고 나는 카에타노 정권을 전복한 젊은 장교단(將校團)과 그들이 혁명의 간판으로 내세운 보수적인 장군들 사이에 갈등이 있다는 것,

그 갈등 때문에 국민적인 영웅이며 혁명정부의 수반인 스피놀라 장군이 사임했다는 것, 그 뒤로 포르투갈의 정국은 혼미를 거듭하고 있다는 등등의 설명을 했다.

"젊은 장교단의 사상적 색채는?"

"아마 공산당과 밀접한 관계를 가지고 있는 것 같습니다."

"공산당과?"

"그렇습니다. 만일 포르투갈이 공산화되면 유럽에선 유일한 공산국가가 되는 게지만 포르투갈에서 공산당은 성공하지 못할 겁니다."

"어떻게 그런 단정을 합니까."

"너무 과격해서요. 그렇게 과격해 갖곤 민심의 지지를 받지 못할 것이 뻔합니다. 남로당과 비슷하죠. 남로당도 너무나 과격해서 실패한 것 아닙니까."

나는 필요 이상으로 남로당에 강점을 두어 말하며 그의 눈치를 살폈다. 그는 대꾸할 기세를 보이지 않았다. 나는 계속 그의 밸을 자극할 양으로 이렇게도 말했다.

"허기야 남로당엔 억지만 있었지 전술다운 전술도 없었으니까."

노정필은 눈을 감고 있었다. 그 표정엔 아무런 감정의 흔적도 없었다. 나는 익살을 계속했다.

"수많은 당원과 양민을 죽여 놓곤 이 땅에 발도 못 붙이고 이북으로 가선 김일성의 손에 모조리 떼죽음을 당하구…… 남로당 같은 정당은 세상에 없을끼라."

이어 나는 공산당을 공격하기 시작했다. 그러자 노정필은 스스로 눈을 뜨며 조용히 말했다.

"이 선생, 나만 보면 이 선생은 공산당을 신이 나게 공격하는데 무슨 오해가 있는 게 아닙니까. 전에도 말한 적이 있습니다만 나와 공산당과는 아무런 관계도 없습니다. 그리고 이 사회를 어떻게 하려는 의사도 없어요. 내가 신문도 읽지 않고 라디오를 듣지 않는 것으로도 알 수가 있지 않습니까. 나와 공산당과는 아무런 관계도 없습니다."

"노 선생, 좀 솔직하실 수 없습니까. 난 선생의 마음을 알고 싶어요. 선생의 마음을 알았다고 해서 해가 될 일은 안 할 겁니다."

"어떻게 솔직하란 말요."

노정필 씨의 얼굴엔 분연한 빛이 돌았다. 나는 이런 얘기를 했다.

"6·25 직후, 내가 진주에 살고 있었을 땝니다. 빨치산을 하다가 붙들린 청년이 있었습니다. K라는 사람이었죠. 세위 있는 집안의 아들이기도 해서 내 딴으론 있는 힘을 다해 그의 편리를 보아 주었죠. 나와 아는 사이인 형무소의 교무과장에게 잘 봐달라는 부탁도 하구요. 어느 날 교무과장이 나를 찾아와 K를 전향시키는 데 협력을 해달라는 거였소. 그 이튿날엔가 내가 형무소엘 갔죠. K를 교무과장실에서 만나게 되었는데 자유스런 분위기를 만들 셈으로 교무과장은 자리를 비웠습니다. 나는 온갖 말을 다하며 K에게 전향을 권했죠. 그랬더니 그가 결론적으로 한 말은 이랬습니다. 선생님이 내게 베풀어 준 호의에 보답하기 위해서라도 가능한 일이기만 하면 나는 전향도 하겠고 그 이상의 일도 하겠습니다. 그러나 내겐 전향이란 있을 수가 없습니다. 어디서 어디로 전향한단 말입니까. 내가 지금 공산당 당원이면 공산당을 안 하겠다는 뜻으로 전향을 할 수 있지만 나는 지금 공산당원이 아닙니다. 비록 과거엔 공산당이었어도 붙들린 그 순간 자동적으로 공산당원으로선 실격한 것입니다. 공산당원으로서의 자격이 없어진 것입니다. 지금은 그러니 공산당 당원이 아닙니다. 공산당원이 아닌 사람이 공산당 당원을 안 하겠다고 나서는 건 우습지 않습니까. 파면 당해 이미 관직에서 물러나 앉은 사람이 새삼스레 사표를 쓰는 거나 마찬가지 아닙니까. 이런 얘기였어요. 솔직하게 전향할 생각이 없다면 그만일 것을 그런 궤변을 꾸며대는 게 약간 섭섭합니다. 노 선생의 말투에서도 꼭 같은 느낌을 얻었다, 이 말씀입니다."

석상 같은 노정필의 표정이 이지러졌다. 딴으론 그것이 웃는 표정이었다.

"이 선생 뜻은 잘 알겠소. 그런데 내가 공산주의자라고 치고 이 선생은 왜 내게 그 사상을 포기하라고 권합니까."

"보다 넓게 세상을 보시게 하기 위해서죠. 보다 깊게, 보다 진실되게 인생을 사시도록 하기 위해서죠."

"일 리가 있는 말이라고 들어주겠소. 그러나 난 공산주의자도 못 되는 사람이란 걸 잊지 마십시오."

노정필과 나는 그날 세 시간 동안이나 이야기를 하고 지냈다. 겨우 말동무로서의 공통의 바탕을 찾은 느낌으로 나는 기뻤다.

돌아가는 그에게 나는 솔제니친의 책을 몇 권 싸주며 농담조로
말했다.

"그걸 읽으신 뒤 토작을 합시다."

겨울의 추위가 본격적으로 시작된 어느 날이다. 늦은 강의를 마
치고 대학에서 돌아오는 길에 노정필의 집엘 들렀다. 달반 동안이나
만나지 않은 그가 어떻게 변해 있는지 궁금하기도 했다.

노정필은 집엔 없었다. 그러나 곧 돌아올 것이란 부인의 말도 있
고 해서 방으로 들어가 기다리기로 했다.

"노 선생은 이렇게 종종 나들이를 하십니까."

"요즘 목공소엘 다니고 있어요."

"목공소엘?"

"목수로서 일하고 있습니다. 그러실 것 없다고 해도 꼭 일을 하시
겠답니다. 벌써 한 달이 넘었어요."

그렇다면 나를 찾아 온 뒤 곧 목공소에 취직한 것으로 된다.

"그래 힘들진 않으신 것 같습디까."

"재미가 나는 모양이에요. 며칠 전엔 월급을 타오셨던데요. 이 세
상에 나곤 처음으로 받아보는 월급이라면서 퍽이나 기쁜 모양이었
습니다."

"실례지만 월급은 얼마나."

"6만 7천 원이었어요."

"거액인데요."

하 여사는 웃었다. 그리고 한다는 말이

"덕택으로 생활비는 줄어들게 됐어요. 그 수입이 있다고 해서 누구의 도움도 받지 않겠다고 그이가 서두는 바람에요."

여섯 시쯤에 노정필이 돌아왔다. 여전히 여윈 얼굴이었지만 화색이 있어 보였다.

"요담 일요일에 이 선생을 찾아볼까 했는데."

하고 그는 수줍게 웃었다.

"하실 말씀이 있습니까."

"솔제니친을 읽었습니다. 그래 토론을 해야 할 것 아닙니까."

"목공소에서 일을 하시면서도 책을 읽을 수 있었어요?"

"밤 시간이 있으니까요. 그리고 8시간 노동, 오전 오후로 각각 30분 쉬고 점심시간이 한 시간이니까 정미 6시간 노동인데다 토요일은 반휴, 일요일은 노니까 책 읽을 시간은 충분합니다."

그러면서 노정필은 담배를 피워 물었다.

"담배를 피우게 되었습니까."

"일을 하니까 피우게 되더먼. 쉬는 시간에 하품만 하고 있을 수도 없고."

"담배를 피우시니까 어울리는데요."

"돌부처는 면하겠습니까?"

노정필은 퍽이나 기분이 좋아 보였다.

"어떻게 목공소엘 나가실 결심을 하셨습니까."

"열을 좀 내라고 한 건 이 선생 아니오?"

"노동사정은 어떻습니까."

"생각하기보단 좋습니다."

"보통의 능력으로 보통의 노력만 하면 사람답게 못 살 바는 아니라는 그런 생각은 해 보시지 않았습니까."

"글쎄요."

"나는 대한민국이 보통의 능력을 갖고 보통으로 노력만 하면 살수 있는 나라라고 생각해요. 정치가 그 정도로만 되어 있다고 하면이 어려운 환경 속에 있는 나라치고 더 이상 바랄 것이 없지 않습니까."

"그럴까요?"

노정필은 애매한 대답을 했다.

"정치에 너무 많은 것을 기대하는 건 잘못이라고 생각해요. 정치에 너무 많은 것을 기대하니까 과격파(過激派)가 생겨나는 것 아니겠습니까. 좌익이나 우익이나 과격파는 모두 정치에 너무 많은 것을 기대하는 데서 나타나는 현상이라고 봐요. 정치란 본래 그렇고 그런 것이다 하는 한계의식(限界意識)을 갖고 부족한 건 각기 개인이 자기 자신의 수양과 노력으로써 채우도록 해야 하는 건데."

"그렇게 하면 이 선생 같은 건전한 인격과 인생관이 형성된다, 그런가요?"

노정필의 말엔 약간 가시가 돋혀 있었지만 말투는 부드러웠다.

"제 말에 어디 틀린 게 없습니까?"

"틀리지 않은 말이 전부 옳은 말은 아니니까요. 그래 이 선생은 대한민국을 완전무결한 나라라고 생각해요?"

"완전무결이란 말이 어떤 뜻인지 모르겠습니다만 북쪽의 김일성이 지랄만 안 하면 이보다 훨씬 좋은 나라가 되겠죠."

"이북에 있는 사람은 꼭 그 반대의 말을 하겠지."

"북쪽에선 그렇게 말할 수 없을 텐데요. 공산당 정권의 생리 자체가 백성을 억압하는 시스템을 갖게 마련 아닙니까. 소련의 예가 있지 않소."

"이 선생의 말은 대한민국의 우등생이 하는 말 같구면."

"노 선생은 어떻게 생각하십니까. 솔제니친의 작품을 읽으셨다니까 묻는 말입니다."

"내 솔직한 심정은 소련도 커졌구나 하는 느낌이었소. 솔제니친 같은 반체제의 작가가 공공연하게 나타날 수 있다는 점에서요."

나는 책을 읽는 방법도 갖가지로구나, 하는 생각으로 웃고 다시 물었다.

"스탈린의 만행에 대해선 어떻게 생각하죠?"

"스탈린의 만행이 어떻건 자체 내에서 그만한 비판을 할 수 있다는 게 대단한 일 아닙니까?"

"그런 흉물을 있게끔 한 것이 공산당의 생리라곤 생각하지 않으세요?"

"그건 생리가 아니고 병리겠죠. 어느 조직에게건 사람에게건 병이란 건 있는 거니까."

"병리를 통해서 생리를 볼 수 있는 겁니다."

노정필은 덤덤히 앉아 있더니 내게 다음과 같은 질문을 던졌다.

"이 선생은 모든 개혁(改革)에의 의사를 부정하는 겁니까. 개혁에의 의사란 근본적인 개혁을 지향하는 의사가 아니겠소. 그런 것을 부정합니까."

"개혁에의 의사를 부정하고 어떻게 살 수 있겠소."

"그렇다면 마르크스주의나 공산주의를 그런 개혁에의 의사로 보고 일단 승인할 순 없겠소."

"나도 마르크스주의의 일부의 진리는 승인합니다. 그러나 마르크스주의가 진실로 인간의 복지에 도움이 되려면 간디주의, 즉 마하트마 간디의 사상으로 세례(洗禮)를 받아야 한다고 생각해요."

"폭력을 배제해야 한단 말씀이군요."

"그렇습니다."

"간디주의는 그야말로 지나친 이상주의가 아닐까요."

"계급을 없애고 각 개인의 자유가 만인의 자유와 통하도록 해야 한다는 마르크스주의는 지나친 이상주의가 아니구요?"

"간디주의는 이상주의라고 하기보다 몽상(夢想)이라고 하는 편이 옳지. 몽상 갖곤 일보도 전진하지 못합니다."

"그래 마르크스주의는 몽상이 아니라서 계급 없는 사회란 간판을 내걸고 철저한 억압사회를 만들었습니까."

"이렇게 되고보니 내가 영낙없이 마르크스주의를 대변하는 입장이 되어 버렸구려. 헌데 그런 게 아니고 그 개혁에의 의사만은 존중할 줄 알아야 한다는 그 정도의 뜻입니다. 내 얘긴."

"내가 말하는 건 마르크스주의 개혁에의 의사를 승인하되 간디주의의 세례를 거쳐야 한다는 뜻입니다. 노 선생은 간디주의를 한갓 몽상으로써 처리하고 계시지만 결코 그런 것이 아닙니다. 폭력으로써 어느 목적을 달성할 수 있을지 모르나 폭력을 썼기 때문에 거기서 새로운 문제가 생겨선 달성한 그 목적의 보람을 망쳐버린다는 지혜가 함축되어 있는 겁니다. 그러니 폭력으로써 어떤 개인 어떤 집단의 일시적인 야심을 이룰 수는 있으나 인류가 염원하는 궁극의 목적은 달성할 수 없다는 뜻입니다. 스탈린인들 즐겨 그런 흉악한 짓을 했겠어요? 폭력으로써 잡은 정권이기 때문에 끝끝내 폭력으로써 지키지 않으면 안 되게 된 것 아닙니까. 폭력 없이 이룰 수 없는 일이라면 폭력을 써서도 이루지 못한다는 게 간디의 주장입니다. 간디의 독립사상도 마찬가지죠. 인도의 독립을 원하는 건 독립 자체가 귀중해서가 아니라 인도의 백성이 잘 살기 위한 조건을 만들기 위해서 독립을 해야 한다는 거였습니다. 간디의 말이 있죠. 영국인이 인도에서 철수하는 게 독립이 아니다. 독립이란 평균적인 백성이 운명의 결정자가 자기 자신이며 선출된 대표를 통해 자기 자신이 입법자(立法者)라는 것을 자각하는 것이라고 했어요. 나는 어떤 정치사상이라도 간디의 사상과 결부되지 못하는 것은 악이라고 생각합니다. 나는 지도급에 있는 사람들이 좀 더 간디를 연구하고 이해했으면 해요."

노정필은 내 말을 듣고 있는지 없는지 모를 애매한 표정으로 벽을 쳐다보고 있더니 불쑥 말했다.

"이 선생이야말로 행복한 사람이오. 인도에서 간디를 떠메고 올 정도로 정열이 있으니까 말요. 지금 내겐 아무런 생각도 없소. 다만 이조(李朝)의 장롱 같은 목물(木物)을 한 개라도 만들 수 있었으면 하는 소원이랄까, 희망이랄까 그런 게 있을 뿐이오."

나는 한 대 호되게 얻어맞은 것 같은 얼떨떨한 기분이 되었다.

그로부터 또 몇 달인가 지났다.

사회안전법(社會安全法)에 대한 이야기가 정계의 일각에서 돌아나 차츰 표면화하기 시작한 무렵이었다. 그 법률은 내게도 무관한 것이 아니었다. 노정필의 반응이 어떨까 하는 생각이 일기도 했다.

추위가 완전히 걷힌 봄날, 일요일 오후를 골라 나는 노정필을 찾았다.

노정필은 마루에서 목재에 대패질을 하고 있었다. 뜨락엔 판자며 각목 같은 것이 쌓여 있었다. 어느덧 그 집은 목공소로 변하고 있었다.

"목공소를 차렸습니까."

인사말 대신 나는 이렇게 물었다.

"아냐, 공일을 이용해서 장롱을 한 번 만들어 보려구요."

드디어 자기가 소원하는 일을 시작했구나 싶어

"예술품이 생겨나겠습니다."

하고 마루에 걸터앉았다.

하 여사는 딸집에 갔다면서 없고 노파가 차를 날라왔다.

"여전히 신문을 보시지 않습니까."

"안 봅니다."

"라디오도?"

"안 듣습니다."

"무슨 소식을 듣진 않았습니까."

"못 들었는데요. 본래 삼불주의(三不主義)니까."

삼불이란 불견(不見), 불청(不聽), 불언(不言)을 말하는 것이다.

"무슨 좋은 소식이라도 있습니까."

노정필은 깎던 나무의 연장을 대강 설걷고 손을 털며 말했다.

나는 대답 대신

"요즘의 기분은 어떻습니까."

하고 물어봤다.

"나쁠 건 없죠. 그런데 곰곰이 생각해보니 이 선생의 생각이 옳아
요. 정치에 지나친 기대를 가져선 안 되는 것 같아요. 사람은 제각기
노력해서 나름대로의 생활을 꾸려나가야 한다는 걸 알았소. 그리고

보통의 능력으로 보통의 노력을 해서 보통으로 살아갈 수 있는 사회면 더 바랄 것이 없다는 것이 이 선생의 말이었는데 그런 뜻에서 대한민국도 이 정도면 됐다는 생각을 하게 되었습니다."

그 말을 들으니 가슴이 무거워졌다. 그러한 노정필에게 내가 하려는 말은 너무나 음울한 것이었다.

"안색이 좋지 않은데."

하고 노정필은 내 얼굴을 살피더니

"어디 아프신 것 아닙니까."

했다.

나는 당황한 나머지 얼른 부인하고

"생각이 그렇게 달라지신 덴 무슨 동기가 있었을 것 아닙니까."

하고 물었다.

"동기가 뭐 있겠소. 매일매일 노동을 하고 있으니 차츰 마음이 밝아진 게죠. 무엇을 만든다는 것, 노동의 보람을 보아가며 산다는 것, 그게 좋은 거더면, 목공소의 분위기도 좋구요. 모두들 구김살이 없어요. 가난하긴 하지만 궁하진 않은 생활들을 하고 있거든. 그래 느낀 거죠. 이만한 생활 분위기를 만들어 낼 수 있는 정치면 굳이 경계하고 반대할 필요도 없고 지나치게 몸을 도사릴 것까지도 없다고."

"학생들이 데모를 했다는 소식은 듣지 못했습니까."

"공장에 있는 아이들이 더러 그런 소린 하대요. 그러나 모두들 냉담합디다. 돈푼이나 있어 갖고 대학에나 다니니까 까부는 거라고. 비상조치도 당연하다고들 모두들 생각하고 있드먼. 그러니까 나도 당연한 거라고 생각할 밖에요. 자위책을 갖지 않는 정부가 어딨겠소."

나는 지금 내 앞에 앉아 있는 사람이 과연 몇 달 전까지 나와 의견이 엇갈렸던 바로 그 사람인가, 하는 의혹마저 가졌다. 다소의 변화는 예상할 수 있었지만 이렇게 급격한 변화란 믿어지지가 않았다. 그래 감탄을 겸해 말해 보았다.

"노 선생은 많이 변했습니다."

"진실엔 외면하지 않기로 했으니까요."

그리고 한다는 말이 유신체제 지지여부를 묻는 지난번의 국민투표에 이 세상에 나고 처음으로 투표를 할까 하고 마음먹었다가 조금 쑥스러운 기분이 들어 자진 기권을 했으나 부인에겐 찬성 투표를 시켰다는 얘기를 했다.

나는 점점 하려던 말을 못 하게 되어버렸다. 그래 일어서서 나오려고 하는데 노정필이 나를 만류하며

"마누라가 곧 돌아올 테니 같이 술이라도 한 잔 합시다."

하는 것이 아닌가.

"술도 자시게 됐어요?"

"목공소의 친구들과 어울려야 하니까. 자연 술도 마셔야겠더먼. 많이 못해도 맥주 같으면 두어 잔 합니다."

"이것이야말로 완전한 인간회복이군요."

나는 충심으로 기뻤다. 그러나 곧 어두워지는 마음을 어쩔 수가

없었다.

"마누라는 이 선생을 기다리고 있었소. 국민투표에 내가 시켜 찬성투표를 했다는 자랑을 하고 싶은 모양입디다."

앉아 있으면 자꾸만 난처한 입장에 몰릴 것 같았지만 그렇게 권하는 노정필의 호의를 뿌리칠 수가 없었다.

할 말은 해둬야겠다는 결심을 했다.

사회안전법의 취지와 그 윤곽 설명을 듣자 노정필의 얼굴에 묘한 웃음이 번졌다. 일찍이 누구의 얼굴에서도 볼 수 없었던, 노정필의 얼굴에선 더구나 보지 못했던 그야말로 묘한 웃음이라고 할 밖에 없는 웃음이었다. 그러나 그건 순간적으로 꺼져버리고 평시의 얼굴로 돌아갔다. 그리고 한다는 첫마디가 이랬다.

"당연한 일이지."

"당연하다뇨?"

"나는 이 정부가 너무나 관대하다고 생각했소. 그럴 까닭이 없을 텐데 하는 생각도 했구요."

"……"

"일제 때 보호관찰법이란 무시무시한 법률이 있었소. 그런 법률의 뽄을 안 보는 게 이상하다고 생각했지."

노정필이 건성으로 중얼거리고 있었다.

"그럴 줄 알았지, 당연한 일이지."

"그러나 모릅니다. 그 법률이 재정될지 안 될지."

내 마음은 돌이 아니다 45

이렇게라도 말하지 않고 견딜 수 없는 기분이어서 내가 이렇게 말하자 노정필은 정색을 했다.

"두고 보시오. 절대로 그 법률은 성립됩니다."

나는 아무 말도 하지 않았다. 그러자 노정필이

"이 선생도 그렇게 되면 행동의 제한을 받겠구면요."

하고 근심스러운 얼굴을 했다.

"난 어떤 법률이건 순종할 작정입니다. 나는 철저하게 나라에 충성할 작정이니까요. 소크라테스처럼."

"소크라테스?"

"소크라테스는 아테네의 정부로부터 국외로 나가거나 사형을 받거나 하라는 선고를 받고 사형을 받는 편을 택했죠. 아테네란 나라에 충실한 아테네의 시민으로서 죽기 위해서였죠."

노정필이 야릇한 웃음을 웃었다.

"내가 소크라테스를 들먹이니까 우습습니까."

"아닙니다. 이 선생에겐 소크라테스를 들먹일 자격이 있지요. 있구말구. 우선 비극적인 의미로서도 그렇죠. 아무런 보상을 바라지도 않고 음으로 양으로 작가로서 많은 오해를 받으면서도 이 정부를 위해 노력하는데 학대, 그렇지, 일종의 학대를 받아야 한다니 그게 꼭 소크라테스의 운명과 비슷하지 않습니까."

나는 헛허 하고 웃었다.

하영신 여사가 돌아오는 기척이 있자, 노정필은 내 귀에 나직이 속삭였다.

"내 마누라 앞에선 그런 말 하지 마시오."

그날 밤, 나와 노정필은 실컷 술을 마셨다. 사회안전법의 '삿'자도 입 밖에 내지 않고 바람 가고 구름 가는 소리만 하며 애써 유쾌한 기분을 날조했다. 그러면서 내가 물어 본 말이 있다.

"노 선생은 대부호의 아들로서 왜 하필이면 그런 길을 택했소. 예술의 길도 있고 학문의 길도 있고 데카당의 길도 있는데 말요."

"모든 길은 로마로 통한다고 생각한 거요."

"로마로 통하는 길이 감옥으로 통해 버렸군요. 대부호의 아들이면서 무산자의 신봉자의 선봉에 서서 으쓱해 보고 싶었던 거죠. 색다른 영웅이 되고 싶었던 거죠. 새로운 타입의 영웅이 말요."

"영웅이 아니라 용이 되어 승천할 작정이었소."

"실컷 이용만 해 놓고 정작 부르주아의 반동이란 낙인이 찍혀 숙청당할 생각은 못 했소."

"용이 되어 하늘을 날을 생각을 했다니까."

그런데 취중의 이런 말이 어떻게 왜 오가는가를 하영신 여사는 알고 있었다. 모를 것이라고 생각한 남편의 생각까질 알고 있다는 것을 모르는 척 꾸미며 하영신 여사는 시종 웃는 얼굴로 술시중을 하고 있었던 것이다.

드디어 1975년 7월 19일, 사회안전법은 통과되었다. 이어 정식으로 공포되었다.

8월에 들어섰다. 같이 신고를 하자는 의논도 할 겸 나는 노정필을 찾았다. 그런데 그땐 벌써 그는 갈 곳으로 가고 만 후였다.

단정히 날아갈 듯 치장을 하고 한동안 우아했던 하영신 여사의 모습은 온데간데없고 70세가 내일 모레인 듯 여겨지는 노파가 나를 보자 울음을 터뜨렸다. 그 노파를 또 하나의 노파가 등을 어루만지며 같이 울고 있었다.

나는 정말 몰랐다. 벌써 사태가 그렇게 변해 있을 줄은 정말 몰랐다.

'내년 추석엔 절 데리고 장인 장모의 성묘까지 하겠대요.' 하며 행복해하던 하영신 여사의 눈앞에 내년의 추석이 없어졌다 싶으니 나도 함께 통곡을 터뜨렸으면 하는 충동을 억지로 참아야 했다.

"이 선생의 책에 있는 대로 해를 가두고 달과 별을 가둬두고 살기 위해 떠난다고 전해달라고 합디다."

하 여사는 울먹거리는 소리로 이렇게 말했다.

나는 계속 그 자리에 있을 수가 없었다. 인사도 한 듯 만 듯 그 집에서 빠져나왔다.

거리는 폭서에 이글거리고 사람들은 쇠잔한 몰골로 붐비고 있었다. 언제 슬픔이 없는 거리가 있어 보았더냐. 나라가 살고 많은 사람이 살자면 노정필 같은 인간이야 다발 다발로 역사의 수레바퀴에 깔려 죽어도 소리 한 번 내지 못한 들 어쩔 수 없는 일이다.

나폴레옹처럼 죽어야 할 사람도 있고 소크라테스처럼 죽어야 할 사람도 있다. 소나 개나 돼지처럼 죽어야 할 사람도 있다. 노정필이 전해 달라고 했다는 그 말을 상기하고 뭐니뭐니 해도 그가 나의 가장 열심한 애독자였다는 아쉬움을 되씹으며 나는 관할 파출소를 향해 느릿느릿 걸었다. 신고용지를 받으러 갈 참이었다.

삐에로와 국화

법원 서기과(書記課)로부터의 전화라고 듣고 강신중(姜信中) 변호사는 수화기를 들었다.

"영감님 차례가 돌아왔는데요."

귀에 익은 목소리가 흘러나왔다.

"차례가 또 뭐요."

강신중은 알면서도 이렇게 물었다.

"아시지 않습니까. 국선 변호인입니다."

"벌써 그렇게 됐나?"

하고 강신중은 약간 상을 찌푸렸다. 며칠 후 친구들과 소백산(小白山)에 가기로 예정을 잡아 놓고 있던 터였다.

"공판이 언젠데요."

"5월 11일 오후 두 시로 돼 있습니다."

"5월 11일이면."

하고 강 변호사는 망설였다. 예정대로 한다면 그땐 소백산에 가 있

을 무렵이다. 강신중의 망설임을 눈치챈 모양으로 상대방은,

"사정이 있으시면 차례를 바꿔도 무방합니다만."

선심을 쓰듯 말했다.

"그럴 것 없소, 하겠소."

하고는 강신중이 물었다.

"무슨 사건이오."

"간첩 사건입니다. 임수명이란."

간첩 사건이면 그다지 신경이 쓰일 일은 아니다.

"하여간 좋습니다."

강신중은 전화를 끊고 메모를 했다.

'5월 11일, 오후 2시. 간첩 임수명, 국선변호'

그리고는 일어서서 창가에 가 섰다. 빌딩의 7층에서 내려다 뵈는 거리엔 5월의 태양이 꽉 차 있었다. 골목마다엔 사람들이 넘치고 있었다.

'아무래도 사람이 너무 많아!'

이건 거리를 내려다볼 때마다 느끼는 감상이었다. 강신중은 범죄가 많은 것은 사람이 너무 많은 까닭이라는 나름대로의 철학을 가지고 있었다.

문득 소백산의 신록이 거리의 풍경에 겹쳐진 채 눈앞에 펼쳐졌다. 맑은 개울물 소리가 귓전을 스쳤다.

'이러다간 금년엔 소백산엘 못 가고 말지 모르겠구나.'

강신중의 고향은 소백산 줄거리의 어느 두메에 있었다. 지금은 먼 친척이나 있을까, 가까운 계루라곤 한 사람도 없는 곳이었지만 소년의 꿈을 가꾼 그곳을 그는 잊지 못했다. 한 해에 한 번 그곳을 찾는 것이 강신중에게 있어선 연례행사처럼 되어 있었다.

자리로 돌아와 앉은 강신중은 소백산에 같이 가기로 약속한 친구들에게 전화를 걸기 시작했다. 간단하게 사정 설명을 하고,

"미안하게 됐어."

하는 말을 덧붙였다.

모두들 사정이 그렇다면 할 수 없지, 하는 수월한 대답이었는데 소설을 쓰는 일을 직업으로 하고 있는 Y만은 투덜댔다.

"모처럼 소백산 구경을 하게 됐다고 잔뜩 들떠 있는데 그거 무슨 소리야."

"소백산 가는 건 기분이고 못 가게 된 것은 직업 탓 아닌가."

"헌데 그 국선 변호란 건 바꿀 수도 없나?"

"바꿀 수도 있지. 하지만 놀러 가기 위해 의무를 등한히 할 순 없잖나."

"육법전서 삶아 먹은 것 같은 소릴 하는군. 그런데 무슨 사건이구."

"간첩 사건."

"북에서 넘어온 간첩인가?"

"그럴 테지."

"대단한 사건이구나."

"대단치도 않아."

"대단하지 않다구? 간첩이면 사형이 되는 것 아냐?"

"그럴지도 모르지."

"그런데 그런 걸 대단하지 않다는 말이 변호사 입에서 나와?"

"그런 결정적인 사건엔 변호사가 간여할 폭이란 게 없는 거다. 그러니까 변호사의 입장으로선 대단하지 않아도 될 수 있지."

"자네마저 매너리즘에 빠졌구나."

하며 Y는 그런 사건일수록 성의를 다해야 한다는 말을 늘어놓았다.

자기는 변변찮은 작가이면서도 남에겐 완전무결한 변호사가 되란다.

강신중은 쓴 웃음을 지었다.

"이봐, 명색이 소설가라고 자부하는 인간이 변호사도 직업이란 걸 모르나? 시시한 소리 그만 집어치우게. 나중에 만나 대포나 한잔 하자."

며 전화를 끊으려는데 Y의 말이 잇따랐다.

"하여간 그 사건은 치밀하게 다뤄 봐. 그리고 재료를 내게 제공하도록 말야. 혹시 걸작 소설의 소재가 될지 아나."

"서툰 요리사에겐 아무리 좋은 재료를 갖다 안겨도 돼먹지 못한 요리밖엔 못 만드는 거여. 대리석(大理石)이면 모두 예술 작품이 되나? 미켈란젤로가 있어야만 대리석도 예술이 되는 거다."

강신중이 야무지게 한방 놓았다 했는데 Y는 바람을 받은 수양 버들이다.

"재료 덕택으로 멕이는 수도 있으니."

"알았다, 알았어. 오후 일곱 시쯤 요 아래 다방으로 나와."

강신중은 전화를 끊고 소파를 옮겨 앉아 담배를 피워 물었다.

5월의 하늘이 창 너머로 흰 구름을 메우고 있었다.

점심을 먹고 강신중은 법원으로 갔다. 간단한 수속을 끝내 놓고 N검사실을 들렀다. 임수명의 국선 변호인이 된 김에 그 기록을 한번 보고 싶었던 것이다. 굳이 그럴 것까진 없었지만 아까 Y가 한 말이 되살아났기 때문이었다. 간첩 사건이란 재료를 안겨 놓으면 그 옹졸한 소설가의 펜도 뜻밖인 비약을 할 수 있을지 모를 일이란 생각이 들기도 했다.

N검사가 엉거주춤한 표정으로 강신중을 맞았다. 그때야 강신중은 한 달쯤인가 전에 법정에서 그와 다부진 응수(應酬)가 있었다는 사실을 상기했다. 그리고 그 후론 처음으로 만나는 것이다. 공적(公的)인 일로 공적인 장소에서 싸웠던 일이므로 강신중은 예사로이 지나쳐버린 건데 젊은 N검사는 아직도 그 일을 잊지 못하고 있는 거로구나, 하는 생각이 들었다. 강신중과 N검사와의 연령차는 열 살 이상이었다. 강신중의 나이는 45세다.

강신중이 N검사의 옆자리에 놓인 의자에 앉았다. N검사가 담배를 권했다.

"오늘 날씨가 좋은데요."

"임수명의 국선 변호를 맡았는데요. 기록을 좀 뵈 주실 수 없습니까."

"임수명? 아아, 간첩 사건이군요."

하더니 N검사는,

"뵈 드리죠. 국선인데도 영감은 역시."

하며 캐비닛에서 서류를 꺼내 강신중에게 건넸다. N검사의 얼굴엔 계속 엷은 미소가 있었다.

'이 사건으로 또 물고 늘어질 참인가?' 하는 함축이 섞인 웃음일지도, 그저 단순한 의례적인 웃음일지도 몰랐다.

"그럼 잠깐 실례하겠습니다."

하고 강신중은 그 서류 뭉치를 집어 들고 응접탁자가 놓인 곳에 있는 소파로 옮겨 앉았다. 서류의 부피는 뜻밖에도 얄팍했다.

성명은 임수명, 나이는 45세, 본적과 주소는 평양…… 이런 형식적인 부분에 이어 기록은 다음과 같이 전개되고 있었다.

문 : 무슨 목적으로 대한민국에 침입했는가.

답 : 도청자를 죽일 목적으로 침입했습니다.

문 : 도청자가 누구냐.

답 : 사명을 띠고 왔다가 자수한 반역자입니다.

문 : 무슨 사명인가를 설명해 봐라.

답 : 그건 나도 모릅니다.

문 : 그것도 모르면서 반역자 운운할 수가 있는가.

답 : 그렇게 듣기만 했습니다.

문 : 누구로부터 그렇게 들었는가.

답 : 지도원으로부터 들었습니다.

문 : 이름이 뭣인가.

답 : 최 지도원이라고만 알고 있을 뿐 이름은 모릅니다.

문 : 지도원이라면 어디 소속이 있을 것 아닌가.

답 : 그것도 모르겠습니다.

문 : 대남공작부가 아닌가.

답 : 그럴지도 모르겠습니다만 나는 아는 바 없습니다.

문 : 도청자에 대해서 아는 대로 말하라.

답 : 도청자는 한 때 열렬한 당원이었다고 들었습니다. 국가로
    부터 많은 명예를 받기도 했다는 것입니다. 그런데 반동에
    게 매수되어 인민과 조국을 배신한 반역자가 되었다고 합니
    다. 그런 자를 살려 놓는 건 조국을 위해서 큰 손실이라고 했

습니다.

문 : 도청자를 기왕 만난 일이 있는가.

답 : 서로 만나서 얘기한 적은 없습니다만 먼 빛으로 그 여자를 본 적이 있습니다.

문 : 그래 도청자를 어떻게 했어.

답 : 어떻게 하기 전에 그 여자는 죽고 없었습니다.

문 : 그 밖의 임무는 뭣인가.

답 : 그 밖엔 없습니다.

문 : 그럴 리가 있는가. 바른대로 말하라!

답 : 내 임무는 도청자를 죽이고 돌아가는 것, 그것 하나뿐입니다. 다른 임무는 전연 없습니다.

문 : 어떻게 죽일 작정이었던가.

답 : 기회를 포착해서 적당한 수단을 쓸 작정이었습니다.

문 : 구체적으로 말해 보라.

답 : 손으로 목을 졸라 죽일 수도 있고 칼로 찔러 죽일 수도 있고 독침으로 죽일 수도 있습니다.

문 : 그럼 무기를 가지고 왔겠지.

답 : 무기는 가지고 오지 않았습니다.

문 : 권총쯤은 가지고 왔겠지.

답 : 가지고 오지 않았습니다.

문 : 바른대로 말해. 권총은 어디다 버렸나.

답 : 가지고 오지 않았습니다.

문 : 독침을 가지고 왔겠지.

답 : 독침을 가지고 올 필요는 없었습니다. 주사기를 사고 청산가
리만 사면 간단하게 만들 수가 있습니다.

문 : 침입한 날짜를 말하라.

답 : 197×년 10월 8일입니다.

문 : 그동안 2년이나 지났는데 다른 임무도 없이 머물러 있을 필
요가 없었던 것이 아닌가.

답 : 접선이 잘 안 되어 돌아갈 수가 없었습니다.

문 : 어떤 경로로 들어왔는가.

답 : 원산 근처에서 배를 타고 남하해선 고무보트를 갈아타고 주
문진을 조금 지난 곳에서 내렸습니다.

문 : 서울로 들어온 것은?

답 : 하두 피곤해서 주문진의 어느 주막집에서 자고 9일 아침 버
스를 타고 서울로 들어왔습니다.

문 : 도중에서 검문을 받은 일이 없었던가.

답 : 있었습니다.

문 : 그때 어떻게 했는가.

답 : 북에서 준비해 준 주민등록증을 내보였더니 아무 말없이 통
과시켜 주었습니다.

문 : 그 뒤 서울에 와서 체포될 때까지의 행동을 말하라.

답 : 경찰에 진술한 그대로입니다.

문 : 다시 한 번 말해 보란 말야.

답 : 청량리에 도착한 것이 오후 다섯 시쯤 되었습니다. 그리고 곧 동영 출판사라는 곳으로 전화를 했습니다. 그곳에 전화를 걸면 도청자가 있는 곳을 알게 될 것이라고 북에서 교육을 받았으니까요. 전화를 했더니 그런 사람 모른다고 했습니다. 그래 당신네 출판사에서 그 사람의 책을 냈는데 어떻게 모를 수가 있느냐고 했더니 다른 사람으로 바뀌었습니다. 그 사람의 말이 도청자 씨가 죽은 지 벌써 오래 됐는데 죽은 사람을 찾는 당신은 도대체 누구냐고 되물었습니다. 나는 하두 당황해서 얼른 수화기를 내려버렸습니다. 그리고는 곧 후회를 했습니다. 신변이 위험하니 그런 속임수를 쓰는 게 아닌가 하구요. 그러나 정신을 돌리고 차차 알아볼 작정을 했습니다. 신설동으로 나와 어떤 음식점에서 요기를 하며 시골서 취직하러 서울로 온 사람인데 어디 적당한 하숙이 없겠느냐고 물었습니다. 하숙비는 선금을 내겠다고 했습니다. 음식점 주인은 바로 가까운 데 그럴 만한 곳이 있다고 하며 나를 데려다주었습니다. 그 집은 유인수란 사람의 집이었습니다. 두 끼 먹고 한 달에 3만 원을 내기로 하고 선금을 주었습니다. 그때 생각으론 열흘쯤 있으면 돌아갈 수 있을 것이다 싶어 열흘 동안의 것만 줄까 하다가 혹시 의심이나 받지 않을까 해서 그렇게 한

것입니다. 그 이튿날 나는 신문사로 갔습니다. 안착했다는 것을 광고로써 알리게 되어 있었거든요. 그때 사용할 암호문은 '청주에서 온 정순이를 찾습니다' 하는 것이었습니다. 임무를 완수했을 때의 광고 문안은 '정순이를 찾았으니 영동에 사는 아저씨는 주소를 알리시오' 하는 것인데 나는 약간 곤혹을 느꼈습니다. 도청자가 죽었다는데 대한 암호문은 준비해 있지 않았었거든요. 부득이 임무를 완수했을 때의 것을 대신해야 하는데 그러자면 같은 날 두 가지의 광고를 할 순 없었기 때문입니다. 나는 우선 안착을 알리는 광고만을 내기로 했습니다. 광고를 낼 신문은 S신문으로 하기로 미리 정해 놓고 있었던 것입니다. 그리고 돌아오는 길에 동대문 시장의 책 가게에 들러 도청자가 쓴 책을 입수했습니다. 교육을 받을 때 인민과 조국을 팔기 위해 뻔뻔스러운 거짓말을 한 책이라고 듣고 있었기 때문에 꼭 그 책을 구해 읽어야겠다고 마음먹고 있었거든요. 그 책 가게에서 도청자가 병사(病死)했다는 사실을 확인했습니다. 하숙으로 돌아와선 그 책을 읽으며 이틀을 지냈습니다. 사흘째 되던 날부터 취직을 했다는 거짓말을 하고 거리를 나다녔습니다. 1주일 후에 임무를 완수했다는 광고를 내고부턴, 매일 S신문을 사들고 다방에 앉아 있는 것을 일과로 했습니다. 내가 북으로 돌아가는 방법과 일자가 S신문광고에 나기로 되어 있었기 때문입니다. '갑순이 몇 월 몇 일에 안산'이라고만 되어 있으면 그 날짜의 꼭 한 달 뒤의 밤에 내가 올 때 내렸던 지점에 가서 기다리기로 되어 있고 '남아 안산'이면 삼척(三陟)에서 5킬로쯤 남쪽의 해안, '여아 안산'이면 근덕(近德)에서 역시 5킬로쯤 남쪽의 해안, '쌍둥이 안산'이면 사천(沙川)에서 5킬로쯤 북쪽의 해안, 이렇게 정해놓고 있었던 것입니다. 물론 예상 지점은 미리 답사해서 지리를 익혀 놓기도 해야 했습니다. S신문에 광고가 난 것은 그로부터 해가 바뀌고 난 뒤의 정월 7일께쯤 되었습니다. '갑순이 1월 5일 안산'이라고만 있었기 때문에 나는 주문진 그곳으로 가서 추운 밤인데도 벌벌 떨고 기다렸습니다. 그러나 소식이 없었습니다. 그 무렵엔 돈도 떨어지고 해서 죽을 지경이었습니다. 3만 원이나 주고 하숙할 형편도 안 되어 마포로 옮겨와서 날품팔이를 했습니다. 그러면서도 계속 S신문을 보았으나 북으로부터의 연락은 없었습니다. 그리고 어언간 2년 가까운 세월이 흘렀습니다. 이상이 내가 체포될 때까지의 경위 전부를 말씀드린 것입니다.

문 : 그동안 접선한 사람이 있겠지.

답 : 전연 없습니다.

문 : 여기서 지휘하는 고정 간첩이 있었을 것 아닌가.

답 : 나는 아는 바 없습니다.

문 : 똑바로 대는 것이 네게 유리할 거다. 바른대로 말해.

답 : 접선한 사람은 전연 없습니다.

문 : 하나의 연고자도 없었나?

답 : 없었습니다.

문 : 서울의 지리를 꽤 잘 아는 모양인데. 서울에 온 적이 이번 말
고 또 있지?

답 : 일제시대 일본놈 상점에 2년 동안 고용살이 한 적이 있습
니다.

문 : 그때 안 사람이 있을 것이 아닌가.

답 : 다소는 있겠지만 하도 오래되어 알 수가 없습니다.

문 : 6 · 25동란 땐 어디에 있었는가.

답 : 사리원의 병기 공장에서 직공 노릇을 하고 있었습니다.

문 : 병정으로 일선에 나가 본 적은 없는가.

답 : 병기 공장의 직공은 병역이 면제되어 있었습니다.

문 : 그 정도라면 대단한 숙련공인가 본데 어떻게 그런 사람을 간
첩으로 내려보냈단 말인가.

답 : 지금 이북에선 그 정도의 숙련공은 많습니다.

문 : 말투가 전혀 이북 사람 같지 않은데, 넌 남쪽에서 넘어간 사
람이지?

답 : 이남 말을 밀봉 교육 받을 동안 철저하게 익혔습니다.

문 : 도청자의 책을 읽어 보니 감상이 어떻든가.

답 : 일일이 옳다고 생각했습니다.

문 : 그런데 왜 자수할 생각을 하지 않았는가.

답 : …….

문 : 그 책을 읽고 그 속에 쓰인 것이 옳다고 생각했으면 자수할 마음을 먹어봄 직도 하지 않은가. 무슨 끔찍한 일을 저질렀거나, 아니면 또 다른 사명을 띠고 있거나 한 것이 아닌가?

답 : 조사를 해 보시면 알 것 아닙니까. 경찰에서 이미 조사를 하기로 했구요. 나는 끔찍한 일을 한 적도 없고 다른 사명을 띠고 있는 것도 아닙니다.

문 : 그런데 왜 북쪽으로 돌아오라는 연락이 없는가.

답 : 지금 생각하니 나 같은 놈 하나쯤은 어떻게 되어도 좋다는 결정이 내린 것이 아닌가 싶습니다. 아니면 이미 몇 년 전에 죽은 도청자를 죽지 않은 것으로 알았다는 죄과로 나를 보낸 사람들이 숙청된 때문일지도 모릅니다. 아니면 내게 관한 연락 책임을 맡고 있는 이곳의 고정 간첩에게 무슨 사고가 생겼는지도 알 수가 없습니다.

문 : 그런 것까지 생각하면서도 자수를 안 했어?

답 : …….

문 : 너희들이 말하는, 이를테면 당성이 강한 놈이로구나.

답 : …….

문 : 도청자가 쓴 글에 공감을 느꼈다면 김일성이 민족의 반역자라는 것을 알았을 것 아닌가.

답 : …….

문 : 도청자가 살아 있다면 넌 그 여자를 죽였겠지.

답 : 예.

문 : 그 책을 읽고 공감을 했으면서도 죽였겠나?

답 : 예.

문 : 한심스러운 놈이로구나. 네가 북에서 넘어올 때 무슨 물건을 가지고 왔는지 말해 봐.

답 : 양복 한 벌하고 돈 30만 원, 미화 2백 불, 그리고 주민등록증 그것뿐입니다.

문 : 무기를 숨겨 둔 곳을 대라.

답 : 무기는 가지고 오지 않았습니다.

문 : 사람을 죽일 목적으로 침입한 놈이 무기 없이 올 까닭이 있나. 이치에 닿는 말을 해라.

답 : 나는 무기 없이도 사람을 죽일 기술을 밀봉 교육할 동안 익혀 왔습니다.

문 : 무슨 기술인데?

답 : 목 조르는 기술, 주먹으로 뒤통수를 치는 기술, 독침을 사용하는 기술…….

문 : 독침은 어떻게 했나?

답 : 아까 말한 것처럼 필요하면 만들 작정이었는데 필요가 없어서 만들지 않았습니다.

문 : 이북에 있을 때 계급이 뭐야?

답 : 계급은 노동 계급입니다.

문 : 지위가 뭐냐 말이다.

답 : 지위랄 것도 없습니다. 평양 제 2 철공소의 제 5조 세포장이
란 것이 밀봉 교육을 받기 전의 직책이었습니다.

문 : 정식 노동당원이었단 말이지?

답 : 당원이 아니면 세포장이 될 수 없습니다.

문 : 하필이면 네가 대남 간첩으로 뽑힌 이유라도 있나?

답 : 잘은 모르겠습니다만 당성이 강한 데다 사람이 단순하고 게
다가 다소 완력이 센 까닭으로 발탁된 것이 아닐까 합니다.

문 : 밀봉 교육은 언제부터 받았나?

답 : 1969년 11월부터 받았습니다.

문 : 장소는?

답 : 평양교외 을밀대 근처였습니다.

문 : 몇 명이나 같이 받았나?

답 : 나 혼자만 받았습니다.

문 : 네가 밀봉 교육을 받기 직전에 소속했던 곳의 당 조직을 말
해 봐라.

답 : (생략)

문 : 네가 아는 대로의 조직 체계를 말해 보라.

답 : (생략)

문 : 너의 성장 과정을 말해 보라.

답 : 평양에서 초등학교를 졸업하고 서울 황금정의 나베시마란 일본인 가구점에서 고용살이 하다가 해방이 되어 고향에 돌아가선 진남포의 철공장에 직공으로 들어갔습니다. 전쟁이 나기 1년 전에 사리원 병기 공장으로 뽑혀 갔습니다. 공산당에 입당한 건 그때였습니다. 전쟁이 끝나고도 5년간 거기 있다가 평양으로 와서 제 2 철공소 직공이 되었습니다. 제 5조 세포장이 된 것은 4년 전입니다.

문 : 가족 상황을 말해 보지.

답 : 부모님은 돌아가시고 안 계십니다. 형님이 셋 있었는데 하나는 전쟁 때 죽었습니다. 내가 끝입니다. 누님이 하나 있습니다. 그리고 처와 아들 하나, 딸 둘이 있습니다.

문 : 지금이라도 회개할 생각은 없나?

답 : …….

문 : 지금이라도 회개할 뜻을 표하면 죄가 가벼워진다. 그런데도 회개할 마음이 없어?

답 : …….

문 : 처자식이 보고 싶지 않나? 처자식이 보고 싶으면 어떻게든 살아날 궁리를 해야 할 것이 아닌가.

답 : 단념하고 있습니다.

문 : 단념은 너무 빨라. 지금이라도 늦지 않으니 조국의 품 안으로

돌아오겠다고 마음을 고쳐 먹어봐.

답 : …….

문 : 그렇겐 못 하겠단 말인가?

답 : …….

문 : 할 수 없군, 특별히 할 말은 없나?

답 : 없습니다.

심문 조서는 그것으로 끝나 있었다. 그 밖에 경찰이 붙인 의견서, 현장 검증서, 증언 청취서 등이 첨부되어 있었으나 보나 마나한 것이었다.

강신중이 약간 피로를 느꼈다.

피의자를 심문하다 말고 N검사가 얼굴을 강신중에게 돌리며 말했다.

"간첩 사건치곤 싱겁죠?"

"그런 느낌이 있네요."

강신중이 일어서서 임수명의 기록을 N검사의 책상 위에 놓았다.

"기록을 보여 주셔서 감사합니다."

"천만에요. 그런데 이 사건 갖곤 영감님과 시비할 건덕지가 없을 것 같죠?"

하며 N검사는 웃었다.

"글쎄요."

강신중은 애매한 웃음을 띠고 물었다.

"면회는 할 수 있겠죠?"

"물론입니다."

강신중은 그 길로 서대문 구치감으로 갔다. 그는 원래 국선변호인이라고 해서 변호사로서의 임무를 소홀히 하는 그런 성격은 아니었지만 단순히 그런 임무감만으로 바로 그 날 임수명을 찾을 생각을 한 것은 아니었다.

다년간 단련된 직업적인 후각으로 그 심문 조서 전체에서 풍겨 나오는 일종의 조작감(造作感), 굳이 말하면 허위(虛僞)의 냄새를 맡았다. 자기의 죄를 은폐하기 위해서, 또는 김일성 집단을 찬양하기 위해서 꾸민, 그런 거짓이 아니라 뭔가 중요한 부분을 감추고 있다는 느낌이었다.

N검사에겐 그런 말을 안 했고, 또 할 필요도 없었지만 도청자의 수기를 읽고 일일이 옳다고 공감했다면서 회개할 마음이 없느냐고 거듭 물었을 땐 완강하게 답변을 거부하고 있는 그 점이 우선 마음에 걸려 임수명을 빨리 만나볼 생각을 강신중이 한 것이다.

앞뒤로 교도관의 호위를 받고 변호사 접견실엘 들어오는 임수명을 보는 순간 강신중은 막연하게나마 지니고 있던 뭔가 석연찮은 기분이 확실히 근거가 없지 않은 것이라고 느꼈다.

후리후리한 키, 이목구비가 큼직큼직하게 단정한 윤곽, 가득 슬

픔이 고여 있긴 했으나 그런 대로 맑은 눈동자, 이와 같은 것이 풍겨 내는 그 분위기로써

'이 자는 간첩이 아닐지도 모른다.'

'간첩이라도 특수한 간첩이다.' 하는 상념을 강신중의 마음속에 일게 했다.

임수명은 가볍게 머리를 숙이고 앉았다. 정상의 머리는 거의 반백이 되어 있었다. 강신중은 조심스럽게 입을 열었다.

"임수명 씨죠?"

"그렇습니다."

부드러운 목소리였다. 이북의 사투리가 조금도 느껴지지 않는…… 밀봉 교육이란 게 그처럼 효과가 있는 것일까, 하는 생각을 새삼스럽게 해 보도록 하는 말투였다.

"나는 강신중입니다. 임수명 씨의 변호를 맡은 변호사입니다."

"난 변호사를 부탁한 적이 없는데요."

"본인이 변호사를 선임하지 않을 경우엔 나라가 변호사를 붙여 주도록 대한민국의 법률은 그렇게 돼 있습니다."

"난 변호사가 필요 없는데요."

역시 부드러운 말투였다.

강신중은 너무 딱딱하게 시작해선 안 되겠다고 생각했다.

"도청자 씨의 수기를 읽으셨다죠?"

"예, 읽었습니다."

"일일이 옳다고 공감하셨다는데."

"사실 그대룹니다. 그 수기는 옳았어요. 감동적이기도 하구요."

"그렇다면 조금 생각해야 할 문제가 아닙니까?

"뭘 생각한단 말입니까?"

"마음의 방향을 말입니다."

"내가 도청자 씨처럼 되라! 이 말씀인가요?"

"꼭 그렇게 하라는 것은……."

"옳다고 느꼈다고 해서 그 사람과 같이 할 순 없는 것 아닙니까. 공감했다고 해서 그대로 따를 순 없는 거구요."

강신중의 확신은 굳어졌다. 임수명은 결단코 초등학교를 나오면서부터 일본인 상점에 고용살이 한 사람도 아니고 청장년 시절을 철공소의 직공으로서 보낸 사람일 수가 없는 것이었다. 철공소의 숙련공이면 날품팔이 해서 어려운 생활을 지탱할 까닭도 없다. 영등포 등지의 군소철공장엔 그러한 숙련공이 부족해서 야단들인 것이다.

그런 건 다 덮어두고라도 직공 생활로 20여 년을 지낸 공산당원이 '공감했다고 해서 그대로 따를 순 없는 것'이란 소피스티케이티드한 발상(發想)을 할 도리가 없다.

그러나 섣불리 그런 의욕을 표명할 수는 없었다.

"어디 아프신 데는 없습니까."

"불행하게도."

하고 그는 쓸쓸하게 웃었다.

얼굴의 피부가 누르스름한 병색이기에 물어본 말인데 건강할 때면 윤기가 흐르는 하얀 피부빛이었을 것이었다.

"당신은 간첩 같은 그런 건 아니지 않습니까?"

강신중이 가볍게 물었다.

"내가 간첩일 순 없죠. 기밀을 탐지하거나 정보를 캐내서 연락하거나 하는 짓은 할 작정도 없었고 하지도 않았으니까."

"그럼 뭡니까?"

"구식으로 말하면 자객(刺客)이라고나 할까요."

"내 생각으론 당신은 그런 정도도 안 되는 것 같애. 요컨대 당신 같은 사람을 북괴가 남파했다는 사실 그 자체가 의심스럽단 말요. 어떻게 당신 같은 사람을, 북괴의 정보기관은 지독하다고 들었는데, 어떻게 남파를 했을까요?"

"내가 그처럼 호락호락해 보입니까?"

"아닙니다. 그런 뜻이 아니구."

"그런 뜻이 아니면 검사가 못 다한 질문을 대신해서 보충하자는 겁니까?"

여전히 부드러운 말이었으나 강신중의 귀엔 거칠게 들렸다.

"오해하지 마십시오. 대한민국에선 변호사와 검사의 직분이 명백하게 구별되어 있습니다. 아무리 악질적인 범인의 경우라도 변호를 담당한 자가 검사에게 도움을 주는 짓은 안 합니다. 당신도 이 땅에 한 2년 살아 보셨으면 그만한 건 아실 것 아닙니까?"

"그러나 내겐 변호사가 필요 없습니다."

하고 임수명은 일어섰다.

강신중은 굳이 그를 붙들어 앉힐 필요가 없다고 느꼈다. 물어보고 싶은 말, 풀어보고 싶은 수수께끼가 너무나 많았지만 한꺼번에 쏟아 놓았다간 되레 오해를 살 우려마저 있었다.

강신중도 따라 일어섰다. 일어선 채 다음과 같이 말했다.

"당신은 나를 필요로 안 한다지만 나는 당신을 위해 최선을 다할 참이오. 이미 마지막 결심까지 하고 계시는 것 같습니다만 마음을 그렇게 각박하게 먹을 필요가 어디에 있겠소. 지금, 이 순간부터 나는 당신의 유일한 편이오. 이 사실만은 잊지 않도록 바라겠소."

그러나 임수명은 아무런 반응도 보이지 않고 무표정한 얼굴로 걸어 나가 버렸다.

강신중의 경험에 의하면 간첩엔 세 종류가 있다. 하나는 치명상(致命傷)을 입은 개가 주인을 바라보는 눈빛으로 변호사에게 애원을 한다. 살려만 달라고 빈다. 처음부터 그런 태도로 나오는 경우도 있고, 이때까진 거만하게 굴다가 돌연 그런 태도로 변하는 경우도 있다.

또 하나는 전신(全身)이 독기(毒氣)의 덩어리처럼 되어 있는 사람이다. 그 입에선 저주밖엔 나오지 않는다. 변호사를 보곤 '시바이(연극) 집어 치우라'고 악을 쓴다. 혁명이 성공한 그 날, '네놈들의 자자손손에 이르기까지 용광로에 집어넣어 태워 죽일 거라'고 으름장을 놓기도 한다.

또 하나는 설교형(說敎型)이다. 얄팍한 팸플릿에 담긴 정도의 지식을 구사해서 변호사를 구워삶으려고 한다. 굶주린 이리와 같은 눈을 하고 있으면서도 애써 점잖을 빼려고 서둘며, 반동 변호사 하나라도 개종(改宗)시켰다는 자부심을 가지려고 애쓰는 꼴이야말로 목불인견(目不忍見)이다.

그런데 임수명은 이 세 가지 구분 어느 것에도 해당이 되질 않았다. 영웅 의식을 휘두르는 법도 없고 그렇다고 해서 비굴하지도 않고, 뿐 아니라 대한민국에 적대의식을 가지고 있는 것도 아니고, 솔직하게 진상을 털어놓는 것도 아니고, 그러면서 모든 것을 체관하고 있는 듯도 하고…… 그러한 태도란 십수년 변호사 노릇을 하고 있는 강신중으로서도 처음 보는 것이었다. 자기의 운명을 체관해 버린 공산주의자는 차돌처럼 다부지다. 그리고 비정하고 가혹하다. 이와는 반대로 체관하지 못한 공산주의자는 빈사 상태에 있는 개꼴을 닮는다. 헌데 임수명은 이것도 저것도 아니었다.

사무실로 돌아온 강신중은 사환을 동대문 근처의 책 가게로 보내 도청자가 쓴 책을 한 권 구해 오라고 시켰다.

거물 여간첩으로서 전향한 도청자의 이야기는 강신중도 들은 적은 있었다. 그러나 바쁜 나날을 보내다가 보니 별다른 관심을 갖지 않았던 것인데 임수명의 출현으로 돌연 호기심을 느꼈다.

어떤 여자이기에 북에서 특별한 사람까지 보내어 죽이려고 했을까. 그를 죽이려고 남파한 자가, 그의 수기를 읽고 일일이 옳다고 공감을 했다는 그 수기가 어떤 것일까.

다행히 사환은 도청자의 수기를 사들고 왔다. 흰 바탕에 붉은 선을 그어 놓은 종이 표지는 때가 묻어 있었지만 본문 부분은 비교적 깨끗했다. 그런데 국판 대형으로 4백 페이지가 넘는 부피여서 약간 버겁다는 생각이 들었다.

책 제목은 '내가 반역자냐?' 그리고 서브타이틀은 '전향 여간첩의 수기'로 되어 있었다.

강신중은 책을 펴 들었다.

수기는 도청자가 일제시대 진주부청(晋州府廳)에 근무하고 있었을 무렵부터 시작하고 있었다.

해방과 동시에 좌익 운동에 가담하여 10월 폭동 때 주동자격(主動者格)으로 활약했다는 얘기, 공산당 간부인 남편을 따라 서울에 와서 지하운동을 했다는 얘기들은 당시 좌익운동을 한 사람이면 으레 그랬으려니 하고 짐작이 되는 상식의 범위를 넘는 것은 아니었다.

그런데 남편이 체포된 직후의 일을 쓴 다음과 같은 대목은 상당히 박진력이 있었다.

"…… 나는 사촌 동생 집을 향해 뛰었다. 때마침 그 집도 사돈 할머니가 대문을 열고 있었다. 이른 아침에 헐떡거리며 들어온 나를

보자 놀란 눈으로

"아니, 이 웬일이시우? 첫 새벽에……."

하신다. 나는 말도 못하고 동생 방으로 염치 불구하고 쑥 들어섰다. 놀란 눈으로 일어난 사촌은 나를 보자마자 말없이 빈 방으로 밀고 들어가서

"언니! 어떻게 된 일이우? 그러잖아도 요즘 잡혀간단 말을 듣고 아저씨하고 언니가 걱정스러웠는데…… 왜 이러구 왔수? 무슨 일이 있었수?"

하고 다그쳐 물었다.

나는 입 안의 침이 말라서 말이 나오지 않았다. 그런데 동생은 계속 나의 대답을 재촉했다.

"미안해, 잠깐만 쉬어 가게 해 줘."

"아저씨가 어떻게 됐소?"

"……."

그는 내 표정을 살피다가 잠시 밖으로 나갔다 들어오더니

"언니 빨리 나가 줘, 응! 내 시집살이 언니도 알지 않아? 빨리 나가 줘요."

하는 사촌 동생은 마치 겨울철에 밥을 굶은 나그네같이 몸을 떨었다. 나는 아무런 말도 못하고 숨을 죽이고 앉아 있었다.

"이 뒷집이 헌병 집이야. 우리 집에서 무슨 일이 생기면 우리까지도 못 살게 되잖아? 빨리 나가 줘, 언니!"

"그래 갈 테니 옷 한 벌만 빌려 줘, 곧 갈게."

"난 몰라, 빨리 나가요. 언제 옷을 갈아입어?"

"돈을 줄게, 한 벌만 줘. 옷을 안 주면 난 못 가."

당황한 동생은 벽에 걸린 적삼 하나를 던져 주었다.

"얘! 이건 속적삼 아니니?"

"몰라, 난, 아무거나 입고 빨리 가아."

"속적삼을 입고 어딜 나가니…… 나를 빨리 보내고 싶거든 적삼을 하나 빨리 내 줘."

그러나 동생은 겁을 먹고 옷을 줄 것 같지 않았다.

"그럼 버선 한 켤레하고 화장품과 빗이나 빌려 줘. 머리 좀 빗고 갈게."

내가 이렇게 말하자 사촌 동생은 그만 다 죽어 가는 사람처럼 되어 버렸다.

나는 벌떡 일어서서 내 손으로 양복장을 열어 제치고 적삼을 찾았으나 보이지 않았다. 화장품도 빗도 보이지 않았다. 모두 건넌방에 두고 있는 모양이었다. 부득이 나는 손으로 머리형을 바꿔 빗고, 짧은 속적삼에는 너무나도 어울리지 않는 고급치마를 걸치고 내가 벗은 원피스를,

"이건 식모나 줘라."

하고 던졌다.

"싫어, 가져 가."

하고 동생은 내 옷도 무서워했다.

나는 부엌으로 나와 아궁이 안에 원피스를 밀어 넣고 부엌 벽에 걸린 바구니를 들고 나왔다.

막상 내가 나올 때는 사촌도 언짢은지 눈언저리에 눈물을 글썽하게 하고 있었다. 그걸 보는 순간, 나는 쾌씸하다는 생각보다는 역시 죄스럽고 미안하다는 마음이 앞섰다. 사촌 동생이 인정이 없어서 냉대하는 것은 결코 아니었다. 그는 독실한 천주교 신자이며, 시모님 밑에서 된 시집살이를 하는 봉건적인 주부이니, 성품은 양과 같이 온순하지만 나와는 사상도 다르거니와 그보다 뒷일을 무서워하는 것도 무리가 아니었다.

이 대목을 읽으며 강신중은 얼핏 소설가 Y를 생각했다. Y에게 이 문장을 보였으면 하는 기분에서였다. 그러자 곧 Y가 진주 출신이라는데 생각이 미쳤다.

시계는 벌써 여섯 시를 훨씬 지나고 있었다. 강신중은 도청자의 수기를 가방 속에 넣어 사환을 시켜 집에 갖다 두라고 일러 놓고 다방으로 내려갔다.

정각 일곱 시에 Y가 나타났다.

"소설은 엉터린데두 시간 하나는 잘 지키누만."

강신중이 빈정거렸다. Y의 소설이 엉터리일 까닭이 없지만 그런 익살이 버릇처럼 되어 있었다. Y의 익살도 결코 만만친 않다.

"좋은 소설을 쓰게 돼 봐. 너 같은 엉터리 변호사를 상대라도 하는가."

두 사람은 허물없이 웃으며 차를 마셨다.

술집으로 자리를 옮긴 뒤 강신중이 물었다.

"자네 도청자란 사람 아나?"

"도청자? 우리 고향 사람인 도청자 말인가?"

"그렇지."

"한데 난데없이 그런 건 왜 묻지?"

"혹시 자네도 아나 허구."

"우리 고향에선 명물의 하나인데 모를 까닭이 있나."

"그럼 그 사람 전향했다는 사실도 알고 있겠구나."

"알지."

"그 사람의 수기는 읽어 봤나."

"그런 게 있었던가?"

"있어. 작가라면 그런 걸 읽어 봐야 하는 거여."

"그런 것 아니라도 읽을 게 너무 많아서 탈이다."

"그런 도청자가 죽은 것도 알겠구먼."

"죽었는가? 언제 죽었어."

"2, 3년쯤은 되는가 봐."

"흠, 죽었구나."

Y는 덤덤하게 말했으나 그 덤덤한 말투엔 숨겨진 감정이 있다는

것을 강신중이 눈치챘다.

"도청자에 관해서 아는 대로 얘기해 봐."

"그 사람 얘긴 하기 싫어, 불쾌해."

Y는 정색을 하고 말했다.

"왜, 그 사람이 전향했다구?"

"천만에, 전향은 환영할 일인데 내가 불쾌해 할 까닭이 있나."

"그런데?"

"하여간 얘기하기 싫어."

"하기 싫다 들으니 꼭 듣고 싶은데."

"이 친구 오늘은 왜 이러지? 난데없이 도청자 얘길 꺼내기도 하구."

"그럴 까닭이 있어."

"그 까닭부터 먼저 얘기해 보렴."

"자네가 걸작 소설을 쓸 재료를 내가 제공하게 될지도 모르니 순순히 얘길 해 봐. 내가 한잔 딸지."

하고 강신중이 슬슬 Y를 구슬렸다.

Y는 대포 한 잔을 비우고 말을 시작했다.

"전향하는 건 좋아, 나는 환영해. 그러나 전향하는 데도 순서가 있고 방법이 있어야 할 것 아닌가. 모두가 자기 때문에 생긴 일인데 자기만 혼자 전향해 버리면 어떻게 되나."

"요령있게 말을 해요. 그런 식이니까 자네 소설이 엉터리란 말 듣는 것 아닌가. 처음부터 말해 봐."

"도청자가 전향을 하는 바람에 적잖은 사람이 죽었어."

Y의 말이 시무룩해졌다.

"한 사람이 전향하는 덕을 많은 빨갱일 잡았다면 그건 좋은 일 아닌가."

강신중이 베이스를 넣었다.

"내 말은 그게 아냐. 자기가 전향할 결심을 했으면 자기 때문에 누를 입을 사람들도 데리고 같이 자수를 했어야 했다 이 말이야."

"자수하길 거절당하면 어떻게 하나? 그래서 자기도 자수 못할 사정이 되면 야단 아닌가."

"그만한 판단쯤은 있을 여자거든. 이 사람은 자수하는데 동의할 사람이고 저 사람은 아니고 하는 판단력 말야. 그런데 도청자는 그러질 않았거든. 그때문에 장본인인 자기만 살아남고 그에게 단순한 호의를 베푼 사람까지도 다 죽이게 된 거야."

"간첩의 자수는 이 사람아, 그렇게 여유 있는 행동을 못 하게 돼있어."

"그건 나도 안다. 변호사가 아니라고 해서 상식도 없는 줄 아나? 내 말을 들어봐. 내 중학교 선배인데 박복길이란 사람이 있었어. 4형제 가운데 셋쨋가 아마 그럴 거야. 천진난만한 사람인데 친구들과 술 마시는 흥미밖엔 가지고 있지 않은 사람이었어. 6·25 동란 직전까진 굉장한 부자였지. 큰 고무 공장을 가지고 있었고, 그런데 이 사람들이 좌익에 정치 자금을 대줬던 모양이지. 아냐, 전(全)재산을 몽땅 공산당에게 바친 거라. 그래 가지고 6·25 때 3형제가 월북을 한 거야. 박복길과 어머니만 남쪽에 남고. 막내동생의 마누라도 남았지만 곧 개가를 해 버렸고…… 내가 대강 알고 있지만 그 4형제 가운데 박복길만은 공산당을 싫어했어. 그때문에 대한민국에 남은 거야. 그런데 간첩으로 남파된 도청자는 그 집을 거점으로 활동을 한 모양이거든. 아들이 셋이나 북에 있고 보니 칠순 노모는 자기가 굶고 있으면서도 도청자에겐 불편없이 해 주었던 것 같고 박복길도 그런 사정이니 속으론 탐탁지 않았지만 괄세할 수가 없었던 거지. 그런 상황이었으니까 말야, 도청자가 자수를 할 작정이었으면 박복길에게만은 귀띔을 해서 같이 행동했어야 했어. 그렇게만 했더라도 박복길은 사형을 받진 않았을 것 아닌가."

Y의 심정이 어떻다는 것은 소위 작가라는 사람이 두서없이 말을 엮어 대고 있는 것만으로도 알 수가 있었다.

"흥분하지 말게."

강신중이 Y의 어깨를 두들겼다.

"흥분까지야 할 게 있나만, 자기만 살기 위해 자기에게 호의를 베푼 사람들을 모조리 낭떠러지로 차 넣어 버린 그 소위는 괘씸하지 않는가."

"공산주의란 원래 인정을 무시하는 데서부터 시작되는 것 아닌가."

"공산주의를 그만두고 인간으로 돌아오려고 할 때쯤은 인정을 되찾을 노력이 있어야 하는 거야."

Y는 술맛을 잡쳤다는 듯 쓰게 입맛을 다셨다. 그리고 우울하게 덧붙였다.

"도청자만 나타나지 않았더라면 박복길은 아직 살아있을 사람이야. 혹시 자네하고도 좋은 술친구가 됐을지 모르지."

강신중은 집으로 돌아가 샤워를 하고 가방 속에서 도청자의 수기를 꺼내 들었다. 그런데 Y로부터 얘기를 들은 때문인지 아까 느꼈던 호기심은 사라지고 없었다. 직업의식만 남았다. 제법 같은 소릴 하고 있는 대목에선 뻔뻔스럽다는 느낌마저 가졌다.

그러나 그 수기는 북한의 내부를 폭로하고 있는 의미로선 대단한 것이었다. 괴뢰군이 압록강까지 밀려 올라갔을 무렵의 사정 설명은 그 나름대로의 기록문학(記錄文學)의 가치를 인정할 만했다. 이미 국군이 점령하고 있는 지대에 국군을 가장하고 들어가 자기들이 먼저 인민군의 욕을 꺼내 놓고 부락민들이 이에 동조하기만 하면 모조리 쏘아 죽이는 장면 같은 덴 소름이 끼쳤다.

1956년 8월 이른바 당 중앙위원 전체 회의에서 김일성 노선을 비판했대서 최창익, 박창옥 등을 체포하는 결정을 해 놓고 소련의 미코얀, 중공의 팽덕회의 압력으로 9월 회의에서 취소하는 결정을 한 경위의 설명을 비롯해서 남로당 일파를 무자비하게 숙청하는 과정을 쓴 부분은 특히 압권(壓卷)이었다.

수기의 성립 과정으로 보거나 필자의 성격, 그리고 운필(運筆)하
는데 따른 느낌으로 판단해서 이것을 허위의 기록이라곤 단정할 수
가 없을 때, 북괴의 공포정치를 묘사한 책으로서 이 이상 가는 것이
없을 것이란 생각으로 기울어 들기도 했다.

그런 까닭으로 강신중은 밤이 새는 줄도 모르고 수기를 읽어 나
가고 있는데 거의 마지막 부분 가까운 곳에서 다음과 같은 대목에
부딪쳤다.

…… 그 다음날 또 병원에 갔다가 돌아오는데 뜻밖에도 수갑을
차고 내무서원을 따라 내 앞으로 걸어오고 있는 한 청년이 있었다.
그 청년은 키가 후리후리 큰 미남인데 나와 시선이 마주치자 갑자기
고개를 푹 숙이고 말았다.

나는 그 자리에 우뚝 섰다. 그리고 내 눈을 의심하며 다시 그를 쏘
았다. 그 청년은 수재라고 불리어 오던 공과대학 3학년에 재학 중인
'박명구'였다. 내가 일차 남한에 나왔을 때 신세진 몰락 기업가(沒落
企業家)의 조카였다. 나는 청년의 뒤통수가 보이지 않을 때까지 가
는 곳을 바라보았다.

…… 그 이튿날 나는 또 관리원과 같이 병원을 향해 걷다가 다 죽
게 된 얼굴로 시름없이 전주에 기대어 서 있는 명구 아버지인 박복
수 씨(몰락 기업가의 둘째형)를 보았다. 나는 관리원이 앞서 걷도록 천
천히 걷다가

"웬일이세요."

하고 인사를 하자 그는 당황하여 내 손을 잡으면서

"아아, 오래간만입니다."

하곤 말을 잇지 못했다.

"명구 때문에 나오셨군요."

"어떻게 아셨습니까. 동지를 보기 부끄럽습니다."

"어제 우연히 수갑을 차고 가는 명구를 봤습니다만, 걱정 마세요.
곧 풀리겠죠."

"글쎄 그럴 줄 알았더라면 일찍 짝이라도 맞춰 줄 걸. 그놈이 글쎄
강간미수죄에 걸렸다지 않습니까. 이런 창피한 일이……."

여윌 대로 여위어서 코만 유난히 우뚝 솟은 그의 얼굴에서 실망
과 공포를 넉넉히 읽을 수 있었고 그의 선량한 눈은 초점을 잃고
있었다. 그는 낡은 운동화를 신고 땅을 부비다가 나를 쳐다보면서,

"아지마씨 세상에 이럴 수 있을까요? 이런 일이 어디 있겠습니
까. 자식놈 때문에 지 에미가 죽게 됐습니다. 아무것도 먹지 않고 누
웠는데 폐결핵은 더 악화되어 돈도 한 푼 없이 이 꼴이 되었으니."

하고 눈물을 흘렸다. 나도 울었다. 가진 돈이라도 있었더라면 몽땅
털어놓았을 텐데 그것도 없고 안타깝기만 했다. ……병원 대기실엔
앉을 자리가 없어서 여기저기 돌아보는데 대학생복을 입은 청년 한
사람이 반갑게 인사를 했다. 공과대학 모표에 내 시선이 가자 문득
나는 명구 생각을 했다. 나는 그와 나란히 앉아서 물었다.

"동무도 박명구를 알지?"

"박명구요?"

하곤 그의 얼굴에 구름이 떴다.

"명구가 무슨 사고라도 저질렀소? 검찰에 가는 걸 봤는데."

"아주머닌 명구 부모하고 잘 아시지요."

"잘 알고 말고."

"명구는 퇴학됐어요. 결국은 가정 성분 때문에 희생된 걸 겁니다. 집중 지도 때도 말썽이 많았고 민청 회의에서도 문제가 되었는데 자기비판을 잘해 오다가 돌아 버렸는지 이번엔 그만 반항을 했어요."

하고 그는 쓴 웃음을 지었다.

나는 계속 캐물었다.

"명구가 친구와 모란봉에 갔는데 처녀들이 따라오면서 놀리더라나요. 그래서 같이 응수를 하다가 계속 따라오는 것을 보고 욕을 했다나 봐요. 그것이 문제가 되어 말싸움을 하다가 명구가 처녀 뺨을 한 번 때렸는데 이상하게도 강간미수로 몰렸어요."

"그게 어찌 강간미수죄로 되오? 그럼 같이 갔던 학생도 퇴학되었겠네?"

"아뇨…… 명구가 원체 머리가 좋고 미남이라서 처녀들이 많이 따르지요."

나는 분함을 느꼈다. 호의호식을 뿌리치고 자기의 전 재산을 공산당에 바친 그들이 북에 와서 거지꼴이 된 것도 억울한데 자식에게 공부도 못 시키게 수갑을 채우다니, 더욱이 이남에서 그 가족들이 희생적으로 당 사업을 협조하고 있는데 당은 눈이 어둡고 귀가 막혔단 말인가. 울분을 참지 못해 나는 당장에라도 당으로 뛰어가고 싶었다.

강신중은 Y가 들먹인 박복길이란 이름을 상기했다. 도청자가 몰락한 기업가라고 한 사람이 박복길임에 틀림없었다. 헌데 이만한 동정심을 가진 도청자가 어떻게 박복길을 죽음터에 몰아넣었을까. 그러나 강신중은 그 생각을 이어 나가지 못했다. 잠이 엄습했기 때문이다.

며칠 동안을 강신중은 정신없이 바빴다. 소백산으로 가기로 예정했던 날은 스케줄이 비어 있었다. 그 날을 위해 할 일을 앞당기고 뒤로 미루고 해 놓았기 때문이다.

임수명 생각을 해봤으나 또 구치감에까지 갈 필요는 없을 것 같았다. 공판을 기다리면 되었다.

공판정에 선 임수명의 태도는 침착했고 담담했다. 심문 조서 그대로의 순서에 따라 묻는 검사의 질문에 항거하는 빛 없이 순순히 대답했다.

이러다간 한 번만의 공판으로 결심(結審)되어 버릴 것 같았다. 그런 동안에도 뭔가 감추어진 것이 있다는 생각이 강신중의 머리를 떠나지 않았다. 그 뭔가를 포착하기 전엔 결심이 되어선 안 된다는 마음으로 안타깝기도 했다.

변호인이 물을 차례가 돌아왔다.

강신중의 첫 질문은 '도청자를 죽여야 할 개인적인 문제가 있었느냐'는 것이었다.

"없소."

라는 대답이었다.

"피의자가 도청자를 죽일 목적으로 한국에 침입했다는 사실을 증명할 만한 재료가 있는가."

이에 대해선,

"여기 서 있는 나 자신이 그 증겁니다."

하고 답했다.

"그러면 피의자가 도청자를 죽일 임무를 맡고 한국에 침입했다는 사실을 피의자 외의 누군가 그 당시 알고 있었던 사람이 있는가."

"내게 지시한 사람은 알고 있었겠죠."

"그 사람은 북쪽에 있죠?"

"그렇소."

"한국 내엔 없었소?"

"한국 내엔 없었소."

"그렇다면 피의자가 말하기 전엔 그 사실을 아는 사람이 없다는 애기도 되는 것이 아닙니까."

"그럴지도 모르죠."

"그럴지도 모른다는 것이 아니라 그건 확실한 일입니다. 그런데 무엇 때문에 피의자는 자기밖엔 아무도 모르는 사실을 자진해서 발설을 했는지 그 이유를 알고 싶소."

"사실이니까 사실대로 말한 것뿐입니다."

"누가 강제로 시킨 것은 아니죠?"

"아닙니다."

"그렇다면 더욱 이상한 일입니다."

"사실을 사실대로 말한 것뿐이니 이상한 것이 없다고 생각합니다."

"그럼 피의자는 그렇게 함으로써 대한민국 법정의 신성성(神聖性)에 대한 국민으로서의 의무를 다하려고 한 것입니까?"

"천만에요. 그럴 목적은 없습니다."

"현장 확인과 증인 심문으로 명백해진 사실입니다만 다시 묻겠습니다. 피의자는 간첩 행위를 한 적은 없죠?"

"없습니다."

"공산주의의 선전, 또는 북괴를 찬양하는 주장 등으로 사람을 포섭했거나 포섭하려고 한 일은 있습니까?"

"없습니다."

"그렇다면 피의자의 피의 사실이란 도청자를 죽일 생각을 가진 적이 있다, 그런데 넘어와 보니 도청자는 죽어 있었다. 그것뿐 아닙니까?"

임수명은 대답을 망설였다. 그러다가,

"또 있습니다."

하는 뜻밖인 소릴 했다.

서툴게 물었다간 무슨 소리가 나올지 모른다고 직감한 강신중은

"요즘 어데 몸이 불편하거나 한 일은 없소."

하고 엉뚱하게 화제를 돌렸다.

그때 검사가 말을 끼었다.

"피의자에게 또 할 말이 있는 모양인데 그걸 들어 봅시다."

임수명이,

"나는 대한민국을 반대하는 노동당 당원이며 언제나 마음속에 대한민국에 대한 반대의사를 가지고 있습니다."

하고 또박또박 말했다.

강신중은 어이가 없었다. 피의자 스스로 불리한 발언을 조작하고 있는데 변호사가 나설 자리는 없는 것이다. 강신중이 거기서 심문을 중단해 버렸다.

뭔가 석연치 않은 감정과 함께 조금만 노력을 하면 임수명 사건의 진상 같은 것을 캐낼 수 있지 않을까 하는 생각이 간혹 머리를 쳐들기도 했지만 바쁜 변호사가 그 문제에만 사로잡혀 있을 수도 없는 일이고, 본인이 자신의 일에 그처럼 무성의한데 변호사가 어쩌란 말인가, 하는 생각도 곁들어 그냥 며칠을 지내 버렸다.

그런데 내일 검사의 논고가 있을 전날, 강신중은 그러나 그대로

방치해 둘 수도 없다는 생각이 들어 구치감으로 임수명을 찾았다.

이미 작정을 하고 간 강신중은 정면으로 쏘아붙였다.

"임수명 씨, 사람의 성의를 그렇게 무시하는 법은 아닙니다. 나는 당신의 무죄를 증명하려고 기를 쓰고 있는데 당신의 그 태도는 뭐란 말요."

"미안한 말입니다만 요전에도 말했듯이 나는 당신의 변호를 필요로 하지 않습니다."

임수명의 말은 조용했다.

일순 강신중은 꼭 그렇다면 좋소, 하고 자리를 박차고 일어서 버리고 싶었으나 임수명이 풍겨 내고 있는 그 분위기의 슬픔이 제동을 걸었다.

"그렇게 말하는 당신의 기분을 나는 이해할 것 같소. 그러나 사람은 최후까지 최선을 다해 보아야 하는 것 아닐까요. 자포자기하는 건 좋지 않습니다. 나라에 대한 죄, 사회에 대한 죄, 타인에게 대한 죄는 각각 법률이 준비되어 있어 벌을 받음으로써 보상을 하기도 하지만, 자기 자신에게 대한 죄는 법률의 규정이 없으니 벌도 없지만 인생에 있어서 이보다 더 큰 죄는 없습니다. 자기를 소중히 해야 합니다. 자포자기는 안 됩니다."

"결과는 마찬가지 아닙니까. 자기를 소중히 하건 자포자기를 하건."

강신중은 그것을 오랜 생각 끝에 나온 말로 들었다.

"그렇게 비약하지 맙시다. 최선을 다해 연속된 시간하고 자포자기로 써 버려진 시간의 퇴적하곤 엄연히 다릅니다."

"좋은 말씀입니다."

임수명은 싸늘한 웃음을 띠곤,

"그러나 그건 인생을 시작하는 청년에게 할 말이지 인생의 마지막에 놓인 사람보구 할 충고는 아닌 것 같습니다."

"그러나 임수명 씨, 이번 재판엔 이겨 봅시다. 공소 사실은 순전히 당신의 자백만으로 된 일이요. 대한민국의 법률은 아무리 본인이 자백해도 객관적으로 입증될 증거가 없으면 벌할 수 없게 되어 있습니다."

"강 변호사님!"

강신중은 임수명의 입에서 나온 정중한 호칭에 놀랐다. 변호사님이라고 임수명이 발성한 것은 처음 있는 일이었다.

"강 변호사님, 헛된 노력은 하지 마십시오. 나는 분명히 대한민국에 죄를 지은 사람입니다. 나는 내가 지은 죄에 대해서 책임을 질 작정입니다."

"당신은 대한민국에 반대하는 사람이라고 하지 않았소? 대한민국에 반대하는 사람이 무엇 때문에 그처럼 대한민국에 충실하려는 거요. 그러나 나는 당신을 대한민국을 속이고까지 구출할 생각은 없소. 대한민국의 법률에 충실한 그 범위 내에서 당신의 무죄를 증명할 수 있단 말이오."

임수명은 답답해 견디지 못하겠다는 듯이 깊은 숨을 들이마시고 있더니,

"강 변호사님, 내 말을 비밀로 해 주시겠죠."

하고 물었다.

강신중이 약속을 했다.

"나는 대한민국의 법률에 의해 무죄가 되는 것보다 대한민국의 법률에 의해 처단 받길 원합니다."

임수명의 목소리는 나지막했으나 단호했다. 강신중이 어이가 없어 되물었다.

"그 까닭이 뭐요."

"내겐 이북에 가족이 있습니다. 내 처자식만이 아니라 형들도 있고 조카들도 있구요. 그들의 생활을 보장받고 나는 도청자를 죽이려 이남으로 내려온 겁니다."

강신중의 머리 위로 스쳐 가는 하나의 상념이 있었다. 도청자의 수기 속에 나타난 '박명구'란 학생이었다. 후리후리한 키에 미남으로 생겼다고 기록된 그 학생! 그와 임수명의 모습이 아슴푸레 겹쳐진 것이다. 그러나 나이로 봐서 그럴 까닭은 없을 것이었다. 그런데도 다음과 같은 물음이 튀어나왔다.

"혹시 박명구란 사람 아시오?"

임수명이 움찔하는 것을 강신중은 분명히 느꼈다. 그러나 임수명의 말은 태연했다.

"도청자의 수기에 나오는 이름이죠? 그 책에서 읽었지요. 직접적으론 모릅니다. 강 변호사도 그 책을 읽으셨군요."

이렇게 나오는데 더 할 말이 없었다. 강신중은 분위기를 부드럽게 하기 위해 다음과 같은 얘길 했다.

"외국 잡지에서 읽은 얘긴데요. 아까 당신이 가족을 들먹이기에 생각난 것입니다. 닉슨과 소련의 브레즈네프가 어떤 절벽 위에 나란히 서 있었더랍니다. 물론 이건 꾸민 얘기입니다. 두 사람이 각기 자기들 부하의 충성심을 자랑하게 되었죠. 그러다가 그런 충성 테스트를 해 보자고 했는데 먼저 닉슨이 자기의 부하를 보고 '이 절벽 아래로 뛰어내려!'라고 했더라나요. 그랬더니 그 부하가 말하길 '각하 제겐 가족이 있습니다' 하고 뛰어내릴 수 없다고 했어요. 그러자 브레즈네프의 부하는 명령이 있기가 바쁘게 절벽 아래로 뛰어내렸죠. 그런데 중간에 있는 나뭇가지에 걸려 버렸다는 겁니다. 로프를 내려 그 사람을 끌어올려 놓고 미국의 신문기자가 물었답니다. '당신은 어떻게 그런 행동을 할 수 있었느냐'고. 그랬더니 그 자의 답은 '내게도 가족이 있어요.'"

임수명은 웃지 않았다.

강신중은 다시 재판 관계로 화제를 돌렸으나 임수명은 귀찮다는 표정으로 듣고 있다가 돌연 물었다.

"나를 신고한 사람, 보상금은 받았을까요?"

"참, 당신은 신고에 의해 붙들렸죠?"

하고 강신중은 다음과 같이 얼버무렸다.

"간첩을 잡으면 백만 원인가 얼만가의 돈을 주기로 되어 있는 모양이지만 당신이 간첩인지 아닌지, 재판도 채 끝나지 않았는데, 그 사람들이 어떻게 돈을 받았겠소?"

사실 강신중은 보상금에 관한 구체적 내용을 모르고 있었다.

강신중은 나름대로의 최선을 다해 변론을 했다.

임수명이 도청자를 살해할 목적을 가지고 있었다고 하나 도청자가 이미 죽고 없어진 후의 일이니 법률의 대상이 될 만한 범의(犯意)로는 취급할 수 없다는 데서 시작해서,

(1) 비록 그것을 범의라고 치더라도 본인의 자백만으로 증거가 없는 점을 감안해서 처벌할 수가 없고,

(2) 그 밖에 조금도 범법 행위가 없었다는 것이 명백하고,

(3) 북괴에서 위조한 주민등록증을 소지하고 행사한 점은 위법행위라고 하지만 피의자가 그 주민등록증을 없애 버린 지 이미 오래된 이때에 와서 그런 자백만으로 처벌할 수가 없고,

(4) 피의자는 또 자기 자신을 노동당 당원이라고 하지만 그렇다는 것을 증명할 만한 재로가 전연 없고 보니 원래 공소를 유지할 수 없는 사건이라고 논단했던 것이다.

그러나 재판부는 검사가 제출한 S신문 소재(所載)의 암호광고(暗

號廣告)를 증거로 채택하는 한편 피의자가 추호도 개전의 정을 표하지 않는 사실에 중점을 두고 요인암살(要人暗殺)이 최근 북괴가 취하고 있는 대남 공작 목적 중 가장 요긴하다는 점을 상기시키고 이러한 악질적인 분자는 일벌백계 원칙에 따라 엄벌해야 한다는 취지에서 검사의 구형 그대로 사형을 선고하고 말았다.

판사가 임수명을 악질분자라고 단정한 덴 이유가 없지 않았다. 임수명은 최후 진술에서 대한민국에 대해 어마어마한 욕설을 퍼부어 놓곤 '김일성 만세'를 부르고 진술을 끝맺었던 것이다.

개전의 정이 없는 간첩에겐 그 소행의 다과를 불문하고 극형이 내려지는 것인데 최후의 진술에 가서 불손 오만한 태도를 취한 임수명에게 정상 재량을 베풀 여지가 없다는 것을 강신중이 모르는 바는 아니었다. 그러나 강신중이 그 언도가 지나쳤다고 생각한 것은 임수명이 대한미국을 욕한 것과 김일성 만세를 부른 행동이 그의 본심에서 우러난 것이 결코 아니라는 사실을 알고 있었기 때문이다.

언도가 있은 그 이튿날, 강신중이 임수명을 만나러 갔다. 그리고 놀랐다. 임수명의 몰골이 전연 달라 있었던 것이다. 눈동자는 초점을 잃고 있었다. 어제까지의 침착성은 찾아볼 수가 없었다. 사형 언도가 준 충격이 완연했다.

이렇게 충격을 받을 사람이 왜, 무엇 때문에 스스로 죄를 뒤집어쓰려고 그처럼 서둘렀을까 하는 의혹이 가슴을 메웠다. 강신중은 타

이르듯 말했다.

"지금도 늦지 않아요. 내 시키는 대로만 하면 사형은 면할 수가 있소. 2심에 가서 잘 해결해 봅시다."

임수명은 무슨 말을 듣고 있는지도 모르는 그런 표정으로 초점 잃은 눈으로 사방을 휘둘렀다.

'정신 이상을 일으킬 전조로구나.'

이런 생각이 직감적으로 떠올랐다.

"임수명 씨."

하고 불러 보았다.

답이 없었다. 여전히 쉴새없이 몸을 흔들고 눈을 이곳저곳으로 움직였다.

"임수명 씨, 진정하시오. 2심에 가선 잘 해봅시다. 내 변론만을 듣고 당신은 잠자코만 있으면 됩니다. 일부러 죄를 뒤집어쓰려는 그런 태도만 시정하면 돼요. 알았소?"

"이심 필요 없어요. 이심 안 해요."

겁에 질린 듯 임수명이 소리쳤다.

"안 되오, 이심을 받아야 하오."

"난 이 이상 끌려 다니는 건 싫소. 빨리 끝장이 나야 하오. 난 견딜 수가 없소. 나는 죽어도 이심은 안 받을 겁니다. 빨리 끝장이 나도록 해 주십시오. 이 이상 끌면 무슨 사고가 날지 모르겠소."

임수명의 정신상태가 정상으로 돌아온 것으로 보였다. 강신중은

이때다, 싶어

"사형 이상의 사고가 어디에 있겠소. 그 이상의 사고는 없소. 그러니 겁낼 아무것도 없단 말요. 이심에 가선 절대로 좋게 해결할 자신이 있으니 내 말을 들으시오."

하는 변호사로선 할 수 없는 말까지 지껄였다. 사실 임수명이 협조만 해주다면 강신중에겐 그럴 만한 자신이 있었다.

"다 소용없는 일입니다."

임수명은 냉랭하게 말했다.

강신중은 기가 막혔다. 사람의 성의를 이렇게 무시할 순 없다. 분한 마음이 들기도 했다.

"임수명 씨, 당신의 본심을 좀 알아봅시다. 당신은 간첩이 아니죠? 간첩이 당신 같을 순 없소, 아무리 북조선에 사람이 없기로서니 당신 같은 사람을 간첩으로 보내겠소? 당신은 노동당 당원도 아니오. 당원은 영리하고 야무집니다. 누가 묻지도 않는데 자기 입으로 자기 죄를 불어 버리는 그런 어리석은 짓도 하질 않아요. 대한민국의 법을 무시하면서도 그 법망을 뚫는 기술이 비상한 놈들이 공산당 당원이오. 또 당신은 철공소 직공도 아니었소. 철공소의 숙련공이 날품팔이를 해요? 어림도 없는 소리요. 숙련공으로서 철공소에 취직하는 것이 수입이 좋을 뿐 아니라 신변 보호도 안전한 거요. 숙련공은 날품팔이를 하곤 견딜 수가 없어요. 그런데 당신은 뭐요. 아무것도 아닌 사람이 간첩의 죄명을 쓰고 꼭 죽어야 할 까닭이 뭐요. 가족을 위해서요? 당신이 이곳에서 이렇게 죽는다고 해서 놈들이 당신의 가족들을 칙사 대접이나 해줄 줄 아오? 터무니없는 꿈을 꾸질 마시오. 지금이라도 늦지 않으니 당신의 정체를 정정당당하게 내세워 놓고 그리고 심판을 받으시오. 그래야 최악의 경우라도 사형 이상은 없을 것 아니오. 당신이 이 모양대로 죽는다면 참으로 어이가 없소. 국선변호인으로선 지나친 노릇을 내가 하는 건 변호사의 입장에서보다 인간의 입장에서요. 놈들에게 속아 비명에 넘어진 많은 친구가 내겐 있었소. 나는 당신을 만나자 그 친구들을 생각했소. 그 친구들에게 대해 못 다한 내 노력을 당신을 위해 하고자 하오. 지금도 그 생각엔 변함이 없소. 당신은 솔직히 말해 빨갱이도 아니지 않소? 그런데 뭣 때문에 빨갱이의 누명을 쓰고 죽으려는 거요."

강신중은 저도 모르게 흥분해 있었다.

임수명은 처음엔 살짝 긴장하는 빛이 보였으나 뒤에 가선 완전히 냉정을 되찾고 있었다.

"강 변호사, 그 뜻만은 고맙소. 그러나 사람에겐 각자 따라야 할 운명이란 게 있습니다. 이 이상 강 변호사가 노력하는 것은 나를 괴롭히는 것으로 됩니다. 얼마 남지 않은 시간이나마 나를 조용하게 내버려 두시오. 이심은 절대로 원치 않습니다."

임수명은 조용히 일어섰다.

복도 끝으로 사라지는 임수명을 지켜보다가 강신중은 되돌아섰다.

'도무지 알 수가 없는 일이다.'

강신중은 이렇게 중얼거리며 이미 7월에 들어선 여름의 거리를 느릿느릿 걸었다. 발광 직전으로 보이기까지 하던 임수명의 몰골과 곧 침착을 되찾은 그 태도와의 진폭(振幅) 사이에 있었던 그 마음의 갈등은 어떠한 것이었던가. 그러나 이러한 궁금증은 곧 가셔지고 말았다. 그 날 오후 강신중이 소속한 변호사회의 임원회의가 있었기 때문이다.

그 다음 강신중이 임수명을 만난 것은 일심의 판결 그대로 사형이 확정되고 난 후 한 달쯤 지나서다. 그땐 강신중이 다른 의뢰인을 면회하러 간 김에 그를 불러 달라고 했다.

사형이 확정된 사람을 만난다는 것은 고통스러운 일이었지만 가슴 밑바닥에 깔려 있는 찌꺼기 같은 것이 남아 있어 강신중이 딴으론 용기를 낸 것이다.

임수명은 차마 정시할 수 없을 정도로 수척해 있었다. 초점을 잃은 그때와는 달리 이번엔 눈동자가 푹 패인 안광 속이 틀에 박힌 듯 움직이지 않았다. 매일처럼 죽음을 응시하고 있는 동안에 그렇게 되어 버렸을까 하는 인상이었다.

그래도 임수명은 강신중을 보자 입언저리에 가벼운 웃음을 띠고 인사를 했다.

"고맙습니다. 선생의 호의만이 내 마지막 길의 커다란 위안입니다."

그 말엔 진심이 서려 있었다.

강신중이 얼른 대꾸할 말을 잊었다.

그래 겨우 한다는 말이,

"거처가 불편하시죠."

하는 어색한 것이었다.

"불편하진 않습니다. 이것 빼놓군."

하고 임수명은 수갑을 찬 손을 들어 보였다.

"이제 와선 소용없는 일이겠습니다만 임수명 씨가 왜 이렇게 되었는지 그 까닭을 알고 싶은데요."

강신중이 간신히 말해 보았다.

"강 선생께서 무엇을 알고 싶어 하시는지 난 알고 있습니다. 그러나 그걸 알아 무엇 하시렵니까. 말할 수가 있었다면 말씀드렸을 것 아닙니까."

"꼭 그러시다면 할 수 없죠. 그런데 혹시 내게 부탁할 건 없습니까? 임수명 씨를 위해 뭔가 해드리지 않곤 내 마음이 편칠 않습니다."

임수명은 잠깐 생각하는 듯하더니 얼굴에 보일락말락 생기를 돋우었다.

"내가 3년 전 서울에 왔을 때, 그 땐 늦은 가을이었는데 거리의 꽃가게에 샛노란 국화꽃이 진열되어 있었습니다. 그걸 들여다보고 있는데 어떤 젊은 여자가 꽃가게로 들어갔어요. 조금 있다가 그 여자가 국화꽃을 한 다발 사들고 나오더니 나를 힐끔 보고 하는 말이 '이 꽃 이쁘죠' 하며 다발 가운데서 꽃 두 송이를 뽑아 주었어요. 하두 뜻밖인 일이라서 고맙다는 말도 못하고 멍청히 서 있기만 했죠. 그 젊은 여자는 꽃다발을 안고 활발한 걸음으로 걸어가 버렸지요. 그 뒷모습을 보며 나는 그 여자의 행복을 진심으로 축복했습니다. 서울이란 도시를 축복하고 싶은 마음도 생겼구요. 대한민국을 축복하고 싶은 마음도…… 북쪽, 이북에선 어림도 없는 일이죠. 감방에서 나는 가끔 생각해 봅니다. 그때 내게 꽃을 준 그 젊은 여자가 내가 이 꼴이 되어 있다는 것을 알면, 아니 이 꼴로 될 인간이었다는 것을 알면 어떤 생각을 할까 하구요."

임수명의 눈에 눈물이 고여 있었다.

강신중은 시선을 창 너머로 돌렸다. 흐린 하늘이 그곳에 있었다.

임수명의 말이 계속되었다.

"나도 평생에 한 번은 꽃을 사서 누구에겐가 보내 보고 싶은 생각이 간절했습니다. 그러나 당치도 않은 일이죠. 강 선생에게 부탁하고 싶은 건 늦은 가을에 샛노란 국화꽃을 사 가지고 내 대신 선사를 해 주었으면 하는 겁니다."

"누구에게요."

"주영숙이란 사람입니다."

"그 사람이 누군데요."

"나를 고발한 사람입니다."

"당신을 고발한 사람에게 꽃을 사서 주라구요."

"이유는 묻지 마십시오. 군이 원하는 것도 아닙니다. 만일 호의가 있으시면 부탁하겠다는 겁니다."

"부탁이시라면 그렇게 하죠."

"그런데 그 꽃은 늦은 가을의 국화꽃이라야 합니다."

"알았습니다. 주소를 알아야죠."

임수명은 주영숙의 주소를 말했다. 성북구 장위동의 꽤 까다로운 번지였는데 임수명은 수월하게 들먹였다. 강신중은 그 주소를 수첩에 적어 넣었다.

해질 무렵 임수명이 일어서며 말했다.

"이게 강 선생님을 뵙는 마지막일지도 모르겠습니다."

처량한 목소리였다.

강신중이 뭐라고 할 말을 찾지 못하는 가운데 문턱을 넘어선 임수명이 고개를 돌려 한마디를 보냈다.

"언젠가 나를 알 날이 있을 겁니다."

가을이 왔다. 강신중 변호사의 집 뜰에 심은 국화꽃도 봉오리를 맺었다. 그 봉오리를 보며 강신중은

'꽃 가게에서 국화꽃을 사가지고 갈 것이 아니라 뜰에 있는 꽃을 꺾어다 줘야겠구나.' 하고 임수명의 부탁을 상기했다.

그러한 어느 날 강신중은 조간 신문의 한 구석에서 '간첩 임수명 사형집행'이란 짤막한 기사를 읽었다.

당연히 예기한 일이지만 기분이 좋을 까닭이 없었다. 식욕을 잃고 주스 한 잔만을 마시고 사무실로 나갔다.

그러나 병원엘 나가야 할 일, 사람들을 만나야 할 일들이 겹쳐 정신없이 한나절을 지낼 수가 있었는데 오후에 평복(平服)을 한 교도관이 강신중을 찾아왔다.

교도관이 한 말은 다음과 같았다.

"어제 간첩 임수명을 집행했습니다. 우연히 제가 입회하게 되었는데요. 형장으로 가는 도중 제게 귀띔을 했습니다. 자기의 본명은 박복영이라면서 그 말을 꼭 영감님께 전해 달라는 부탁이었습니다. 두 번 세 번 뒤풀이 했습죠. 그래서 위법이 아닌가도 싶습니다만 상대가 영감님이구, 간첩이긴 하나 마지막 길에서 한 말이구 해서 전해 드리려고 왔습니다."

강신중은 자기의 짐작이 옳았다고 느끼며 동시에 뭐라고 형언할 수 없는 감정에 사로잡혔다. 일단 그런 짐작을 해보았으면 그것을 기점(起點)으로 철저하게 파고 들었어야 할 일이었다. 자기의 잘못으로 사람 하나를 죽인 것이 아닌가 하는 엉뚱한 자책감까지 돋아났다. 그러나 저러나 확인을 해 보아야 하겠다고 생각하고 전화기를 들었다.

Y는 다행히 집에 있었다.

"자네 박복길이라 사람을 안다고 했지."

"그래, 그런데 아닌 밤중에 무슨 홍두깨야."

"농담 말구 묻는 말에나 대답을 해. 박복길의 큰 형 이름이 뭐구."

"박복식일 거야."

"작은 형은."

"박복수."

"복길인 그러니까 셋째라고 했지?"

"그렇다, 왜?"

"4형제니까 박복길의 동생이 있을 것 아닌가. 그 사람 이름이 뭐야."

"박복…… 복자는 돌림자니까 들었을 거구, 뭐랬더라? 알쏭달쏭한데, 왜 그러나."

"혹시 박복영 아냐?"

"그래 맞았어, 박복영이야."

"그럼 빨리 내 사무실로 나와요. 의논할 일이 있으니까."

"뭔데."

"전화론 안 돼, 빨리 나와."

강신중의 얘기를 끝까지 듣고 나선 혀를 차며 Y는 말했다.

"그런 짐작이 있었으면 진작 말하지 않구."

"진작 말했더라면 자네가 어떻게 했을 건데?"

"방청하러 나가 확인이라도 해 봤을 것 아닌가. 그 사람관 접촉한 일이 없지만 한 두 번 본 적은 있거든."

"자네가 아는 그 사람 나이는 어때."

"쉰 살을 한둘 넘긴 나일 걸. 복길이보단 두 살쯤 아래였을 테니까."

"기록에는 45세로 돼 있어."

"이름부터 가명으로 하고 있는데 나이쯤이야. 하여간 자넨 틀렸어. 그런 얘긴 왜 안 하노."

"법정 관계의 얘기를 함부로 할 수야 있나. 게다가 그 사람이 박복영이란 사실을 알았더라도 어떻게 할 수가 없어. 변호인이 본인에게 불리한 사실을 폭로할 수 없거든. 설혹 그걸 밝히는 게 본인에게 유리할 수 있어도 본인이 반대한다면 안 되거든."

"그런데 이상하지 않나. 자네가 읽은 도청자의 수기엔 그의 조카인 박명구가 성분 문제로 대학에도 못 다닐 뿐 아니라 온 집안이 박해를 받고 있더라며? 그런데 어떻게 그런 사람을 간첩으로 남파했을까."

"그게 이상하긴 해. 그러나 도청자의 수기를 보니 그런 것만도 아닌 것 같애. 무슨 관직에서 파직시킨 이인달이란 사람을 고정 간첩으로 남파했다는 사실도 있던데. 간첩 남파엔 두 가지 종류가 있는 모양 아닌가. 당성이 강한 자를 보내 실리(實利)를 얻자는 것과 남한을 혼란시킬 목적만으로 숙청 삼아 보내는 것과. 성과를 내고 돌아오면 그만큼 플러스가 되는 거고 붙들려 죽으면 숙청한 셈으로 치고 말야."

"그러나 어느 정도의 충성도(忠誠度)는 인정받아야만 될 것 아닌가."

"가족이 있잖나. 가족이 볼모가 되는 거지. 놈들의 말대로라면 담보지, 담보."

"하여간 지독한 놈들이야."

"참 자네 말 들으니 박복길한테 제수가 남았다고 하잖았나. 그 제수가 곧 박복영의 마누라란 말 아닌가."

"그렇지."

"혹시 그 여자의 이름을 아나?"

"복영의 이름도 잘 몰랐는데 여자의 이름까지 어떻게 아나."

이런저런 얘기를 하던 끝에 두 사람의 의견이 다음과 같은 짐작을 성립시켰다.

박복영 일가의 처지가 말이 아닌 상태로 빠져들었다. 그 박해를 이겨 나갈 방도가 없어졌다. 옛날 공산당에 제공한 재산은 남로당에 준 것이란 취급을 받고 되레 그런 사실이 불리한 상황을 만들었다. 그런데다 도청자가 자수하여 전향하는 바람에 이남에 있는 박복길과 그 어머니가 사형을 당했다는 소식을 뒤늦게사 알았다.

박복영이 도청자를 죽이고 오겠다고 자원해서 나섰다. 개인적인 감정도 감정이려니와 공적을 올림으로써 일가의 사정을 좀 펴이도록 하겠다는 의도도 있었다.

북괴의 기관은 이 자원을 받아들이기로 했다. 만일 실패하거나, 그 밖에 사고가 있으면 가족들에게 좋지 않을 것이란 조건을 붙여서 그를 남파했다. 북괴가 그를 그 이외의 일론 신용하지 않았다는 것은 그에게 다른 임무를 주지 않았을 뿐 아니라 남한에 있는 고정 간첩과 연락하는 방법을 가르쳐 주지 않은 것으로 알 수가 있다. 그를 북으로 데리고 갈 의사가 없었다는 것도 확실하다. 자수를 해봤자 손해될 기밀이 없는 것이니 몇 사람의 위험을 무릅쓰고까지 그를 데리고 갈 의사가 없었던 것이다.

여기까지의 짐작엔 두 사람의 의견이 합치되었으나 다음의 문제에서 엇갈렸다.

Y는 '북괴가 도청자의 죽음을 미리 알고도 박복영을 보냈을 것'이라고 했고 강신중은 '북괴가 목적없이 박복영을 보냈을 까닭이 없으니 그 당시엔 알지 못했을 것'이라고 맞섰다.

"북괴의 정보가 그렇게 어두워? 그럴 리가 없지."

하고 Y는 버티고 강신중은

"놈들이 우리 사는 형편에 대한 소상한 정보를 알아 봐. 전쟁준비 같은 것을 하는가. 놈들은 놈들의 비위에 맞는 정보만 수집하는 거라. 예를 들면 남한의 무역 사정이 좋아졌다, 중공업이 굉장하게 발달했다 하는 따위의 정보는 보내지도 않고 받아도 무시하는 거여. 그렇지 않고서야 북괴가 어떻게 그런 태도로 나오겠어."

이 토론은 술좌석에 옮겨가서까지도 계속되었는데 결론이 나진 않았다.

"하여간."

하고 Y가 탄식했다.

"그 일문은 우리 고향에선 알아주는 집안이었는데 비참도 하지. 아들 둘은 대한민국에서 사형당하고 아들 둘은 북한에서 학살(虐殺) 당할 판이구."

그날 밤 강신중은 집으로 돌아가서 도청자의 수기를 꺼내 놓고 박복길에 관한 기사가 있는 곳을 찾았다. 다음과 같은 대목이다.

… 우리가 다시 몰락 기업가(박복길) 집으로 들어섰을 때 그의 얼굴 표정은 죽을 상이었다. 그럴 수밖에 없었다. 자기들의 끼니도 간신히 이어 가는데 벌써 20일이 넘도록 우리가 자기 집에 있었고, 앞으로도 접선이 안 되면 계속 우리 생활까지 그가 보장해 줘야 할 판이니 오죽 애가 탔겠는가! 그러나 부득이 그 집에 있을 수밖에 다른 방도가 없었다. 나는 그 집의 딱한 생활 조건을 알고도 그들에게 돈을 줄 수 없는 것이 죄스러워서 밥을 적게 먹기 위해 위장병이란 핑계를 대고 누룽지를 먹거나 그렇지 않으면 밥을 적게 먹으면서 생배를 앓았다. 그 집 어머니와 몰락 기업가는
"그렇게 안 먹고 건강을 유지할 수 있느냐."
고 걱정하면서 때때로 과일을 사 주기도 하였다. 이 모든 성심성의는 오로지 북에 있는 가족들을 생각한 때문이었다.
…… 이 몰락 기업가는 직업도 없이 생활하는데 친척들이 약간 생활비를 보태주는 형편이었지만 그래도 그들 가난한 생활이 북한에서 지위가 높은 국장급 생활수준보다 훨씬 높다는 것을 나는 인정

했다. 그 집에서 제사 차리는 것을 보니 감히 북한 사람들과는 비교도 못할 정도였다. 떡을 몇 가지씩이나 만들고 도미 생선이니 소고기 육전이니, 별별 음식을 장만했다. 그런데도 그 몰락 기업가는 북한 사람들은 다 잘 사는 사람들만 있고 남한엔 굶는 사람들만 있는 것처럼 말했다. 그러면서, 그는 이상하게도 매일 술을 마시고 고급 담배를 피웠다. 그리고 그가 외출할 때 보면 고급 양복에 나일론 양말을 신고 와이셔츠에 넥타이를 매었다. 나는 마음속으로 '이 사람을 북에 데리고 가서 북한 주민 생활을 한 달만 맛보이면 자살을 하겠구나' 하고 생각하기도 했다.

…… 그 집 할머니는 매일 밤 목욕을 하곤 정화수를 떠 놓고 북쪽을 향해 빌었다. 북쪽에 있는 세 아들의 행복과 그 아들들과 만나 볼 수 있는 통일의 날이 빨리 오도록 비는 것이다.

이 대목을 읽으면서 강신중은 솟구쳐 오르는 의분감을 금할 수가 없었다. 도청자란 여자에게 대한 미움이었다. 비판하는 안력이 있고 그런 장면을 목격도 하고 했으면 응당, 그 몰락 기업가인가 하는 사람을 데리고 자수해야 하는 것이다. 이북의 사정을 털어 놓고 다신 속지 말자는 당부와 더불어 그 사람에게도 회생(回生)의 길을 주어야 하는 것이다. 도청자는 그 수기 가운데 아무리 뻔뻔스러운 소릴 해도 이 세상에 재앙을 몰고 온 악마의 시녀랄 수밖에 없다.

이런 생각을 하다가 강신중은 문득 도청자의 죽음이 자살이 아닐까 하는 의혹을 가졌다. 몰락 기업가와 그 어머니가 처형되었다는 소식을 듣고 그 충격으로 자살을 결행할 만도 한 일이 아닌가. 만일 그렇게라도 되었다면 도청자에게 한가닥 양심이 있었다고 할 수 있을 것이다.

아무튼, 하고 강신중은 쓰다가 말다가 한 일기장을 꺼내 그 밤의 감상을 다음과 같이 적었다.

어떤 주의를 가지는 것도 좋고, 어떤 사상을 가지는 것도 좋다. 그러나 그 주의, 그 사상이 남을 강요하고 남의 행복을 짓밟는 것이 되어서는 안 된다. 자기 자신을 보다 인간답게 하는 힘으로 되는 것이라야만 한다. 인간답다는 것은 첫째 자기가 존재함으로써 남을 불행하게 하는 일이 없도록 한다는 마음먹음이며 실천이다. 어떤 고상한 목적으로서도 남을 희생시킬 순 없다는 각오다. 자기가 행복을 바라고 있는 그만큼 남도 행복을 바라고 있다는 사실에 대한 공감(共感)이며 이해다. 그러기 위해선 부득불 평범한 생활을 소중히 할밖엔 없다. 요컨대 이상(理想)이 아무리 높다고 하더라도 거기에 이르는 데 부자연한 수단이 필요하다면 포기해야 하는 것은 이상이다. 그 증거를 우리는 공산주의에서 볼 수가 있다. 공산주의는 그들이 만들어 낸 성과가 설사 얼마나 눈부시다고 하더라도 그들이 저지른 죄악을 보상할 순 도저히 없을 것이다. 그 실례가 로서아(소련)에 있고 북한에 있다. 도청자 같은 인간을 있게 한 것도, 임수명 같은 인간을 있게 한 것도 모두 그들의 수작이 아닌가. 우리는 우리의 평범한 생활을 지키기 위해서도 그들을 용납할 순 도저히 없다. 임수명, 아니 박복영이 집행당했다는 소식들 듣고 이렇게 적어 본다…….

늦은 가을까지 기다릴 필요가 없었다. 시월에 드니 꽃 가게는 샛노란 국화꽃으로 넘쳤다. 강신중은 어느 일요일을 택해 Y와 함께 주영숙을 찾기로 했다.

번지가 가까워진 곳에서 구멍가게 주인에게 물었다. 주인인 노인은 '주영숙, 주영숙' 하고 되뇌이면서도 생각이 떠오르니 않는 모양이었는데 부엌 쪽에서 계집아이가 얼굴을 내밀더니 '할아버지, 간첩 잡아줬다고 상 탄 집이라예' 하고 눈망울을 두 사람을 향해 굴렸다.

"아아, 그 집이면."

하고 구멍가게의 노인은 가게에서 서너 발자국 밖으로 나와 서서 서쪽으로 가장 가까운 곳에 있는 전신주를 가리키며 우물우물 말했다.

"저 전신주 있는 골목을 왼편으로 들어가서 오른쪽으로 셋째 집이 바로 그 집일 거요."

강신중과 Y는 어슬렁어슬렁 노인이 가리킨 골목으로 돌아가선 그 집 앞에 서서 동정을 살폈다. 비좁은 뜰 저편에 부엌 하나, 방 하나, 그 앞에 좁은 마루가 달려 있는 집의 구조가 판자문 틈으로 환히 들여다 보였다. 그런데 시각이 오전 열한 시가 넘었는데도 사람이 기동해 있는 흔적이 없었다.

"여보세요."

하고 강신중이 부르고 Y는 판자문을 흔들었다. 그래도 아무런 기척이 없었다.

"이상한데."

먼저 Y가 중얼거렸다.

"도루 구멍가게에 가서 물어 볼까."

한 것은 강신중이었다. 그 근처는 다닥다닥 집이 붙어 있었는데 이상하게도 다른 집들은 그 골목에 등을 돌리고 있고, 문이 그 방향으로 나 있는 것은 근처에선 그 집뿐이었다.

한참을 그렇게 서성거리고 있었는데 골목 어귀에서 사람의 기척이 있었다. 돌아보니 옥색 저고리에 다갈색 치마의 수수한 한복 차림의 초로의 부인이 걸어 들어오고 있었다. 강신중은 그 여자가 그 집 주인일 것이라고 직감했다. 수수한 차림이었지만 어릴 적부터 깔끔하게 한복을 입기에 길들인 사람에게 특유의 짜임새가 몸 전체에서 풍겨 나오고 있었다.

가까이 왔을 때 두 사람은 판자문 앞에서 비껴 섰다. 여자는 꽃을 한아름 안고 선 강신중을 이상하다는 눈초리로 흘겨보더니 기둥 쪽으로 손을 넣어 걸쇠를 끄르곤 판자문을 열었다. 그리고 그냥 들어가려다가 계속 그 자리에 서 있는 두 사람 쪽으로 돌아섰다.

"이 집에 무슨 일이 있으세요."

초년엔 미인으로 칠 수 있었을, 윤곽이 바른 얼굴이었다. 주름이 잡혀 있었는데도 미녀의 잔향(殘香)같은 것이 서려 있었다.

두 사람이 머뭇거리는 걸 보자 부인은

"주인은 지금 강원도에 가 계시는데요."

했다.

"주영숙 씨를 뵈러 왔습니다."

강신중이 가볍게 고개를 숙여 보이곤 말했다.

"주영숙은 접니다만, 무슨 일루."

"여게 서선 말씀을 드릴 수가 없습니다."

"그럼 잠깐 들어오세요."

주영숙이란 그 여자는 빠른 걸음으로 먼저 들어가더니 행주로 마루의 먼지를 훔치곤,

"누추합니다만 잠깐 앉으시지요."

하고 자기는 부엌문에 기대섰다.

"다름이 아니라 부탁들 받고 왔습니다. 혹시 임수명이란 사람을 아시는지요."

강신중이 조심스럽게 물었다.

"임수명!"

하고 낮게 중얼거리더니 여인의 얼굴이 단번에 상기했다.

"간첩 아녜요? 얼마 전에 사형이 되었다는……."

눈엔 공포의 빛이 있었다.

"그렇습니다. 그 사람 일로 왔습니다."

"경찰관이신가요."

"아닙니다. 어려워 마십시오. 나는 그 사람의 변호를 맡은 변호삽니다. 이 사람은 내 친구이구요."

"그럼 어떻게 절……."

"임수명 씨가 죽기 얼마 전 내게 부탁을 했어요. 늦은 가을에 샛노란 국화꽃이 피거든 그 꽃을 한아름 사다가 부인에게 갖다 드리라구요."

주영숙이 굳은 표정이 되었다.

"꽃을요? 제게요?"

"부인께서 고발한 사실도 알고 있었던 모양입니다만 꽃을 갖다 드리라는 덴 결코 나쁜 뜻이 있는 것 같지 않았어요."

주영숙의 몸이 와들와들 떨고 있었다. 강신중이 일어서서

"부인, 이리로 좀 앉으세요."

하고 자기가 앉아 있었던 자리를 권했다. 주영숙은 하마터면 쓰러질 듯한 몸을 가까스로 가누고 마루 끝에 걸터앉아 상체는 부엌 쪽 판자벽에 기댔다. 그 이마엔 기름땀이 솟아 있었다.

"진정하십시오. 꽃을 보내 드리라는 그 사람에게도 악의가 없었고 이렇게 찾아온 우리들에게도 악의가 없습니다. 뿐 아니라 다른 의도란 전연 없습니다. 꽃이나 받아 주십시오."

강신중이 꽃다발을 내밀었더니 주영숙이 겁에 질린 듯 손을 움츠려 치마폭으로 가렸다. 강신중이 하는 수 없이 꽃다발을 마룻바닥

에 놓았다.

"진정하시고 사정 얘기나 하십시오. 사실 우리들은 뭐가 뭔지 몰라 찾아오기로 한 겁니다."

강신중이 부드럽게 말했다.

주영숙은 약간 냉정을 되찾았는지 마른 침을 삼키곤 입을 열었다.

"지난 봄 어느 날이었어요. 한 통의 편지가 날아들었어요."

꺼져 버릴 듯한 목소리였다. 강신중과 Y는 귀에다 신경을 모았다.

"그 편지는 마포 어느 집에 북쪽에서 온 간첩이 있으니 당국에 신고하라는 편지였어요. 편지를 받고도 신고하지 않으면 불고지죄에 걸릴 것이니 그리 알라는 무서운 말도 있었어요. 자기가 직접 신고할 수도 있지만 간첩으로 온 사람이 친한 친구여서 인정상 그렇게 못하겠다는 사연도 씌어 있었구요. 전 겁이 나서 어쩔 줄을 몰랐는데 남편이 신고를 했나 봐요. 그런 편지가 있으니 무고죄에 걸릴 염려가 없다면서요. 그렇게 된 거예요."

"보상금은 받았습니까?"

"백만 원 얼만가를 탔어요. 그 돈 쓰기가 겁이 났지만 빚 때문에 이 집까지 남의 손으로 넘어갈 판이고 해서요. 아이들 등록금도 못 낼 사정이었구요. 그럭저럭 쓰고 말았어요."

"보탬이 되셨구먼요."

"그 돈이 없었더라면 우리는 길바닥에 나가 앉을 형편이었으니까요."

주영숙의 얼굴에 괴로움의 흔적이 비쳤다.

"괴로워하실 건 없습니다. 그 사람은……."

하다가 강신중이 말을 중단했다.

"그 사람이 사형 집행이 되었다는 신문을 읽곤 한동안 잠자리에 들기가 무서웠어요. 지금도 무서운 걸요. 간혹 무서운 꿈을 꿔요. 그런데 그 사람이 꽃을 선사하라는 건 무슨 까닭일까요. 사정을 모르는 그 사람으로선 우리가 원수처럼 생각이 되었을 텐데요."

하고 주영숙은 마루에 놓인 꽃을 힐끗 보며 징그러운 듯 꽃다발에서 조금이라도 멀어지려고 몸을 틀었다.

"그 사람은 대한민국에 대한 자기의 죄를 뉘우치고 스스로 벌을 받은 거나 마찬가집니다. 그리고 그 사람은 혹시 부인을 잘 알고, 부인의 생활이 곤란하다는 것도 알고 해서 도움을 주려고 한 것인지도 모르죠. 여러 가지 사정을 종합해 볼 때 부인에게 그런 편지를 쓸 사람은 그 당자를 두곤 있을 것 같지 않으니까요. 하여간 부인에겐 조금도 나쁜 감정을 가지지 않았다는 것을 나는 단언할 수가 있습니다. 그러니 겁을 먹거나 후환을 두려워하거나 할 필요가 없습니다. 그런데 우리가 궁금한 건 어떻게 그 사람이 그런 결심을 하게 되었는지, 그 사정입니다. 부인을 만나보면 혹시 그 수수께끼가 풀리지 않을까 했는데요."

주영숙의 얼굴은 긴장이 풀어진 대신 멍청하게 되었다. 무언가를 생각해 내려는 데도 생각의 실마리가 잡히질 않는다는 그런 표정으로 한참을 있더니 맥없이 중얼거렸다.

"모를 일이에요. 어떻게 그런 편지가 날아들게 되었는지 모를 일이에요. 도무지 모를 일이에요."

강신중이 여태껏 참고 있던 말을 안 할 수가 없었다.

"부인, 박복영이란 사람을 아십니까?"

여자의 얼굴에 핏기가 가셨다. 순식간의 변화였다. 이때까지 상기된 얼굴이었던 만큼 그 변화는 눈에 보이도록 선명했다. 그리고 어른이 때리려고 할 때 어린아이가 보이는, 그 속수무책의, 그저 낭패를 당한 것 같은, 뭐라고 형언할 수 없는 표정이 얼굴 위에 얼음처럼 굳어 붙었다.

"그 사람은 임수명이가 아니고 박복영이었습니다."

강신중이 조용히 덧붙였다.

"역시."

하는 신음소리가 주영숙의 입에서 새어 나왔다.

인생에 있어서의 어떤 클라이맥스를 지켜보고 있다는 것처럼 괴로운 일은 없다. Y는 강신중의 소매를 끌었다.

조금 후에 강신중과 Y는

"실례했습니다."

하는 요령 부득인 말을 남겨 놓고 걸어 나왔다.

두 사람이 판자문 밖으로 나섰을 때였다. 등 뒤에서 무슨 소리가 있었다. 두 사람은 동시에 고개를 돌렸다.

주영숙이 꽃다발을 뜰에다 내동댕이친 직후였다. 국화꽃의 그 샛노란 송이송이가 산란한 채 비좁은 뜰을 꽉 채우고 있었는데 그 꽃송이 하나하나가 살아 있는 괴물처럼 소리없는 아우성을 치고 있었다.

강신중과 Y는 안 볼 것을 본 것처럼 얼른 고개를 돌리고 발길을 옮아 놓았는데도 일순간에 보았던 산란한 그 뜰의 샛노란 국화꽃은 영원히 잊을 것 같지 않은 인상을 가슴 속에 새겨 버렸다.

큰길로 내려와 겨우 숨을 돌려 택시를 기다리며 두 사람은 다음과 같은 대화를 나눴다.

"꽃이 그처럼 무서울 수도 있다는 걸 처음으로 알았다."
고 한 것은 강신중이었고

"혹시 박복영이란 그 친구, 연극공부를 한 사람이 아닐까."
한 것은 Y였다.

두 사람은 그 길로 단풍이 들락말락한 우이동 산골짜기를 찾아갔다. 술이라도 한잔 하지 않고는 견딜 수 없는 심정이었고 거리의 소음에 휘말리기도 역겨운 기분이었던 것이다.

그 무렵인데도 일요일인 탓인지 우이동엔 사람들이 붐비고 있었다. 강신중과 Y는 좀 더 깊은 곳으로 가서 대낮부터 술을 시작했다.

거기까지 오면서 문제가 되었던 주영숙의 심리가 계속 화제에 올랐지만 정확한 결론엔 물론 이를 수 없는 것이었다. 하나의 결론은 박복영이 자기의 죽음을 최대한으로 이용해 보려고 했다는 사실이다. 그는 자기의 사형을 북쪽에 있는 가족들을 편하게 살리기 위한 수단으로 했고 - 그 성공 여부는 고사하고 - 한편 남한에 있는 옛 마누라를 돕기 위한 수단으로 했다는 건 분명했다.

"빌어먹을! 도대체 그런 인생이 있을 수 있단 말인가."

강신중이 투덜댔다.

"끔찍한 일이지."

Y도 맞장구를 쳤다.

"그러나 그런 비극을 안주로 이렇게 술을 마시고 있으니 인간은 비정적 실존(非情的實存)?"

"이번 케이스는 비극이랄 수가 없어, 참극(慘劇)이야, 참극."

"그 참극에 끼어들어 괜히 나만 겉돈 셈이 된 거로군."

"참극에도 삐에로는 있어야 하는 법이니까."

"Y군 자네도 오랜만에 좋은 말했네. 정말 나는 삐에로였어. 본인이 자기의 유죄를 주장하고 있는데 나는 무죄로 하려고 기를 쓰고 있었으니까 말야."

"이제 그 얘긴 집어치우지."

한 것은 Y였고,

"그러자."

고 동조한 것은 강신중이었는데 화제는 자꾸만 그리로 돌아갔다.

"주영숙이란 여자 말야. 그 여자가 그처럼 구차하게 살고 있지만 않았더라면 이번 사건은 일어나지 않았고, 박복영은 그냥 날품팔이를 하고 살고 있었을 것 아닐까?"

강신중은 처음으로 이 생각이 났다는 듯 이렇게 말했다.

"그 밖에 무슨 강박관념 같은 게 있었겠지, 이대로 있어선 안 된다 하는. 그런데 나는 그보다는 일류 부르주아의 막내아들이 날품팔이를 하며 2년 동안이나 지낼 수 있었다는 것이 기이해."

"그건 이 사람아, 아무것도 아냐. 박복영 형제는 이북에서 육체 노동을 하지 않고는 못 살게 돼 있는 거라. 박복영에겐 강제 노동의 경험도 있었을 거구. 아무래도 나는 이번 사건의 직접적 원인은 주영숙이란 여자에게 있을 것 같애."

"직접 원인이구 뭐구…… 주영숙이 구차하게 살고 있지 않았더라면 샛노란 국화꽃이 아까 본 것처럼 그 집의 뜰에 깔리는 그런 광경은 없었을 테지."

이렇게 말하고 Y는 국화꽃이 깔린 좁은 뜰을 들여다보는 눈빛이 되었다.

돌연 골짜기가 떠들썩해졌다. 마이크를 통해 노랫소리와 환성소리가 일기 시작한 것이다. 토막토막의 소리를 합쳐보니 무슨 군민회(群民會)를 하고 있는 것 같았다.

"아아, 산이 막혀 못 오시나요……."

하는 노래가 울려 퍼졌다.

"저놈의 노래 지긋지긋해."

Y가 상을 찌푸렸다.

"남이사 뭣을 하건 말건."

얼근하게 취기가 돈 모양으로 강신중이 Y에게 술잔을 쑥 내밀었다.

"어때, 아무리 엉터리 소설가라도 재료가 이만하면 걸작 소설을 쓸 수 있겠지."

"어림도 없어."

하고 Y는 손을 저었다.

"왜."

"비극 정도는 소설이 될 수 있어도 참극은 안 돼."

"무슨 잠꼬대 같은 소릴 하노."

강신중이 거칠게 나왔다. 술에 취했을 때 가끔 있는 버릇이었다.

"옛날의 소설가는 말이다. 현실이 너무 평범하고 권태로우니까, 그 밀도를 짙게 얘길 꾸밀 수가 있었던 거라. 그러나 요즘은 달라. 현실이 너무나 복잡하구 괴기하거든. 그대로 써내 놓으면 독자에게 독(毒)을 멕이는 결과가 되는 거여. 그러니 현대의 작가는 현실을 희석(稀釋)할 줄을 알아야 해. 이를테면 물을 타서 독(毒)을 완화시키는 거라구. 옛날 작가들관 역(逆)으로 가는 작업을 해야 한다, 이 말이여. 그런데 그 물을 타는 작업이 이만저만 어려운 게 아냐."

"삐에로 노릇하는 변호사보다 더 어려운가?"

"삐에로는 국화꽃을 안고 가면 되지만 작가는 그 국화꽃의 의미를 제시해야 할 것이 아닌가. 물을 타지 않고 어떻게 그 의미를 전하지? 그런데 어떻게 물을 타야 할지 모르겠어."

"알았다, 알았어, 자네 소설이 싱거운 까닭을 이제사 알았다."

강신중이 돌연 깔깔대고 웃었다. 그 웃는 소리가 한동안 군민대회의 소음을 눌렀다.

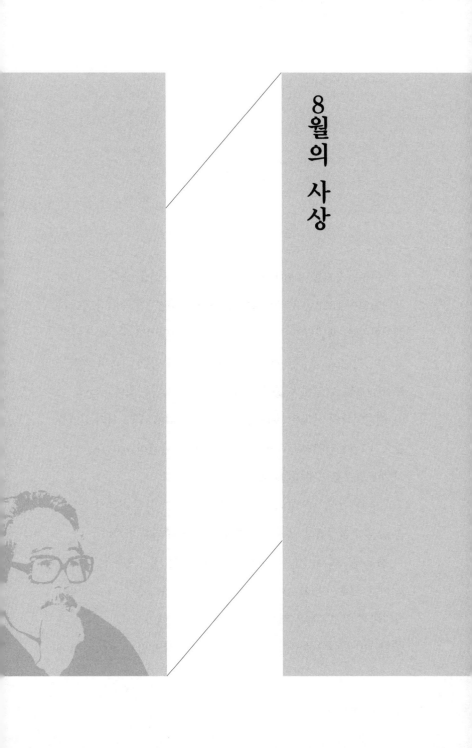

8월의 사상

'8'이란 숫자를 보면 나는 으레 레프 톨스토이를 생각한다. 그의 생년월일이 1828년 8월 28일이기 때문이다. 팔자가 좋았다고도 하겠지만 그의 생년월일엔 팔자도 많다. 이건 여담이고, 8자와 우리 민족과의 관련도 심상한 것은 아니다. 한일합방이란 치욕의 역사는 1910년 8월 22일에 비롯된 것이고 해방이 된 것은 1945년 8월 15일, 대한민국의 건국은 1948년 8월 15일, 그 밖에도 8자와의 인연을 찾으면 더러 있겠지만 우리 민족과 8자와의 유관성(有關性)은 이상의 재료만으로도 증명하기에 족하다.

그런 때문에서가 아니라 나는 1980년 8월 15일을 기해서 단연코 술을 끊길 결심했다. 특히 '단연코'란 강세엔 주의할 만하다.

술을 끊겠다는 것은 결심이기도 하거니와 내게 있어선 비원(悲願)이다. 뇌수의 골짝골짜기에서, 혈관의 가닥가닥에서, 세포의 마디마디에서 알코올분을 말쑥이 추방해 버리고 데카르트의 정확성과 폴 발레리의 영롱함을 얻어 진리에 이르는 인식의 달도(達道)를 닦아야겠다는 것이 나의 연래의 숙원(宿願)이었던 것이다.

나는 니체라고 하는 나쁜 교사로부터 아폴론의 혜지(慧智)와 디오니소스의 도취(陶醉)가 협동해야만 가장 좋았던 시절의 그리스적 문화인이 될 수 있다고 배웠다. 어리석게도 나는 그 교훈을 금과옥조로 하고 아폴론의 혜지와 디오니소스의 도취를 익히려고 시작했다. 그런데 많은 책을 읽고, 많은 것을 생각하고, 더불어 지혜를 닦는 많은 수련이 있어야만 아폴론의 혜지를 배울 수 있었던 것이니 여간 고된 일이 아니었지만 디오니소스의 도취를 배우는 노릇은 간단했다. 디오니소스는 박카스와 통하는 사이이니 박카스처럼 마시면 되었다. 얼만가의 푼돈만 있으면 소주 한 병 사고 마른 오징어 한 마리 사서 박카스처럼 마시면 인스턴트 라면을 끓이는 것보다도 쉽게 디오니소스의 도취에 이를 수 있었던 것이다. 게다가 또 나쁜 것은 이태백(李太白)이다. 그는 주선(酒仙)과 시선(詩仙)을 겸한 주일두시백편(酒一斗詩百篇)하는 사람이다. 나는 술만 마시면 이태백처럼 시나 문장을 지을 수 있는 것으로만 알았다.

아폴론의 혜지와 디오니소스의 도취는 일치될 수도, 협동할 수도 없는 것이란 사실을 비로소 깨닫게 된 것은 언제였던가. 정확한 날짜를 기억할 순 없지만 무교동이나 관철동의, 그 수많은 음주인구(飮酒人口)들이 술을 한 말(一斗) 마실 수는 있어도 시 1백 편은커녕 단 한 줄의 시도 생산할 수 없다는 것과 젖소가 마신 물은 젖이 되어도 독사가 마신 물은 독이 되듯, 이태백이 마신 술은 시가 되어도 잡

배가 마신 술은 오줌이 될 뿐이란 사실을 알았던 시기와 거의 동일하지 않았는가 한다.

아무튼 아폴론과 박카스, 아니, 디오니소스완 협동할 수 없다는 사실을 체험적으로 깨닫고 나는 아폴론을 택하고 디오니소스완 결별하기로 작정했다. 그랬던 것인데 사정은 그대로 되질 않았다. 디오니소스의 사촌쯤 되는 박카스와 매일처럼 어깨동무를 하고 돌아다니며 아폴론과는 점점 멀어져 가기만 했다는 것은 1년 365일 불무주일(不無酒日)했다는 얘기다. 그렇다고 해서 나는 아폴론과 절교할 의사를 가졌던 것은 아니다. 박카스와의 어깨동무는 일시적인 일이고 내가 원하기만 하면 언제이건 아폴론과 친구될 수 있다는 믿음 같은 것은 남았다. 뿐만 아니라 박카스와 아폴론과 나와의 삼각연애가 혹시 가능할지도 모른다는 막연한 기대마저 없지 않았다.

그러는 동안에 믿기 어려운 엉뚱한 일들이 속출하게 되었다. 어제 찾아 놓았던 외국어의 단어를 오늘 또 찾아야 하는 번거로움이 빈번하게 생겼다. 그러나 이런 것쯤이 문제될 것은 없었다. 사전 찾기가 귀찮으면 몇 개의 단어쯤을 걸러 버려도 책을 못 읽을 바 아니었으니 말이다. 헌데 약간 난처한 일이 잇따랐다. 수학엔 자신이 있다고 뽐낸 바람에 친척집 고등학교 학생이 가끔 수학문제를 들고 찾아오곤 했었는데 어느 날, 전에 같으면 수월하게 풀 수 있었지 싶은 문제를 놓고 반나절이나 악전고투해야만 했다. 악전고투라도 해서 풀리기라도 했더라면 그런대로 체면이 섰을 것인데 중도에서 항복하고 말았으니 그 꼴이야말로…… 그러나 이것까지도 별로 대단한 사건은 아니다. 수학에 자신이 있다는 등의 하찮은 자랑을 삼가기만 하면 그런 궁지엔 몰려들지 않을 테니까. 그럴 무렵 또 만만찮은 사건이 생겼다. 최근 유행한 서양사상을 곁들여 깔끔한 문장을 하나 쓸 참이었는데 종전 같으면 거미 똥구멍에서 실이 뽑혀 나오듯 해야 할 논리가 썩은 새끼처럼 동강동강으로 잘라지는 것이 아닌가. 이를테면 그런 거미줄 갖곤 겨울파리 한 마리 사로잡을 수가 없는 것이다. 하물며 원고료를 어떻게 낚아내겠는가. 이렇게 되면 직업상의 문제로 되어 아사(餓死)에 직결하는 상황으로 될 것이었다. 술빚을 많이 안기고 있는 나로선 악우(惡友)들 틈에 끼어 술을 마시며 서서한 자살을 기도해 볼 수도 있는 일이지만 아직 세정(世情)에 어두운 자식들은 어떻게 될 것인가 하고 생각하니 미상불 딱한 사정이었다. 그래도 이 정도로써 심각한 문제라고 생각하진 않았다. 실업과 기아라는 것은 그다지 희귀한 현상이 아니기 때문이다.

이윽고 심각한 사태가 생겼다. 어떤 사람과 자리를 같이하게 되었는데 못난 사람일수록 인사성은 밝아야 한다는 충언을 상기하고 얼른 인사를 했다.

"처음으로 뵙겠습니다. 나는 이……" 하고 채 말끝을 맺지도 못했는데 그 사람은 노골적으로 불쾌하게 말했다.

"이 선생 이번이 세 번쩹니다."

나는 쥐구멍이라도 있으면 들어가고 싶었다. 다시는 이런 일이 없어야 할 텐데, 하고 마음으로부터 반성도 했다. 그래도 그 사건은 그것으로써 끝났다.

정작 무섭고 심각하고 두려운 일이 얼만가 후에 발생했다. 그땐 내가 화신 앞에 서 있었는데, 봄인지 초여름인지 수목이 걷힌 맑은 하늘이었고 좋은 날씨였다. 서울의 거리가 꽤 로맨틱하게 보이기도 해서 지하도 입구의 옹벽에 기대서서 오가는 사람들을 눈을 가느다랗게 뜨고 바라보고 있었다. 그러던 중 동대문 방향으로부터 밀려오는 인파에 섞여 얼굴이 익은 여인이 다가오고 있었다. 얼굴이 익어도 이만저만하게 익은 얼굴이 아니어서 '누굴까' 하는 기분으로 곧장 그 여인을 바라보고 있다가 그 여인이 서너 발 앞으로 가까워졌을 때 나는 얼른 머리를 돌리고 지하철 계단을 내려가려고 했다. 남의 여자를 뚫어지게 바라본다는 게 실례가 된다는 사실을 뒤늦게나마 깨달았던 때문이다. 그 찰나였다. "여보" 하는 노기를 띤, 이것 역시 귀에 익은 음성이었다. 움찔 돌아보았더니 그건 바로 수십 년 내내 미운 정 고운 정으로 칡뿌리처럼 얽히고설켜 살고 있는 내 아내였다.

"왜 사람을 보고도 못 본 척해요."

아내는 서슬이 시퍼렇게 따지고 들었다. 나는 뭐라 대답할 말을 잃었다. 백배사죄하고 방면(放免)은 되었지만 뒷맛이 썼다. 비로소 나는 내가 심각한 사태에 있다는 것을 깨달았다.

병원으로 가 볼 생각을 한 것은 그때의 충격 때문이었다. 며칠 후 S대학병원 신경과에 있는 조카뻘 되는 의학박사를 찾아가 자초지종을 얘기했다.

조카는 고개를 갸웃하더니

"아직 노망은 아닐 텐데" 하고 중얼거리곤 물었다.

"술이 심한 건 아닙니까?"

"1년 365일 불무주일이니까 심한 편일지도 모르지."

"그거 안 됩니다."

조카는 준엄한 얼굴을 했다. 그 준엄한 얼굴을 보고 생각했다.

'이 사람은 관상학적으로 고등학교 교장이 될 수 있겠구나.'

의학박사인 만큼 조카는 술을 마시면 좋지 않다는 이유를 백열한 개쯤이나 나열했다. 그 해박한 지식에 놀라 '역시 박사는 다르군' 하면서도 무교동이나 관철동의 음주인구가 연년 불어만 가는데 한국인의 평균수명이 해마다 늘어만 가는 이유가 어디에 있을까 하는 생각을 해보았다.

"아저씨, 그렇게 술을 자시면 죽습니다. 조심하세요. 전연 술을 안 마실 순 없겠지만 절주는 하셔야죠."

조카로부터 수신강화(修身講話)를 듣는 것이 나쁠 것은 없었지만 "그렇게 의지력이 약해져 갖고 무슨 문학을 하겠다는 겁니까." 하는 말은 심히 내 자존심을 건드렸다. 나는 당장 동양에선 이태백, 두보, 도연명, 왕유, 백거이 등을 추려내고, 서양에선 보들레르, 베를렌, 뮈세, 아폴리네르 등을 추려내어 문학과 술이 얼마나 밀접불가리(密接不可離)한가에 관해서 웅변을 토하고 싶었지만 버릇없고 무식한 조카 상대로 떠들어 봤자 무슨 소용이랴 싶어 잠자코 나와 버렸다.

그러나 그때부터 나는 정식으로 술을 끊을 생각을 했다. 그리고 매년 8월 15일이 되기만 하면 그날을 기해 술을 끊으려고 했다. 그 이유는 정월 초하루는 부득이 친척과 친구들과 교환(交歡)을 해야 할 터이니 부적당하고, 봄철의 어느 날을 선택할 수도 있지만 세세연년 인부동(歲歲年年人不同)이고 연년세세화상사(年年歲歲花相似)이니 그런 감회를 술 없이 넘기기엔 곤란한 것이다.

그럴 바에야 8월 15일이었다.

8월 15일에 해방이 되었으니 술을 끊고 갱생의 길을 걷는 출발의 날로선 부족함이 없었다. 민족이 일제의 사슬에서 해방된 날, 나는 술의 유혹에서 해방되었다고 하면 자타를 납득시킬 수 있을 뿐만 아니라 일기장에 써 넣어도 당당한 문장이 아니겠는가.

그래서 나는 8월 15일이 올 때마다 '단연코'라는 강세어를 접두(接頭)하고 '앞으론 술을 마시지 않겠다'고 다짐하기에 이른 것이다.

그러나 십 수 년 이런 다짐을 되풀이하면서도 나는 술을 끊질 못했다. 그러고 보니 단주 기념일이 되어야 할 8월 15일이 번번이 단주 좌절일이 되고 만 셈이다. 무슨 까닭으로 이렇게 되었는가.

어떻게 된 일인지 10년 만의 친구, 20년 만의 친구가 꼭 그날 나를 찾아온다. 어느 해의 그날엔 그런 친구가 찾아오지 않아 '이윽고 오늘은 성공할 수 있겠구나' 하고 시원섭섭한 심경으로 석방을 맞이

하려는 참이었는데 전화벨이 울렸다.

"나를 잊으셨어요?"

은쟁반에 구슬을 굴리는 것 같은 소리가 나무쟁반에 흠집난 구슬 굴리는 소리로 변해 있기는 했으나 어찌 잊을 수 있었으랴. 이십 수 년 전 내가 짝사랑을 바친 여자의 목소리였다.

'어찌 잊을 수 있으리오' 하는 신파조 대답이 되려는 것을 가까스로 참고 점잖게 말했다.

"안녕하셨습니까."

"아아, 알아보시는군요."

"……"

"의논드릴 일이 있어요. 어떻게 만나뵐 수 없을까요?"

'하필이면 오늘' 싶었지만 나의 대답은 순순했다.

"장소와 시간을 말씀하시지요."

한 시간 후 나와 그 여인은 명동의 어느 음식점에 있었다. 여자의 용건은 자기 사위에 관한 일이었는데 사위가 근무하고 있는 회사의 사장과 내가 친하다는 헛소문을 듣고 나를 찾은 것이었고 전화번호부에도 없는 내 전화번호는 모 신문사의 문화부를 통해 알았다고 했다. 결론적으로 나도 그 여인의 청을 들어줄 형편이 아니었기 때문에 술을 마셔야 했고, 여인이 술을 마시지 않으니 여인의 몫의 술까지 마셔야 했고, 짝사랑을 바치던 시절의 모습이 온데간데없어 그때의 나의 감정을 회상하느라고 마셨고, 시간이 지니고 있는 파괴력에 감탄해서 술을 마셨다.

짝사랑을 바치던 그 무렵 나는 그 여인에게 '호도(胡桃)'라는 별명을 붙였다. 틀림없이 감칠 맛이 있는 과육을 가지고 있을 텐데 망치로써 부수지 않고선 먹을 수가 없으리란 초조감, 그런데도 망치를 들어 그 껍질을 쪼갤 수 없는, 용기의 상실감으로써 지은 별명이었다. 지금은 그 이름도 잊은 어느 시인의 시를 헌납하기도 했었다. 아슴푸레한 기억을 더듬으면 아마 그 시는 다음과 같이 될 것이다.

호도처럼 마른 채로 익은 여자가 있었다.

떫은맛, 감칠맛이 다소곳이 간직되어 있을 것 같은 평범한 여자이면서 이상한 여자이다.

늙은 성녀(聖女)랄 수도 없었다.

마녀를 닮은 노파도 물론 아니었다.

하여간에 기괴한 건 호도이다.

백주(白晝)의 그 눈부신 광선마저 호도의 둘레에선 망설이고 계면쩍게 서성거린다.

아무래도 무겁게 드리워진 밤의 장막 앞에 놓인 고풍촉대(古風燭臺) 아래에 세월과 손때에 늙은 트럼프의 여왕 옆에 앉아 있어야만 비로소 어울리는 그러한 나무열매이다.

......

이 시에다 나는 〈호도와 같은 여인이여〉하는 헌사를 덧붙였던 것이다.

아무튼 그날 밤 나는 단주(斷酒)를 단행하지 못할 바에야 실컷 술에 두들겨 맞거나 술에 빠져 죽거나 해야겠다는 자포자기한 기분으로 실컷 마셨다.

어느 해의 8월 15일엔 옛날의 제자들이 몰려왔다. 세상에 옛날의 제자들처럼 처리 곤란한 족속들이란 없다.

"은사님, 은사님" 하고 바쳐 올리면 술잔을 거절할 수가 없고 "같이 늙어 가는 판국에 왜 이러십니까" 하고 어리광을 곁들여 빈정대기 시작하면 역시 술잔을 거절할 수가 없다.

미국서 박사가 된 놈, 독일에서 박사가 된 놈, 프랑스에서 박사가 된 놈들이 섞여 있고 보니 옛날 가르쳤던 엉터리 영어, 엉터리 프랑스어가 켕기기도 해서 빨리 취할 양으로도 술을 마신다.

그 밖에도 피치 못할 사정으로 맺어진 친구들을 만나야만 한다. 술을 잘한다는 악명 탓으로 단주의 각오를 밝힐 수가 없어 결국 술잔을 들게 되는데 이럴 때 나 자신에게 대한 변명은 '강철 같은 의지의 사나이로서 떳떳하기보단 인간다운 인간으로서 부드럽게 살아야 하니까……'

요컨대 스스로의 약한 의지에 대한 씨알머리 없는 변명일 뿐이다.

이러한 곡절이 있었던 것만큼 금년의 각오는 달랐다. 1980년이란 해가 지닌 의미도 컸거니와 20년만 더 살면 21세기를 볼 수 있다는 아슴푸레한 희망이 자극하기도 했다. 보다도 시간이 지니고 있는 파괴력과 형성력을 20세기가 끝나는 그날, 또는 21세기가 시작되는 그날 내 눈으로 확인하고 싶었다.

구체적으로 말하면 휴전선 이북의 땅을 송두리째 감옥으로 만들어 모든 국민을 노예로 하여 군림하고 있는 김일성과 그 체제가 어떠한 소장(消長)을 겪는가를 보고 싶은 것이다.

1천 수백만을 학살해도 모자라 전토를 수용소 군도화(收容所群島化)하고 있는 소련의, 지금의 체제가 21세기의 그날까지 과연 지탱될 수 있을까를 보고 싶은 것이다.

일편의 양심도, 한 움큼의 능력도, 백성의 행복에 대한 비전도 의욕도 없는, 이를테면 폴 포트 같은 괴물들이 권력만을 수단으로 못할 짓이 없는데 그렇게 사악한 무리와 그 에피고넨(Epigonen)들이 21세기의 초두에 어떠한 양상으로 살아남아 있을까, 또는 멸망해 있을까를 내 눈으로 보고 싶은 것이다.

그때 가서 확인해 보고 싶은 것은 이밖에도 많다. 가령 일본과 같은 나라가 그 예이다. 전후 20년에 경제대국을 이루어 언론의 자유를 비롯해 가장 선진된 국민에게만 허용되는 모든 자유를 누리며 그 기세가 당당하여, 언제나 우리나라를 깔보는 버릇을 버리지 않는 그들이 과연 21세기의 그날까지 오늘의 오만과 사치를 유지하고 있을까 없을까도 보고 싶은 것이다.

보다도 가장 보고 싶은 것은 두말 할 나위 없이 우리나라의 모습이다. 21세기의 아침을 통일된 나라의 국민으로서 맞이할 수 있을까. 오늘 우리의 지도자들이 그리고 있는 복된 나라, 자유로운 나라, 민주주의에 있어서도 든든하고 경제의 터전도 든든하고 세계 모든 사람들이 "저 한국을 보라. 반만년 간단(間斷)없이 비극이 연출된 무대 같은 나라가 지금은 찬란한 문화와 평화를 누리는 행복한 나라가 되었다"고 찬탄을 아끼지 않는 그런 나라가 될 수 있을까. 3·1운동을 비롯해 6·25동란, 그리고 갖가지의 수난으로 억울하게 죽은 원혼들이 "이젠 우리도 안심하고 눈을 감을 수 있다. 이러한 나라를 만들기 위한 희생이었으니 우리의 원한은 이로써 풀렸다"고 말할 수 있는 나라가 되어 있을까.

20년만 더 살면, 아니, 20년 동안만 시간의 파괴력을 견딜 수 있으면 21세기를 볼 수 있다는 희망을 안고 나는 1980년 8월 15일부터 그 희망을 달성하기 위한 노력의 일환으로 단연코 술을 끊기로 한 것이다.

나는 이 결의를 관철하기 위해선 위지(危地)에서 탈출해야겠다고 마음을 먹었다.

'어디로 갈까.'

산사로 찾아가는 것이 어떨지, 하는 아이디어가 일었다.

'그건 안 돼' 하는 부정이 곧 잇따랐다. 수삼 년 전의 일이 생각났기 때문이다. 그때 나는 양주의 어느 산사를 찾았던 것인데 주지가 나를 알아보고 계곡으로 청했다. 그리고 그 자리에서 곡차(麴茶)라고 하며 술을 권했다.

"해방된 그날의 기쁨을 위해서라도" 하며 다정다감한 주지는 해방 직후 만주로부터 돌아왔노라고 감격과 고난이 교차한 체험담을 얘기하곤 눈물을 글썽했다. 비슷한 체험을 지닌 나에게 그 눈물이 감염되지 않을 까닭이 없다. 그는 나에게 술을 권하고 나는 그에게 곡차를 권하며 긴 하루를 지내다가 보니 심한 숙취(宿醉)에 걸렸다.

이튿날 "숙취가 심할 때 사람은 자살할 수 있을 것 같아요. 가까운 데 독약만 있으면" 하고 숙취의 고통, 그 뭐라고 형언할 수 없는 고통 이상의 고통을 호소했더니 그 주지스님의 대답은 과연 법문 이상이었다.

"숙취를 낫게 하려면 어제 마셨던 주량의 배 이상을 마셔요. 그럼 숙취는 없어져 버립니다."

"그럼 내일의 숙취는?"

"또 그 배 이상을 마시면 되죠."

"그 다음의 숙취는?"

"그런 식으로 계속할 밖에요."

"그럼 술을 한 섬 이상이나 먹어야 할 때가 오지 않겠소."

"사람의 몸은 견디어 낼 한도란 것이 있는 겁니다. 그러니 그런 걱정은 하지 않아도 될 거요."

"죽어 버린다는 뜻이로구먼요."

"불가의 말로는 열반이라고 하지요."

"헌데 스님은 숙취로 고생하신 일은 없으십니까."

"없소."

"되게 술이 세신 거로구먼요."

"아니지요. 곡차는 마셔도 술은 마시지 않으니까요."

이상도 한 일이었다. 이런 문답을 주고받고 있는 동안에 숙취의 고통은 훨씬 누그러들었다.

'그 스님이 지금 어디에 있을까' 하는 그리운 마음이 절에 가보았자 단주 단행엔 도움이 되지 않는다는 마음으로 번졌다.

'그럼 어디로 간담?' 하다가 이런 마음먹이 자체가 의지의 약함을 증명하는 것이 아니냐는 뉘우침이 일었다. 의지만 강하면 홍로(紅爐)에서도 녹지 않고 남는 일편(一片)의 눈일 수도 있고, 빙고(氷庫) 속에서 땀을 뻘뻘 흘린 사명대사일 수도 있는 것이다.

'유혹의 전화가 오면 당당히 선언하면 될 것이 아닌가. 1980년 8월 15일을 기하여 내 스스로에게 단주령을 내렸노라고.'

사람을 피하고 곳을 피해야만 단주할 수 있다면 북극으로 가든지 태평양의 무인도를 가든지 해야 할 것이 아닌가. 요는 의지의 문제다 하고 나는 1980년 8월 15일을 집에서 버티며 소기의 목적을 관철하기로 했다.

세수를 하고 방으로 돌아와 신문을 펴들었다. 양명문(楊明文)씨의 '광복 36년을 맞으며'란 서브타이틀이 달린 〈새 역사의 대하(大河)여……〉란 시가 있었다. 그 가운데 있는 다음의 구절

도도히 굽이치며 흘러내리는

새 역사의 대하여, 새 물결이여

새로운 각오, 새로운 결의로

민주복지의 새 사회를 여는 새 질서

엄청난 정화작업은 벌어졌어라

진실로 눈부신 새로운 변화 속에

우리들의 새 시대는 열리는 것

멀지 않은 날에 우리의 소원

조국의 통일은 오고야 말 것이다.

가만히 귀 기울이면

메아리쳐 오는 그날의 만세소리

통일의 종소리가 울려온다.

나는 그 만세소리와 통일의 종소리를 직접 듣기 위해서도 20년은 더 살아 21세기를 맞이해야만 한다. 그러기 위해서 이날을 기해 단주를 단행하려는 것이다, 하고 새삼스럽게 다짐을 다시 하곤 적어도 역사의 기록자임을 자부 자처하려면 나날의 신문을 주의 깊게 읽곤 스스로의 건망증과 민족의 건망증을 방지하기 위해서 세심한 계

획에 의한 신문의 스크랩을 만들어야겠다는 착상을 했다. 이를테면 주목할 만한 인물별로 각 권으로 하여 보도된 언행을 수집하는 것이다. 일목요연하게 연차적으로 그 인물의 궤적을 일람할 수 있도록 말이다.

이런 착상과 더불어 아득히 2천 수백 년 전의 사마천(司馬遷)에 마음을 미치고 있었을 때 전화벨이 울렸다.

벨 소리는 이미 어떤 예감을 전달하고 있었다. 나는 심호흡을 했다. 어떤 상황에도 강철 같을 수 있도록 각오를 다짐하고 송수화기를 들었다.

"누구시오."

"나, 나, 정이야 정, 정."

더듬는 소리로써가 아니라도 알 수 있었다. 정현상 군이었다.

"어, 어."

틀림없이 어떤 예감, 아니, 예감의 예감 같은 것이 있긴 한데 짐작할 수가 없어 애매하게 응한 것이다.

"오, 오늘 모이는 것 알지." 하는 정현상의 말이 있었다. 아슴푸레 무슨 약속이 있었던 것 같은 느낌이 들었다.

"응 그래, 그래 그래서?"

"회장이 모를 리야 없겠지."

그때야 나는 사태의 윤곽을 반쯤 파악했다. 정군이 나를 회장이라고 할 땐 소주회(蘇州會)의 회장 이외의 것을 들먹일 까닭이 없었기 때문이다. 정 군은 소주회의 간사였다.

"그런데?"

하고 나는 우물우물 정군의 말을 유도했다.

"장소를 어디로 하면 조, 좋겠소."

그 말로써 사태의 윤곽과 의미를 확실히 알았다. 내 말도 분명해졌다.

"그 다방에서 모이기로 하지. 내가 잘 나가는 그 다방."

"아랑다방 말이지? 시간은?"

"여섯 시, 아니, 여섯 시 반쯤으로나 할까?"

"좋소. 모두에게 그렇게 연락할게요. 그, 그, 그때 만납시다."

전화가 끝난 뒤 나는 멍청해 있었다. 멍청했지만 사태의 의미는 알았다. 5월에 가졌어야 할 모임을 내가 외국에 나갔기 때문에 미루어 온 것이었는데 내가 돌아오자마자 7월 초에 간사인 정 군이 언제쯤 모임을 갖는 게 좋을까 하고 물어왔다.

나는 대중을 잡을 수가 없어 우물쭈물하다가 거나하게 술에 취한 김에 8월 15일쯤으로 하자고 하고 장소와 시간은 그날 아침에 연락해서 정하자는 것으로 말했을 것이었다.

'까마득히 그 일을 잊고 있었구나' 하며 나는 사태의 중대성을 그야말로 심각하게 인식하지 않을 수 없었다.

그 괴물들이 모여 놓기만 하면 술을 안 마시곤 배겨 내지 못할 것이 뻔했다. 섣불리 단주선언 같은 것을 했다간 정신병 환자를 간호

원들이 윽박지르듯 사지를 붙들고 코를 막아 병째로 입에다 술을 붓
는 야로쯤은 예사로 부릴 놈들이다. 그래서 그 모임에 나가기만 하
면 술을 잘 못하는 놈도 여부없이 잘 마시는 척 돌아오는 술잔을 받
아야 했다. 어느 때는 술을 안 마시려다가 새 양복에 술벼락을 맞는
놈이 있기까지 했다.

어떤 구실을 만들어 결석해 버릴까 하는 생각이 없지 않았지만
가능할 일이 아니었다. 나 때문에 미루어 온 모임이기도 하거니와 내
가 그 모임의 회장, 즉 책임자였으니 그토록 비겁할 순 없는 일이었
다. 게다가 나는 소주회의 회장이란 것에 만만찮은 애착을 가지고 있
기도 하고 그 감투는 내가 자청해서 쓴 것이기도 했다.

소주회란 37년 전 일본의 학병으로 강제 징발되어 중국 소주에
있었던 일본군 60사단 수송부대에 입대한 전력(前歷)을 가진 놈들
이 만든 모임의 이름이다. 몇 해 전 이런 모임을 갖자고 합의를 보
고 이름을 소주회라고 하기로 한 것인데 그때 내가 재빠르게 선언
하고 나섰다.

"소주회의 회장은 내가 할 끼다. 소주회의 회장은 나다."

이 선언엔 모두들 아연했다. 온순하기로 두메의 처녀 같은 내가
그런 대담한 선언을 할 줄은 아무도 상상조차 못했던 터였다. 선언이
있자 조금 후에 누군가가 그래도 일단 회장의 선출 방안에 관해서 의
논은 있어야 할 거구, 어쩌구 하며 불평을 하기도 했는데 모두들 하
는 방향으로 의견이 일치되었다.

그 결의를 기다려 나는 한술을 더 떴다.

"소주회의 회장은 종신직이니 앞으로도 아예 엉뚱한 소릴랑 말아라. 생각도 먹지 말구."

그러자

"그건 너무하다."

"중임, 삼임(三任)을 하더라도 임기는 정해 놔야지."

"저 자식에게 저런 독재자적 소질이 있는 건 몰랐네."

하는 따위의 반대가 잇따랐다.

부득이 나는 대연설을 하게 되었다.

골자는 이랬다.

학교 다닐 땐 급장 한번 못했고, 일본 군대에 가선 소대장 한번 못했고, 돌아와 교사가 되었을 땐 교장이나 학장 한번 못했다. 회사의 대표이사 회장을 한 적이 있었지만 부도를 내어 망했고, 또 다른 회사의 대표이사 회장을 한 적도 있었지만 증자(增資)를 따라 할 힘이 없어서 밀려났다. 이런 억울한 처지에 있는 나에게 소주회의 회장 감투 하나쯤 주었다고 해서 느그들 배아플 게 뭐꼬……

"회장을 하라고 하잖았나. 그런데 종신회장이란 게 뭣구."

"한번 회장을 해 놓으면 다음다음으로 자꾸 하고 싶을 것 아닌가. 헌데 임기니 뭐니가 있으면 그때에 가서 심히 불안해질 것 아닌가. 그러니 마음 턱 놓고 회장 노릇 한번 하도록 종신회장을 시켜 달라는 얘기다. 왜."

"그놈 배짱 한번 조오타, 시켜 주자 시켜 주자."

하고 열렬히 지원한 자가 바로 정현상 군이었다. 그래서 간사라는 요직을 그에게 맡기기로 한 것이다.

아무튼 이러한 곡절을 겪고 회장이 된 체면상 비겁할 순 없었다. 뿐만이 아니다. 소주회란 이름이 좋지 않은가. 비록 회원은 30명 정도에 불과하지만 그 이름만을 강조하면 중공 치하의 소주, 3천 년 전통을 가진, 역사적으로도 경승지(景勝地)로서도 유명한 소주를 식민지로 하고 있는 듯한 환상마저 가꿀 수도 있지 않은가 말이다. 내가 소주회의 회장, 그것도 종신 소주회장의 자리에 집착한 심정은 이만한 설명으로써도 짐작할 수 있지 않겠는가. 물론 이유는 이것만이 아니다. 내게 있어서의 소주의 의미는 내 인생의 규모를 벗어나 있을 만큼 클지도 모른다. 훼손된 청춘의 일 년은 1백 년의 생애로써도 보상할 수 없을 경우가 있다는 사실을 두고 하는 말이다.

내가 중국 소주에 있었을 때의, 그 2년간은 연령적으로 나의 청춘의 절정기였다. 그 절정기에 나의 청춘은 철저하게 이지러졌다. 일제 용병에게 어떤 청춘이 허용되었을까. 용병은 곧 노예나 마찬가지이다. 노예에게 어떠한 청춘이 허용되었을까. 육체의 고통은 차라리 참을 수가 있다. 세월이 흐르면 흘러간 물처럼 흔적이 없어지기 때문이다. 그러나 정신이 받은 상흔(傷痕)은 아물지를 않는다. 우선 그런 환경을 받아들인 데 대해 스스로를 용서할 수 없기 때문이다. 그런데 일제 용병의 나날엔 육체적 정신적인 고통이 병행해서 작동하고 있었다. 일제 때 수인(囚人)들은 고통 속에서도 스스로를 일제의 적으로서 정립할 수는 있었다. 그런데 일제의 용병들은 일제의 적으로서도 동지로서도 어느 편으로도 정립할 수가 없었다. 강제의 성격을 띤 것이라곤 하지만 일제에게 팔렸다는 의식을 말쑥이 지워버릴 수 없었으니 말이다.

눈물을 흘리기도 하고 흘리지 않기도 하면서 나는 소주에서 얼마나 울었을까. 누구를 위해 누구를 죽이려고 이 총을 들고 있느냐는 양심의 아픔이 어느 정도였을까. 모른다. 분명히 말할 수 있는 것은 그때 내가 흘린 눈물이 부족했다는 것과 보다 더한 아픔을 느꼈어야 했을 것인데, 하는 뉘우침이다.

일본 군대의 관습에 따라 우리는 수월찮게 얻어맞기도 했다. 신체발부(身體髮膚)는 수지부모(受之父母)이니 감불훼상(敢不毁傷)이 효지시(孝之始)란 전통 속에 자란 우리가 하찮은 놈들로부터 뺨을 맞고 있을 때…….

'아아, 나는 평생 남에게 성 한번 내어 보지 못하고 말겠다'고 이를 악물었다. 강한 놈으로부터 받는 수모는 견디면서 상대방이 호락호락하면서 수모를 견디지 못한다면 내가 나를 모욕하는 행위를 제곱하는 것으로 된다고 믿었기 때문이다.

자기의 얼굴은 씻지 못하면서 말발굽을 씻고 기름을 바르고 있을 때, 어느 날엔가 나는 돌연 놈들이 시키니까 마지못해 하는 짓으로서가 아니라 진정으로 이 동물을 내가 사랑해야겠다고 마음먹었다. 그 동물에게 사랑을 쏟음으로써 시궁창에 빠진 인간으로서의 나의 위신을 보상하는 것으로 될 거라고 믿었기 때문이다. 애절한 이야기이다.

이지러진 청춘엔 이지러진 청춘의 철학이 있다. 그때의 나의 철학의 단편을 주워 보면 :

그러나
사자(獅子)는 사자시대의 향수를 지니고 있다.
독사(毒蛇)는 독사시대의 향수를 지니고 있다.

그런데
너는 도대체 뭐냐.
용병을 자원(自願)한 사나이.
제값도 모르고 스스로를 팔아 버린
노예.

그러니
너에겐 인간의 향수가 용인되지 않는다.
지금 포기한 인간을 다시 찾을 순 없다.
갸륵하다는 건 사람의 노예가 되기보다는 말의 노예가 되겠다는
너의 자각이라고나 할까.

먼 훗날

살아서 너의 집으로 돌아갈 수 있더라도

사람으로서 행세할 생각은 말라.

돼지를 배워 살을 찌우고

개를 배워 개처럼 짖어라.

고 적어 넣은 데 수첩을 불태우고

죽을 때 너는 유언이 없어야 한다.

헌데 네겐 죽음조차도 없다는 것은

죽음은 사람에게만 있는 것이기 때문이다.

죽을 수 있는 것은 사람뿐이다.

그 밖에 모든 것, 동물과 식물, 그리고 너처럼

자기가 자기를 팔아먹은, 제값도 모르고 스스로를 팔아먹은,

노예 같지도 않은 노예들은 멸(滅)하여 썩어

없어질 뿐이다……

죽을 수 없다는 것은 살 수도 없다는 뜻이다. 그렇다면 지금의 나
는 어떠한 형태에 있는 것일까.

그렇더라도, 아니, 노예의 눈에도 소주는 아름다웠다……

나는 용기를 갖고 소주회의 모임에 나가기로 하되 1980년 8월

15일을 기해 단주하는 데 있어선 회장으로서의 독재권을 행사하기로 하고 한동안 그 정략을 꾸몄다. 꾸며 놓고 보니 그럴싸했다. 물약병, 산약포(散藥包) 등을 수두룩이 준비해 가서 의사로부터 중병선고를 받았다고 할 참이었다.

37년 전 소주의 그 부대에 입대한 사람이 전원 살아 있으면 소주회의 회원은 60명으로 되어 있을 것이다. 그런데 죽은 자, 행방불명된 자가 생겨 37년 동안에 30명 정도로 줄어들었다. 소주에서 죽은 사람이 근 3명에 불과하다는 사실을 감안하면 비록 혼란기가 끼어 있었다고는 하나 해방 후 너무나 많은 죽음이 있은 셈이다. 실로 무자비하다고도 할 만한 시간의 파괴력이다.

나는 아침밥을 먹고 벌렁 드러누워 해방 이후 이날까지에 잃은 친구들을 헤아려보기 시작했다. 그런데 그들 모두가 하나같이 억울한 죽음이었다는 사실은 나를 감상적으로 만들었다.

그 가운덴

아아, 너의 추억은
인류의 애사(哀史),
이 낡은 수첩에 적힌
나의 통곡이여!

하고 지금도 북받쳐오르는 눈물을 억제할 수 없는 죽음도 있고,

虛負凌雲萬丈才 (허부능운만장재)

一生抱襟未曾開 (일생포금미증개)

구름을 뚫어 만장의 높이로 솟았던 그 재능은 결국 헛된 것이었던가.

일생 동안 품어온 너의 포부는 꽃피지 못하고 말았구나.

하고 땅을 치며 서러워해야 할 죽음도 있었다.

1백만 명이 넘게 무고한 생명이 쓰러진 6·25동란을 겪은 시간 속에 앉아 기십 명의 죽음을 특기하여 서러워한다는 건 이치에 맞지 않은 일이지만 내겐 그들의 모습이 너무나 생생하게 보이는 것이다. 오죽했으면 다음과 같은 글을 썼을까.

시간이 해결한다는 말이 있다. 그러나 나는 이것이 뭔가 잘못된 인식이 아닌가 한다. 시간은 해결하는 것이 아니라 파괴하는 것이다. 말하자면 시간은 대립된 문제를 해결해 주는 것이 아니라, 대립자를 파괴해 버림으로써 문제 자체를 없애 버리는 것이다. 시간이 파괴하는 것은 물론 사람만이 아니다. 시간은 이처럼 모든 것을 파괴하면서도 언제나 환상의 무늬를 엮어선 덫을 만들어 사람을 사로잡아 버린다. 이렇게 사로잡힌 사람 가운데의 극악인이 히틀러이며 스탈린이며 김일성이며 폴 포트이다. 이들은 시간의 파괴력을 기다리기에 앞서 그들의 악의를 발동하여 사람을 죽인다. 히틀러는, 스탈린은 그들 자신의 죽음을 생각해 보지 못했을까. 김일성 또한 그의 죽음을 생각해 보지도 않을까. 메멘토 모리. 죽어야 할 인간은 자기의 죽음도 알고 남의 죽음에 임해야 하는 것이다. 죄 없는 자를 죽이는 김일성, 폴 포트에게 저주가 있거라. 우리의 무수한 동포를 업신여기는 북괴를 비롯한 사악한 놈들에게 저주가 있거라. 시간의 파괴력이 두렵다는 것을 알면 시간을 앞지르는 파괴 행동은 삼가야 옳을 일 아닌가.

정각 여섯 시 반에 나는 약속 장소엘 나갔다. 모여 있는 사람은 10명에도 미달이었다. 가까운 음식점으로 가기로 하고 뒤에 오는 사람에게 알려 주라고 다방의 마담에게 부탁을 했다.

음식점에 가서 좌정을 하곤 간사에게 물었다.

"왜 이처럼 모인 사람이 적지?"

"바, 바캉스에 간 사람이 많아서"라고 정군은 더듬거리며 대답했다.

만나기만 하면 싸우기부터 먼저 하는, 그런 만큼 서로 친한 두 사람의 독일제 박사가 보이질 않았다. 박재봉 박사는 세미나가 있어 합숙으로 들어가 있다는 것이고, 김덕겸 박사는 두어 달 전 상처를 하고 실의에 차서 바깥출입을 안 한다는 얘기였다.

전(前)장군 최암(崔岩)은 요즘 한창 바쁘다는 얘기, 변호사 김치규는 연락이 됐으니 곧 나타날 거라는 추측이었는데 나는 지연석 군의 불참이 마음에 걸렸다.

"연석인 어떻게 된 거지?"

"연석인 죽었어."

누군가의 말에 나는 소스라치게 놀랐다.

"언제."

"석 달쯤 전. 자네가 외국에 가 있었을 때요. 그러고 보니 깜박 잊었구나. 지연석 군 말고도 회장 없는 사이에 둘이나 죽었소."
하고 정현상이 이름을 들먹였다.

"내가 없는 석 달 동안에 셋이나 죽었구나."

"자꾸 죽는 거라." 하며 실업가 손영승 군이 소주회 이외의 학병 친구들의 죽음 몇을 들먹였다.

"지연석은 어떻게 죽은 건가"
하고 내가 다시 물었다. 지연석은 5척 8촌의 싱싱한 체구에 유도 3단의 실력자였다. 일본 경응대학(慶應大學)에 다니던 중 학병에 끌려갔기 때문에 해방 후 돌아와선 서울대학에 재입학하여 졸업했다. 집안은 호남 고흥의 갑부. 최근엔 큰 배 몇 척을 갖고 주로 해운업을 하고 있었다. 나는 그가 소주회 회원으로선 제일 마지막에 죽을 놈이라고 치고 있었던 터였다.

"고혈압이었던가 봐. 갑자기 죽었어."

이런 말들이 오가고 있을 때 요리가 들어오고 술이 들어왔다.

나는 글라스를 주어들고 아가씨에게 내밀었다.

"빨리 술을 따라라."

단주선언이고 술 먹지 않을 정략이고를 잊은 것은 아니었다. 그럴 필요를 느끼지 않았던 것이다.

1980년 8월 15일이란 날짜가 돌연 공허하고 낡은 일자로 느껴졌기 때문이다. 보다도 술이라도 마시지 않곤 배겨낼 수 없는 심정이었다.

큰 글라스를 비우고 그 잔을 손영승에게로 돌렸다.

"초장부터 왜 이러노."

어물어물 글라스를 받아 쥐며 손군이 한 말이었다.

그러자 이곳저곳에서 육도문자가 쏟아지기 시작했다. 그로부터 36년 후, 각기의 직업을 찾아 전연 다른 세계에서 살고 있는데도 이렇게 모이면 37년 전, 학병으로 끌려갔을 때의, 그 자포자기가 곁들어 육도문자를 마구 써 재긴 그때의 말투로 돌아가 버리는 것이다.

하기야 직업적, 또는 사교적으로 동떨어진 사이에 있기 때문에 공통적인 화제란 그때 그 시절의 얘기뿐이니 불가불 일군 이등병(日軍二等兵)의 작태(作態)로 되돌아갈 수밖에 없는 것이기도 했다.

누군가가 나더러 외국에서 겪은 재미있는 얘기를 하라고 했다.

"재미있는 일? 재미있는 놈이 외국엘 가야만 재미있는 얘길 찾아오지 나같이 재미없는 놈은 재미를 구슬처럼 쏟아 놓은 방석에 앉았다가 와도 아무것도 줍지 못해."

하며 나는 외국 얘기를 권하는 발언을 봉쇄해 버리려고 했다.

"그러지 말구."

하는 소리가 이곳저곳에서 나왔다.

"꼭 듣고 싶다면 말하지. 세계 어느 나라로 가도 우리에게 있어서 우리나라처럼 재미있는 나라란 없어. 살기 좋은 나라도 없구. 프랑스엘 갔더니 남편을 따라 파리에서 살고 있던 어떤 젊은 부인이 이런 말을 하더라. 파리가 아무리 좋기로서니 전 간혹 덕수궁 담을 끼고 산책할 수 있는 서울에서 살고 싶어요. 이곳은 아무리 좋아 봤자 남의 나리인 걸요. 실감이 나던데……."

이윽고 내 얘기는 술취한 놈의 횡설수설이 되고 말았다. 큰 맥주 글라스로 청주를 연거푸 마셨기 때문에 취기가 급격하게 오른 때문이었다.

"종신직이구 뭐구 다 싫다. 소주회 회장할 놈 없나?"

이렇게 외쳤던 것 같은데 그 후 그 술자리가 어떻게 되었는지는 알 수가 없다.

다만

"회원이 자꾸만 죽어 버리는 이런 회의 회장은 하기 싫다. 싫어!"

이렇게 몇 번인가 고함을 질어댔다는 사실만은 아슴푸레 기억하고 있을 뿐이다.

결국 1980년 8월 15일도 단주일이 되기는커녕 대폭주일이 되고 말았다.

나름대로의 기승전결로써 엮어진 문장이었고 차분하고 정확한 발성이었다. 일찍이 이 나라의 전자미디어를 통해선 있어보지 못한 명방송(名放送)이 아니었던가 하는 감회에 촉발되어 숙취에 지친 몸

을 일으켜 서가를 뒤졌다. 한 권의 시집을 찾기 위해서였다. 그 시집
엔 〈시간〉이란 제목의 시가 있는 것이다.

　시간!
　때론 안개 속에 휴식하는 것처럼 보이기도 하고 때론 폭풍우와
리듬이 맞지 않아
　속도를 늦추는 이도 보이지만
　시간은 비를 세로 실(緯)로 바람을
　가로 실(緯)로 하여
　정확하게 인생을 짜고 엮으며
　차가운 박자를 울려나간다.

　시간의 차가운 박자는 몇 백 몇 천 억 년의 저편에까지 울려갈 것
이지만, 역사는 그 차가운 박자의 부산물이지만, 필경 인생은 시간이
라고 하는 영겁의 바닷속에 미시적인 점일 뿐이다……
　이렇게 나는 1980년 8월 15일에도 단주를 단행하지 못했다.
　그렇다고 해서 21세기의 태양을 보고 싶다는 염원을 단절한 것
은 아니다. 조용히 운명에 맡겨 버리자는 것이다.
　그리고 보니 내게 있어서의 〈8월의 사상〉이란 이 해에도 술을 끊
지 못했다는 푸념 이상일 수가 없다.
　그런 그렇고 레프 톨스토이의 생년월일엔 8자도 많다.

서울은 천국

서울의 천국이 오늘에만 있는 것은 아니다. 독실하게 연구할 줄 아는 사람이면 지옥의 풍경을 엮은 듯한 이조(李朝)의 역사 속에서도 누더기가 된 금수(錦繡)에서 금실로 누벼진 곳을 가려내듯, 그 단속(斷續)이 멸렬하긴 하겠으나 천국의 흔적을 찾아낼 수 있을 것이다. 가령 세조(世祖)의 천국, 연산군, 광해군의 천국, 안동 김씨의 천국, 송병준, 이완용의 천국 같은 것 말이다.

일제 총독(總督)의 시대도 예외는 아니다. 일인(日人)들이 만들어 놓은 천국에 편승한 친일 군상(親日群像)들의 천국이 있었을 것이고 미군정(美軍政) 때나 자유당(自由黨) 시절에도 나름대로의 천국은 있었다. 그것에 이웃한 지옥의 빛깔이 처참할수록 그들 천국의 빛깔은 휘황찬란했었다고도 할 수가 있다.

그러나 그때의 천국과 오늘의 천국이 다를 것은 물론이다. 나는 오늘의 서울 천국론(天國論)의 각론적(各論的)인 일부분을 쓸 작정인데 그러기 위해선 부득불 민중환(閔中煥)의 등장을 요청해야만 하겠다.

민중환이 탄 벤츠 280이 최근 개관한 R호텔의 정면 현관에 도착했을 때 빨간 제복을 입은 페이지 보이가 자동차의 도어를 열고 정중하게 인사를 했다. 차에서 내린 민중환의 풍채는 얼핏 커크 더글러스를 닮았다. 갈색 바탕에 검은 체크무늬의 상의, 팬츠는 회색의 플란넬, 오렌지색 와이셔츠에 폭이 넓은 연지색의 넥타이, 구두는 누런빛의 키드, 손엔 던힐의 파이프가 있다.

그는 그저 지나치려다가 말고 페이지의 얼굴을 힐끔 보곤

"음, 자네 이리로 왔군."

"예, 사장님."

자세는 차렷자세, 얼굴엔 애교의 웃음, 민중환은 팬츠의 뒷 포켓에 손을 넣어 5천 원권 한 장을 꺼내 그에게 쑥 내밀었다.

"감사합니다, 사장님."

민중환은 살금 미소를 띠고 커크 더글러스가 스크린 위에 등장하듯 로비로 걸어 들어갔다.

로비 일부를 넓게 자리 잡은 라운지의 한쪽은 유리창을 격하고 절벽 옆에 있다. 그 유리창을 등진 자세로 앉아 있던 중년의 신사가 손을 번쩍 들었다. 민중환은 그 자리로 가서 맞은편 소파에 앉았다.

"꽤 큼직하게 짓긴 했는데."

하고 민중환이 주위를 두리번거리며 중얼거리자 상대편이 싱긋 웃으며 한 소리는

"그러나 뭔가 촌스럽지 않아?"

"그거야 할 수 있나. 바탕이 바탕인걸."

하고 민중환이 파이프에 불을 붙였다.

민중환의 맞은편에 앉은 사람은 백영택(白榮澤)이다. 홈스펀 상의 사이로 가는 바둑판무늬의 하얀 와이셔츠가 있는 검은 울 넥타이를 매었다. 그리고 평판적(平板的)인 차림에 악센트를 주기 위해선가 상의의 윗 포켓에 진홍빛 손수건이 꽂혀 있다. 손가락에 큼직한 다이아 반지가 번쩍 하고 입에 문 양담배에 불을 붙인 건 까르띠에의 라이터이다.

"왜 이 녀석은 안 나오지?"

민중환이 시계를 들여다보았다.

"그 녀석 시간 맞게 오는 걸 봤나?"

백영택의 대꾸다.

그러자 저편에서 키가 작달막한 금테 안경을 쓰고 감색 양복을 입은 사나이가 나타났다.

"커피숍에서 만나자고 하구서 여게 버텨 있으니 알 수가 있나."

나타난 사나이는 투덜투덜하면서 민중환의 옆에 앉았다.

"여기가 커피숍 아닌가?"

백영택이 두리번거렸다.

"커피숍은 저기 있어."

하고 나타난 사나이가 왼편쪽을 가리켰다. 그 사나이의 이름은 심상수(沈相洙)이다.

"뭣이건 시켜야 할 것 아냐?"

하고 백영택이 지나가는 웨이트리스를 불러세웠다. 그리고 민과 심을 돌아보고 물었다.

"주스나 시킬까?"

두 사람이 고개를 끄덕이자

"주스 석 잔 가지고 와."

하곤 그 웨이트리스가 사라지길 기다려

"어때 쓸 만하잖아? 그 여자."

하며 야박한 웃음을 웃었다.

"하여간 백 사장은 큰일이야. 반반한 계집애만 보면 잡아먹을 생각부터 하니."

심상수가 빈정댔다.

"누구 말하고 있는 거여."

백영택이 발끈했다.

"어젯밤 병아리 한 마리 잡아 잡수었으면 됐지, 오늘 또?"

심상수가 말하자

"어젯밤은 어젯밤이고 오늘은 오늘 아닌가."

하고 백영택이 씨익 웃었다.

주스를 가지고 온 웨이트리스에게 백영택이 수작을 걸었다.

"자네 고향은 어딘가."

"서울이에요."

"우리 한번 친해 볼까?"

웨이트리스는 얼굴을 붉히고 물러가 버렸다.

"저건 아따라시 같은데?"

백영택이 입맛을 다셨다.

"음, 그런 것 같애."

심상수가 순순히 수긍했다.

"씨알머리 없는 소리. 겉으로만 보군 알 수 없는 거야. 이런 데 나오는 여자치고 아따라시가 그처럼 흔한 줄 아냐?"

민중환이 경멸하듯 말했다. 그리고 점심이나 먹으러 가자고 일어섰다.

"처음이고 하니 이 호텔에서 점심을 해보지."

하고 심상수가 따라 섰다.

백영택이 일어서며 혀를 찼다.

"심 사장의 그 기분 때문에 사고라. 뭣 때문에 비싼 돈 들여 이런 데서 식사를 해. 우리들끼리 말야. 싸고 영양분 좋은 음식이 얼마라도 있는데."

"그러나 한 번쯤 어떤 식당이 있는가 둘러볼 필요는 있지 않을까? 병아리를 녹이기 위해 이곳을 이용할 경우가 있을지도 모르니."

하고 민중환이 앞장을 섰다. 두 사람은 그 뒤를 따랐다.

세 사람은 엘스컬레이터를 타기도 하고 엘리베이터를 타기도 하면서 호텔의 시설을 대강 구경하고 밖으로 나왔다. 서대문 쪽에 있는

도가니탕집엘 가기로 의견이 일치된 것이다.

그들이 점심을 먹고 있는 동안 그들에 관한 설명을 대강 해 놓아야겠다.

민, 백, 심, 세 사람은 화광합자회사(和光合資會社)의 멤버들이다. 화광합자회사는 부동산업을 한다는 것을 간판으로 내걸고 있으나 내용은 고리대금업자(高利貸金業者)의 집결체다. 그런데 민, 백, 심, 세 사람은 평이사(平理事)의 자격으로 있고 사장은 최맹열, 전무는 윤호용이다. 그런데 권한의 순서로 보면 민, 백, 심, 최, 윤의 순서로 된다. 아니 이런 설명은 부적당하다. 민, 백, 심이 주인이고 최, 윤은 그들의 사용인인 것이다. 즉 민, 백, 심, 세 사람의 돈을 맡아 놓고 그것을 빌려 주기도 하고 회수하기도 하는 에이전트(대리인)이다. 그러니 월급장이에 불과하다.

민, 백, 심은 44~45세 가량의 나이인데 오억 원 이상설(理想設)의 신봉자이며 그렇게 실천하고 있는 인간들이다. 오억 원 이상설이 무엇인가.

간단하게 말해 오억 원만 가지고 있으면 인생을 이상적으로 살 수 있다는 이야기다. 그들의 공식(公式)에 의하면 1억 원으로써 적당한 아파트 두 개를 사 놓고 하나의 아파트엔 자기가 살고, 하나의 아파트는 세를 내어 주어 그 돈으로 자기가 살고 있는 아파트의 관리비에 충당한다. 1억 원으로는 서울 근교에 방불한 농장을 장만하여 별장으로 쓰며 양식과 채소의 공급원으로 하는 동시, 토가(土價)의 앙등에 편승하기도 하여 인플레로 인한 화폐 가치의 하락에 대비한다. 그리고 다음 1억 원으로는 무역 회사에 투자하여 복수 여권을 받아 놓는 여건(輿件)으로 삼는다. 물론 상당한 배당도 기대할 수가 있다. 그 다음 1억 원 가운데 5천만 원은 마누라에게 주어 일수(日收)놀이를 시킨다. 나머지 생활비의 전액을 그 이자로써 충당케 할 편리도 있거니와 마누라는 그 일수놀이를 꾸려 나가느라고 정신이 없어 남편이 무슨 짓을 하건 개의치 않게 된다. 나머지 5천만 원은 불려한 사태에 대비해서 정기예금을 해 놓는다. 마지막 1억 원으로 사채(私債) 놀이를 하는데, 그러기 위해선 믿을 수 있는 몇 사람이 협동한다.

민, 백, 심, 세 사람은 각각 1억 원씩 출자하여 화광합자회사란 업체를 만들었다. 그 밖에 얼마만한 돈을 가지고 있는가는 서로 비밀로 되어 있다.

고리대금(高利貸金)의 방법이 또한 묘하다. 그들은 약 50개쯤의 업체를 상대로 하는데 그 리스트와 더불어 신용조사를 철저히 해 놓는다. 신용조사의 방법에 관해선 공개할 수가 없지만 그 신용조사는 거의 확실하며, 매일 한 번씩 들어오는 정보에 의해 업체의 상황을 검토한다. 그들은 담보를 잡거나 계약서를 쓰거나 하는 금전 거래는 절대로 하지 않는다. 개인 수표나 회사 수표를 받고 그것과 교환해서 선이자(先利子)를 뗀 현금, 또한 보증수표를 건네주는 것이다. 그러니 부도가 날 만한 수표를 상대할 까닭이 없다. 말하자면 그들의 신용조사에 합격한 업체나 개인의 수표만을 상대로 한다. 그런데도 각기의 위험률을 덜기 위해서 금액의 다소에 불구하고 삼인이 공동으로 출자를 한다. 즉 백만 원을 빌려 줄 경우, 회사를 한 단위로 하고 세 사람이 한 단위씩 도합 사 단위로 쪼개 각각 25만 원씩 낸다는 얘기다. 회사를 한 단위로 한다는 것은 미리 회사의 기금으로 얼만가 갹출해 놓은 금액 가운데서 언제나 4분의 1을 부담하도록 되어 있다는 뜻이다. 헌데 앞서 각각 1억 원씩 출자했다고 했지만 기금에 해당하는 2천만 원은 미리 회사의 구좌에 넣었을 뿐 나머지는 한도(限度)만 정해 놓고 그때그때 각자가 지출하는 것이다.

이러한 연락을 비롯한 실무를 담당하고 있는 것이 사장인 최맹열이고 전무인 윤호용이다. 이자는 월 삼 부, 돈은 언제나 한도 꽉 차게 돌고 있는 형편이니 각자의 매월 이자 수입이 3백만 원, 그것을 복리 계산을 한다면 5년 동안 계속한 그들의 업체가 얼마만한 돈을 벌었을까 하는 짐작이 간다. 그러나 그들은 절대로 그 한도액을 증가하지 않는다. 어떤 방법으로 재산 축적을 하는지가 궁금할 정도이다.

그날 점심을 먹을 때 그들 사이에 화제가 된 것은 신흥재벌 H와 C의 업태에 관한 것이었다.

"H는 일주일 전부터 S은행에 융자 신청을 하고 있는 모양인데 담보 능력의 한도를 넘은 것은 물론이거니와 사업의 전망에 관해서 은행 측이 의심을 품고 있는 모양이다. 멀잖아 펑크가 날 것이 확실해.

앞으로 수표 가끼까에(書煥)는 말아야겠어."

한 것은 민중환이다.

"그 밖에 위험한 건 없나?"

하고 백영택이 물었다.

"C회사와도 거래를 끊어 버리면 좋겠어."

심상수의 말이었다.

"왜?"

하는 표정을 민중환이 지었다.

"새로 사장이 된 장 말야. 젊은 놈이 돼 놔서 그런지 외입질이 심한 모양야."

"외입질이 심해도 사업만 잘하면 될 것 아닌가."

백영택이 반발했다.

"젊은 사장의 방탕이 소문이 나서 사원들 사이에 말썽이 있는 것 같아. 그런 놈 놀아나라고 돈 꾸어 주는 것 같아서 기분 나빠."

"나도 동감이다. 거래를 끊자."

민중환이 결단을 내렸다.

백영택이 빙그레 웃었다.

"거 기분 나쁜 웃음인데?"

민중환이 힐난조가 되었다.

"웃지 않고 견딜 수가 있어? 자기들은 외입을 본업처럼 하면서 남이 하는 외입은 그렇게 보기 흉한가?"

"백 사장 말마따나 우리의 청춘사업은 본업 아닌가. 사업하는 놈들이 방탕하면 망해."

민중환이 농담 같지도 않게 말했다.

"나도 전적으로 동감이다. 사업하는 놈들, 그것도 젊은 놈들이 여자들과 놀아나는 걸 보면 속에 두드러기가 일 지경이야. 신용조사와 더불어 소행 조사도 할 필요가 있어."

심상수가 투덜댔다.

"남 하는 건 보기 싫고 자기 하는 건 예사이구. 그런 걸 놀부 심보라고 하는 거다."

백영택이 빈정댔다.

"놀부 아닌 사람이 그런 말을 하면 밉지나 않지."

심상수가 쏘았다.

"난 놀부 아냐."

"그럼 흥부란 말인가?"

"흥부도 아니지."

"뭔가 그럼."

"선량한 시민이다."

"선량한 시민 좋아하네."

심상수가 킬킬댔다.

"처녀를 몇 다스나 족친 인간이 선량한 시민이라면 선량한 시민 아닌 놈은 어딨겠나."

민중환도 거들었다.

"제기랄, 돈 버는 목적이 뭔데, 좋은 것 먹고 좋은 여자 잡수고 잘 놀기 위해 돈 버는 것 아냐? 민 사장은 자선 사업하려고 돈 버나?"

"맞았어, 맞았어. 백 사장 말씀이 맞았어. 헌데 오늘 의논할 일은 이것뿐이지?"

하고 민중환이 두 사람을 번갈아 봤다.

"다른 얘긴 없어."

심상수가 말했다.

"그럼 H회사, C회사와의 거래를 끊을 단도리(준비)를 하라고 최 사장에게 백 사장이 일러 놓으시오."

하고 민중환이 일어섰다.

그날 점심값을 치를 차례는 백영택이었다. 도가니탕 백반과 수육 한 접시를 곁들여 값이 3천 원이었다. 심상수는 어깨 너머로 백영택이 셈하는 것을 보곤

"제기랄, 난 R호텔에서 주스값을 3천6백 원이나 치렀어."

하는 볼멘소리를 했다.

"수십억 원 재산을 가진 사람이 3천6백 원을 아까워하는 것은 좋은 사상이군."

한 발 앞에 나가며 민중환이 한 소리였다.

세 사람은 거기에서 헤어졌다. 하루 한 번 모여 점심을 먹는 것이 그들의 일이었다. 무슨 특별한 일이 없는 이상 그 밖엔 같이 어울

리는 경우란 거의 없었다. 그들은 충무로에 있는 화광회사의 사무실엔 오가지도 않았다. 책상 세 개와 전화 받는 여사환(女使喚) 하나를 끼워 세 사람이 빽빽이 앉아 있는 좁은 방에 들어앉을 여유도 없었거니와 그곳이 고리대금 사무소라는 곳으로 알려졌다고 고의로 피하는 것이다.

민중환은 벤츠 280을 타고 헬스 센터로 갔다. 건강 제일의 신념이 굳은 사나이였다. 그는 헬스 센터에서 한 시간 운동을 하고 사우나로 가서 땀을 뺐다. 그리고 이발소에 가서 면도를 하고 머리를 다듬었다. 그는 자기가 일류의 신사일 뿐 아니라 세계에서 가장 영리한 사람으로 자처하고 있었다.

이발소에서 나오며 시계를 보았다. 네 시였다. 다음 스케줄까지 한 시간 반 동안이나 시간의 여유가 있었다. 그 여유를 이용해서 그는 인사동의 화랑과 골동품점을 기웃거리기로 했다.

인사동 골동품상은 그를 세련된 취미인으로 알고 있었다. 아닌 게 아니라 골동품을 보는 눈이 매섭기도 했다. 아무래도 미술적인 관점에서 보는 눈보다는 취리적(取利的)인 눈으로써 보는 눈이 날카로운 것이다. 인사동 골동품상들은 고리대금업자로서의 민중환의 정체를 모르고 있었기 때문에 존경하는 뜻으로 값을 대폭 양보하는 경우도 있었다.

민중환은 적당한 곳에 자동차를 세워 놓고 이 집 저 집의 골동품점을 거쳐 아원(雅苑)이란 골동품점으로 들어갔다.

아원의 주인은 38세의 과부였다. 딸이 둘 있었지만 아원의 주인 노 여사(盧女史)는 아직 30안팎으로 보이는 젊음을 지닌 미모의 여성이다. 민중환은 2년 전부터 그 여자에게 눈독을 들이고 있었다. 여체에 대한 욕망과 그 여자가 소장하고 있는 골동품에 대한 탐욕이 얽히고설켰다. 그러나 민중환은 결코 서둘지를 않았다. 단단한 껍질을 가진 밤송이도 시간이 오면 딱 벌어지는 법이다. 눈에 띄지 않을 정도로 돈 자랑을 하고 은근한 호의를 표시하면 여자란 언젠간 몸과 마음을 열어 주기 마련이다.

"요즘 왜 잘 나오시지 않았죠?"

노 여사는 눈꼬리에 웃음을 남기고 자리를 권했다.

"경기가 어떻습니까?"

하고 민중환이 앉아 파이프에 불을 붙였다.

"사장님 같은 분이 안 나오시는데 경기가 좋을 까닭이 있겠어요?"

"나야 뭐."

민중환은 점내를 휘둘러보며

"새로운 발견물이 없나요?"

하고 물었다.

노 여사는 요즘 구한 것이라며 이조의 백자와 고려청자를 내놓았다. 민중환은 이모저모로 그 물건을 살피며 값이 얼마나 될까 하는 속셈을 해보았다. 이조백자는 작은 데다가 몇 군데 험이 있어 많

이 쳐 보아야 백만 원 미만일 것 같은데 고려청자는 천만 원을 넘겨
할 것이란 짐작이 갔다.

민중환은 이것을 삼으로써 노 여사의 몸을 차지할 수만 있다면
하는 생각이 선뜻 뇌리에 떠오르자 수작을 시작했다.

"이번 R호텔에 내 전용 휴게실을 하나 만들었는데 방이 살풍경
해서 견딜 수가 없어요. 그래 이거 하나라도 갖다 놓으면 기분이 안
정될 것 같아요. 대강 얼마나 받으시렵니까?"

노 여사의 애교에 생기가 섞였다.

"꼭 그러실 생각이라면 헐케 해드리겠어요."

"헐케 한다고 해도……그러나 그런 신경 쓰실 필요가 없습니다.
아무튼 제 값은 내야 할 테니까."

"제가 산 금이 9백만 원입니다. 그러니 수고비를 끼어 주시는 셈
치고 천백만 원만 내시죠."

민중환의 취리의식(取利意識)이 문득 고개를 쳐들었다. 그는 천만
원을 부르면 9백만 원으로 깎을 속셈이었던 것인데 하는 생각을 꿀
꺽 삼키고 말했다.

"천만 원에 합시다."

노 여사는 여전히 웃음을 머금은 채 고개를 갸웃하더니

"좋아요, 그렇게 하세요."

했다.

민중환은 기쁨을 억제할 수 없다는 시늉을 부러 가장하곤 전화

를 빌려 달라고 했다.

민중환은 회사에 전화를 걸었다.

"빨리 천만 원을 보수로 만들어가지고 오게."

"시간이 다섯 시가 넘었는데요."

하는 답이 돌아왔다.

민중환은 그런 사정을 번연히 알면서 건 전화여서 부러 약간의 신경질을 보이며 우선 호주머니에서 백만 원짜리 수표를 꺼내 놓았다.

"그럼 내일에라도 전화를 하겠습니다. 수고스럽더라도 그리로 좀 갖다 주시죠. 대금은 그때 드리다. 헌데 돈보다도 물건이 문제이니 제가 전화를 하면 노 여사께서 직접 가지고 오시도록 하시죠."

"예, 그렇게 하겠습니다."

노 여사는 시원스럽게 대답했다.

아원에서 나온 민중환은 C호텔로 향했다. R호텔에 휴게실을 가졌다는 것은 그럴 셈으로 노 여사에게 한 말이고, 민중환이 C호텔의 11층에 방을 하나 빌려 놓고 있었다. 그것은 항구적인 것이 아니고 필요에 따라 바꾸는 것인데 현재 C호텔의 그 방은 어느 유부녀와의 랑데부를 위한 것이었다.

민중환에게는 처녀 취미가 없는 것은 아니었지만 그는 주로 살롱의 마담이나 유부녀에게 관심이 컸다. 그에겐 미숙한 처녀의 육체보다는 노련한 섹스 파트너를 필요로 했다. 그만큼 정력이 강한 것이다. 그런 때문도 있어 민중환은 처녀만을 노리는 백영택에게 간혹 충고했다.

"백 사장, 처녀 조지는 버릇 고쳐요."

그러면 백영택은

"민 사장은 화류계 여자 전문인 모양인데 그것 무슨 재미로 하노."

하고 맞섰다.

"화류계 여자도 나름대로야. 뭇사내가 짓밟아 놓은 것 같은 여자는 문제도 안 되지만 적당히 애욕순례(愛慾巡禮)를 한 여자는 기가 막힌다네. 그런 것 모르면 백 사장은 풋내기야."

"모르는 소리 작작하지. 여자는 야채나 생선과 같은 거야. 신선할수록 맛이 좋아."

"무식한 사람일수록 엉뚱한 비유에 만족하는 것 아닌가?"

"유식하기로서니 화류계 여자하고 처녀를 바꿔?"

"백 사장은 유부녀와 지내본 적 없나?"

"어어렵쇼. 만약 탄로라도 나 봐, 어떻게 될 건가."

"탄로 나지 않으면 그만 아냐? 범죄의 요건은 무슨 죄를 짓는 데 있는 것이 아니고 탄로가 나는 데 있는 거야. 탄로 나지 않도록 하는 데 또 묘미가 있는 거거든."

"만에 하나의 경우 남편에게 들키기라도 해봐. 그게 무슨 망신이구."

"처녀를 건드리는 건 탄로 안 날 줄 알아? 비밀 유지는 유부녀가 최고야. 피차 협력해서 비밀 유지에 서두니까 안전도가 훨씬 더하지."

민중환은 탄로만 나지 않으면 무슨 짓을 해도 좋다는 사고방식인 데다가 부정 불륜한 행동을 한 사람을 경멸하는 것은 그 행위 자체 때문이 아니고 자기의 부정한 행동을 탄로 나게 했다는 그 점에 대한 것이었다.

월전 모 유력한 인사의 여고생과의 스캔들이 폭로되었을 때 민중환은 다음과 같이 뱉었던 것이다.

"머저리 같은 녀석, 그따위 짓을 감쪽같이 해치우지 못하는 녀석이 어떻게 그런 자리에 있어."

이러한 사고의 소유자이고 보니 행동은 언제나 당당했고 반면 그 용의가 주도했다. 호텔이나 그 밖에 자기가 드나드는 유흥업소 종업원에게 후한 팁을 주는 것도 그 용의의 일단이었다.

민중환은 C호텔의 로비에 들어섰을 때 공교롭게도 옛 친구를 만났다. 고등학교의 동기동창이었는데 고등학교 졸업 이래 두세 번 만났을까 말까 한 사이였다.

상대방은 그래도 반가워하며 악수를 청하고 차라도 한잔 하자고 했다. 민중환은 아직 십 분쯤 여유가 있다고 생각하고 그를 따라 커피숍으로 갔다. 자리를 잡고 물었다.

"자넨 대학 교수 노릇을 한다고 들었는데 어떤가."

"배운 도둑질 버릴 수가 있나. 헌데 자넨 무얼하나."

"자그마한 사업체를 하나 가지고 있어."

"들으니 꽤 돈을 벌었다고 하던데."

"어떤 사람은 연간 80억 원의 수익을 올리는데 나 같은 게 돈 번 축에 들라구."

"하여간 돈을 벌었다니 반가우이."

민중환은 속으로 냉소를 했다. 내 돈 번 게 네게 무슨 관계가 있어서 반갑다고 하는 거냐, 하는 기분이었다.

"자네 형편도 꽤 좋은 모양인데?"

"훈장 생활이 그렇고 그렇지 형편이랄 게 있는가."

하면서도 그는 활달하게 웃었다.

"그런데 대학 교수도 이런 델 오나?"

"별루 올 일도 없어. 세미나가 있어서 참석한 거야."

"참 요즘 걸핏하면 세미나 하던데 세미나를 하면 무슨 생색이라도 있나?"

"세미나를 해서 무슨 생색이 있는 것이 아니라 하는 것 자체가 하나의 생색이라면 생색이지."

민중환은 아무런 소득도 없는 일을 하며 허송세월을 하고 있는 이른바 문화인이란 것을 기생충(寄生蟲)이라고 생각하고 있는 터였다. 그래 신랄한 말이라도 한 마디 할까 하다가 말고 물었다.

"자네 골프 치나?"

"그럴 짬이 어딨겠어. 그만한 경제적 여력도 없구. 자넨 골프하나?"

"하지."

"핸디는?"

"골프를 안 한다면서 핸디는 어떻게 알아. 요즘 겨우 싱글이 됐을 뿐이다."

"대단하군. 주로 어느 골프장엘 가는가."

"한국 내의 골프장엔 일본 놈이 우글거려 기분 나빠. 그래서 나는 거꾸로 일본으로 안 가나. 이왕 왜놈들 속에 끼어 골프를 할 판이면 본바탕에서 하는 게 속이 시원해."

"골프하러 일본으로 가다니 팔자 편한 친구군."

"그 정도를 갖고 팔자까지 들먹일 필요가 있겠나."

한두 번 일본에 가서 골프를 했을 뿐이지 민중환으로서도 번번이 골프 치러 일본으로 가는 건 아니다. 그저 그렇게 뽐내 본 것뿐이다.

"참."

하고 민중환이 정색을 했다.

"학생들이 요즘도 시끄럽게 군다면?"

"시끄러울 것까지야 없지. 그저 심심함을 면할 정도야."

"도대체 학생들은 어쩌자는 거야."

"뻔한 얘기가 아닌가."

"명색이 대학생이라면서 왜 그렇게들 지각이 없을까. 학생들이 시끄럽게 굴면 당장 시장에 변동이 생긴단 말여. 뭣 말라 죽은 게 민주주의인가. 평화롭게 학교에 다니는 형편만이라도 고맙게 생각하지 않구. 요컨대 기골 있는 선생들이 없는 탓 아냐?"

"듣고 보니 자네 같은 사람을 학생처장쯤으로 모셨으면 좋겠구나."

"뭐, 날더러 대학 교수 하라구? 천만의 말씀이다. 나는 유언까지 해서 자자손손 대학 교수 같은 건 못하게 할 참이다."

"잘 생각했구먼."

하고 그는 쓸쓸히 웃고 일어섰다.

"그럼 다음에 또 만나세."

하는 말을 남겨 놓고 그는 사라져 갔다. 구겨진 레인코트의 자락이 궁상스럽게 보였다.

'불쌍한 녀석, 학교 다닐 땐 머리가 좋다고 소문난 녀석인데, 그런 식으로 머리가 좋으면 뭣 할까. 대학 교수, 허울 좋은 개살구가 아닌가.' 하고 그는 천천히 엘리베이터 쪽으로 걸어갔다.

민중환은 대학 교수뿐만이 아니라 모든 사람을 경멸했다. 아까 말한 대로 경제계를 잡고 휘두르는 사람 이외는 전부 기생충적(寄生蟲的) 존재로 보았다.

세상을 움직이는 것은 돈이다. 그 돈을 만들어내는 것이 경제인이다. 경제인이 만든 돈을 얼마씩 받아먹고 사는 족속이 문화인이고 공무원이다. 그러나 그는 공무원이 으스대는 꼴을 제일 싫어했다.

그는 또한 대재벌이 되어 버린 사람들을 제외하곤 제조업에 종사하고 있는 사람들을 경멸했다.

'손 안 대고 코를 풀 수 있는 수단이 얼마라도 있는데 뭣 때문에 저런 번거로운 일을 할까.' 하는 기분이었다.

그러니 지금 일억 원을 미끼로 정확하게 월 삼 부(月三分)의 이자를 받아먹는 자기의 직업을 가장 현명한 것으로 알고 있었다. 10억 원 자본을 들여 생산업을 하면 그 규모만큼이나 복잡한 일이 생긴다. 세상의 둘레도 살펴야 하고 종업원의 관리도 여간이 아니다. 그러고서도 확실히 월 3부의 이익을 올리지 못하는 경우가 많다. 경영을 하기 위해선 시설을 확충해야 하고 그러자면 남의 돈을 빌려야 하는 등 무리도 범해야 하니까 자칫하면 실패하기 마련이다. 민중환은 자기의 주변에 무수한 실패자를 보아 왔던 터였다.

'그런 놈에게 비하면 나는 골프나 치고 예쁜 여자와 즐기기나 하고 살면 그만인 편한 팔자가 아닌가. 사놓은 부동산의 값은 오르기만 하고 이자는 늘어가기만 하고……'

그는 5억 원이 될까 말까한 재산이 요 5년 동안에 엄청나게 늘었다는 생각을 하며 엘리베이터 안에서 관대한 웃음을 짓고 어깨를 폈다.

여자는 미리 와 있었다.

"사장님, 커피숍으로 들어가는 걸 봤어요."

하고 여자는 다가와 민중환의 품에 선 채로 안겼다.

"좋은 냄새가 나는데."

하고 민중환은 안았던 손을 풀어 여자의 얼굴을 살큼 매만지며 속삭였다.

"프랑스의 향순걸요. 당신이 사 주신."

여자는 부신 듯 민중환의 얼굴을 쳐다봤다.

여자의 나이는 서른 셋, 그녀의 남편은 어느 조그마한 회사의 과장인가 계장이었다. 그들이 알게 된 것은 동대문 근처에 있는 어느 아르바이트 홀에서다. 그 홀에서 매니저를 하고 있는 놈이 용하게 민중환과 그 여자를 붙여준 것이다.

처음 만난 밤에 실컷 춤을 추고 헤어졌다. 두 번째 만났을 때 3부가 채 못 되는 다이아반지를 선사함으로써 그 여자의 육체를 가로챌 수 있었다.

여자의 경험이 많은 민중환도 그 여자의 육체엔 반했다. 얼굴은 밉지도 곱지도 않은 평범하다고밖엔 할 수 없는데 그 육체는 기가 막혔다. 어떻게 보잘것없는 회사의 말단 간부에 불과한 사나이가 이런 육체를 가진 여자를 아내로 맞이할 수 있었을까 하고 생각하니 스르르 울화가 났다. 그 울화는 곧 그러니 내가 가로챌 수 있다는 자기변명으로 변했다.

"이런 짓을 해서 될까 모르겠어요."

육체의 교섭을 가지려는 찰라 여자가 한 말이었는데 민중환은 그

때 이런 말을 했었다.

"당신의 남편이 누군진 모르지만 당신은 너절한 사내의 아내이기엔 너무나 아까운 여자요."

단 한번의 교섭으로 여자의 육체엔 불이 붙었다. 그런데다 남자가 엄청난 부자라는 후광(後光)을 띠고 있었으니 여자는 자기 남편에 대한 배신감마저 송두리째 지워 버릴 수가 있었다.

"우리 집 그 사람에게선 이런 기분 한 번도 느껴 보지 못했어요."

두 번째 교섭이 있었을 때 여자가 민중환의 가슴팍에 얼굴을 파묻고 이렇게 말하며 흐느꼈다.

네 번, 다섯 번으로 거듭되자

"우리는 앞으로 어떻게 되죠?"

하는 것이 말버릇이 되었다.

"나는 당신 없인 못 살아요."

하고 몸부림치기도 했다.

"가는 데까지 가 봅시다. 하늘이 무너져도 솟아날 구멍이 있겠죠."

마지못할 경우 간혹 민중환이 한 소리였다.

여자는 돈을 요구하지 않았다. 더욱 빈도를 빨리 해서 만나자는 부탁밖엔 없었다.

언제부터인가 여자는

"남편이 옆에 오는 게 그렇게 싫을 수가 없어요."

하는 말을 자주 하게 되었다.

그런데 그것이

"이혼을 하고 싶어요."

하는 말로 바뀌었다.

민중환의 짐작으론 여자의 남편은 성적인 불구자는 아니라도 불구자에 가까울 만큼 성적인 허약자가 아닌가 했다. 아니면 너무나 회사 일에 쪼들려 그 스트레스가 성적 불능의 상태를 만들고 있는 것인지도 몰랐다. 미국을 비롯한 선진국의 남자에 그런 부류가 많다니까 한국에 그런 부류의 남자가 없으라는 법이 없다.

그러나 민중환은 일주일에 한번 이상으로 밀회의 기회를 갖지 않았다.

"난 사우나를 하고 오는 길이요."

하고 민중환은 여자를 욕실로 보냈다. 그리고 자신은 알몸이 되어 침대에 들어가 누웠다.

이 순간이야말로 민중환의 살 보람이었다. 통일에 대한 걱정을 할 필요도 없었다.

사회의 부조리를 걱정할 필요도 없었다.

유리창 너머로 흰 구름이 흐르고 있었는데 꼭 그와 같은 태평한 기분이었다.

'천국이 달리 있을까.'

그는 마음속으로 되뇌어 보았다.

'그렇지, 천국이 달리 있을 까닭이 없지.'

민중환은 문득 아내가 지금 무엇을 하고 있을까 하고 마음을 뻗어 보았다. 아마 구석진 방에서 일수놀이의 계산을 하고 있을 것이다. 그리고 돈을 회수해 오는 심부름꾼들을 기다리고 있을 것이었다.

'나는 조조(曹操)다.' 하는 상념이 들었다.

'여자가 돈 맛을 알면 사죽을 못 쓴다. 일수놀이의 돈이 불어가는 것이 신이 나서 정신 차리지 못할 정도로 들떠 있을 것이다. 아내에게 일수놀이를 시킨 내 꾀가 어떠냐. 나야말로 조조가 아닌가.'

얘기가 성급하게 됐지만, 민중환의 아내는 민중환의 상상대로 구석진 방에서 일수 계산을 하고 있진 않았다. 들떠 있긴 했으나 결코 일수 돈이 불어 가기 때문이 아니고 얼마 전 알게 된 젊은 정부(情夫)와의 일락(逸樂)에 들떠 있었다. 남편이 수억의 돈을 가지고 있는데 얼만가의 자기 돈이 불어 간다고 해서 신을 낼 여자도 아니었던 것이다. 민중환의 아내는 남편의 귀가가 열한 시쯤으로 늦어지겠다는 전화를 받기가 바쁘게 정부에게 연락해서 변두리 여관에서 바야흐로 밀회 중이었던 것이다.

타월을 몸에 두른 채 여자는 알몸으로 민중환의 품안으로 비집고 들어왔다. 내 것이 틀림없다는 소유감의 확증과 남의 아내라는 전율감이 자극으로 되어 여체의 매력은 한층 더 적분(積分)되는 느낌으로 민중환은 여자의 몸뚱아리를 어루만지기 시작했다. 여자는 벌써 가쁜 숨을 내쉬며 중환의 몸에 뱀처럼 휘감겼다.

......

방안은 어느덧 어두워지고 있었다. 청명한 가을 하늘은 밤의 하늘로 바뀌어 가고 있었다.

황홀과 허탈감에 젖어 여자는 눈을 감은 채 속삭였다.

"나 이혼할래요."

"……."

"도저히 같이 살 순 없어요."

"……."

"많은 것 바라지 않아요. 내게 조그만한 아파트나 하나 사주면 돼요."

민중환은 뭐라고 대답할 수가 없었다. 어떻게 이혼하라는 말을 할 수 있겠는가. 그는 아파트를 사 주기까지 해서 같이 살아야겠다는 의욕을 가질 순 없었다. 여자의 육체는 확실히 좋다. 그런데 그것이 독점했을 그때부터 불안의 대상이 될 것이란 사실을 민중환은 너무나 잘 알고 있었다. 남의 아내를 훔치고 있는 상황이니까 황홀하면서도 태평할 수가 있는 것이다.

"도저히 이대로 계속할 순 없어요."

여자는 흐느끼기 시작했다.

민중환이 드디어 할 말을 발견했다.

"이혼을 하면 위자료를 얼마나 받겠어?"

여자는 흐느낌을 뚝 그쳤다.

"위자료요?"

"응, 위자료."

"내 형편으로 위자료를 청구할 수 있겠어요?"

"왜 없다는 거야. 우리 사일 들키지 않았을 텐데."

"그래도 양심이란 것이 있잖아요."

"양심?"

하고 민중환이 나지막이 소리내어 웃었다.

양심! 실로 오랜만에 들어보는 말이었다. 민중환은 근래 그 말의 존재까지 잊고 살았었다.

"아파트 하나만 사주세요. 그럼 수속은 뒤에 하고라도 그 집에서 나오겠어요. 도저히 견딜 수가 없어요."

"아파트를 사 주는 거야 어렵지 않지만."

하자

"사 주시는 거죠? 사 주시는 거죠?"

하고 여자는 민중환의 목을 안고 흔들었다.

"내 말을 들어봐요."

하고 민중환은 여자의 팔을 풀고 물었다.

"이때까지도 견디어 왔는데 갑자기 왜 그러는 거요."

"견디는 힘이 없어졌어요. 미칠 것만 같애요."

"남편이 매일 밤 요구를 하나?"

"이상한 일예요. 전엔 그렇지 않았는데 요즘 부쩍 심해졌어요. 그걸 거절하려니까 기진맥진할 지경이에요.”

“적당하게 들어 주면 될 것 아뇨? 고집 부리지 말구.”

이 말에 여자는 벌떡 일어났다. 아직 불을 켜지 않아 방안이 어두웠다. 그 어둠 속에 여자의 하얀 육체가 석고상처럼 잠겼다.

“여자의 몸은 그렇게 되지 못해요. 정은 나눌 수가 없는가 봐요.”

감정을 억제한 여자의 소리가 조용히 흘렀다.

“너무 초조하게 생각질 말고 조금만 더 참아 봐요.”

민중환은 서먹서먹한 감정이 가슴에 퍼지는 것을 느끼며 이렇게 말하고 몸을 일으켰다.

그리고 침대에서 내려 소파에 놓인 내의를 챙겨 입고 불을 켰다.

그 순간 원망의 눈물이 담뿍 고인 여자의 눈이 전등불에 빛났다.

“조금 있다 가요.”

여자는 애원했다.

“피차 조심을 해야 해. 남편이 집에서 기다리고 있을 것 아냐?”

“기다리건 말건 난 문제도 안 돼요. 그 사람으로부터 마음이 떠난 지 벌써 오래예요.”

민중환은 가슴이 오싹하는 것을 느꼈다. 막바지에 이르면 여자처럼 강한 것이 없다는 사실을 누구보다도 잘 알고 있는 것이 민중환이었다.

서툴게 행동하다가는 어떤 치사한 꼴을 당할지도 몰라 민중환이 조용히 타일렀다.

"당신의 생각은 내가 잘 알았어. 잘 알았으니까 진지하게 연구를 해보자. 아파트를 산대도 위치 같은 것을 사전에 살펴야 할 거구, 이혼을 한다 하더라도 미리 이것저것 준비도 해야 할 테니까. 그리고 이럴 때가 가장 위험한 거요. 각별히 조심을 해야지. 아무것도 모르면 좋게 해결될 일이 섣불리 탄로가 나면 수습할 수 없게 되는 경우도 있는 거구, 자 옷을 입어요!"

여자는 침대에서 내려 옷을 챙겨 입기 시작했다. 민중환도 팬츠를 입고 와이셔츠를 입은 뒤 넥타이를 매었다. 어수선한 기분이었다.

'이게 마지막일지 모른다.'는 상념이 민중환의 머리에 스며들었다.

"그럼 믿겠어요."

하는 말을 남겨놓고 여자는 떠났다.

'뭣을 믿겠다는 말인가.' 하고 민중환은 쓴웃음을 웃었다.

'그 여자와의 관계도 마지막이 된 것 같군.'

창가의 소파에 앉아 파이프에 담배를 재었다. 불을 붙였다. 눈앞에 침대가 있다. 조금 전까진 열렬한 정사(情事)의 현장이었던 바로 그 현장이다.

여성다운 마음씨가 그 현장을 대강 손질을 해 놓고 떠나긴 했지만 담요의 주름, 구겨진 시트의 자락에 정사의 내음이 아직도 묻어 있다.

여자와 헤어질 방도를 연구해야겠다는 마음은 막연하고 그 여체(

女體)에의 미련은 생생했다. 그러나 그 여자 때문에 생활의 밸런스를 깨뜨릴 순 없었다. 민중환이 가장 경멸하는 대상은 향락 때문에 생활의 평형을 잃는 족속들이다.

'그런데 어떻게 그 여자와의 사이를 마무리 짓는단 말인가. 여하간 마무리를 지어야 하는데…….'

민중환은 이 시기를 넘기면 여자를 처리하기가 여간 곤란하지 않을 것이란 예감과 위험을 새삼스럽게 느꼈다.

'여자란 어떤 경우 못할 짓이 없어진다……돈을 얼마나 쓰더라도…….'

돈을 써야 한다는 생각은 그를 우울하게 했다. 여체(女體)를 구하기 위해 쓰는 돈은 아까울 것이 없지만 여체를 멀리하기 위해 돈을 써야 한다는 것은 수지가 맞는 일이 아닌 것이다.

민중환이 그 여자를 좋아한 것은 물론 희귀한 그 여자의 육체적 조건 때문이기도 했지만 돈이 적게 든다는 점도 무시할 수 없다. 여자는 결코 돈을 요구하지 않았다. 민중환을 만나는 것만으로 만족했다. 그것이 또한 민중환의 자존심에 흡족했고 그 흡족감이 여자와 만나는 쾌락을 조장하기도 했다.

'돈을 얼마쯤 써야 할까.' 하다가 '어떻게 되겠지' 하는 생각으로 바꾸어 민중환이 일어섰다. 여자는 호텔 문을 나서 벌써 거리의 군중들 틈에 섞였을 것이었다. 자기를 즐겁게 해주고 자기로 인해 황홀해하던 하나의 여체가 지금 군중들 틈에 끼어 거리를 걷고 있을 것이란 짐작은 묘한 흥분감을 자아내기도 했다.

　민중환은 천천히 방에서 걸어나와 엘리베이터 앞에 섰다. 엘리베이터 앞엔 중년의 백인 남자와 아직 젊은 백인 여자가 타고 있었는데 민중환이 들어서자 이때까지 하고 있던 말을 그때 중단해버린 그런 표정으로 비켜 섰다.

　남자 쪽은 볼품이 없었으나 여자는 매력적인 몸매요, 정열적인 얼굴을 하고 있었다. 민중환은 몇 년 전 프랑스에 갔을 때 그와 비슷한 백인 여자를 안은 적이 있었다는 사실을 회상했다.

　'그때 그 백인 여자는 굶주린 세퍼드처럼 으르릉댔지.'

　민중환의 입언저리에 자기도 모르게 미소가 떠올랐다. 하룻밤 백불(百弗)을 주고 산 여자였는데 내일 밤은 50불로 서비스하겠으니 다시 만날 약속을 하자고 여자가 간청했던 것이다.

　'돈이란 좋다. 돈을 쓸 작정만 하면 지금 저 사내로부터 저 여자를 가로챌 수도 있다'는 생각에 민중환은 만족했다.

　엘리베이터가 멎고 열렸을 때 민중환은 그들을 먼저 내보내기 위해 비켜서며 "좋은 여행이길." 하는 한 마디 말을 한 것은 관광객에게 대한 친절이라고 하기 보단 그 백인 여자가 풍긴 성적 매력에 대한 찬사였다.

　점잖은 걸음걸이로 로비를 걸어 현관으로 나왔다. 도어 보이가 재빠르게 마이크 쪽으로 달려가서 민중환의 자동차 넘버를 불렀다. 말하지 않아도 그들은 민중환의 차 넘버를 기억하고 있는 것이다. 팁을 잘 주는 단골손님인 데다가 벤츠 280을 타고 다니는 손님이었으니까. 도어 보이는 손님이 타고 있는 자가용차를 보고 일단 그 손님을 평가한다.

자기의 차가 나타나길 기다리고 있는 눈앞에 벤츠 450이 미끄러져 들어와 섰다. 순간 맹렬한 미움이 솟았다. 민중환은 특히 벤츠 450을 타는 사람을 경멸했다.

'제아무리 똑똑한 놈이라도 이 나라에선 벤츠 450을 탈 놈은 없다. 벤츠 600은 물론이구.' 하는 것이 민중환의 신념이었다. 민중환은 벤츠 450만 보면 나라 단위(單位)로 사고(思考)를 확대하는 버릇이 있었다. 철저한 이기주의자가 그때만 돌연 애국자(愛國者)가 된다.

'아직 GNP 1천 불 내외가 아닌가. 기름 한 방울 나는 나라가 아니지 않는가. 한국에 있어서의 자동차의 최고로서 벤츠 280을 넘어선 안 된다. 그러니 450을 타는 놈은 170퍼센트 분수를 모르는 놈이다……'

어디서 이런 논리를 주문해 왔는지는 몰라도 민중환은 이러한 논리에 고집하고 있었다.

벤츠 450에서 내린 사람은 K회사의 K사장이었다. 민중환은 물론 K사장을 잘 안다. 그러나 K사장은 민중환을 모른다.

민중환은 비켜 선 자세로 불쾌한 표정을 지었다. K사장이 자기를 몰라본대서 불쾌하다는 것이 아니다. 벤츠 450을 타고 으스대는 꼴이 불쾌했고 그를 경멸을 하자니 경멸할 이유가 약간 부족한 것이 불쾌했다고나 할까.

"사장님, 차 왔습니다."

도어 보이의 말에 정신을 차리고 민중환은 자동차 도어를 열어 주는 보이에게 포켓에 집히는 대로 주는 척하며 3천 원을 주었다. 그러나 그 액수는 미리 작정되어 있었던 것이고 포켓 안에서 이미 가려 놓은 액수였다.

민중환은 자동차에 몸을 싣고 호텔 정문을 빠져 거리에 나서면서 'K회사에 내 돈이 얼마쯤 가 있을까.' 하고 계산해 보았다.

그제 아침에 2천4백만 원이란 보고를 들었으니 민중환의 돈이 K회사에 가 있는 것은 불과 6백만 원이었다.

'네가 벤츠 450을 타고 으스대지만 내 돈 6백만 원을 빌려 쓰고 있는 놈이다.' 하고 경멸의 이유로 삼으려고 했으나 그건 안 될 말이었다. 민중환의 속셈은 'K회사 같은 데서 4억 원쯤 몽땅 써 주기만 하면 신용조사니 소행 조사니 하기 위해 정보 수집할 필요가 없으니 비용이 덜 들 뿐 아니라 돈을 떼일까 봐 전전긍긍하지 않아도 될텐데……' 하는 것이었기 때문이었다.

수백억 원의 자본금을 가진 회사는 나라가 망하지 않는 한, 망할 염려가 없는 회사였다. 민중환의 입장에 있어선 그런 회사는 돈을 빌려 달라고 안 하기 때문에 안달이 날 형편이다. 말하자면 회사에 돈을 맡겨 놓기만 하면 아무런 다른 걱정 없이 여자를 낚아 올리고 같이 즐기는 연구, 어느 곳에 싸고 맛있는 음식이 있는가 하는 연구, 어

떻게 하면 골프 솜씨를 상달시킬 수 있는가 하는 연구만 하고 살아
갈 수 있는 것이다.

"사장님, 어디로 모실깝쇼?"

운전사의 말이 있었다.

민중환은 집으로 돌아갈 작정을 했다가 얼른 치우고 C동에 있
는 일본식 식당, N장으로 가라고 했다. 마음에 다소의 꺼림칙한 일
이 고여 있을 땐 일찍 집에 돌아가는 것은 금물(禁物)이었다. 그는 집
안에선 언제나 상냥한 남편, 인자한 아버지가 되어야만 했다. 그러
기 위해선 우울한 재료가 되는 것은 바깥에서 모두 토해 버려야만
하는 것이다.

'내 집은 천국이라야 한다.'

이것이 그의 신념이었다.

이 신념은 '세상이 모두 지옥으로 변해도 내 집만은 천국이라야
한다'로 강화되어 있기도 했다. 그는 철저하게 계산적(計算的)으로 살
았다. 그리고 그 계산의 바탕엔 그러한 신념이 있었고, 모든 계산의
방향은 그 신념의 달성에 있었다.

N장엘 가면 민중환은 최고의 손님이었다. 세련된 복장, 던힐의
파이프, 언제나 여유 있는 웃음, 후하게 팁을 주는 마음씨, 그런데다
까다롭지 않는, 그러면서도 요리의 정수를 잘 아는 식도락(食道樂).

N장 같은 곳에선 이 까다롭지 않으면서 요리의 정수를 잘 아는
식도락이란 것이 극히 중요하다. 요리사가 생색을 낼 수가 있고 그를

통해 그 집의 선전이 되기 때문이다.

민중환이 가면 언제나 앉는, 조리대 앞 구석진 자리가 비어 있었던 것은 다행이었다. 그는 이곳저곳에서 보내는 인사와 미소를 받으며 점잖게 자리를 잡고 앉았다.

"술은 정종으로 하시겠죠?"

"물론."

"아주 싱싱한 도미가 있습죠."

"그것 좋군."

"부리도 싱싱한 게 있는뎁쇼."

"그것도 그럼. 헌데 전복은?"

"큰놈이 있습니다."

"그걸 한 마리 삶아 줘요."

"예."

대중 속에 끼어 혼자 술을 마시는 기분이란 또한 각별하다는 것이 민중환의 지론이기도 했다. 헌데 전복을 삶아 먹는다는 것은 어찌된 일인가. 만일 묻는 사람이 있었다면 그는 다음과 같은 설명을 할 것이다.

"전복을 생거로만 먹는다고 생각하는 사람은 바보요. 전복이 진미는 삶아야만 나타나는 겁니다. 일본 요리(日本料理)라고 하면 생선을 생 거로 먹는 사시미가 제일인 줄 아는데 그런 건 아닙니다. 일본 요리에서 제일로 치는 것은 야기(燒), 즉 생선구이고, 제2는 쓰구리(造),

즉 생선회이고, 셋째에 시루(汁), 즉 국물이죠.”

이를테면 그는 전복을 삶으라고 하면서 그의 식도락이 비범하다는 선전으로 삼고 그의 일본 요리에 관한 박식을 자랑하기 위한 계기로 삼는 것이다.

그런데 그날 밤엔 불행하게도 그가 일본 요리에 관한 지식을 자랑해 보일 기회가 없었다. 손님이 붐비 있는 탓으로 요리사와 대화도 못하고 민중환은 침묵 속에서 술을 마실 수밖에 없었다. 그러자니 자연 옆자리에서 진행되고 있는 대화가 귀에 들어오지 않을 수 없었다.

“……큼직한 재벌들이 사채를 쓰고 있다는 걸 보면 한국의 재벌이란 원래 그처럼 취약하다는 얘기가 아닐까?”

“은행 돈은 도적하다시피 해서 쓰고 게다가 사채까지 빌리고, 결국 그들은 남의 돈으로 사업을 한다는 말 아닌가?”

“그렇게 해서 번 돈은 도대체 어떻게 하나.”

“인플레를 예상하고 토끼를 사들이는 것이 아닐까?”

“중소업체를 잡아자시기 위한 재산을 만들어 놓는 걸까?”

“개중엔 해외에 재산 도피하는 놈도 있을 거여. 사업은 나라의 돈, 또는 남의 돈으로 하구, 남는 건 빼돌리구……기업은 망하고 자본가는 산다는 얘기가 결국 그런 데서 나오는 것 아닌가?”

“하여간 기업체의 생리를 바꿔 놓아야 해.”

“대재벌이 사채를 쓰는 이유 그리고 그 내용쯤은 폭로할 필요가 있을 거야.”

"자네가 한 번 특집기사를 써 보라문."

"아냐, 난 말려들기 싫어. 재벌들의 비위나 상해 봐. 내만 손해게?"

신문 기자, 그것도 경제부 기자들인 것 같은 두 사람의 얘기를 들으며 민중환은 속으로 혀를 찼다.

'무식한 놈들!'

대재벌이 사채(私債)를 쓰는 이유는 결코 단순하지가 않다. 솔직히 말하자면 그들 신문 기자의 이해를 넘어선 곳에 이유가 있는 것이다. 민중환은 자기에게 설명을 구했을 경우, 물론 쉽사리 대답할 까닭은 만무하겠지만, 만일 할 필요가 있다면 어떻게 설명할까 하고 생각을 간추려 보았다.

'첫째.' 하고 그는 다음과 같이 설명할 것이었다.

'대기업체를 운영하기 위해선 하루에도 막대한 돈이 회전해야 한다. 하루에 수억 원의 돈이 회전할 경우도 있다. 그럴 때 기천만 원으로부터 기백만 원이 때론 부족할 때가 있다. 대강의 경우 대월(貸越)을 보아 충당한다. 그런데 대월의 한도가 넘어 있을 경우도 있다. 그럴 때 사채시장에서 부족분을 빌린다.'

둘째 이유는 이 첫째 이유에서 파생된 것이다.

'급할 때 사채시장의 도움을 받아야 하기 때문에 급하지 않을 때도 거래(去來)를 끊지 않는다. 일단 거래가 단절되면 도로 잇기가 힘들 수가 있기 때문이다. 그래서 사채업자를 키워 주는 방편과 급할 때에 대비하기 위한 방편으로 얼만가의 돈을 빌려 사채업자의 이익

을 도모해준다.'

이상은 자연스럽고 그만큼 건강한 거래라고 할 수가 있다. 그런데 다음과 같은 악성적(惡性的)인 경우가 있다.

'동일업종(同一業種)을 들고 나온 경쟁 기업체가 등장했다고 하자. 초창기 그들은 많은 자금을 필요로 한다. 그런데 은행에서 빌리는 액수엔 한도가 있다. 자연 사채시장으로 손을 뻗는다. 이럴 때 대기업은 사채시장의 돈을 바닥내기 위해서 현재 자기들에겐 필요가 없는데도 불구하고 빌릴 수 있는 대로 사채시장에서 돈을 빌린다. 동일 업종을 갖고 경쟁을 할 때 대기업은 한쪽에선 덤핑을 하고 한쪽에선 사채시장의 돈을 말리고 동시에 은행 융자 신청을 함으로써 은행 자금의 바닥을 내놓으면 십중팔구 대기업의 경쟁 상대가 되는 업체는 불원 망하고 만다. 툭툭한 파이프로써 정부와 연결되어 있으면 모르되, 그렇지 못할 경우 신흥 기업이 발전할 수 없는 까닭이 여기에 있다.'

대기업체가 사채를 쓰는 악성적 이유 가운데의 하나는 적자 운영(赤字運營)을 해야만 세금을 포탈할 뿐 아니라 대주주(大株主), 또는 경영진이 이득을 볼 수 있기 때문이다. 적자 운영의 이득은 흑자(黑字)가 없으니 세금을 물지 않아도 된다는 점이고 소주주(小株主)들에게 배당을 안 해도 된다는 데 있다. 지금은 약간 사정이 달라졌지만 조금 전까지만 해도 대주주가 소주주의 주(株)를 흡수하기 위한 수단으로 이 수법을 많이 썼다. 이것을 더욱 소상하게 설명해 달라고 하면 민중환은 다음과 같은 답을 준비한다.

'적자 운영의 양대 방법은 시설 투자(施設投資)에 중점을 두는 방법과 사채의 도입(導入)에 따른 금리를 지출하는 방법이다. 이럴 때 그 회사의 중역들이 자기들의 돈을 사채로 위장하여 투입한다. 그러니 사채시장을 이용하지 않을 수 없다. 자기의 돈을 사채시장에 돌려 그것을 회사에 받아들이는 경우도 있고 사채시장에서 온 것처럼 위장하여 직접 자기 돈을 투입하는 경우도 있다. 회사의 수표와 보증수표 또는 회사의 어음과 현금을 맞바꾸는 간단한 수속 절차로 해치울 수 있으니 회사는 적자를 내고 중역들의 호주머니는 불러만 가는 결과로 만들 수가 있다 언제까지나 적자만 계속되는 기업체에 자금을 동결해 두고 있을 수만은 없다. 소주주는 그래서 탈락하기 마련인 것이다.'

민중환은 여기까지 생각해 놓고 다시 한 번 세상을 경멸하는 만족감을 맛보았다. 술맛이 났다. 이 사람은 남을 경멸할 이유를 찾기만 하면 그저 기분이 좋아진다.

'어느 신문에 사채시장을 이처럼 분석한 해설 기사가 있었던가, 홍.' 하고 민중환이 호기 있게 요리사를 불렀다

"술 한잔 더."

옆자리에 있는 민중환의 뇌리와 가슴에 어떤 사상, 어떤 경멸이 고여 가는가 하는 것도 모르고 신문 기자들의 대화는 계속되어 있었다.

"……그렇다면 한국의 경제계를 좌지우지하고 있는 것은 사채업자들이 아닐까?"

"한 때는 그랬었지."

"지금은?"

"워낙 재력 있는 실업가가 속출하고 있으니 사채시장의 향배(向背)가 경제계를 움직이는 정도는 넘었지."

"그러나 중소기업의 사채 의존도(私債依存度)는 역시 높은 것 아닐까?"

"그건 그럴 거야."

"요컨대 사채업자가 한국의 중소기업을 지탱하고 있는 거로구만."

"그런 것도 아니지."

"중소기업이 단결하는 그런 방법이 없을까?"

"중소기업치고 대기업 되고 싶지 않은 건 없을 것이 아닌가. 성공한 중소기업은 대기업이 되는 거고, 성공 못하면 탈락하는 거고. 그러니 단결이 안 되지. 성공할 희망이 있는 업체와 그러지 못한 업체와의 이해관계는 상충되어 있는 거다. 성공할 희망이 있는 업체란 곧 유력한 배경을 마련하고 있다는 얘기로 되는데 다른 중소기업체와 연계함으로써 그 특권을 분산시키기가 싫거든. 중소기업체 연합이란 그 내부는 곧 오월동주(吳越同舟)……."

그 분석은 신문 기자다운 분석이라고 민중환이 수긍하는 마음

으로 되었다. 그래서 술이나 한 잔 권해 볼까 하는 기분으로 되려는데, 한 사람이

"그러나 저러나 사채업자란 건 일종의 암적(癌的)인 존재가 아닌가."

하는 문제를 제기하는 바람에 민중환은 술이 한꺼번에 깨어 버렸다.

"암이지 암."

하고 다른 하나가 단정적으로 답하곤 덧붙였다.

"암이란 건 기가 막히는 현상이지. 암은 생명을 뺏곤, 그 뺏은 생명과 더불어 그 자체가 죽어 버리는 것 아냐? 자기가 죽기 위해서 죽이는 그런 거란 말이다."

이 말이 계기가 되어 신문 기자들 사이엔 암을 화제로 한 얘기가 번졌다.

민중환은 '흥!' 하고 코웃음을 쳤다.

'사채업자가 암이라고 치고……사채업자가 한국의 경제를 망쳤다고 해도 사채업자라는 존재는 보통의 암처럼 그 생명을 뺏은 육체와 더불어 죽진 않는다.'

민중환은 재빨리 해외로 도피할 준비가 언제이건 되어 있는 스스로의 상황을 점검했다. 시장에 내돌린 돈은 1개월 이내에 회수할 수가 있고 정기 예금은 곧 회수할 수가 있고, 그런데다 팔아먹기 거북한 부동산이란 가지고 있지 않았다. 다소의 손해를 볼 각오이면 농장이건 가옥이건 자기가 살고 있는 집이건 10일 이내에 팔아 보일

자신이 있었다.

'사채업자가 나라의 경제를 망칠 수 있을는진 몰라도 사채업자는 망하지 않는다.'

이 발견은 그날 밤 또렷해진 것이었다. 민중환은 유쾌했다. 다시 청했다.

"술 한 잔 더."

민중환이 잠을 깨면 언제나 만족스런 아침이지만 요즘의 아침은 거기에 유쾌한 기분까지 겹쳤다. 그 원인 가운데의 하나는 아내의 그 췌육투성이의 육체가 곁에 없었기 때문이다.

전에도 심하게 술에 취했을 땐 코를 곤다며 곧잘 다른 방을 쓸 때가 있었는데 요즘 민중환의 아내는 숫제 침실을 달리하고 있는 것이다.

'일수놀이하느라고 딴으론 지쳐 있는 게지. 오죽이나 다행인가. 여자가 폐경기 가까우면 추근댄다고 들었는데 그 화를 면하게 되었으니……이로써 나는 얼마든지 좋은 여자와 즐길 수 있다는 얘기지. 가정을 파괴하지 않고서…….'

민중환은 새삼스럽게 행복함을 느끼며 아침 신문을 여유있게 볼 수가 있었다. 이상스럽게도 민중환은 불행한 기사가 보이기만 하면 신이 났다.

'연말까지 체불 노임을 청산하라구? 체불 노임을 걱정해야 할 공

장을 가지고 있지 않으니 얼마나 행복인가!'

어느 회사의 사장이 이웃돕기 성금으로 1천만 원을 냈다는 기사가 있으면 '어중간한 업체를 가지고 있으니까 그따위 체면치레도 해야 하는 것이 아닌가. 돈 천만 원 내놓으면서 얼마나 가슴이 아팠을까.' 하고 그 사장을 경멸하고, 어떤 국회의원이 여고생과 놀아났다는 기사를 읽었을 땐 그야말로 회심의 웃음을 웃었다.

'지위란 건 이래서 거북한 거다. 지위를 갖고 있으면 돈이 생기는가 보지만 그 자체가 째째한 것 아닌가. 아아, 나는 걱정해야 할 지위도 없다. 얼마나 다행한 일인가.'

이리(裡里)에서 수송 중에 있던 화약이 터졌다고 들었을 땐 큰 업체를 가지고 있을수록 걱정도 따라서 많아진다는 사실을 상기하곤 '뒷걱정 없이 마음 놓고 놀고 연애할 돈만 가지고 있으면 그만이지, 그따위 많은 돈 벌어 뭣 하겠단 말인가.' 하고 대기업체의 주인들을 마음껏 경멸했다.

그러니까 신문을 본다는 건 민중환에게 있어선 자기의 행복을 확인하는 수단의 의미를 가지고 있었다.

신문을 읽고 나면 아파트의 뜰을 한바퀴 돈다. 그러면서 그는 오늘 안으로 불어갈 돈의 액수를 계산해 본다. 그에겐 어림짐작이란 것이 없다. 아내의 일수놀이 부분은 제외하고 자기 소관으로 되어 있는 부분만을 암산을 통해 정확한 답을 내어 보는 것이 그의 특기라고 할 수 있었다.

그것이 요즘 1백70만 원에서 1백80만 원으로 육박하게 되었다. 빨리 2백만 원 선을 넘겨야겠다는 의욕이 났다. 하루에 짓는 금리(金利)가 2백만 원이면 한 달에 6천만 원, 1년이면 7억2천만 원이다. 모재벌의 총수가 지난해 올린 개인 수입이 80억 원이었다고 하니 거게 비하면 10분의 1이 채 안 되는 액수이지만 그는 수만 명을 거느리는 데 따른 신경을 써야 한다. 그런데 민중환의 경우는 하등의 번거로움도 없이 그런 액수가 되는 것이니 얼마나 오붓하냐 말이다. 매일 50만 원 꼴로 쓴다고 해도 5억이 넘는 수익, 일단 이 액수가 되기만 하면 10억 원의 금리를 만드는 건 순식간의 일이다. 게다가 부동산이 있고 사 놓은 주식(柱式)이 있고 보니 천국(天國)의 주인으로서의 조건은 죄다 갖추어져 있는 것이 아닌가.

민중환에겐 아들 둘, 딸 하나가 있었는데 이것들이 또한 민중환이 주문한 대로의 아들 딸이었다. 큰아들은 대학의 1학년인데 여가만 있으면 농장에 달려가서 자기가 기획한 양돈(養豚) 사업에 열중하고 있었다. 그리고는 용돈을 자기가 벌어 쓰고 있으니 앞으론 개의치 말라는 선언을 했다. 그런 아들이고 보니 '데모' 같은 데 가담할 리가 없었다. 고등학교에 다니고 있는 아들도 딸도 아버지를 닮아 매사에 합리적이었다. 그런 점으로 보아 가정교육이 필요 없었지만 가끔 만나는 일이 있으면 다음과 같이 훈계하길 잊지 않았다.

"사람은 두뇌를 쓰기만 하면 최소한도의 노력으로 최대의 효과를 거둘 수가 있다. 어떤 일이 있어도 남을 믿지 말라. 남은 일단 의

심하고 접촉하라. 동정심은 일체 금물이다. 험한 세상을 사는 데 있어서 가장 큰 적이 남에게 대한 동정심이다. 네가 궁하다고 해서 동정할 사람이 있을 줄 아느냐. 바깥에 나가 버스 값이 떨어졌을 때 누가 네게 버스 값을 동정해 줄 줄 아느냐. 자중한다는 것, 자애한다는 것은 이기주의(利己主義)에 철저하라는 뜻이다. 네게 있어서 가장 소중한 것은 너다……."

이럴 때면 가끔 자기 자랑을 덧붙일 경우가 있는데……

"난 두뇌로써 돈을 벌었다. 가장 깨끗한 방법이었지. 한국이 필요로 한 것은 외국으로부터의 차관이었다. 나는 그 차관을 도입하는 데 있어서의 중간 역할을 했다. 너희들도 알고 있지? 반도 호텔의 그 컴컴한 방에 친구 몇과 책상을 나눠 쓰며 뛴 거야. 내 손을 거친 차관만 해도 수억 불(數億弗)이 된다. 그것이 밑천이 되어 오늘날 이 나라의 발전이 이만큼 된 거다. 그런 점 나는 훈장을 받아도 마땅해. 그렇게 해서 나는 커미션을 받은 거야. 그것이 내 사업의 자본이었어. 이 이상 깨끗한 돈이 있을 수 있어?……."

따지고 들면 민중환을 비롯해서 백영택, 심상수는 유태계의 다국적인(多國籍人) 아이헨돌프의 수족(手足), 좋게 말하면 앞잡이, 나쁘게 말하면 종노릇을 해서 각각 백만 불 남짓한 돈을 번 것이다. 그리고 그 세 사람은 차관 중개의 일이 시들해졌을 때 화광합자회사란 사채 금융(私債金融)을 목적으로 하는 업체를 만들었다.

참고로 말하면 한국의 경제가 팽창해 가는 기운에 편승한 이러한 무리들이 일확천금해선 더러는 오늘날 경제계의 중추가 되고 더러는 민중환, 백영택, 심상수 같은 사채업자가 되었다. 민, 백, 심의 트리오가 파탄 없이 오늘까지 협동해 온 것을 그들의 표현으로써 말하면 일종의 미담(美談)이 된다.

그러나 속을 들여다보면 아연(啞然)할 사실을 발견했다. 그들은 마음으로부터의 화합(化合)이란 없었다. 철저한 합리적 이기적인 사고방식이 기계적으로 연결된 것에 불과했다. 절대로 농담 이상으론 서로의 사생활에 개입하는 말을 하지 않는다는 것과, 출자도 이익 분배도 꼭 같이 한다는 것. 그리고 사업 관계 이외의 일로선 절대로 만나지 않는다는 점으로써 그들의 사이를 지탱해 왔다. 그러면서도 서로가 서로를 경멸하는 의식은 대단했다 예를 들면 백영택은 레코드 로열을 갖고 있으면서 해마다 그 차를 신형으로 바꾸었고, 민중환은 벤츠 280을 3년째 타고 있었는데 민중환은 백영택을 경박한 증거라고 하며 경멸하고, 백영택은 민중환을 인색함과 허영심의 동거(同居)가 벤츠 280으로 된 것이라며 경멸했다. 심상수는 자가용차를 가지고 있지 않았다. 바로 그 사실로써 민과 백은 심을 경멸하고, 심은 꼭 자가용차를 타야 할 업무량(業務量)도 없으면서 자가용차를 가지고 있는 민과 백을 분수를 모르는 놈들이라고 경멸하고 있었다. 물론 입 밖에 내는 것은 아니었지만 그들의 상호 경멸은 심각했다. 그러니까 가족끼리의 내왕은 일체 없었다. 서로가 자기의 단점과 비행이 폭로될까 봐 이심전심 그러한 관례를 만드는 데 합의가 이루어진 것일게다. 뿔뿔이 헤어지기엔 불안하고 마음으로 친할 수는 없다는 순전한 이해관계의 일치로써만 결합된 서클이기 때문에 파탄이 없었다는 해석은 옳다. 돈을 빌려 주되 위험 부담을 가볍게 하기 위해 몇몇 사람이 분할 갹출(分割醵出)하는 사채시장의 관례가 그들의 심리적 취향에 안성맞춤이었을지도 모른다.

민중환이 R호텔 휴게실을 옮기게 된 것은 예정보다 10일쯤 늦었다. 그 이유는 반 년 넘게 밀회해 오던 여자와의 결말을 내야 하기 때문이었다. 민중환은 갖가지로 꾀를 내 보았으나 뾰족한 수가 없었다. 돈을 내 놓고 사정을 해보는 방법도 있었으나 그러자면 어느 정도 거액의 돈을 마련해야 할 것 같았다. 그런데 당장 다급한 사정을 당한 것도 아닌데 거액의 돈을 지출한다는 노릇은 우선 돈이 아까워서 할 수가 없었다. 그렇다고 해서 얼만가의 푼돈으로써 해결할 수 있는 것도 아니었다.

궁리한 끝에 하나의 묘책을 얻었다. 2, 3개월 동안 외국 여행을 떠나야 하니 여자의 이혼 문제, 아파트를 사 주는 문제는 돌아와서 의논하자는 것이었다. 그 구실을 신빙성 있는 것으로 하기 위해 여자가 보는 앞에서 일본으로 건너 가 며칠 있다가 돌아와도 좋다는 생각까질 했다.

이 날이 만남의 마지막이라고 다지고 있는 남자의 마음은 모르고 여자는 몸과 마음을 송두리째 바치는 정성으로 정사를 엮어 나갔다.

이게 이 여자완 마지막이라는 생각이 민중환의 정기를 자극한 탓인지 남자의 작동도 광포적이며 정열적이었다. 그는 마지막 즙까질 빨아 먹을 양으로 덤볐는데 장장 두 시간이 걸렸다. 여자가 그 황홀지경에서 깨어나기에 만으로도 거의 한 시간이 걸렸다.

여자의 넋두리가 시작하려는 찰라를 포착하여 민중환이 물었다.

"당신은 내가 좋아?"

"좋지 않은데 어찌 이런 짓을 하겠어요? 전 당신 없인 못 살아요."

민중환이 피식 웃었다.

"왜 웃죠?"

"유행가의 문자를 닮아 있어서."

"사람의 진정을 그렇게 몰라주면 벌 받아요."

"내게도 진정이 있어."

하고 아직도 알몸으로 있는 여자를 매만지며 민중환이 속삭였다.

"당신과의 내 사랑을 오래오래 가도록 하는 연구를 해야겠어. 그런데 갑자기 일이 생겨 외국으로 가야 할 사정이 생겼어. 총망중에 처리할 수 없는 문제 아냐. 그러니 내가 돌아올 때까지 기다려 줘, 알았지?"

"외국엘 가요?"

여자의 말은 기어들 듯했다.

"응."

"얼마나요."

"두세 달."

여자의 입에서 "아아" 하는 신음소리가 새어나왔다.

"두세 달이면 잠깐인데 왜 그래."

"당신을 기다리는 1주일 동안이 제겐 1년이나 돼 봬요."

"그러나 할 수 없지 않소. 사업상 긴요한 일이니……."

민중환은 이런저런 달콤한 얘기를 늘어놓았다. 남자를 사랑하는 여자는 자기에게 대한 사랑만 보장되는 대강의 것이면 남자의 말을 믿게 돼 있다.

여자를 방에서 내보내는 직전 민중환은

"이것 용돈으로나 쓰슈."

하고 20만 원짜리 보증수표를 건넸다. 여자는 주춤하며 그 수표를 들여다보고 있더니 아주 어색한 웃음을 띠곤

"여게 사장님 서명을 해주세요."

하고 수표를 되돌렸다.

"서명은 왜?"

"사장님의 이름이 있으면 그게 돈 이상의 가치가 있을 것 같애요. 쓰지 않고 가지고 있을 참예요."

민중환은 수표의 뒷면에 서명을 했다.

이런 일이 있고 사흘 후에 R호텔에 일실을 잡고 아원(雅苑)의 여주인을 불렀다. C호텔에서 밀회하던 여자를 자기 요량으로선 단교(斷

交)한 셈이니 그 대신이 필요하게도 되었던 것이다.

지정한 시각은 오후 네 시였다.

아원의 여주인이 고려청자가 든 상자를 들고 민중환이 기다리고 있는 방으로 들어왔다.

민중환이 보증수표로써 9백만 원의 잔금을 치렀다. 아까운 기분은 없었다. 1천만 원 제값을 지닌 물건을 소유하게 된 것이고 잘만 하면 그것을 배액(倍額)을 받고 팔 수 있는 자신이 있기 때문도 있었다. 아원의 여자는 우아한 손짓으로 수표를 받아 핸드백에 넣고

"그럼 이건 거저 드리겠어요."

하고 상자를 내밀었다.

민중환은 그 말을 거저 드리는 거나 마찬가지로 싸게 팔았다는 뜻으로 받아들이고 고맙다며 자리를 권했다.

아원의 여주인 노 여사(盧女史)는 릴렉스한 자세로 앉았다.

"차나 뭣이나 가지고 오라고 이를까요?"

"아녜요, 전 빨리 돌아가야 해요."

"모처럼 단둘이 만났는데 빨리 가셔야겠다니 섭섭하네요."

"모처럼이라뇨? 말씀이 이상하네요."

말투는 쌀쌀했지만 표정은 웃고 있었다. 건드리면 떨어질 꽃잎과 같은 풍경이라고 느꼈다. 민중환이 용기를 가졌다.

"난 이런 자리를 가질 것을 벌써부터 원하고 있었습니다."

민중환이 간절한 음성으로 발음했다.

"해괴한 말씀을."

"아닙니다, 진정입니다. 용서하신다면 할 말이 있는데요."

"무슨 말씀인데요."

말투는 여전히 거칠면서도 표정은 더욱더욱 부드러웠다.

"사실은 오래 전부터……사모하는 마음을 가지고 있었죠."

"……."

말은 없었지만 여자의 표정이 황홀하게 되었다. 민중환은 용기가 솟았다.

"혼자 계신다는 사실을 알고 여사를 평생토록 모셔 보았으면 하는 외람된 생각을 가져 보았던 겁니다."

"농담 마세요."

여전히 싸늘한 말. 그러나 녹아내릴 듯한 표정.

"우리 피차를 즐겁게 할 방법이 있을 것 아니겠소. 내겐 다소나마 재력이 있습니다. 물심 양면으로 도와 드릴 수가 있을 겁니다."

"그런 말 자꾸 하시려면 전 가야겠어요."

싸늘한 투로 말을 해 놓고 금방이라도 민중환의 가슴에 몸을 던질 듯 몸짓을 하며 일어섰다.

"왜 가시려고 합니까. 조금만 더 계셨다가……."

하면서 여자가 나가려고 하자 여자의 손을 잡았다.. 여자의 손이 바로 민중환의 몸 가까이에 와 있었기 때문이다. 여자는 한동안 손을 잡힌 채 서 있었다. 얼른 안아 달라는 그런 표정이랄 수가 있게 느껴졌다. 민중환이 잡은 여자의 손을 끌었다. 그 찰라였다.

"사람 살려요, 사람 살려요."

하는 비명이 여자의 입에서 두세 번 거듭되었다. 민중환이 얼른 여자의 손을 놓아 버렸다. 그러자 여자는 재빨리 탁자 위에 놓았던 고려청자의 상자를 안고 입구 쪽으로 달려나갔다.

당황한 민중환이 기껏 했다는 말이

"그건 왜."

하는 것이었다.

"이것 당신 같은 짐승에겐 줄 수가 없어요."

"짐승이라구?"

민중환이 비로소 분노를 느꼈다. 자기 정신이 돌아온 것이다.

여자는 도어를 열어 놓고 복도를 등지고 서서 야무지게 쏘았다.

"과부라고 해서 사람을 깔보는 거요? 사람 잘못 보았어요. 숙녀가 호텔로 남자를 찾아오니 당신 마음대로 될 줄 알았수? 난 사업가예요. 이런 델 올 땐 그만한 준비 없이 왔겠수?"

그리고는 가슴팍에서 소형 녹음기를 꺼냈다. 녹음기는 목걸이의 줄 끝에 달려 있었다. 민중환은 다시 한 번 아연했다. 그 아연한 표정을 향해 여자는 다부지고 야멸찬 소리를 퍼부었다.

"내 행동에 불만이 있거나 불평이 있다면 법정에 나가 얘기합시다. 당신 같은 사나이는 법정에 끌어내어 망신을 줄 필요가 있단 말이오. 이만한 각오 없이 서울 한복판에서 남자들과 겨루어 장사를 하겠어요? 여자가 정절을 지켜나가며 사업할 수 있겠어요? 할 말이 있으면 법정에서 해요."

여자는 휙 돌아서서 밖으로 나갔다. 쾅하는 소리와 함께 도어가 닫혔다. 민중환은 얼빠진 사람처럼 방 중앙에 우두커니 서 있었다.

'1천만 원의 돈을 고스란히 당했다'는 지각만이 또렷했다.

'수표의 번호는 써 놓았으니 은행에 지불 중지를 신청할까?' 하는 상념이 뇌리를 스쳤다. 그러나 그것은 화를 자초하는 노릇일 것이었다.

'그 녹음기, 그 녹음기를 확성기에 대 놓으면 어떻게 될 것인가.'

민중환은 비로소 말은 쌀쌀하게, 표정과 몸짓은 사내를 녹이도록 조작한 여자의 의도를 알아차렸다. 함정에 빠지는 듯 꾸미고 이편을 함정에 빠뜨리는 그 기막힌 술법!

'여자란 무서운 괴물이다. 외면은 보살과 같고 내면은 야차와 같은 괴물!'

민중환은 여자가 얼마나 무서운 동물인가 하는 것은 난생 처음으로 깨달았다. 그것은 또한 패배에 대한 절실한 인식이기도 했다.

'그러나 내 천국은 무너지지 않는다.'고 민중환은 이를 갈았다. 고스란히 잃은 돈 1천만 원은 가슴을 쥐어뜯도록 아까웠지만, 그 손해는 언제이건 복구하고야 말겠다는 심술이 무럭무럭 솟아올랐지만 '그러나 내 천국은 무너지지 않는다.'고 되뇌임으로써 마음의 진정을 얻어야만 했다.

그날 밤 민중환은 술에 대한 맹렬한 갈증을 느꼈다. 그런데도 혼자 술을 마실 기분으로 되진 않았다.

'누굴 불러 내어 같이 술을 마실까' 했지만 원래 친구가 없는 그에게 그럴 상대가 있을 까닭이 없었다. 인구 8백만 가까운 서울에서 살면서 허전할 때 같이 술 마시기 위한 친구 하나 가려낼 수 없다는 사실은 그의 적막을 말하는 것이 아니라 그의 천국의 완벽함을 말하는 것인지 몰랐다. 그런데 드디어 그는 두 사람의 술 상대를 발견했다. 화광합자회사의 사장 최맹열과 전무였다.

"어찌된 셈입니까. 내일은 해가 서쪽에서 뜨겠습니다."

명동이건 어디건 근사한 살롱을 찾아가서 실컷 마셔 보자는 민중환의 제안이 있었을 때 최맹열이 놀라서 한 말이었다. 고리대금업자의 대리인을 할 만한 인간이고 보니 뻐기길 좋아하는 민중환의 비위를 거스릴 리는 만무했지만 그날 밤 술자리는 엉망이 되었다. 민중환이 위스키를 병째 마시는 폭주를 하곤 살롱의 마담을 기어이 불러 앉혀 놓곤

"너도 사업하는 년이냐."

고 걸고 들어선

"사업하는 년은 모두 백여우 같은 년이다, 독사 같은 년이다."

하고 욕설을 퍼부었기 때문에

"인간 같잖은 놈이 술에 취해 놓으니 세상에 두려운 것이 없나 보군."

하는 경멸에 찬 말과 더불어 도중에 그 살롱을 쫓겨나고 말았다. 순경에게 먹살을 잡혀 끌려 나오는 추태가 되어 버린 것이다. 민중환은 맹렬한 반항을 했다. 순경에게 덤벼든 것까진 좋았는데 그 말이 나빴다.

"순경 따위에게 이런 꼴을 당할 낸 줄 알아? 당장 이놈들 모가지를 벨 거다."

"좋다, 순경 따위에 당할 놈이 아니라니 어떤 놈인지 알아보자." 며 드디어 파출소로 끌려갔다. 최맹열이 아무리 빌어도 심정을 해친 순경은 막무가내였다. 파출소에 끌어다 놓고 조사를 했다.

직업을 따졌다. 화광합자회사의 이사란 직함이 나왔다.

"제기랄, 그 흔한 사장 한 번 못하는 놈이 간땡이가 부은 게로구먼."

취조하는 순경이 빈정댔다. 최맹열이 나섰다.

"사장은 아니라도 우리 회사의 사실상의 사주입니다. 한 번만 용서해 주슈."

"화광회사란 뭣하는 데요."

순경이 물었다. 그 질문엔 대답하지 않고 최맹열이 이런 말을 했다.

"사장이건 아니건 그런 게 문제가 아니오. 이분은 수십억의 재산을 가지고 있는 사람이오."

순경이 "참말이냐."고 물었다.

민중환이 고함을 질렀다.

"수십억 가지고 있으면 우쩔 거야."

"그만한 대접을 해줘야지."

순경이 싸늘하게 말했다.

"그렇다면 말하겠다. 내 재산은 50억은 될 거다. 빨리 대접을 해."

민중환이 순경에게 삿대질을 했다.

"대접을 해주지. 해주고 말구."

하고 순경이 물었다.

"당신 이웃돕기에 돈 얼마나 냈소."

"그게 무슨 소용이야."

"소용이 있지. 이웃돕기에 성의를 보인 사람이면 약간의 잘못이 있다고 해서 유치장에 재울 순 없는 거니까. 똑바로 말해 봐요. 조사해 보면 당장 알 거니까 바른대로 말해 봐요."

민중환이 술취한 중에서도 이것 잘못 걸렸다는 생각을 했다. 민이 잠자코 있자 순경이 또 물었다.

"그럼 방위성금은 얼마나 냈수?"

"……."

"돈을 50억이나 가지고 있다는 사람이 이웃돕기도 안 하고 방위성금도 안 했단 말이오?"

하고 순경은 최맹열에게 향했다.

"당신들, 같은 회사에 있다니까 사정을 알 것 아뇨. 이 사람 이웃돕기는 얼마나 했으며 방위성금은 얼마나 내었소."

최맹열이 난처한 입장에 몰렸다.

"바른대로 말해 봐요."

순경이 고함을 질렀다.

"꼭 그런 걸 해야만 되는 거유?"

최맹열이 어물어물했다.

"당신 입으로 이 사람이 수십억 재산을 가지고 있다기에 물어 보는 소리 아뇨."

"꼭 관청이나 신문사에 돈을 내야만 이웃돕기가 되고 방위에 정성을 다하는 겁니까."

"그럼 별도로 이웃돕기도 하고 방위에 성의를 다했단 말요? 그랬으면 그랬다고 증거를 대 보시오."

최맹열이 입을 다물어 버렸다. 아무리 민중환을 구해 내고 싶어도 거짓말을 할 수 없었던 것이다.

"요 앞에 있는 벤츠가 이자의 차라면?"

하고 다른 순경이 바깥을 둘러보고 와서 한 말이었다.

"사기꾼은 흔히 그런 자동차를 타지."

파출소 주임이 넌지시 한마디 했다.

"그럼 내가 사기꾼이란 말야? 명예 훼손으로 고발할 거다."

하고 민중환이 광을 쳤다.

"고발 좋지."

파출소 주임이 냉소를 품고 차분히 말을 이었다.

"당신이 사기꾼이라고 한 것은 아니니 흥분할 것까진 없소. 그러나 이 한 마디는 당신에게 해 둬야겠소. 당신이 참으로 수십억의 돈을 가지고 있으면서 이웃돕기를 한 적도 없고 방위성금을 낸 적이 없다면 당신은 사기꾼 이상으로 흉측한 놈이오. 하여간 조사를 해보아야겠소."

그리고 순경을 보고 명령했다.

"그 사람 뒷방에 넣어 두었다가 술이 깨면 조사하도록 해요."

민중환은 술이 거의 깨어 있었다.

"무슨 권한으로 나를 유치하려는 거요."

하고 항의했다.

"경찰관에 대한 공무집행 방해로도 당신을 유치할 수 있으니 권한 문제엔 신경 쓰지 마시오."

담당 순경이 싸늘하게 선언했다.

그 이튿날 아침 민중환은 이웃돕기 성금으로 백만 원을 내겠다는 각서를 쓰고 파출소의 문을 나왔다. 최맹열이 사이에 서서 맹렬하게 주선한 덕분이었다.

"당신이 그만한 돈을 번 게 누구 덕택인 줄 아시오. 나라와 이웃이 있기에 번 게 아니오. 이 점을 잘 반성하고 앞으론 보다 인간적으로 되기 바라오."

마지막으로 한 파출소 주임의 얘기였는데 민중환은 돈 백만 원도 아까웠거니와 파출소 주임으로부터 훈계를 받아야 했던 그 정황에 분노했다. 그러나 그 분노를 바깥으로 나타낼 순 없었다.

벤츠 280을 타고 집 가까이로 왔을 무렵 서서히 자신이 되살아났다.

'그래도 내 천국은 끄덕 없다.'

항상 아침이면 해보는 버릇으로 오늘 안으로 불을 금리 계산을 해보았다. 오늘 안으로 1백 87만 원이 붙을 계산으로 나타났다.

집에 도착한 것은 오전 10시.

아파트의 문을 열어 준 것은 엊그제 시골에서 데리고 왔다는 식모아이였다. 그 외에 아무도 보이지 않고 홀의 소파에 앉아 있던 아우가 일어섰다.

'저 녀석이 또 뭣하러 왔담.'

민중환은 노골적으로 불쾌한 얼굴을 했다.

"형님 외박하셨구먼요. 오래간만입니다."

아우의 인사가 있었다. 민중환은 그 인사엔 아랑곳하지 않고 식모아이에게 물었다.

"모두들 어딜 갔어."

"학생들은 학교에 가구요. 아주머니는 새벽에 어딜 나가셨어요."

"새벽에 어딜 갔을까."

하고 중얼거렸으나 식모아이가 알 까닭이 없었다.

민중환은 화장실로 가서 이어 샤워를 했다. 그래도 상쾌한 기분으로 되진 않았다. 어젯밤 자기가 당한 일을 생각하니 가족들의 무관심이 원망스러웠다. 연락을 하지 않았으니 물론 가족이 영문을 알 까닭이 없겠지만 아침까지 돌아오지 않는 남편, 또는 애비를 걱정하는 무슨 표적쯤은 있어야 할 것 아닌가. 그런 순간의 민중환은 그 자신이 아들딸에게나 아내에게 철저한 개인주의와 이기주의를 가르치고 있었다는 사실을 깜박 잊고 있었던 것이다.

욕실에서 나와 가운으로 갈아입고 홀로 나왔다.

"형님 얼굴빛이 좋지 않은데요. 무슨 걱정이라도 있수?"

"내 걱정 말구 네 걱정이나 해라."

돈을 달라고 할 것이 틀림없는 아우의 말문을 미리 막아버릴 요량도 있어 말투가 자연 거칠게 되었다.

그래도 딱한 사정은 어쩔 수가 없었던지 아우는 어름어름 입을 열었다.

"돈 십만 원만 주시면 좋겠습니다. 계집이 아이를 낳았는데 산후가……."

말끝을 채 맺기도 전에 민중환이 고함을 질렀다.

"나한테 돈 맡겨 두었더냐. 나만 보면 돈, 돈 하는데 도대체 넌 어떻게 된 놈이야. 남에게 돈을 구걸해야 하는 주제에 아이는 주렁주렁 낳구……. 무슨 낯가죽 뒤집어쓰고 나만 보면 돈을 내라는 거야. 돈 없다, 없어. 아니 있어도 못 주겠다. 네게 돈 주는 것은 백사장에게 물대기나 마찬가지다."

아우는 입술을 깨물고 숙이고 있던 고개를 번쩍 들었다.

"내게 돈 주는 것은 백사장에 물대기라고 했는데 형님은 이때까지 내게 얼마만한 돈을 주었습니까?"

"한 푼이건 두 푼이건 그걸 따져 뭘 해. 돈을 준 건 사실이 아니냐."

"여 이 년 동안 나는 형님께 돈을 달라는 말을 해본 적도 없구 돈을 받아 본 적도 없습니다. 내 자신 형님에게 돈 달란 소리를 안 하기로 작정도 했습니다. 그런데 이번엔 너무 딱해서……산모(産母)가 죽을 지경이 되어서……."

민중환은

"그런 넋두린 딱 질색이다"

하고 일어서서 침실로 들어가 도어를 잠가 버렸다. 잠이 오기도 하고 세상일이 송두리째 귀찮아진 것이다.

그런데 막상 침대 위에 눕고 보니 눈과 마음이 초롱초롱해졌다. 순경에게 당한 것이 중대한 모욕 같기도 하고 돈의 위력(威力)을 과시할 수 없었던 것이 한스럽기도 했다. 파출소의 유치실에 있을 때 앞방으로부터 들려온 토막토막의 말이 귓전에 살아나기도 했다.

"제놈이 돈이 있으면 뭘 해. 기껏 고리대금업자가 아닌가. 저런 놈들은 돈만으로 세상 일이 다 되는 게 아니란 맛을 보여 줘야 해……."

동시에 민중환의 뇌리에 번개처럼 스치는 게 있었다.

"고리대금업자도 크게 성공하면 일약 사회의 명사가 되어 모든 명예직이 그에게 집중된다. 그러나 어중간한 고리대금업자는 그 아들딸이 고개를 쳐들고 다닐 수 없는 멸시의 대상이 될 뿐이다."

학교 시절에 읽은 플라톤의 일절이었다. 여기서 첨언(添言)하거니와 민중환은 대학 철학과 출신이었던 것이다. 철학과 출신이기 때문에 그의 처세술을 철학적으로 합리화하여 자기 이외의 모든 사람을 경멸하는 수단으로 했다. 생각이 이에 미치자 민중환은 벌떡 일어나 전화통이 있는 홀로 달려갔다. 아우의 모습은 온데간데없었다. 그러나 그런 걸 개의할 민중환은 아니었다. 다이얼을 돌렸다. 상대방이 나왔다.

"백 사장이우? 긴급하게 상의할 일이 있는데……지금 말하라구? 구체적인 얘기는 만나서 하기로 하구…… 우선 우리 출자액을 배쯤 불려야 하겠소. 이유? 빤하지 않소. 돈을 좀 더 거창하게 벌어 권력(權力)과 맞먹는 금력(金力)을 만들어야 하겠소. 싫다구요?……한 달에 백만 원쯤의 수익이면 족하다구? …… 에이 못난 사람……하여간 만나서 얘기합시다."

민중환은 수화기를 놓고 담배를 피워 물었다. 어떻게 해서라도 백과 심을 설득해서 출자액을 배로 불려 빨리 재산을 백억 대 이상으로 비약시켜선 순경 같은 건 꿈쩍도 못하게 할 그야말로 금성철벽의 천국을 만들어야겠다는 의욕으로 상상과 정열이 부풀어올랐다.

그러나 민중환의 천국은 서서히 붕괴과정을 걷고 있었다. 민중환이 돈의 힘에 매달려 돈이면 다 되는 것으로 세상을 만들어 나가려고 하고 있었을 때 그의 아내는 돈으로써는 어떻게 할 수 없는 인생의 벽에 부딪쳐 민중환의 천국을 파괴하는 작용을 시작하고 있었기 때문이다.

그러나 이건 또 다른 얘기로 될 수밖에 없다.

민중환의 아내 송 여사가 통행금지 시간이 끝나길 기다려 새벽 네 시 반쯤, 변두리 그 호텔로 선동식(宣東植)을 찾아간 것은 어젯밤 못다 채운 정욕을 마저 채울 작정으로써가 아니었다.

어젯밤도 송 여사 45세의 육체는 33세 선동식의 건강한 육체와 테크닉에 의해 충분 이상의 만족을 보았었다. 그러니 그로부터 다섯 시간도 채 경과되지 않았는데 부랴부랴 정욕에 이끌려 선동식을 찾아갈 까닭이 없었다.

어젯밤 송 여사와 선동식은 정사(情事)가 끝난 뒤 맹렬한 입싸움을 했다. 그 발단은 이렇게 시작되었다.

"송 여사 어때, 내게 돈 좀 안 줄래?"

"돈은 주고 있지 않아. 백만 원 가지고 간 게 1주일 전 아니던가?"

"곰곰이 생각해 봤어. 그런 푼돈 받아 봐야 벌겋게 단 돌에 물방울 이야. 나도 사업을 해야겠어. 사업 자금으로 돈이 필요해."

"얼마나?"

"그건 다다익선이지. 영어로 말하면 더 모어 더 베터라는 것 아닌가."

"그러나 대강의 액수를 알아야지."

"최저로 말해 1억 원. 2억 원이면 더 좋구."

이 때 송 여사는 어이가 없이 웃었다. 뒤에 생각하면 그 웃음이 사고의 원인이었다.

"왜 웃지?"

"웃을 수밖에."

"이유를 말해 보란 말요."

"이유는 간단하지. 내게 그런 돈이 있을 거라고 생각하고 있는 미스터 선의 엉뚱한 짐작이 우스울 수밖에 없잖아."

"그럼 돈이 없다구?"

"있을 까닭이 있어?"

"우리 이러질 맙시다."

"이러질 말다니?"

"우리 솔직하자 이거요. 돈이 아까워서 줄 수가 없다고 하면 그만인 거요. 내가 싫어하는 돈을 뺏을 생각은 없으니까. 그러나 거짓말을 한다는 것은 불쾌해요."

"그럼 미스터 선은 내가 그런 돈을 가지고 있다고 정말 생각하고 있는 거유?"

"그렇지."

"솔직하게 말하지, 그럼. 내겐 백만 원, 이백만 원, 무리를 하면 천만 원 정도까진 벌 수가 있어. 그러나 그 이상은 불가능해. 일수놀이하는 여자에게 그런 큰돈이 있을 까닭이 없잖아."

"자꾸 거짓말을 할 테요."

"거짓말이 아냐."

"정직하게 말해요. 돈이 없는 건 아니지만 어떻게 그런 돈을 줄 수가 있겠느냐구. 아까워서 못 주겠다구."

"참말이야. 내겐 그런 돈이 없어. 있기만 한다면야 나는 아낌없이 미스터 선에게 줄 수가 있어."

선동식은 잠잠해 버렸다. 그런데 그 침묵은 납득한 연후의 침묵이 아니라, 금방이라도 폭발하려는 감정을 억지로 참으려는 침묵이었다. 그런 눈치를 모를 까닭이 없으니 송 여사의 마음이 초조해지지 않을 수가 없었다.

"내 말은 진정이야. 돈이 있기만 한다면야 난 얼마든지 미스터 선에게 내 놓을 수가 있어."

송 여사의 이 말엔 거짓이 없었다.

송 여사가 선동식에게 정을 쏟게 된 것은 물론 육체적인 관계에 비롯된 것이지만 어느덧 그것만이 아닌 감정이 송 여사의 가슴 속에 돋아나고 있었다.

송 여사는 선동식의 영리한 두뇌에 사랑을 느꼈다. 모든 조건이 제대로 갖추어지기만 했더라면 일류의 인물로 자랄 수 있을 것이란 생각도 해보고 있었던 터였다. 보다도 송 여사는 선동식을 알면서부터 사랑을 느낄 수 있었다고 하는 편이 옳을지 몰랐다.

남편 민중환과의 사이에 아들딸을 낳아 거의 20년 동안을 남의 눈엔 파탄 없이 살아오고 있지만 송 여사의 마음은 언제나 비어 있었다.

민중환은 너무나 자신이 만만한 사나이였다. 남의 얘기를 듣거나 가족의 단란을 기대하기엔 그의 철학이 너무나 확고했다. 모든 게 자기의 논리(論理)대로 진행해야만 했고 그 논리에 어김이 없는 이상 누구도 자기에게 불만이 없을 것이라고 믿고 있는 사람이었다. 돈이 제일이라는 신념과 부족 없이 돈만 주어 놓으면 아내이건 아들은 만족할 것이란 믿음 속에 살면서 그런 믿음이 풍겨내는 공기가 어떤 것인질 의심해 볼 필요조차 느끼고 있지 않았다.

이런 남편은 으레 그 주변에 공허를 만들어 내기 마련이다. 그 공허가 송 여사로 하여금 선동식을 만나게 한 것이었다. 만난 동기가 어떻게 되었건 송 여사는 선동식을 알게 된 것을 후회하지 않았다.

선동식과의 관계에 장래가 없다는 것도 물론 알고 있었지만 그런 때를 위해 체관(諦觀)을 준비하고 있기도 했고, 그들의 사이가 노출되어 최악의 사태가 혹시 있을지 모른다는 위구(危懼)와 더불어 거기에 대해 대비하는 마음도 없지 않았다. 그러면서도 남편에게나 아들딸에게 기대할 수 없는 희망 같은 것, 선동식이 훌륭한 인물이 되어 주었으면 하는 기대, 그것이 설혹 자기의 앞날과는 아무런 관계가 없더라도 그렇게 키워 보았으면 하는 소망을 송 여사는 가꾸고 있던 것이다. 그런 만큼 송 여사는 자기가 가진 것이면 뭐든 다 주고 싶은 마음의 경사(傾斜)를 가지고 있었다.

그런데 선동식은 송 여사의 그런 마음을 알 까닭이 없었다. 정욕에 사로잡힌 초로의 여체가 자기와 같은 젊은 남성을 필요로 하는 것이겠지 하는 정도의 판단으로 적당하게 송 여사를 대접하고 있었을 뿐이다.

　선동식은 얼굴을 저편 쪽으로 돌리고 있다가 가끔 차가운 시선으로 송 여사를 스쳐봤다.

　"그런 눈 하지 마, 미스터 선."

　"그럼 어떤 눈을 할까?"

　"아무튼 그런 눈은 하지 마. 사람이 달라진 것 같아서 기분 나빠."

　"흠, 천사를 보는 것 같은 눈을 할까?"

　"그 말투도 좋지 않아."

　"당신의 마음을 고치시구려."

　"내 마음을?"

　"거짓말을 말라고까지는 하지 않아요. 거짓말을 할 땐 거짓말을 하는 것처럼 해요. 거짓말을 참말처럼 간절한 듯 꾸미고 있는 걸 보면 징그러워."

　"징그러워?"

　"그래 징그러워."

　송 여사도 울컥 하는 분노를 느꼈다. 그 따위가 뭐냐고 쏘아 주고 싶었다. 그러나 그 울컥 하는 감정을 참고

　"미스터 선은 뭔가를 오해하고 있는 것 같애. 난 미스터 선에게 거짓말한 일 없어."

하고 손을 뻗어 선동식의 헝클어진 머리칼을 고쳐 주려고 했다. 그

러자 선동식은 송 여사의 손을 매정스럽게 뿌리쳤다.

"징그러워, 손대지 마."

송 여사는 순간 숨이 막히는 것 같았다. 그래 미처 입을 열지도 못하고 있는데 선동식의 거친 소리가 있었다.

"내 당신이 거짓말을 하고 있다는 증거를 대 줄까?"

"증거를 대 봐."

가까스로 격해지려는 마음을 참고 속삭이듯 송 여사가 말했다.

"당신의 남편은 민중환이지?"

송 여사의 가슴이 철썩 내 앉았다. 선동식이 말을 계속했다.

"내가 어떻게 아는지 싶지?"

송 여사가 정신을 차렸다.

"내가 남편이 없는 여잔 줄 알았어?"

"중요한 건 백억 대의 돈을 가지고 있는 민중환의 아내란 사실이야."

"그래서?"

"그런 부자의 아내가 돈이 없다구? 돈이 있으면 아낌없이 주겠다구? 왜 아까워서 못 주겠다는 말을 못해요. 돈 아까운 건 천하의 도리야. 상식이야. 그런데 왜 정직하게 말 안 하고 거짓말을 해요."

"그런 일이라면 미스터 선이 잘못 생각한 거야. 남편의 돈은 내 돈이 아냐. 나는 내가 자유롭게 쓸 수 있는 돈을 얘기했을 뿐야."

"남편의 돈은 당신의 돈이 아니라고 칩시다. 그렇다고 해서 백억

대가 되는 남편의 돈 가운데서 1, 2억 원 정도를 쓰지 못한단 말요? 그만한 주변도 없단 말요?"

"당신은 민중환이란 사람을 몰라서 그래. 그 사람은 돈에 관해선 철석과 같은 사람야."

"말 마슈. 내게 대한 성의가 없다고 할 일이지 엉뚱한 얘긴 하지 마슈."

"엉뚱한 얘기가 아냐."

"요컨대 1억 원쯤 되는 돈을 마련하지 못하겠다는 얘기죠?"

"지금은 어려워."

"그럼 언제쯤."

"글쎄."

"글쎄라는 대답이 대답인 줄 아세요?"

"어림짐작도 할 수 없으니 하는 말 아닌가."

이때쯤엔 송 여사의 분노도 극도에 달하고 있었다. 일촉즉발(一觸卽發)의 상태가 되었다.

그런데다 선동식이 불을 붙였다.

"순순히 내 주는 게 좋을 걸. 송 여사 당신은 사람을 잘못 보고 있어."

그건 분명히 협박이었다.

"뭐라구? 난 널 그렇게 보지 않았다."

"어떻게 보았소. 성인군자로 보았나? 절구통에 치마만 둘러놓아도 미쳐 날뛰는 색광(色狂)으로 보았나? 나는 색에 미친놈이 아냐. 여자에 궁한 놈도 아니구. 영화배우이건, 탤런트이건, 양가의 규수이건 내 마음대로 할 수 있는 놈야. 늙은 여우에게 반해 정력을 낭비하는 놈도 아니구."

송 여사는 말없이 일어섰다. 이것이 끝장이라고 속으로 되뇌이면서.

도어를 열며 등 뒤에서 들었다.

"얌전히 1억 원만 가지고 와. 파멸이 두렵거든, 한 반년 즐기고도 파멸을 면할 수 있다면 1억 원은 헐게 치인 거야."

하지만 송 여사는 파멸을 겁내진 않았다. 아까 말한 대로 그런 사태에 대비할 마음이 되어 있었다. 민중환과의 가정을 깨는 것을 대단하게 여기긴 않았다.

송 여사는 집으로 돌아왔다. 잠을 이룰 수가 없었다.

선동식이 불쌍하다는 생각이 들었다.

선동식을 나쁜 놈으로 만들지 말아야겠다는 생각이 들었다. 종전과 같은 관계를 계속하자는 얘기는 아니었다. 선동식과의 관계를 과거의 것으로 치고, 그것을 아름다운 추억으로 하고 싶었다. 그러기 위해선 선동식이 엉뚱한 짓을 해선 안 된다…….

송 여사는 이런 마음으로 새벽길을 걸어 선동식을 찾아가고 있던 것이다. 동이 튼 하늘에 명성이 사라져 가고 있었다.

선동신은

"흥."

코방귀를 뀌며 송 여사가 사라진 도어를 한참 동안 노려보고 있다가 당장에라도 행동을 개시하는 준비를 할까 하고 전화기에 손을 걸다가 '에에라, 내일이란 날이 있지 않나' 하고 우선 한숨 자기로 했다.

건강한 육체는 필요할 때 필요한 수면은 취할 수 있는 육체를 말한다.

그러니 송 여사가 새벽길을 걸어 호텔로 찾아가고 있을 때엔 그는 깊은 잠길에 있었다. 호텔 종업원이 열어 준 도어로 해서 송 여사가 방으로 들어간 뒤에도 선동식은 잠자고 있었다. 송 여사는 창에 놓인 의자에 앉아 밝아오는 바깥의 풍경을 바라보다가 잠자는 선동식의 얼굴을 보고 있었다.

송 여사는 선동식을 깨울 의사가 없었다. 그가 깨어나길 기다릴 뿐이다. 선동식이 깨어나기 전 그에 관한 설명을 해 둘 필요가 있다.

선동식은 동대문 밖 오리엔탈 카바레, 을지로의 에메랄드 나이트 크럽, 명동의 드래곤 클럽 등에선 "선 사장님"이라고 불리우는 사람이다. 젊은 사람인데 돈이 많고 얼굴 잘나고 춤을 잘 춘다는 조건이 갖추어져 있었으니 이를테면 그 사회에선 총아(寵兒)였고 영웅이었다.

그의 명함엔 "주식회사 시스템 아시아 대표 선동식"이라고 적혀 있다. 사무실은 종로의 뒷골목 어느 조그마한 빌딩의 3층, 후문(後門)은 그 지역에 빽빽이 들어서 있는 여관으로 가는 길에 직접 통해 있다. 사무실엔 항상 서너 명이 들락날락했고 전화를 받는 사람은 삼십 안팎의 청년이었다.

선동식의 설명을 들어 보면 이렇다.

'우리 회사는 노하우(Knowhow)를 서로 팔고 한다. 노하우란 무엇이냐. 한 마디로 말하면 어떤 제품을 만드는 데 있어서 가장 급소가 되는 생산 기술을 말한다. 즉 비누를 만들려면 몇 개의 원료와 몇 단계의 공정(工程)이 필요한데 일본, 독일, 프랑스 같은 데선 그 기술이 나날이 발달한다. 예를 들면 종래엔 A, B, C, D, E 다섯 가지의 원료를 필요로 했는데 값 비싼 원료 D를 제외하고 싸게 구할 수 있는 F를 보태면 비누의 질이 좋아질 뿐 아니라 광택이 예쁘게 나온다든가, 종래의 공정(工程)은 열 두 단계인데 단계 두 가지를 줄여 열 단계로써 해낼 수 있는 기술이 발견되었던가 할 때의 그 기술이 곧 노하우라고 하는 것이다. 우리는 전세계에 정보망을 깔아 놓고 이런 노하우를 알아내서 원하는 자에게 알선한다. 이른바 가장 현대적인 사업이다.'

간단하게 말하면 일종의 특허 중개업(特許仲介業)이다.

선동식의 회사 자본금은 5백만 원. 그러니 전연 엉터리 회사는 아니다. 특허 중개, 그의 말을 빌면 노하우 사업은 1년에 한두 건은 한다. 장래 그 방면으로 업태를 확장시킬 의도도 없지 않다.

그러나 선동식의 본업은 그것이 아니다. 선동식은 그의 본업을 캄푸라치(camouflage)하기 위해 그런 간판을 달았을 뿐이다.

선동식의 본업은 서울 번화가 몇 군데에 있는 나이트클럽을 무대로 해서 전개된다. 초저녁부터 나이트클럽 한구석에 자리를 잡고 앉았다가 유부녀들이 남편 몰래 춤을 추러 들어오면 그 가운데 하나를 목표로 해서 유혹 작전을 벌인다. 문 근처에 그의 부하가 서성거리고 있으면서 해당 목표물의 생활 정도를 대강 평가하고, 그 보고에 선동식 자신의 판단을 섞어 대상, 또는 목표를 선정하는 것이다.

이렇게 해서 목표물을 선정해 놓기만 하면 다음은 그 상대에 따라 공략법이 안출(案出)된다.

선동식이 목표물을 선정하고 나면 점잖게 춤을 같이 추길 청한다. 대강의 경우 걸려든 여자들은 그와 춤을 한 번 추기만 하면 반하게 되는데 다시 춤을 추게 되는가 안 되는가는 선동식의 재량에 달렸다. 마음에 맞지 않는 여자이면

"네가 맡아라."

하고 부하에게 맡겨 버린다.

이것을 그들끼리의 말로선 불하라고 한다.

선동식은 이렇게 해서 일곱 명 있는 부하에게 차례로 불하하고 나서 마음에 드는 여자가 있으면 계속 같이 추고 마음에 드는 여자가 없으면 바깥으로 나와 남아 있는 부하를 데리고 다른 곳으로 가기도 한다.

두어 시간 지내고 나면

"그물을 칠까?"

하는 의견이 나오는 경우도 있고

"오늘은 쉬지"

하는 의견이 나올 때도 있다.

그물을 친다는 것은 여관으로 데리고 갈 수 있는 여자가 생겼다는 얘기고 오늘은 쉰다는 건 탐탁한 대상이 없다는 얘기로 된다.

그물을 치자고 의논이 합해지면 여자를 발견한 놈만 그 자리에 남겨두고 각기 부서로 가서 대기한다.

각기의 부서란 하나는 자동차를 준비하고 다른 놈들은 예정된 곳으로 가서 여관을 교섭하기도 하고 정해진 여관방에 적당한 장치를 하기도 한다.

아무튼 여관에 유인해 놓고 여자를 알몸으로 만들었을 때, 다른 놈이 침입하는 과격 행동을 쓰기도 하고 그밖에 교묘한 방법을 쓰기도 해서 사진을 찍어 놓는다.

그 다음의 일은 여자의 집을 알아 놓는 작업이다. 어떻게 해서든 미행(尾行)하여 여자의 집을 알아 놓고 그 주소를 장부에 적어 둔다. 그 장부는 앨범을 겸한다.

하나의 예외는 선동식 사장이 데리고 간 여자는 특명(特命)이 있기까진 사진을 찍지 않는다. 선동식 단독 책임으로 맡겨 버리는 것이다.

시스템 아시아의 사원들은 낮에 수금 활동을 한다. 이를테면 앨

범과 더불어 장부에 적힌 여자들로부터 돈을 받아 낸다. 그런데 절대로 무리한 짓을 해선 안 된다는 것이 선동식의 영업 방침이다.

관계한 여자들로부터 최저 1백만 원으로부터 최고 1천만 원까질 받아 내는 게 그들의 영업 방침인데 어떤 여자로부턴 일시불(一時拂)을 받고 어떤 여자로부턴 월부 형식으로 받는다. 백만 원의 금액을 2년 걸려 낼 수도 있다.

그들은 그런 여자들을 고객(顧客)들이라고 하는데 시스템 아시아의 캐비닛에 들어 있는 장부엔 무려 2백 명 가까운 여자들이 등재되어 있다. 그 2백 명은 최저 매월 5만 원부터 10만 원까지 내는 여자들이다. 천만 원 가깝게 일시불(一時拂)을 한 여자도 수월찮게 있다.

시스템 아시아는 이 돈을 은행에 예금해 놓고 국영 기업체의 부장급 월급에 해당하는 액수만을 각기 나눠 가지고 나머지는 그들의 표현을 빌면 '원대한 계획'을 위해 적립하고 있었다.

말하자면 선동식이 그 중심인물이며 부하들은 그의 명령에 절대 복종하고 있었다.

선동식이 송 여사를 만난 것은 그런 나이트클럽에서가 아니었다. 어느 비오는 날 L호텔에 들렀다가 그 현관에서 초조하게 자동차를 기다리고 있는 송 여사에게

"자가용을 기다립니까. 택시를 기다립니까."

하고 선동식이 물었다.

"택시를 기다리는 중이에요."

하는 송 여사의 답이었다.

"그럼 여기서 잠깐 기다리세요."

하고 선동식은 주차장으로 달려갔다. 선동식은 자기 손으로 운전하고 있는 스포츠카에 송 여사를 태웠다.

"댁이 어디죠?"

하고 물었을 때, 아파트를 가르쳐 주려고 하다가

"너무 고마운데요. 바쁘시지 않으면 어디 식사라두."

하는 말을 꺼내 놓았다.

"바쁘진 않습니다만 폐가 되지 않겠습니까."

하며 선동식은 송 여사에게 얼굴을 돌려 생긋 웃었다. 동시에 목에 걸린 진주 목걸이와 손에 긴 두 캐럿은 되어 보이는 다이어 반지에 주목했다.

'상당히 유복한 집의 부인이로군.' 하고 호기심을 느끼기도 했다.

"식사는 제가 사도 좋습니다. 어디로 하실까요."

선동식이 물었다.

"전 잘 몰라요. 어디라도 좋으니 그리로 갑시다."

송 여사는 미끈하게 생긴 청년의 풍채에 호감을 가졌고 그가 자동차를 모는 기술에 감탄하기도 했다.

"그럼 제 마음대로 해도 좋죠?"

하고 송 여사의 응낙하는 표정을 읽자 선동식은 자동차를 K동 쪽으로 몰았다.

"주차장이 있어서 좋아요."

선동식은 어느 중국 요리집 앞에 차를 세우고 바깥으로 우산을 갖고 뛰어나온 웨이터를 막고 물었다.

"특실 있니?"

"있습니다."

송 여사가 안내된 방은 온돌식으로 되어 있는 화려하게 꾸민 방이었다. 그런데 식탁 앞에 앉아 보곤 식탁 아래쪽으로 발을 뻗게 되도록 마련되어 있다는 것을 알았다.

요리가 오고 술도 있었다.

송 여사는 선동식의 말솜씨와 맛진 음식과 술에 취했다.

송 여사가 선동식에게 이끌려 호텔의 깊숙한 방으로 가게 된 것은 그 말솜씨와 술에 취한 탓만은 아니었다.

너무나 단조롭고 평범하게 살아 온 20년 동안의 가정생활에 대한 반발, 다시 말하면 자기 자신에게 대한 반항이라고 할 수 있었다. 너무나 자신만만한 남편에게 대한 보복의 뜻도 있었다.

아무튼 삼십 안팎의 젊은 남자와 밀실의 비밀을 가져 보고 싶어진 마음의 경사에 있었던 것이다.

송 여사는 선동식에게 완전히 매혹되었다. 세상에 이러한 시간이 있다는 게 얼마나 놀라운 일인가 하는 감탄을 금할 수가 없었다.

송 여사는 자기의 평생을 선동식과의 모험으로써 끝내도 좋다고 생각했다. 그래 일수놀이를 한다는 좋은 구실을 미끼로 자유로운 시간을 만들어낼 수도 있었던 것인데, 송 여사의 염두엔 일수놀이를 통해 이익을 보겠다는 생각은 사라져 있었다.

송 여사는 아직도 깊은 잠을 자고 있는 선동식의 얼굴을 훔쳐보며 지난날의 그 기쁜 시간을 재현할 수만 있으면 아까울 것 없다는 감상에 젖어들고 있었다.

아침 햇살이 커튼 틈으로 스며들어 올 무렵, 선동식은 푸시시 눈을 떴다. 그리고는 옆에 앉아 있는 송 여사를 발견하자 생긋 웃었다. 그 웃음은 구김살 없는 소년의 웃음을 닮아 있었다. 송 여사는 그 웃음에 먼저 반했던 것이다.

"역시 당신은 영리해."

선동식은 담요를 걷고 일어나 앉아 기지개를 켰다. 팬츠도 벗어버린 알몸에, 건장한 남성이 꿈틀거리고 있는 것을 거리낌없이 노출하고 그는 크게 하품을 하곤 송 여사의 반응을 기다리는 것 같더니 송 여사의 소리 없는 미소를 보자, 그냥 그대로의 모습으로 목욕탕을 겸한 화장실로 갔다. 이윽고 샤워하는 소리가 들리더니 타월로 알몸을 감고 선동식은 돌아와 침대에 걸터앉아 담배를 피워 물었다. 그리곤 아까 한 말을 한 번 더 되풀이했다.

"역시 당신은 영리해."

그 말투는 능글능글하고 징그럽기조차 했지만 송 여사는 그렇게 느끼지 않았다. 선동식이 무슨 말을 해도 참고 화해할 작정이었던 것이다.

송 여사의 그 마음은 모성애(母性愛)를 닮아 있었다. 너무나 깊게 타락의 늪 속으로 빠져들기 전에 선동식을 구출해야겠다는 마음의 작용이었다.

그러나 선동식의 마음은 송 여사의 그런 마음의 작용이 미칠 거리에 있지 않았다. 결정적인 승부를 볼 작정이었다. 송 여사와의 육체관계에 지쳐 있었다. 물론 육체적으로 지쳤다는 얘기는 아니다. 심리적으로 지쳤다. 그 많은 젊은 육체, 무용단의 무희(舞姬)를 비롯해서 디스코 춤과 노래로써 인기를 독점하고 있는 여가수에 이르기까지 흥겨운 육체의 향연을 제쳐놓고 췌육이 디룩디룩 붙고 뱃가죽이 축 늘어져 눈을 돌려 버리고 싶은 추악한 여체(女體)의 남창(男娼) 노릇을 하긴 질색이었다. 말하자면 그 질색이란 기분이 1억 원의 요구로써 나타난 것이다.

"다시 오신 걸 보니 각오를 하신 모양이죠?"

담배를 끄고 선동식이 말했다.

"각오니 뭐니 그런 소린 하지 마."

송 여사의 말은 부드러웠다.

"그런 말을 할 필요가 없으면 안 하죠 뭐. 고운 말 쓰길 좋아 하지 않을 사람이 있겠어요? 고상한 말만 하고 고상하게 살고 싶지 않은 사람이 있겠어요?"

선동식이 생글생글 웃었다.

"나는 미스터 선의 장래를 생각하고 있어. 미스터 선의 장래를 위해서 난 최선을 다할 작정이야."

"내 장래는 내가 알아서 관리할게요. 송 여사가 하실 일은 제게 현찰 1억 원만 내면 되는 겁니다. 복잡한 걱정일랑 마시오. 사람 늙습니다. 한 가지 걱정, 오직 한 가지 걱정만 하세요. 허기야 마음에 매였지, 1억 원쯤의 돈 때문에 걱정이 될라구요."

선동식의 말투가 다시 능글능글하게 변했다.

"미스터 선,"

"말씀만 하세요."

"돈보다 더 중요한 게 있지 않을까?"

"물론 있겠죠. 명예라든가, 체면이라든가, 정조라든가……."

"그것보다도 더 중요한 것."

"아, 있더군요. 요즘에 유행하는 노래에 있잖아요. 사랑보다 슬픈 건 정이라고……."

"그래 정이야, 정."

"그렇죠. 정이 제일이죠. 그래서 나는 송 여사의 정에 호소하는 것 아닙니까. 인생의 밑바닥에서 벗어나 인간답게, 사내답게 살려고 송 여사의 정에 호소하는 겁니다. 1억 원만 달라구요. 그냥 주기 싫으면 빌려라도 주세요. 나는 1억 원으로 1년 동안에 10억 원을 만들 자신이 있습니다. 정으로 1억 원을 주실 수 없으면 투자를 하슈. 신문을 보셨죠? 어떤 놈은 백만 원 갖고 시작해서 불과 몇 해 동안에 한국에서 몇째 가는 재벌이 되었습니다. 내가 그놈만 못할 까닭이 없죠. 그런데 한 가지 그놈보다 못한 데가 있어요. 그건 내가 미국 유학을 못했다 이겁니다. 나도 미국 유학만 했더라면 1억 원까지 필요 없죠. 백만 원만 갖고 시작해도 되죠. 그런데 그 디펙트, 제기랄 서툰 영어가 나오느먼. 이것도 말하자면 미국 유학을 못한 때문에 생긴 인페리오리티 콤플렉스, 또 서툰 영어가 나오네, 제기랄, 요컨대 열등감 때문에 내겐 1억 원이 필요하다 이겁니다."

송 여사는 선동식이 연거푸 돈 말을 하는 것이 약간 비위에 거슬렸다. 선동식이 진지한 태도로 나오면 깔아 놓은 일수돈을 전부 거둬서라도 힘껏 돈을 마련해 줄 각오까지 하고 있었던 것인데, 이렇게 되고 보니 기분이 잡쳤다. 돈을 주더라도 이편의 자유의사로 주고 싶었다. 강요에 밀려 쓰긴 싫었다.

그렇게 되면 생색하는 돈이 되고 마는 것이다.

"미스터 선."

송 여사는 되도록 감정을 억누르기 위해 차분한 음성으로 불렀다.

"말씀하시라니까요."

"내가 왜 돌아왔는지 아우?"

"각오, 아니 정이 있어서 오셨겠죠."

"그래 정이야. 나도 미스터 선하고 치사스럽게 헤어지긴 싫어. 차분히 얘기가 하고 싶어."

"나도 지금 차분히 얘기하고 있는 겁니다."

"미스터 선은 차분하지 않아."

"들떠 있다, 이겁니까?"

"그래 들떠 있어. 돈 돈 하는 게 난 싫어."

"그럼 돈 얘기 말구 무슨 얘길 할까요? 종달이 우는 걸 보니 벌써 날이 새었는가 봐요, 줄리엣,이라고 할까요? 님이 없는 세상은 황량한 사막이오, 불꺼진 냉방이오, 오오 님이여, 나의 태양이여, 할까요?"

여기서 선동식은 돌연 말투를 싸늘하게 바꿨다.

"부인, 송 여사, 나는 이 세상에서 가장 중요한 문제, 가장 기본적인 문제, 가장 진지한 문제, 이 세상에 있어서 알파이며 오메가인 가장 심각한 문제를 얘기하고 있는 겁니다. 지금 어느 편이 들떠 있습니까? 사랑보다 슬픈 건 정이라고 들먹이고 있는 당신이 들떠 있는가, 정도 돈으로써 살 수 있고 돈 떨어졌을 때 정도 떨어진다고 말하고 있는 내가 들떠 있는가, 길을 막아 놓고 물어 봅시다. 무슨 잠꼬대 같은 소릴 하고 있어요. 그런 잠꼬대 하려고 돌아왔소?"

"미스터 선, 그렇게 말하지 마. 사람의 성의를 몰라 주는 그런 소릴 하지 마."

송 여사는 입을 악물고 격하려는 감정을 참으려고 했다. 솔직한 얘기로 선동식이 불쌍했다. 이 젊은 사람이 저래선 안 된다는 측은한 감정도 돋아났다.

"그런 소리 안 할 테니 정직하게 말해 보슈. 1억 원을 내겠소? 안 내겠소?"

선동식이 싸늘하게 말했다.

송 여사는 여기서 섣불리 대답하면 결렬할 것이란 짐작을 했다.
일단 결렬은 피해야 하는 것이다.

"내지, 내도록 하지."

하고 말을 이으려는데 선동식이 그 여유를 주지 않고 물었다.

"언제 내겠소."

"낸다고 해도 준비할 기간이 있어야 하지 않겠나."

"그러니까 묻고 있는 것 아뇨."

"형편 되는 대로 조금씩 낼게. 한꺼번엔 어려워."

"조금씩 내어 1억 원을 채워 주겠단 말요?"

"그렇지."

"그래서 얼마나 걸리겠소."

"1년은 잡아야 하지 않겠나."

"쳇."

하고 선동식이 혀를 찼다.

"1년을 더 나더러 남창 노릇을 시키겠단 말이군."

"남창?"

"남창을 몰라요? 당신에게 내가 여태껏 해 온 짓, 그게 바로 남창 노릇이란 거요."

송 여사의 얼굴에서 핏기가 가셨다. 선동식이 살큼 후회했다. 이처럼 함부로 덤벼선 안 되는 것인데 하는 반성이었다. 그러나 내친 걸음이라 도리가 없었다. 쇠뿔은 단김에 뽑아야 하는 것이다. 선동식은 송 여사로부터 1억 원을 받아 낼 자신이 만만했다. 동시에 송 여사와의 육체관계를 청산할 각오를 했다. 아니 육체관계를 청산하기 위해선 1억 원을 빨리 받아 내야만 했다. 그러기 위해선 수단 방법을 가릴 필요가 없었다.

선동식이 송 여사와의 관계에 다소의 미련이라도 있었더라면 달리 방법을 썼을 것이지만, 그럴 만한 연기력도 충분히 있었던 것이지만, 이 판국에 결판을 내야겠다고 딴으론 굳은 결심을 한 것이었다.

"한 달 여유를 드리죠"

선동식이 부드럽게 말을 꾸몄다. 그런데 송 여사의 마음은 이미 얼음장처럼 되어 있었다. 모성애가 비집고 들어설 여지가 전연 없다고 판단했을 때 송 여사도 각오를 안 할 수가 없었다. 그러니 송 여사에게 남은 문제는 협박에 굴복하느냐 항거하느냐의 이자택일(二者擇一)이었다. 선동식의 협박에 항거한다는 것은 가정적 사회적인 파멸을 초래할 것이었다. 하지만 자기의 협박이 성공할 것이라고 믿고 있는 선동식의 그 자신(自信)을 분쇄하기 위해선 가정적 사회적인 파멸마저 감수해야겠다는 마음으로 기울어 들고 있었다.

송 여사의 답이 없자 선동식이 냉랭하게 말했다.

"한 달의 여유를 주는 데도 응하지 않겠다면 나는 민중환 씨로부터 그 돈을 받아 내겠소"

송 여사의 얼굴에 냉소가 번졌다. 그건 선동식에게 대한 냉소만은 아니었다. 불장난을 시작한 자기에게 대한, 아내를 이 꼴로 만든 남편에게 대한, 어처구니없는 스스로의 육욕에게 대한, 한꺼풀 벗기면 추악하기 짝이 없는 행위에 복숭아빛 색채를 칠하려고 한 서툰 마음의 교계(交計)에 대한 냉소였다. 그리고 무엇보다도 선동식의 장래를 위할 생각으로 잠자지 않고 새벽길을 걸어 이 호텔로 돌아온 자기의 행동에 대한 냉소였다.

송 여사는 조용히 일어섰다. 말도 조용히 나왔다.

"내가 새벽에 돌아온 것은 너의 협박이 무서워서 돌아온 게 아니란 것만 알아 둬. 나는 어리석은 여자이긴 하지만 내가 한 짓은 내가 감당해야 한다는 사실만은 알고 있어. 추잡한 년은 추잡하게 죽어야 한다는 것도 알고 있어."

이에 대한 선동식의 말은,

"여자는 영리하게 굴 줄도 알아야 해요."

아파트의 층계를 오를 때 시장기를 느꼈으나 식욕은 없었다. 문을 열어 준 식모가,

"사장님 돌아오셨어요."

했으나 별반 관심이 없었다.

남편이 잠들어 있는 것을 무심한 눈으로 스쳐보고 송 여사는 자기도 자기 방으로 가서 누웠다. 어젯밤 이래의 피로가 한꺼번에 엄습하여 어느덧 깊은 잠에 빠져들었다.

점심때가 훨씬 지났을 때 눈을 떴다. 화장실로 들러 세수를 하고

응접실로 나왔다. 남편은 송 여사를 본 척도 않고 비스듬히 소파에 기대앉아 파이프를 피우고 있었다.

송 여사는 나와 버리려다가 말고 남편이 앉아 있는 소파의 모서리에 앉았다. 느닷없이 다음과 같은 말이 나왔다.

"돈을 좀 줘야겠어요."

"돈?"

하고 이어 코방귀를 뀌는 소리가 있었다. 그 소리에 신경이 곤두섰다.

"많이도 말구 1억 원만 내세요."

송 여사의 말이 수월하게 나왔다.

민중환은 말끄러미 송 여사를 바라보고 있더니 파이프를 탁자 위에 놓았다. 그리고 눈에 독기를 돋우었다.

"요전 가지고 간 돈이 줄잡아 2억 원쯤으로 늘어서고 있을 건데 그것 어떻게 된 거야."

"계산해 보지 않았으니까 정확한 건 몰라요. 그건 그거구 돈이 좀 더 필요해요."

"뭐라구?"

민중환의 얼굴이 질린 표정으로 되었다.

"일수놀이하는 여자가 정확한 숫자를 파악하고 있지 않다니 그게 될 말이야?"

"끝에 가서 맞춰 보면 될 걸 뭣 때문에 미리 파악해요?"

송 여사의 이 말은 더욱 민중환을 자극했다. 일수놀이란 건 일수라고 하는 그 말이 가리키듯 매일매일 나간 돈, 들어온 돈을 확인하며 처리해야 할 돈놀이인 것이다. 그리고 그날 그날 불어 있는 돈의 액수를 확인해야만 한다.

"안 되겠어. 장부를 가져와 봐요."

민중환이 명령조로 말했다.

"다음날 합시다. 난 지금 피로해서 죽을 지경이우."

송 여사가 하품을 하며 한 소리다.

"피로하다는 소리가 어디서 나와. 남편이 어떤 꼴을 당하고 있는가에도 신경을 쓰지 않는 여자가 뭣 때문에 피로했단 말야. 잔말 말구 장부를 가져와."

"남편이 어떤 꼴을 당하다니 그게 무슨 소리유?"

"당신 어젯밤 내가 집에 들어오질 못했는데 걱정이라도 했느냐, 이 말이오."

"술 퍼마시고 어떤 년하구 어울렸겠지 별 다른 일이 있을라구요?"

"내가 언제 외박하는 일 있었나?"

"반외박(半外泊)은 하되 전외박(全外泊)은 안 했다는 게 무슨 자랑이나 되는 줄 아세요?"

이렇게 해서 결국 맹렬한 입씨름으로 번졌는데 민중환은 싸움의 원점(原點)으로 되돌아왔다.

"일수놀이하는 장부를 내 놔."

"그건 내게 일임한 것 아뇨? 당신의 간섭을 받아야 하는 것이었다면 나도 그런 일 맡지 않아요. 구워 먹든, 삶아 먹든 그 일은 내게 맡겨 둬요."

"안 되겠어. 내가 확인해야겠어. 누가 장난으로 1억 원을 맡긴 줄 알아? 1억 원이 보통 돈이야? 사람 하나 팔자를 고치고도 남을 돈이야. 내놔, 빨리 장부를 내놔."

민중환이 시퍼렇게 덤볐다. 돈에 관한 일이라면 물불을 가리지 못하는 성미였다 송 여사는 서툴게 시작했구나 하고 뉘우쳤지만 때는 이미 늦었다. 그러나 송 여사는 장부를 내밀어 댈 순 없었다. 선동식을 만난 이후 일수장부는 엉망으로 돼 있었다. 돈을 빌려 준 대상자의 이름과 액수를 기재하고 있을 정도인데 그 액수를 합산해도 6, 7천만 원이 될까말까. 차액 3, 4천만 원의 행방은 묘연했다. 날카롭고 감사안(監査眼)을 가진 민중환이 그 장부를 일견하기만 하면 한꺼번에 들통이 나는 것이다.

송 여사는 끝가지 버틸 수밖에 없었다.

"그건 내 돈이요. 내 돈 갖고 내 마음대로 하는데 당신의 간섭은 왜 받아요."

"그래 놓고 또 1억 원을 날더러 달래?"

"유리한 투자 기회가 있어서 말한 거요."

"그 유리한 투자 뭔지 말해 봐."

"돈 말만 하면 역정을 내는 당신을 상대론 말하지 않겠어요."

"그건 좋아. 하여간 일수놀이 장부나 내놔요."

"못 내놓겠어요."

"이년이."

민중환의 입에서 드디어 '년'이란 문자가 나타났다. 민중환은 아내의 일수놀이에 의혹을 가졌다. 그것이 돈에 관한 의혹일 때 민중환이 어중간한 데서 타협할 까닭이 없었다.

송 여사는 화제를 다른 데로 이끌어 갈 요량으로 시작했다.

"1억 원을 달랠 때 순순히 내주지 않는다면 그때문에 당신에게 엄청난 화가 닥칠 거란 각오나 해 두세요."

"화가 닥칠 거라구? 내가 1억 원을 안 냈대서? 어디 그런 뚱딴지 같은 소리가 있어. 내 것 갖고 내가 내놓지 않으려는데 무슨 소리야. 그것보다 일수장부나 내놔요."

송 여사는 말없이 일어섰다.

"어딜 가는 거여."

"일수장부 가져오라며요?"

"흠 좋아. 빨리 가져와."

하고 민중환이 파이프에 담배를 재었다.

방으로 들어온 송 여사는 장롱에서 새 옷을 꺼내 입었다. 어디 미장원에나 들러 전신 마사지나 하며 팔다리를 쭉 뻗고 쉬고 싶어졌다.

나들이옷을 차려 입고 집을 나서는 아내를 보자, 민중환이 달려왔다.

"장부는 어쨌어?"

"장부는 친구 집에 있어요."

송 여사는 태연히 말했다.

"장부가 친구 집에 있다니, 그게 무슨 소리야."

"1억 원으로 하는 일수놀이가 쉬운 줄 아세요? 내가 밑에 쓰고 있는 사람이 있어요. 그 사람에게 장부를 맡겨뒀소. 내 가서 찾아오리다."

간장이 뒤틀려지는 기분이었지만 말을 그렇게 하는 것을 어쩔 도리가 없다.

단골 미장원의 마사지실에 누운 송 여사는 미장원의 주인에게 일수놀이를 전문으로 하는 여자를 하나 불러 달라고 했다.

얼굴 마사지가 끝날 무렵, 일수놀이를 전문으로 한다는 여자가 왔다. 상상보다 젊고 멋이 없지 않은 여자였다.

"내 보수는 톡톡히 낼 테니까 말유."

하고 송 여사는 이런 부탁을 했다.

"작년 3월쯤에 시작한 1억 원 자본의 일수놀이가 이맘때쯤엔 1억 5천만 원으로 불어 있는 장부를 하나 만들어 주세요. 사람 이름과 주소는 전부 가짜라도 좋으니 말요. 그리고 지금의 현금 잔고는 2, 3백만 원쯤으로 해 두고 전부 돈이 나가 있는 양으로 말이우."

영리한 일수놀이 여자는 단번에 그 말 뜻을 알아차렸다.

"남편 되시는 분이 켕기셔서 그러는 거죠?"

"그렇습니다. 어떻게 그걸."

송 여사가 놀라며 물었다.

"이런 부탁을 종종 받거든요. 고관들 부인이나 돈 많은 집 부인이 남편을 꼬셔 돈놀이를 한다고 돈을 받아 내선 뒤에 가서 감당을 못하면 그런 부탁을 해 와요."

하며 그 여자는 웃었다.

"아시니까 다행이군요. 빨리 하나 만들어 주세요."

"그런데 미리 알아 둬야겠는데요."

"뭣을 말입니까."

"보수는 얼마나 주시겠수?"

"50만 원 드리지."

"그것 갖고는……"

"그럼 백만 원."

"그것 갖곤 솔직히 말해 거절하겠습니다."

송 여사는 뜨끔했다.

"그까짓 장부 만드는 데 백만 원이면 됐지 그 이상은……."

"그럼 좋습니다. 나도 그런 일 맡기 싫으니까요."

하고 그 여자는 나가려다가 말고

"나는 부인의 남편이 누구시란 걸 알고 있어요. 그런 분을 속이려면 예사로 만든 장부 갖곤 어림도 없어요. 사람도 가공이어선 안 되구요. 그 가운데 한 사람이라도 지적해서 전화라도 걸어보면 어떻게 합니까. 당장 탄로 날 거 아녜요? 그러니 연락이라도 오면 그럴 듯하게 맞장구를 칠 줄도 아는 사람의 이름을 사용해야 합니다요."

하는 함축 있는 말을 했다.

송 여사는 그때사 걸려들었다는 짐작을 했다. 마사지하던 아이를 시켜 그 여자를 도로 불러 달라고 했다.

여자가 나타났다. 송 여사가 물었다.

"좋습니다. 얼마나 주면 그 일을 맡아 주겠소?"

"5백만 원이면 해 보죠."

여자는 눈썹 하나 까딱하지 않고 말했다. 그리고 이어지는 말도 차분하고 야무졌다.

"억만장자 아내의 자리를 지키는 데 있어서 5백만 원은 그다지 비싼 돈이 아니지 않아요? 그렇게 해서 난국을 넘겨 놓으면 1억 원, 2억 원쯤의 결손은 수단 여하에 따라 수월하게 보충할 수도 있을 거구요."

"좋습니다. 부탁해요."

송 여사는 드디어 단을 내렸다.

"그럼 장부가 완성되었을 때 돈과 바꾸겠습니다."

"기일은?"

"내일 아침 아홉 시까지 해드리죠."

여자는 상냥하게 웃으며 사라졌다.

"괘씸한 년!"

했지만 송 여사는 마음뿐이고 말로 되진 않았다.

송 여사가 이런 모사를 하고 있을 때 선동식은 시스템 아시아의 스태프를 모아 놓고 회의 중이었다.

선동식의 사전 설명이 일단 끝나자 변해일이란 사원이 이런 제안을 했다.

"한꺼번에 1억 원은 무리한 청이 아닐까 하는데요, 사장님. 두 달 걸려 1천만 원씩이었으면 리즈너블했을 텐데 말입니다."

선동식이 일갈(一喝)했다.

"자아식들! 남의 일이라고 생각하고 예사로 내뱉는군. 호령 대군 북가죽처럼 축 늘어져 있는 배 위에 2년 동안이나 올라타라, 이 말인가? 구역질이 나서도 그 짓 못하겠어. 뿐만 아니라 이 계획은 단판 승부로 해치워야 해."

"다른 노다지가 거리에 우글우글하고 있는데 그 늙은 년에게 매달려 붙어 있다니…… 미학적(美學的)으로 불가능한 일이야. 서울의 하늘 밑 어느 곳에선 엘리자베드 테일러 뺨 칠 여자를 안고도 횡재할 수 있는데 말야. 안 그래?"

백로 선생

길을 잃었다.

치악산(雉岳山)을 만만히 본 것은 아니지만 어림 짐작으로라도 상원사(上院寺)는 찾을 수 있으리란 생각이 잘못된 것이었다.

겹겹으로 겹친 산자락(山襞)마다가 깊은 계곡을 이루었는데 어떤 계곡에라도 들어서기만 하면 시계(視界)가 막혀 방향을 잡을 수가 없다. 다시 다른 능선으로 기어올라 길 같은 흔적을 찾았다고 하면, 길은 낭떠러지에 이르거나, 엉뚱한 계곡으로 빠져든다.

치악산엔 상원사 말고도 7, 8군데의 절과 암자가 있다고 들었는데 그 어느 하나도 찾아볼 수가 없으니 지칠 만큼도 되었다.

신병준(申丙竣)은 마른 억새풀이 무성한 비탈에 누워버렸다. 시계를 보았다. 하오 2시. 그가 중앙선 신촌역(神村驛)에 내려 선 것은 오전 6시이다. 그리고 보니 꼬박 여덟 시간을 산속에서 헤맨 셈이다.

흥건히 온 몸에 밴 땀이 억새풀 밭에 드러눕자마자 식어버렸다. 으스스 한기가 엄습해 왔다. 양력(陽曆)으로 2월 초이면 치악산 일대에선 한창 추울 때다. 이대로 밤에 들기만 하면 동사(凍死)할 위험마저 있을 것 같았다.

신병준은 신촌역에 내려 섰을 때 길을 물었어야 했다고 후회했지만 이젠 소용이 없었다. 사실 물을 수도 없었다. 그 시각 신촌역에 내려선 사람은 신병준 혼자였고 물어볼 만한 사람은 역원(驛員) 밖에 없었는데 경찰의 추적을 받는 처지에선 자기의 행방을 알리는 거나 다름없는 절 이름을 그 역원 앞에서 들먹일 수가 없었던 것이다.

그래서 아직 어둠이 가시지 않은 산속으로 기어들었다가 이윽고 길을 잃고 말았다. 그 사정이 곧 신병준의 앞날을 시사하는 것 같기도 했다.

언제 경찰에 붙들릴지 모른다는 불안, 언제 떳떳하게 햇빛을 볼 수 있을지 모른다는 막연한 안타까움이 길을 잃은 당황(唐慌)과 겹쳐 거의 자포자기하는 심정으로 기울어들었다.

구름 한점 없이 개인 하늘인데 그 푸른빛엔 윤기와 광택이라곤 없었다. 해는 중천을 약간 벗어난 곳에 걸려 있었으나 온기(溫氣)라곤 전연 없는 삭막한 빛일 뿐이다.

추위에 못이겨 몸을 일으켰다. 덮어놓고 다른 능선을 찾아보든지, 체포될 위험을 무릅쓰고라도 마을로 내려가든지, 마음을 정해야만 했다.

멀리서 꿩이 우는 소리가 들렸다. 그 꿩 우는 소리의 여운에 귀를 기울이고 있었을 때였다.

"얏호."

하는 소리가 머리 위 어디선가에서 났다. 메아리가 울렸다.

신병준은 소리 나는 방향을 확인할 셈으로 일어섰다.

다시

"얏호."

하는 소리와 그 메아리가 울렸다.

동남방으로 그 방향을 짐작했다.

신병준은 그 방향으로 비탈길을 기어 올랐다. 길 아닌 곳이었기 때문에 나뭇가지가 얼굴을 치고 가시덤불이 손등을 긁었다.

혼신의 힘을 다해 능선으로 기어올랐다. 능선엔 아슴프레 길이 새겨져 있었다.

이젠 살았다, 싶었다.

그 길을 따라가면 어디에라도 사람 있는 곳을 갈 수 있을 것이었다.

"휴."

한숨을 쉬고 길 옆에 주저앉았다.

숨을 돌리기 위해서였다. 그러자

"쉬어선 안 돼."

하는 소리가 바로 머리 위에서 있었다.

소스라치게 놀라 두리번거렸다.

중년 사나이 하나가 저편 바위 위에 서서 신병준을 내려다보고 있었다. 얼굴은 털모자에 가리어 윤곽을 알 수 없었다. 눈과 입언저리에 부드러움이 있었다. 약간 안심이 되었다.

신병준이 일어서서 능선의 길을 밟아 그 사람이 있는 가까이로 가려고 하자,

"이리론 오지 말게. 저 위에 반갑지 않은 사람들이 자넬 기다리고 있다."

며 손가락으로 오른편을 가리켰다.

신병준이 가리키는 쪽을 보았다.

솔밭이 있었다.

"저 솔밭을 빠져나간 곳에 바위가 있다. 그 바위 틈에 가서 숨어라. 내가 신호를 할 때까지 꼼짝말고 거게 있어."

나직이 이렇게 말해 놓고 중년 사나이는 완장한 등을 보이곤 오솔길을 걸어 올라갔다.

신병준이 솔밭 속으로 들어갔다. 십 분쯤 숲속을 헤쳐 걸었다. 숲이 끝난 곳에 얼어붙은 개울이 있고 개울가에 바위가 있었다. 그 바위틈에 몸을 숨겼다.

잠은 어느 때이건 엄습한다. 그 추위 속에서도 잠깐 잠이 들었던 모양이다.

꿈을 꾸었다.

꿈 속의 신병준도 황막한 산속에서 길을 잃었다. 경찰의 추격대

가 쫓아오는데 오금이 펴지질 않았다. 그런데도 허우적거렸다. 절대
절명(絶對絶命)이다 싶었을 순간,

"이리로 나오슈."

하는 말이 들렸다. 깜짝 놀랐다.

그런데 그것은 꿈의 연속이 아니었다. 아까의 그 사람이 바위 앞
에 버텨 서 있었다. 그리곤

"날 따라오슈."

하고 앞장을 섰다.

인사할 겨를도 주지 않고 그 사람은 개울 옆으로 나 있는 보일락
말락한 길을 민첩하고도 가벼운 동작으로 기어오르고 있었다.

신병준이 무아몽중(無我夢中) 그 뒤를 따랐다.

"추울 땐 잠을 자선 안 돼. 동사는 그럴 때 생기는 거여."

돌아보지도 않고 그 사람이 한 말이다.

20분쯤 기어올랐을까. 조그마한 풀밭이 거게만 햇빛을 모은 듯
양지를 이루고 있었다.

앞서 가던 사람이 풀밭에 앉으며

"조금 쉬게."

하고 턱으로 신병준에게 앉을 자리를 가리켰다.

그리고 뚜벅 한다는 소리가

"자네가 올 줄을 알고 있었다."

신병준이 눈을 동그랗게 떴다. 어떻게 내가 올 줄 알았느냐고 물

어볼 경황마저 없었다. 그저 놀란 눈으로 그를 쳐다봤다. 털모자를 이제 막 제낀 이마의, 양미간에 선명한 사마귀가 햇살에 비쳐 금빛으로 반짝했다.

"아, 부처님."

신병준이 외마디 소리를 나직이 질렀다.

이엔 아랑곳 않고 그 사람은

"자네가 길을 잃은 것도 알았다. 그래 내려와 본 거다."

며 부드럽게 웃었다.

"감사합니다."

신병준이 무릎을 꿇고 절을 했다.

"자네 이름을 신병준이라고 하겠다?"

"예."

신병준이 또 한번 놀랐다.

"집은 가평(加平)에 있을 테구."

"예."

신병준은 진짜로 그 사람이 부처님일 것이란 생각을 했다. 어름어름 물었다.

"어떻게 저를 알고 계십니까?"

이엔 대답을 않고 그 사람이 말했다.

"상원사로 갈 참이었던가?"

"예."

"왜 상원사로 갈 생각을 했지?"

"어머니의 말씀이 상원사엘 가면 높으신 스님이 계신다고?"

"그 스님이 자넬 숨겨줄 것이라고 생각했던가?"

"예."

"어리석은 소리. 상원사는 장마당이나 마찬가지다. 사람이 숨을 곳은 못돼."

"그럼 어떻게 해야 하겠습니까?"

"그걸 지금 생각하는 중이다."

하고 그 사람은 신병준의 얼굴을 뚫어지게 보았다. 눈빛이 날카로웠다. 관상을 보는 모양 같았다.

"어른의 존함을 알았으면 합니다만……."

신병준이 공손하게 말을 다듬었다.

"내 이름? 그저 백로라고나 불러두게."

"백로 선생님?"

"백로면 되었지, 선생님까진 필요없다. 가마귀 싸우는 곳에 백로야 가지 말라는 그 백로라도 좋고, 흰 백(白)자 늙을 노(老)자로 써서 백로라도 좋다. 내 성은 백가다."

그리고는 하늘을 보고 먼 산을 보더니

"세 시 반쯤 되었겠구나."

하고 중얼거렸다.

신병준이 옷소매를 걷어 시계를 보았다. 정확하게 3시 반이었다.

그 사람에겐 시계가 없었던 것이니 신병준은 그저 신기할 뿐이었다.

"자넨 사람들의 눈에 띄어선 안 될 사람이니까 지금 움직일 순 없다. 오늘 밤엔 달이 있다. 달이 뜨거든 일어서자."

백로 선생은 호주머니에서 차돌 같은 것을 두 개 꺼내 신병준에게 건넸다.

"그건 인절미를 말린 거다. 비상용으로 만들어 놓은 식량이다. 차돌처럼 딱딱하지만 입에 넣어두면 말랑말랑해질 거다. 우선 시장기를 풀어야지."

신병준은 염치 불구하고 그 하나를 입 속에 넣었다. 살큼 곰팡내를 곁들어 꼬수한 맛이 침에 어울렸다. 동시에 그 사람에게 대한 호기심이 감당할 수 없을 만큼 일었다. 그러나 이것저것 물어보기엔 그 사람을 두르고 있는 위엄이 너무나 엄중했다.

백로 선생의 말이 있었다.

"자네가 왜 경찰에 쫓기는 신세가 되었는지 솔직하게 말해 보게."

작년 1943년 10월 조선총독부(朝鮮總督府)는 조선 출신의 전문학교 대학생을 전쟁터로 몰아내기 위해 이른바 학도지원병제(學徒志願兵制)를 실시했다. 말이 지원제이지 사실은 철저한 강제였다. 신병준은 그 지원에 응하지 않았다. 지원병에 응하지 않았을 뿐 아니라, 지원병에 응하지 않은 사람들에게 대한 징벌조치(懲罰措置)인 징용에도 응하지 않았다. 그런 까닭에 징용기피자(徵用忌避者)가 되었는데 경찰은 신병준을 단순한 징용기피자가 아니라 불온사상(不穩思

想)의 소유자란 혐의까지 씌워 수배 중(手配中)이었던 것이다.

백로 선생은 신병준의 얘기를 무뚝뚝한 얼굴로 듣고 있더니,

"산속에 있어도 대강의 소식을 들어 알고 있다. 그런데 학병으로 간 사람의 수효가 얼마나 되느냐?"

고 물었다.

"4천 명쯤으로 알고 있습니다."

"자네처럼 지원하지 않은 사람의 수는?"

"확실힌 모르겠습니다만 2백 명 내외가 아닐까 합니다."

"그들도 도망다니고 있는가?"

"대부분은 징용엘 갔을 겁니다."

"징용에도 안 간 사람은?"

"잘 모르겠습니다. 불과 몇 명 되지 않을 것으로 압니다."

"학병에 지원도 안 하고 징용에도 안 가구…… 일본 경찰이 붙들려고 기를 쓸 만도 하군."

하고 입을 다물었으나 백로 선생의 눈은 계속 신병준의 얼굴에 있었다. 그 눈빛이 부셔 신병준이 고개를 떨구며 말했다.

"어떻게 상원사 근처에서 숨어 살 수 없겠습니까?"

한참 침묵이 있었다.

"상원사는 안 돼. 경찰의 눈이 집중되고 있으니까. 상원사만이 아니다. 치악산에 있는 절은 숨어 살 곳이 못된다. 자네 하나를 숨기려고 부처님의 도장을 어지럽힐 순 없어. 그러나……."

하고 말을 끊었다가 다시 이었다.

"절은 안 되어도 치악산은 자네를 보호해 줄 걸세. 치악산은 험준하기도 하거니와 자비롭기도 하다. 문제는 자네의 의지(意志)에 있다. 자네가 자네를 지키려는 의지가 얼마나 강한가에 따라 치악산이 자네를 보호하는 힘을 강화할 수도 있고 약화할 수도 있다."

"제가 저를 지키려는 의지가 보통이겠습니까?"

"과연 그럴까?"

백로 선생은 서글픈 표정을 지으며 말을 보탰다.

"자기가 자기를 지키는 것은 당연한 일이고, 모두들 그런 의지를 가지고 있을 거라고 생각하지만 그렇지 못한 게 세상이고 사람이다. 내가 보기엔 많은 사람들이 자기를 망치려고 서둘고 있는 것 같애. 조그마한 고통을 참지 못해 파멸의 수렁으로 기어들고 있어. 배가 고파 덫에 걸려드는 건 동물만이 아니다. 우선 자넨 배고픔을 며칠이나 참을 수 있겠는가?"

신병준은 1주일? 열흘? 보름 동안? 하며 속짐작을 해보다가 솔직하게 말했다.

"잘 모르겠습니다."

"솔직해서 좋구먼. 그런데 배고픈 걸 참는 건 굶어 죽을 때까지 참아야 하는 거여."

하고 백로 선생은 나직이 소리내어 웃었다.

그늘이 지기 시작했다.

한기가 한결 더해졌다.

백로 선생은 신병준이 걸머지고 있는 짐이 무엇이냐고 묻곤, 외투가 있으면 꺼내 입으라고 했다.

외투를 꺼내 입고 다시 앉았을 때

"그런데 한두 가지 궁금한 게 있다."

고 백로 선생은 신병준을 쏘아보았다.

"무엇입니까?"

하고 신병준이 백로 선생의 말을 기다렸다.

"친구 4천 명이 전쟁터로 나갔는데 자네가 기어 지원하지 않은 이유가 뭔가?"

신병준이 얼른 대답할 수가 없었다.

백로 선생이 거듭 물었다.

"뚜렷한 이유가 있을 것이 아닌가?"

"……"

"설마 4천 명이 친구는 다 죽어도 좋지만 나는 죽어선 안 되겠다고 생각한 건 아니겠지?"

"그런 생각은 아닙니다."

"죽었으면 죽었지 왜놈을 위해 총칼을 들 순 없다. 이건가?"

이 질문에 신병준이 얼른 대답할 수 없었던 것은 확실히 그런 마음이 있긴 했어도 그것이 전부가 아니었다는 생각 때문이다. 그래서 기껏 한 말이

"그런 것은 아닙니다."

"민족의 양심을 내만이라도 지키겠다, 그건가?"

"그것도 아닙니다."

"그럼 뭔가?"

"어쩐지 학병으로 가기 싫었다고 할밖에 없습니다."

"학병에 나가라고 권한 사람이 많았지?"

"예."

"육당 최남선(六堂 崔南善)이 자네들에게 학병 나가라고 권했다지?"

"예."

"춘원 이광수(春園 李光洙)도 권했다지?"

"예."

"그럼 자넨 그 사람들의 말에 맹렬한 분격을 느꼈겠군."

"그렇지도 않습니다."

"경찰의 추궁을 각오하고까지 학병을 거부한 자네 같은 사람이 그들의 학병 권고를 받고 분격을 느끼지 않았다니 이상하구나."

"다만 슬펐을 뿐입니다."

"슬펐다?"

"예."

"어떻게 슬펐는가?"

"오죽해서 저런 말씀을 하실까 해서 슬펐습니다."

"오죽해서가 아니라, 그분들은 자기들의 신념을 갖고 자네들에게 학병에 나가라고 권고한 것 같던데……."

"그런 신념을 갖게 된 것이 슬픈 일 아닙니까?"

"그러니까 그분들께 동정은 할망정 그분들을 밉겐 생각하지 않는다, 그 말 아닌가?"

"예."

"그렇다면 자넨 학병에 갈 수도 있었을 것 아닌가?"

"……"

"자네가 학병을 거부하는 바람에 부모님들이 대단한 곤욕을 겪은 건 아닌지.

"곤욕을 겪었습니다."

"부모님이 겪는 곤욕을 보고도 버티어 냈으니 자넨 대단한 사람이군."

백로 선생의 이 말을 신병준은 비난의 뜻으로 들었다.

"죄송하다고 생각하고 있습니다."

"그러나 자넨 4천 명이 거부하지 못한 일을 자네만은 해냈다는 자부랄까 긍지를 가지고 있겠지."

"천만의 말씀입니다. 나는 되려 학병으로 나간 친구들에게 미안하다고 느끼고 있습니다."

"학병을 거부함으로써 나는 떳떳한 조선인이다 하는 자부를 가지지 않았단 말인가?"

"그런 자부, 가져 본 적이 없습니다."

"그렇다면 지금 다시 학병에 지원할 수 있는 기회가 있다고 치고 자넨 지원할 텐가?"

"그러진 못하겠습니다."

"장차 자네가 경찰에 붙들린다고 예상하고 그때 학병이냐, 감옥이냐 하는 이자택일(二者擇一)을 강요당하면 어떻게 할 텐가?"

"전 감옥을 택하겠습니다."

"민족의 양심을 자부할 수도 없고 조선인으로서의 떳떳한 긍지를 느끼지도 않으면서?"

"그렇습니다. 전 자부와 긍지를 위해서 학병을 거부한 것도 아니고, 무슨 신념으로써 학병을 거부한 것도 아닙니다. 내 자신 전쟁터에서 죽기 싫고 누구도 죽이기 싫다는…… 굳이 이유를 말하라고 하면 그렇게밖엔 할 말이 없습니다."

"흠."

하고 백로 선생은 팔장을 낀 채 고개를 끄덕거리고만 있었다. 그늘이 진 탓으로 그 표정을 읽을 순 없었다.

"슬슬 걸어보기로 할까?"

하며 백로 선생이 일어선 것이 차츰 어둠이 깔리기 시작한 무렵이다.

어떤 능선에 올랐을 때 달이 솟았다. 음력 16일의 달이었다. 그 윽한 월색에 물들어 만산이 숨을 죽인 듯 고요했다. 신병준은 모든 시름을 잊고 그 월색에 물든 경색(景色)에 취해 백로 선생의 뒤를 따라 걸었다.

　가파른 길을 오르는데도 백로 선생의 걸음거리는 경쾌했다. 신병준이 숨이 차서 헐떡이었다.

　그렇게 한 시간 쯤 걸었을까.

　돌연 산정(山頂)에 서게 되었다.

　"잠깐 쉬어가세."

　풀밭에 앉은 백로 선생은

　"바로 여기가 시두봉 정상이다."

하고 시작해선 시야에 있는 봉우리들을 하나 하나 가리키며 설명했다.

　"저것이 남대봉, 저것이 천지봉, 그 다음이 삼봉, 투구봉, 도끼봉, 그리고 저것은 향로봉. 군웅(群雄)이 할거(割據)한 형상이 아닌가."

　이어 아슴프레 눈아래에 전개된 골짜구니를 가리키곤, 큰골, 영원골, 입석골, 범골, 상원골, 신박골, 산성골이라고 들먹였다. 그리곤 결론을 이렇게 맺었다.

　"숱한 전설이 있고 사적(史蹟) 또한 많다. 그런 것까지 합치면 치악산학(雉嶽山學)이란 학문이 정립될 만하지."

　신병준은 새삼스럽게 다시 호기심이 솟구쳐, 당신은 도대체 어떤 사람이냐고 물어보고 싶은 충동을 느꼈다. 그러나 그 충동을 가까스로 참고 있는데

"지금부터 내리막길이다. 산에선 내리막길에 조심해야 한다. 특히 달밤엔 그렇다. 내가 밟은 데만을 밟도록 하라."

고 충고를 하곤

"일러둘 게 있다."

며 이런 말을 했다.

"자네가 가는 곳에 두 사람이 있다. 일본 경찰의 눈을 피하는 사정으론 자네와 같은 처지다. 언제까지가 될지 모르지만 당분간 그들과 같이 지내야 할 꺼다."

"어떤 사람들입니까?"

"함께 있어보면 알 꺼다."

백로 선생은 가파른 비탈을 내리기 시작했다. 관목 숲 사이로 용하게 길을 찾아 걷는 그를 따라 신병준이 조심스럽게 발을 옮겼다.

30분쯤 내려갔을 때 평평하고 큰 바위 위가 나섰다.

"이제 다왔다."

고 하고 백로 선생은 돌을 몇 개 집어들었다. 그리곤 바위틈 사이로 그 돌을 굴렸다. 다섯 번쯤 돌을 굴리곤 가만히 서 있는데, 그 바위틈으로 사람의 그림자가 나타났다. 달빛으로도 건장하게 보이는 사나이었다.

사나이는 백로 선생 가까이로 가서 절을 했다. 말은 없었다.

백로 선생은 그 사나이에게

"오늘밤부터 같이 지내야 할 사람을 데리고 왔다. 거북한 애국자인 줄 알았더니 그렇지 않은 게 다행이다."

이렇게 말하고 신병준을 돌아보며

"이 사람을 따라가게."

하곤 돌아섰다.

"감사합니다."

신병준이 그 뒷모습을 향해 깊숙이 절을 했다. 그런데 절을 하고 얼굴을 들었을 땐 백로 선생의 모습은 사라지고 없었다. 교교한 월색으로 침묵한 산의 경색만이 있었다.

신병준이 안내된 곳은 동굴이었다. 입구는 짐꾸러미를 모로 세워야 겨우 들어갈 수 있을 정도로 좁았는데 안으로 들어가니 실히 5, 6평은 될 만큼 넓었다. 자연(自然)이 만들어 놓은 동굴이라고 할 수 없을 만큼 매끈하게 다듬어진 것 같은 천정이고 벽이었는데 벽은 선반모양으로 되었고 촛불을 놓을 수 있는 벽암 같은 것도 있었다. 바닥은 반반한 암반이고 그 한가운데쯤 짐승털이 깔려 있었다. 그 위에 무릎을 안고 앉아 있던 사나이가 신병준을 힐끔 보았다. 그리곤 중얼거렸다.

"영감이 뭣하러 왔나 했더니 손님을 모시고 왔군."

"나는 신병준이라고 합니다. 신세를 지게 되었습니다."

공손하게 인사를 했다.

이어 자기소개가 있었다.

아까 바위 위로 올라왔던 사람은 윤창순(尹昌淳)이라고 했다. 30세 전후로 보였다. 또 하나는 민경호(閔京鎬)라고 했다. 나이는 25, 6세 가량이었다.

인사가 끝나자 대뜸 민경호가 물었다.

"먹을 것 없소?"

신병준이 짐꾸러미를 끌러 시루떡과 곶감을 꺼내 놓았다. 날쌔게 민경호의 팔이 건너오더니 두툼하고 넓직한 시루떡 한 장을 덥썩 집어가선 움쑥움쑥 먹기 시작했다. 그것을 곁눈으로 보는 윤창순의 얼굴이 불쾌하게 흐렸다.

"윤 선생님도 자시지오."

윤창순은 호주머니에서 칼을 꺼내더니 시루떡을 조금 베어내선 손에 들고 눈을 감았다. 잠깐 후 "아멘"하는 소리가 나직이 들렸다. 신병준이 짐작했다.

'이 사람은 크리스천이로구나.'

신병준 자기도 시루떡을 먹었다. 남의 눈을 피해 밤중에 떡을 쪄선 정성스럽게 싸주신 어머니의 모습이 눈앞을 스쳤다. 눈물을 쏟을 뻔했다. 좀 더 먹으라고 권했는데도 윤창순은 고개를 살래살래 흔들고

"귀한 식량이니 소중하게 간수해 두시오."

하며 떡과 곶감을 자기 손으로 쌌다.

큰 시루떡 한 장을 거의 다 먹어가고 있던 민경호의 윤창순에게

쏟고 있던 눈빛을 신병준이 얼핏 보았다. 증오에 가득 찬 눈빛이었다.

'아아, 이 사람들 사이가 대단히 나쁘구나.'

좁은 동굴에서 적의를 가진 사람들이 같이 산다는 건 그야말로 지옥일 것이라고 생각하니 우울했다.

윤창순이 일어서더니 구석에 있는 물통에서 물을 떠다가 신병준 앞에 놓았다.

"이곳 물은 그저 그만입니다. 마셔보시오."

그러지 않아도 목이 매어 물을 찾으려던 참이라, 그 물맛은 정말 좋았다.

배가 부르고 나니 피로가 일시에 덮쳤다.

신병준이 슬리핑백(寢袋)을 꺼내놓고

"저 좀 누워야겠는데요."

하고 윤창순을 보았다.

윤창순이 안쪽을 가리키며

"이 슬리핑백 참 좋은데요."

하곤 백 속의 털을 만졌다.

민경호의 말이 있었다.

"그런 호사품을 가지고 있는 걸 보니 신 형은 부르조아인 모양이지?"

"학교시절 등산할 때 쓰던 물건입니다. 혹시 쓰일 경우가 있지 않을까 해서 가지고 온 겁니다."

"잘 가지고 왔소. 그리고 보니 신 형의 잠자리는 걱정없이 되었군."

윤창순이 얼굴을 활짝 폈다.

슬리핑백 속에 들어가 눕긴 했으나 잠이 오질 않았다.

자연 윤창순과의 사이에 대화가 있었다.

식량과 반찬은 백 선생이 날라다 준다는 것이었고, 낮엔 연기를 낼 수 없어서 취사는 대개 밤에 한다고 했다. 물을 끓인다든가 그밖에 불이 필요할 땐 양질(良質)의 숯(木炭)이 있으니 그다지 불편은 없다고 하고 윤창순은 동굴에 관한 얘기를 했다.

"이 동굴은 운곡 원천석 선생이 6백 년 전에 숨어 살았던 곳이오. 내일 아침 일어나면 새겨놓은 글을 볼 수가 있을 겁니다."

신병준은 운곡이 누군가를 몰랐다.

윤창순의 소상한 설명이 있었다.

운곡은 '耘谷'이며 원천석은 '元天錫'. 고려의 유신(遺臣)으로 이조에 신종(臣從)하기를 거부한 인물. 태종이 일부러 모시러 왔을 때 숨어버린 곳이 바로 이 동굴이다, 등등.

"그러니까 우린 바로 역사 속에서 역사적으로 사는 형편이군요."

신병준이 감동이 없지 않아 이렇게 말했다.

그랬더니 민경호의 말이 건너왔다.

"역사, 역사적이란 말을 그렇게 쓰면 안 되오. 이 동굴은 역사완 아무런 관련도 없는 유물일 뿐이오."

그러자 윤창순의 반발이 있었다.

"원천석 선생이 역사적 인물인데 어째서 이곳이 역사와 관련이 없단 말요."

"원천석을 역사적 인물이라고 보는 견해가 비과학적 견해란 거요. 원천석은 시대의 진운(進運)에 뒤떨어진 그야말로 퇴물에 불과한 거요. 원천석에 관한 전해온 얘기가 전부 사실이더라도 원천석은 역사적 인물은 아니오."

"가치의 변동이 있었다고 치더라도 원천석의 절조(節操)는 깨끗하지 않습니까. 높이 평가해야지."

"썩어 망가진 나라, 돼먹지 못한 임금에 대한 절조가 무슨 절조란 말요. 타기해야 마땅한 보수근성(保守根性)이지. 보수는 썩는 거요. 역사는 썩는 게 아니란 말요. 역사는 진보하는 거요. 그러니까 원천석은 역사적 인물일 순 없어."

"민 형 말조심 하시오."

"말조심 하라구? 원천석이 역사적 인물일 수 없다는 말이 그처럼 귀에서 거슬렸소?"

"어쨌건 깨끗하게 산 어른이오. 그 어른은."

"그래 그게 어쨌단 말이오. 민족에게 무슨 도움이 되었단 말요?"

"도움이라는 게 꼭 눈앞에 보여야만 하는 거요? 그런 분의 정신은 살려야 하는 거요."

"제기랄 원천석의 정신을 살려 어디다 써먹겠단 말요. 퇴행적이고 보수적인 정신으로 일본 제국주의를 무찌를 수 있을 것 같소? 조선인민을 해방시키는 데 도움이 될 것 같소?"

"자기가 원하지 않는 것엔 절대로 불복한다는 그런 정신이 왜 힘이 안 되고 도움이 안 된단 말요. 적극적으로 항거할 수 없을 경우엔 소극적인 반항이라도 있어야 하지 않겠소."

"쓸데없는 소리."

"당신 말만 쓸데 있고, 남의 말은 쓸데가 없다는 그런 태도는 고쳐야 할꺼요."

"잠꼬대 같은 말까질 긍정해야 된다는 거요?"

"내 말이 잠꼬대 같다면 당신 말은 뭐요. 미친개 짖어대는 소린가?"

"나는 그런 모욕 잊지 않을거요."

"모욕 당하기 싫거든 당신도 남을 모욕하지 마시오."

이윽고 악담으로 번져가는 두 사람의 입씨름을 들으며 신병준은 이 동굴이 안주(安住)의 곳이 될 수 없다고 느꼈다. 내일에라도 백로 선생을 만나면 달리 방도를 구해달라고 부탁해야겠다는 생각을 하며 잠에 빠져 들었다.

동굴생활이 시작된 지 열흘이 지났는데도 신병준은 백로 선생을 만날 수가 없었다. 참다 못해 어느날 아침, 누구에게 대해서도 아닌 말투로 신병준이 물었다.

"백로 선생을 만나려면 어떻게 하면 됩니까?"

"백로 선생이라니 그게 누군데."

민경호의 말이었다.

"나를 여게 데려다 준 어른 말입니다."

"으음, 백씨 말이군. 그런데 어째서 그 사람이 백로 선생이오."

신병준이 동굴에 오기 직전 본인으로부터 그렇게 들었다는 얘기를 했다.

"백자에 늙을 노자를 붙였단 말이군."

하고 냉소를 곁들여 민경호가 물었다.

"그래 그 백로를 만나 뭣할 거요?"

"앞으로의 일을 의논해 볼려는 겁니다."

"집어 치우슈. 그 사람 상대론 말이 안 되우. 당신도 그 사람 눈에 난 거요. 그래서 이 동굴에 와 있게 된 거요. 눈에 나지 않았더라면 당신은 지금쯤 상원사의 비밀실, 뜨끈뜨끈한 방에 편안히 앉아 있을 거요. 그리고도 신변에 위험이 없도록 해주었을 거요. 내가 알기론 지금 우리와 같은 처지의 사람들이 7, 8명은 그런 보호를 받고 있을 거요. 그런데 그 사람 보구 무슨 부탁을 하겠다는 거요, 능구렁이오, 그 사람은."

"백 선생을 그렇게 말하면 됩니까. 우리가 이 정도로도 안전하게 지낼 수 있는 것도 그분 덕택인데."

윤창순의 말이 이렇게 나왔는데 민경호는 이 말엔 대꾸하지 않았다. 그 사람을 두고 시비하는 것은 불리하다고 느낀 탓일 것이었다.

신병준은 백로 선생이 신통력을 가진 사람일 것이라며, 자기의 이름과 고향, 그리고 자기가 올 줄을 알았을 뿐아니라 길을 잃은 사정까질 알고 찾아내려 왔더란 이야기를 감동을 섞어 말했다. 그러자 민경호는 피식 웃었다.

"신 형은 순진하군, 당신이 길을 잃고 헤매고 있는 동안 경찰이 상원사에 왔을 거요. 그 경찰관으로부터 당신 이름, 당신 고향을 알아낸 거요. 뚱딴지같이 무슨 신통력이오. 무슨 꿍꿍이 속인지 몰라도 그자에겐 사람의 마음을 사로잡으려는 책략 같은 게 있소. 당신, 그 책략에 넘어가지 마시오."

신병준은 무안함과 동시에 민경호에게 미움을 느꼈다. 신병준은 백로 선생에게 신비로움을 느꼈고 그 신비로움과 함께 존경하는 마음을 가꾸고 있었던 것이다. 설혹 신통력은 아니라고 하자, 그렇더라도 길을 잃은 사람이 험준한 산 이곳 저곳을 찾아다닌 그 마음먹기는 갸륵하지 않은가. 그런 마음먹기를 몰라보는 것은 일종의 모독(冒瀆)이란 생각까지 들었다. 그러나 신병준은 그런 생각을 입 밖에 내지 않았다.

보름이 지나도 백로 선생은 나타나지 않았다. 신병준은 도리없이 동굴생활에 순응할 마음의 준비를 했다. 아침 일찍 일어나 얼음을 깨고 냉수마찰을 하고, 아침식사가 끝나고 나면 먼곳에선 보이지 않을

곳을 찾아 비탈을 기어오르고 기어내리는 운동도 했다. 날씨가 좋은 따뜻한 날이면 양지를 골라 앉아 책을 읽기도 했다. 신병준은 어떤 책에선가 힌트를 얻어 꼭 열 권의 책만을 가지고 왔었다. 그 가운데의 하나가 도스토옙스키의 『카라마조프 가의 형제들』이었다.

어느날 양지에 앉아 그것을 읽고 있는데 민경호가 나타났다. 그의 손에도 책이 있었다. 민경호는 신병준 옆에 앉아 신병준이 읽고 있는 책을 들여다 보더니 '흥' 하는 표정이 되었지만 그것에 관해선 말이 없다가

"치악산의 봄은 늦게 오지만 봄이 오고 나면 견딜만 할 겁니다." 하고 부드럽게 중얼거렸다.

그 부드러운 말투에 신병준은 언젠가 느꼈던 미움을 지울 수가 있었다. 그래서 묻는 대로 대답을 했다.

일본 동경의 사립대학에서 프랑스 문학을 공부했다는 얘기, 학병을 거부했다는 얘기……

민경호는 수원고농(水原高農) 재학 중에 독서회사건(讀書會事件)으로 퇴학을 당했는데 집행유예의 몸으로 비밀결사(秘密結社)를 만들었다가 그 멤버 한 사람으로 탄로가 나서 체포 직전에 도망을 쳐서 사방을 전전한 끝에 이곳으로 오게 되었다는 얘기를 했다.

그 경력엔 존경할 만한 것이 있었다. 얘기에 조리도 있었다. 은근하기도 했다. 어쩌면 이 사람과 친하게 사귈 수도 있을 것이란 생각이 들려고 하던 참인데, 윤창순이 화제에 오르자 태도가 돌변했다.

"윤창순이란 사람 말요. 그자는 구제될 수 없는 예수쟁이오. 제정신 바로 가진 사람이 예수를 믿어요? 일본 고베(神戸)엔가 어딘가에 있는 신학교(神學校)를 나왔다는데, 도대체 신학교란 게 뭐요. 그런데 그자 신사참배(神社參拜)에 불응하고 일본 황대신궁(皇大神宮)에서 내려준 신위(神位)와 신체(神體)인가를 짓밟아 버렸대요. 그래서 경찰의 추궁을 받게 된 거요. 일본놈에게 항거하는 건 물론 나쁠 것이 없지. 그러나 예수를 위해서 일본에 항거한다는 게 말이나 되우? 골이 비었든지, 위선자든지. 처음 나는 혹시 당신도 예수쟁이가 아닌가 했지. 예수쟁이가 아니라서 다행이었소."

이 말에 신병준이 심한 불쾌감을 가졌다.

예수를 믿는 것이 왜 나쁜가. 신병준 자신은 예수를 믿을 마음이 없었지만 도스토옙스키가 예수를 믿었다면 거게 반드시 귀중한 무엇이 있을 게 아닌가. 윤창순이 신앙을 위해 일본의 절대권력(絶對權力)을 상징하는 신사에 참배하지 않았을 뿐 아니라, 일본인이 신체(神體)라고 일컫는 것을 짓밟았다면 대단한 용기가 아닌가. 칭찬받을 행동이긴 해도 비방당할 행동은 결코 아닌 것이다.

신병준은 오줌이 마렵다는 핑계를 하고 그 자리에서 일어나버렸다.

며칠 후 이번엔 윤창순이 민경호를 평하는 말을 들었다.

"민경호 씨는 두뇌가 명석할 뿐 아니라 대담 솔직하기도 한 훌륭한 청년입니다. 그런데 마르크스 때문에 아까운 청년 망친 셈이

지오. 마르크스의 사상은 위험한 사상입니다. 첫째 하나님을 부인하니까요. 사람이 사람다우려면 경건(敬虔)해야 합니다. 하나님에 대한 경건없인 복을 받을 수가 없습니다. 예수 그리스도를 통한 하나님의 복음이 실현되지 않곤 이 세상엔 선(善)이 있을 수 없습니다. 민씨는 공산주의가 되기만 하면 지상에 낙원이 건설될 것처럼 생각하고 있는 모양입니다만 터무니없는 망상이죠. 예수님이 우리 중생을 위해 흘리신 피의 보람으로써가 아니면 이 지상에 평화와 행복이 실현될 까닭이 없는 겁니다. 그래서 나는 민경호 씨를 안타깝게 생각하고 있지요."

신병준은 윤창순의 말에 그대로 따라갈 수 없는 비약(飛躍)을 느끼면서도 사람이 사람답게 되려면 경건한 태도를 지녀야 한다는 말엔 깊은 공감을 가졌다. 비소(卑小)하기 짝이 없고 허망하기도 한 인간의 경건한 마음과 태도없이 어떻게 견디어나갈 수 있겠는가.

3월에 들어서자 치악산에도 봄소식이 찾아들었다. 을씨년스럽기만 했던 나목(裸木)들의 살결에 윤(潤)이 흐르는 것 같더니 가지의 마디마디에 움이 트기 시작했다. 어느덧 차가운 바위의 빛깔이 포근한 인상으로 변했다. 새소리가 힘차게 들렸다. 개울소리가 높은 옥타브로 변했다. 하늘은 아슴프레한 젖빛깔을 섞어 라파엘의 하늘빛으로 되었다. 그 하늘에 가끔 소리개가 유연한 모습을 나타냈다.

한마디로 황홀한 계절이 시작되려는 참이었다. 그러나 신병준의 마음은 무거웠다.

'우리에게 장래가 있을까?'

기막힌 풍경 속에 앉아 그 기막힌 경색을 감상할 수 없는 처지라면 얼마나 불행한 일인가. 그는 수삼 년 전 지리산을 등반했을 적을 회상했다. 나무 사이로 보이는 하늘의 자락마다가 감격이었고 숲속의 오솔길마다가 감격이었고 가파른 비탈을 기어오르면서 흘린 땀방울마다가 보석처럼 빛났고 활연이 트인 산정의 조망은 다시 없는 은총이었다.

그런데 지금 치악산의 절경 속에 있으면서도 감격도 없다. 앞날이 없기 때문이다. 언제 동굴생활에서 벗어날 수 있을까. 경찰의 추궁은 이미 겁나지 않았다. 경찰관이 그곳까지 나타나지 못할 것이란 사실을 알고 있었기 때문이다. 설혹 나타난다고 해도 겁낼 것도 없었다. 치악산을 무대로 숨바꼭질을 하면 승리할 자는 이편이기 때문이다.

치악산에 봄이 찾아들었으면 북반구 일대(北半球 一帶)는 온통 봄에 덮였다고 할 수가 있다. 서울의 봄은? 우리 집 뜰의 봄은? 친구들이 가 있는 전선(戰線)의 봄은? 태평양의 봄은?

비슷한 감정인 모양으로 민경호의 눈은 더욱 신경질적으로 번쩍이기 시작했는데 윤창순이 올리는 아침 저녁의 기도는 자꾸만 길어져 갔다. 뿐만 아니라 처음엔 무언(無言)으로 시작된 것이 속삭이는 소리로 변하고 이윽고 속삭이는 소리로 높아갔다.

어느 밤 드디어 폭발했다.

장호원 집에서 윤창순에게 봄철 옷을 보내왔다. 그것과 함께 유과와 가래떡이 왔는데, 그것을 포대(布袋) 속에서 발견하자 민경호는 얼른 한 개를 집었다. 윤창순은 그것을 도루 뺏어 포대 속에 집어 넣고 포대를 꽁꽁 묶어 버렸다.

"한 개쯤 먹으면 어째서 그러유."

민경호가 볼멘소리로 했다.

"이따 저녁에 먹읍시다."

윤창순이 그렇게 답하고 포대를 동굴 구석으로 옮겨 버렸다.

그날 아침에 있었던 일이다.

여기서 잠깐 설명해 둘 필요가 있다. 동굴에 있는 사람들의 식량과 기타 일용품은 5자가 붙은 날 포대에 넣어 정상에서 내리막길이 되어 30미터쯤 되는 지점에 있는 숲속 작은 바위 밑에 갖다 둔다. 백로 선생이 그렇게 하는 것이다. 그러면 이편에선 빈 포대를 거게다 갖다 두고 물건이 든 포대를 옮겨온다. 그 속에 가끔 집에서 보낸 물건들이 들어 있게 된다.

밤이 되었다.

윤창순은 포대를 끌러 유과 세 쪽과 가래떡 세 개를 종이 위에 얹어 동굴 한가운데 갖다 놓고 그걸 집어들려는 민경호를 제지하곤

"내 기도가 끝날 때까지 기다리시오."

하곤 기도를 시작했다.

아까 말한 대로 처음엔 무언의 기도였다. 조금 지나자 입술이 달싹달싹하기 시작했다. 차츰 소리가 새어나왔다.

"……이 거룩한 은혜를 주신 주여, 이 거룩한 성찬을 죄많은 우리가 과연 먹어야 하는 건지, 먹지 말아야 하는 건지 심히 두렵사옵니다. 주여, 이것을 만들어 보낸 내 가족에게 하나님의 변함없는 보살핌이 있기 바라오며 권능이 임하사 그들에게 행복이 담뿍하길 비오며……"

하마나 끝날까 했는데 엇비슷한 말이 되풀이되다가 돌연 소리가 높아졌다.

"……악마가 날뛰는 이 세상을 저주하소서. 소돔과 고모라에서 행하셨던 벌을 내리소서. 세상은 진실로 하나님의 피조물(被造物)로선 합당하지 않소이다. 하나님 악마를 제거하소서. 천벌을 받도록 하옵소서. 하나님의 권능을 보이소서."

이어 울먹거리는 소리로

"주여 내 가까이에도 악마가 있사옵니다. 이 악마에게도 하나님의 은총으로 된 이 선물을 먹여야 되게 되어 있습니다. 그 죄를 사해주옵소서. 그 죄를 용서하옵소서. 차라리 사갈(蛇蝎)에게나 주어야할 것을 하나님을 모독하고 하나님의 독생자이신 예수님을 모독하는 악마의 화신과도 같은 자에게 기어, 불가피하게 이 떡을 먹게 해야 합니다. 주여 용서하소서……."

신병준의 얼굴이 화끈했다.

민경호가 부들부들 떨고 있는 것이 눈에 보였다.

"오오 주여, 이 악마의 화신 같은 자를 주님의 양떼 속에 끼이게 할 수 없겠나이까. 주님의 무소불능한 권능 계시사 이 악마를……."

윤창순의 기도가 클라이막스에 오르려는 참이었다.

민경호가 윤창순 앞에 놓인 유과와 가래떡에 '탯'하고 침을 뱉고 일어서 침을 뱉은 떡과 유과를 발로 짓밟아 버렸다.

눈감고 기도하고 있던 윤창순이 눈을 뜨고 사태를 파악하자 벌떡 일어서더니 민경호를 향해 주먹을 휘둘렀다. 주먹이 면상에 폭발한 모양으로 민경호가 비틀했다. 그런 민경호를 동굴 벽으로 밀어붙여 윤창순이 난타를 거듭했다. 완력에 있어서 민경호가 윤창순의 상대가 될 수 없다는 것이 돌연한 사태에 신병준이 느낀 인상이었다.

그런데 민경호는 만만치가 않았다. 곧 반격으로 나왔다. 어느 사이 민경호는 몸을 병쪽으로 빼내어 윤창순을 벽쪽으로 밀어붙이곤 머리로 상대방의 턱을 받아치기 시작했다. 동시에 팔을 놀리고 다리를 놀려 윤창순을 치고 찼다. 물론 윤창수도 가만 있지 않았다.

신병준은 이 싸움을 말려야 한다고 생각만 했지 어쩔 줄을 몰랐다. 그저 "윤 형 참으슈.", "민 형 참으슈."하고 발만 굴리고 있었다. 그러자 윤창순이 "으악" 하고 동굴바닥에 딩굴었다. 순간 신병준은 민경호가 윤창순의 불알을 잡고 늘어진 것을 보았다. '그대로 두면 윤창순이 죽는다'는 생각이 신병준의 뇌리에 번쩍했다. 동시에 신병준이 자기 몸을 민경호에게 던졌다. 불의의 공격을 받고 민경호는 윤창순의 불알 잡은 손을 놓았을 뿐 아니라 저편으로 뒹굴었다. 그 사이 윤창순이 정신을 차리곤 다시 민경호에게 덤벼들었다. 신병준이 민경호의 먹살을 잡고 올라탄 윤창순을 밀었다.

"이래선 안 된다."

고 고함을 지르며,

그때였다. 심한 타격이 신병준의 눈언저리에 가해졌다. 눈이 번쩍했다. 민경호가 때린 것이었다.

"너 이자식 예수쟁이 편을 들 거야?"

민경호의 으르렁대는 소리였다.

눈언저리에 타격을 받고 어리둥절하고 있는 사이에도 민경호와 윤창순의 싸움은 진행되고 있었다. 다시 정신을 차려 신병준이 말리기 시작했다. 차츰 우세해지는 윤창순을 뒤에서 그 허리를 잡고 끌었다. 그 기회를 이용해서 민경호의 주먹이 윤창순의 면상에 날렸다. 이번엔

"신 형 손을 놓앗."

하는 고함과 함께 윤창순이 팔꿈치로 신병준의 가슴을 쳤다. 신병준이 아찔했다. 그러나 싸움을 말리지 않을 수 없었던 것은 내버려 두면 누군가가 죽는다는 상념 때문이었다. 아닌 게 아니라 민경호는

"이 예수쟁이를 죽이고 말겠다."

고 벼르면서 혼신의 힘을 다하고 있었고 윤창순은 윤창순대로

"이 악마를 죽이지 못하곤 주님 앞에 나설 수 없다."

고 울부짖으며 덤비고 있었던 것이다.

"윤 형! 민 형 그만들 해요."

신병준이 결사적으로 두 사람을 떼어 놓으려고 하는데

"이 녀석이 왜 귀찮게 굴어."

하며 민경호의 주먹이 날라오고

"저리 비껴요. 이 악마, 이 마르크스의 제자놈을 죽이고 말 테니까."

하고 윤창순의 발이 신병준의 허리를 찼다. 하는 수 없이 신병준도 한 대 맞으면 한 대를 갚고 한발 채이면 상대방을 찼다. 이렇게 되고 보니 싸움을 말리는 게 아니라 싸움을 가열화하는 결과가 되었다. 어떤 순간엔 윤창순과 합세해서 신병준이 민경호를 공격하는 꼴이 되었고 어떤 순간엔 민경호와 합세해서 윤창순을 공격하는 꼴이 되기도 했는데 어떤 순간엔 민경호와 윤창순의 공격을 한꺼번에 받는 꼴로 되어 신병준은 이윽고 기진맥진 했다. 더 이상 말릴 수가 없어 그 자리를 비껴 활개를 펴고 누워 가쁜 숨을 쉬고 있는데 픽켈의 날이 촛불에 번쩍했다. 그 픽켈은 신병준의 것으로서 동굴 한쪽에 세워 놓았던 것이 누군가의 손에 잡힌 것이 분명했다. 와락 위험을 느껴 몸을 일으켰다. 픽켈은 민경호의 손에 있었다.

"민 형 그건 안 돼, 픽켈은 안 돼."

하고 신병준이 소리를 지르고 그것을 뺏으려고 허우적거렸지만 몸이 말을 듣지 않았다.

"사람 살려."

하는 윤창순의 비명과 함께 픽켈을 내려친 민경호의 동작이 거의 동시에 있었다. 신병준이 눈을 감았다. 차마 그 처참한 광경을 볼 수 없는 본능의 소위였다. 그런데

"어지간히들 해."

하는 묵직한 소리가 울렸다.

신병준이 눈을 떴다. 백로 선생이 서 있었다. 픽켈은 백로 선생의 손에 있었다.

신병준은 안도의 한숨과 더불어 겨우 몸을 가누어 일어나 앉았다. 욱신거리는 머릿속엔

'내가 이곳에 온 지 거의 한달 반 동안 얼씬도 안 하던 사람이 어떻게 하필이면 이 밤에……' 하는 놀람이 신통력에 대한 인식으로 변했다.

윤창순도 푸시시 일어나 앉았다. 민경호는 아까부터의 자세 그대로 동굴의 벽을 지고 펴대 앉아 있었다.

촛불 아래로 세 사람을 번갈아 보고 나서 백로 선생은

"초저녁부터 이상한 예감이 들어 올라와 보았더니만 결국 이런 꼴이었구나."

하고 깊은 한숨을 쉬었다.

적막이 진공처럼 동굴을 에워쌌다.

동굴 속에선 벌레소리도 들리지 않는다. 개일소리도 들리지 않는다. 바람소리도 물론 들리지 않았다.

"이유가 어디에 있는가를 알아야 하겠다. 대강은 짐작하고 있다. 그러나 대강의 짐작만으론 결단을 내릴 수가 없다. 나는 이유를 확인하고 나서 자네들을 이 동굴에서 내쫓든지, 그냥 둬 두기로 하든지 결정을 할 참이다."

아무도 입을 열지 않았다. 적막한 침묵이 계속되었다.

백로 선생이 말을 계속했다.

"이곳은 성지(聖地)다. 운곡 선생이 명리를 초월하고 일체 세사(世事)를 염리(厭離)하여 청정보신(淸淨保身)한 성지다. 그것을 알았다면 이처럼 이곳을 더럽힐 수가 없지 않느냐. 이 성지에서 한 달만 살면 그 수양으로 자네들의 얼굴이 옥처럼 청정할 수도 있었을 것인데 지금 자네들의 그 꼴이 뭔가. 이즈러져 있는 양이 문둥이와 꼭 같구나. 육체의 문둥이는 동정을 받을 수 있고, 그런 때문에 추악하다고 말할 순 없다. 그런데 자네들의 그 문둥이 꼴을 자네들의 정신이 문둥이가 되어 있다는 증거밖에 더 될 것이 없다. 나는 자네들을 정신의 문둥이로 만들려고 이 동굴에 인도한 건 아니다. 1년 너머 여기까지 식량을 나르고 자네들의 가족과 연락을 취하고 한 게 아니다. 허나 자네들을 위해 내가 한 수고를 내세울 의사는 없다. 서울에서 내가 할 일이 있고 금강산에도 가보아야 하고 그밖에 나를 필요로 하는 곳도 사람도 많은데 이 치악산에 내가 묶여 있는 것을 자네들 탓으로 하진 않겠다. 그러나 내가 없으면 누가 자네들을 돌봐주겠나. 그런데 이런 꼴이니 내 아니라도 누구인들 내 처지에 있으면 섧다고 하지 않겠는가. 오늘밤 나는 각오했다. 분명한 이유를 듣고 결단을 내려야 하겠다."

그래도 모두들 말이 없자 백로 선생은

"민경호 군 자네부터 얘기해 보게."

하고 지명했다.

민경호가 대답을 망설이자 백로 선생은

"민 군, 자네의 불만은 알고 있지. 비슷한 처지의 다른 청년은 상원사 절간에 보호해 두고 왜 자네만 동굴생활을 시키는가 하고. 그 일에 관해서 이 기회에 설명을 하지. 첫째는 내가 상원사 주지가 아닌 사실이다. 나는 상원사에 신세를 지고 있는 사람이다. 그러니 조금이라도 상원사에 화를 끼치는 일은 하고 싶지 않았다. 둘째는 자네에겐 부처님께 귀의(歸依)할 생각이 전연 없다는 사실이다. 절에 있으면 외형만이라도 승려의 생활에 따라야 한다. 새벽의 예불부터 시작해서 참선에 이르기까지 부처님께 귀의할 의사가 전연없는 사람에게 어찌 그런 생활을 요구하겠는가. 자네 자신에게 방해가 되고 그곳에 있는 수도자들에게 방해가 될 뿐이다. 만일 자네에게 부처님께 귀의할 의사가 있었으면 나는 어떤 수단을 써서라도 자넬 절간에 두고 보호했을 거다. 하지만 자넬 동굴에 살게 했다고 해서 결코 푸대접한 것이 아니란 사정만은 알아야 한다. 자네에게 가장 성스러운 참선도장인 이곳을 양보한 거다. 바로 자네를 위해서. 윤창순 군의 경우도 비슷하다. 자넨 민 군보다 두달 늦게 왔다. 나는 자네가 크리스천이란 사실을 알았다. 게다가 민 군 혼자 있는 것보다 둘이 있는 것이 나을 거라고 생각했다. 그런데 두 사람의 사이가 좋지 않다는 것도 일찍이 알았다. 하지만 언젠가는 민경호 군에 있어선 변증법적화해(辨證法的和解)가 윤창순 군에 있어서 기독교적 화해(和解)가 이루어져 결과적으론 피차의 장단(長短)을 상보(相補)한 화합이 이루어질 것으로 알았다. 그리고 있던 차에 신병준 군이 왔다. 신병준은 마르크스의 제자도 크리스천도 아니었지만 부처님에게 대한 귀의심이 없다는 것을 알았다. 그러 선량한 인간일 뿐이다. 나는 그가 자네들의 화합을 위해 필요한 인간이라고 보고 이리로 인도했다. 이러한 나의 생각이 틀린 것인가, 아니면 희망이 아직도 있는 것인가, 그걸 알아보고 싶은 것이다. 싸움을 했대서 나쁜 것만은 아니다. 이유에 따라선 좋은 싸움도 있고 불가피한 싸움도 있다. 솔직하게 말해 보게 민 군."

"절 보고 악마라고 하는 사람을 가만 둬둘 수 있어요?"

하고 민경호는 윤창순의 기도에 언급했다. 대수롭지도 않은 가래떡 한 개를 미끼로 엄청난 인격적 모욕을 가했다고 흥분했다.

민경호의 말이 끝나길 기다려 백로 선생이 윤창순에게 물었다.

"그게 사실인가?"

"그렇습니다."

윤창순은 이렇게 승인하고 나서

"전 기도를 올릴 땐 종종 무아상태가 됩니다. 주님께 제 고통을 모조리 털어놓고 보니까 그런 말이 나온 것 같습니다. 가슴에 맺혀 있던 것이 무의식중에 그렇게 터져나온 겁니다. 제가 무슨 소릴 했는진 이제사 깨달았을 뿐 기도를 올리고 있는 당시엔 정말 몰랐습니다. 제가 흥분한 것은 모처럼 가족들이 정성껏 보내준, 그리고 주님의 은혜였다고도 할 수 있는 유과와 떡에 저 사람이 가래침을 뱉고 그걸 짓밟았을 때였습니다. 뭐가 뭔지 모르겠습니다. 전 주님께 큰 죄를 지었습니다."

하고 눈물을 흘렸다. 백로 선생이 물었다.

"그래 윤 군은 지금도 민 군을 악마로 생각하나?"

"하느님을 모독하고 예수 그리스도를 모욕하는 자가 악마 아니고 무엇이겠습니까?"

윤창순이 눈물을 닦고 분연히 말했다.

백로 선생은 신병준을 돌아보았다.

"세 사람 가운데 자네 얼굴이 가장 심한 상처를 입은 것 같은데 자넨 어떻게 된건가."

"말리다가 이렇게 되었습니다."

"새우 싸움에 고래 등이 터진 건가? 아니 고래 싸움에 새우 등이 터진 건가."

백로 선생은 어설프다는 듯 웃고

"대강 사정을 들었다. 결정은 아침에 하겠다. 나도 오늘밤은 여기서 자야겠다."

며 신병준에게 담요 한 장만 빌려달라고 했다.

신병준이 잠을 깼다.

칼날 같은 광선이 동굴 한쪽 벽에 새겨져 있었다. 해가 꽤 높이 뜬 것이라고 짐작되었다.

온 몸이 욱신거렸다. 팔 다리가 쑤셨다. 어젯밤의 일이 악몽처럼 상기되었다. 민경호와 윤창순은 아직도 깊은 잠길에 빠져 있었다. 문득 백로 선생 생각이 났다. 두리번거렸다. 백로 선생이 깔고 덮고 잤던 담요가 깔끔하게 접혀 그 자리에 있었다.

"가셨군."

웬지 섭섭한 마음이 일었다.

불편한 몸을 가까스로 일으켜 바깥으로 나갔다. 바로 동굴밖 바위가 지붕처럼 뻗어 있는 아래서 백로 선생은 숯불을 피워놓은 화덕 위에 얹은 남비를 들여다보고 있다가 신병준이 옆에 서자

"전사들 아침식사를 마련하고 있다."

며 싱긋 웃었다.

신병준은 뭐라 형언할 수 없는 감정으로 되어 자기가 대신 그 일을 하려고 하자 백로 선생의 말은 이랬다.

"자넨 빨리 변이나 보구 얼굴이나 씻게. 그 얼굴 형상이 뭐구. 신

체발부는 수지부모이니 감불훼상(敢不毁傷)이 효지시야(孝之始也)가
아니던가."

변을 보고 나서 개울의 물 고인 곳에 가서 앉았다. 양쪽 눈이 흉하
게 부어오르고 바른쪽 뺨이 부어 코가 비뚤어져 있었다.

그런데 하늘은 맑았다. 건너편 언덕에 자주색 화변으로 째인 작
은 꽃들이 점점이 피어 있었다. 꿩이 한 마리 숲속을 기어갔다. 꿩
이 사람의 은혜를 보은(報恩)했다는 치악산의 전설이 기억 속에 나
타났다.

'사람이 과연 은혜를 베풀 수 있는 존재일까.'

신병준은 인간에 대한 절망을 가꾸고 있는 스스로를 발견하고 우
울했지만 백로 선생이 제법 날렵한 솜씨로 하나의 남비를 내려놓고
다른 남비를 화덕 위에 얹고 있는 모습을 보곤 미소를 지었다. 인간
은 한없는 악의의 소유자이기도 하며 한없이 성스런 존재일 수도 있
다는 도스토옙스키적(的) 인식이 새삼스러웠다.

신병준은 백로 선생이 수고하고 있는 것을 보고만 있기가 거북해
서 개울을 따라 10미터쯤 걸어 올라갔다. 거게도 큰 바위가 있었다.
그러나 그 바위는 동굴을 만들지 않고 거대한 덩치로서 천년의 침묵
(沈黙)을 침묵하고 있었다.

그 바위를 바라보고 이슬에 젖은 풀을 깔고 앉았더니 신병준의
기억 속으로 T.S. 엘리어트의 〈바위의 코러스〉가 울렸다.

수리개는 하늘 높이 날아오르고

사냥꾼은 개를 데리고 그 윤무(輪舞)를 추적한다.

아아, 별들의 영원한 여정(旅程)이어

아아, 섭리가 지배하는 계절의 순환(循環)이여,

아아, 봄과 가을의 세계여, 탄생과 죽음이여!

사상과 행동의 끊임없는 반복,

끝간델 모를 발명과 실험

우리들의 지식은 무지(無知)의 증거일 뿐이고, 우리들의 무지는
죽음으로 이끈다.

그런데 죽음에 가까워지는 것이 신에 가까워지는 것은 아니다.

우리가 삶(生)에서 잃어버린 생명!

우리가 지식 속에서 분실해버린 지혜!

수천 년에 걸친 하늘의 반복은

우리들을 신으로부터 멀게 하고 먼지에 가깝게 한다.

신병준이 이 시(詩)에 의미는 없고 영탄(咏嘆)만 있다는 발견을 한
것은 언제였던가. 실질(實質)은 없고 감정의 색채만 있다는 것을 알
아차린 것은 언제였던가. 실질없는 감정을 전달하기 위해서만 있는
말이 꾸며낸 궤적(軌跡)이 실질 이상의 무게를 가지고 있다는 이 시
의 비밀은 인생이 생(生)에서 시작하고 사(死)로써 끝나는 방정식(方
程式)일 뿐이란 인식에 있는 것이 아닐까.

그럴 때 어젯밤의 일은 어떻게 되는 것일까.

백로 선생의 정성이 있었기로서니 동굴의 아침 식사는 초라할 밖에 없다.

"나는 이 아침 식사로써 이별의 식사로 하려고 했는데 밥을 짓고 있는 동안 내 생각을 바꿨다. 사람은 싸움을 한 채 헤어질 순 없다. 화해가 있은 후 헤어져야 한다. 모처럼 가진 만남의 인연을 한(恨)의 인연으로 할 순 없기 때문이다. 그리고 조급한 화해는 화해가 아니다. 뜸이 들어야 밥이 되듯이, 충분한 발효가 있어야 술이 되듯이 화해도 그런 화해라야만 한다. 게다가 나에겐 책임이 있다. 이 동굴로 자네들을 인도한 책임이다. 내가 여게 다 자네들을 인도해 놓고 서로 원수를 만들어 헤어지게 할 순 없다. 나는 오늘부터 이 동굴에서 자네들과 같이 생활할 작정이다. 자네들이 원컨 원지 않건."

말 없이 식사는 진행되었다.

식사가 끝나자 백로 선생은

"오늘부터 일을 시켜야겠다."

며 대강의 계획을 설명했다.

양달쪽에 있는 땅을 천 평가량 개간해서 수수, 옥수수, 콩, 채소, 메밀 등을 심자는 것이었다.

"생각해 보라구. 세상에선 살아갈려고 아득바득 일하고 있다. 한편 생명 내던지고 전쟁터에서 싸우는 놈도 있다. 자네들은 뭣하는 건

가. 무엇을 했고 앞으로 무엇을 할 것이라고 이 좋은 경치 속에서 남의 도움을 받아 편안하게 지낸단 말인가. 앞으론 자네들 먹을 것은 자네들이 만들어. 씨앗은 내가 구해 주겠다. 이 산엔 더덕도 많고 도라지도 많고 칡뿌리도 캘 수 있다. 그런 것을 캐서 보존하면 좋은 식량이 되는 거여. 앞으로 1년 반 넉넉 잡아 2년 만 지나면 일본이 망한다. 그때 자네들의 세상이 온다. 그날까지 이곳에서 지탱하면 되는 거다. 지금부터 날씨가 따듯하니 추위의 고통은 없어진다. 천 평쯤 개간해 놓으면 일단 식량의 걱정도 없어진다."

보아둔 자리가 있다면서 백로 선생이 신병준 등을 데리고 간 곳은 동굴에서 계곡을 타고 50미터쯤 내려간 남향의 언덕이었다. 그 언덕에 서서 백로 선생은

"개간을 한다고 해도 천 평을 한뙈기 밭으로 만들어선 안 된다. 짙은 숲도 살리고 폭이 너댓 발때죽쯤 되도록 띠 모양의 밭을 만드는 것이다. 한꺼번에 나무를 베어내면 노출될 염려가 있고 바윗돌과 큰 나무뿌리는 그냥 둬두어야 할 테고, 자네들이 떠나고 나면 산이 원상 (原狀)으로 되어야 할 테니까?"

하며 대강의 윤곽을 그려 보였다.

개간은 그날부터 시작되었다.

백로 선생이 선두에 서서 일을 하고 있으니 게으름을 피울 수도 없었다.

점심은 삶은 감자로써 때웠다.

오후에 다시 작업이 시작되었을 땐 백로 선생은 주로 윤창순 옆에 있었다. 베어낸 나뭇가지를 한군데 모으러 가는 도중 신병준의 귓전을 스친 백로 선생의 말이 있었다.

"기도는 마음속으로 하게. 기도를 입밖에 내면 오염(汚染)이 돼. 은근한 기도라야만 하나님에겐 통하는 거야. 아마 성성에 이런 대목이 있지 않았나? 네 오른손이 한 짓을 왼손이 모르도록 하라는. 그런데 어떻게 기도를 동네사람들이 다 알도록 해서 되겠는가. 대중을 대표해서 하는 어떤 집회(集會)에서 하는 기도면 또 몰라두."

신병준은 그 자리에 서서 백로 선생의 말이 계속되길 기다렸는데 윤창순의 말이 있었다.

"선생님은 불교신자인 줄만 알았는데 예수교를 긍정하십니까?"

"긍정하구 말구. 옳고 착한 것을 긍정하라는 것이 바로 부처님의 가르치심이거든."

"그럼 선생님은 예수를 믿습니까?"

"믿는 것과 긍정하는 것은 다르지 않은가."

그 자리에 오래 서 있을 수가 없어서 꺾은 나무를 둘 데 갖다 두고 신병준은 자기 일터로 돌아왔다.

오전 중엔 힘겨웠던 일이 오후에 훨씬 수월한 느낌으로 바뀌었다. 두어 평쯤의 밭을 만들었을까 말까 했지만 작업의 보람이 그만큼이라도 나타난 것이 반가웠고 오랜만에 흘려보는 땀이 일종의 쾌감이 되었다.

어느덧 잡념이 사라지고 일에 열중하고 있는데 인기척이 있어 돌아보았더니 백로 선생이 뒤에 서 있었다.

"재미가 있는가?"

"예."

"조금 쉬었다가 하지."

백로 선생이 가까운 나무에 기대 앉았다. 신병준이 그 옆에 가 앉았다.

"자네 요즘 무엇을 생각하고 있는가?"

신병준이 대답을 골라보았다.

"과연 우리에게 앞날이 있을까 하고 생각하고 있습니다."

"앞날? 앞날 걱정은 말게. 오늘 일만 생각하세. 오늘 하루를 충실히 보내도록 하면 되는 거여. 계절이 바뀌는 것을 눈여겨 보고 느끼고, 자기 마음속에 떠오르는 생각의 가닥가닥을 잘 살펴보다 착하게 보다 옳게 생각하도록 애쓰구. 그렇게 하고 있으면 다시 오늘이 시작되는 거다. 앞날을 생각하는 건 허망한 일이여. 오늘을 등한히 하고 앞날만 생각하는 건 허망한 일이다. 앞날엔 결국 죽음밖엔 없는 거여. 죽음밖엔 없을 앞날을 생각하면 무엇해. 살아 있는 오늘을 소중히 해야지."

"동굴에 숨어 사는 오늘에 오늘의 의미가 있겠습니까?"

"무슨 소릴 하는가. 농부는 농부대로 노동자는 노동자대로 정신없이 일하며 자기를 잃을 정도로 살고 있는 세상이 아닌가. 또 어떤 사람은 감방의 벽을 쳐다보며 죽음을 기다리고 있는 세상이 아닌가. 학병으로 나간 자네 친구들 가운덴 벌써 죽어버린 사람도 있을 거고, 지금 죽어가는 사람도 있을 것 아닌가. 자네가 이곳에서 자네의 오늘을 충실하게 살지 못한다면 평생 동안 자네의 오늘이 충실할 날이 없을 걸세. 내일을 기다리고 이곳을 도피처 정거장이라고 생각하고 있다면 그건 오산(誤算)이다. 시간의 낭비다. 자네의 오늘을 충실하게 하는 최고의 도장이라고 생각하게."

신병준이 묵묵하게 귀를 기울이고 있었다.

"그럼 다시 일을 시작하세."

백로 선생은 신병준 옆에서 돌부리를 빼고 풀을 뽑고 하며 일을 거들었다.

그러다가 저편 숲 사이로 보이는 민경호와 윤창순을 턱으로 가리키며

"저 사람들이 화해할 수 있다고 보는가 없다고 보는가?"
하고 물었다.

신병준이 얼른 대답할 수가 없어서 망설이다가 백로 선생의 대답을 기다리고 있는 표정을 보자 이렇게 답했다.

"힘들 것 같습니다."

그러자 백로 선생이 중얼거렸다.

"마르크스의 제자와 예수의 제자 사이에 발생한 싸움은 부처님의 제자가 중재할 수밖에 없지."

"중재가 될까요?"

백로 선생은 이엔 대답하지 않고 손을 털고 저편으로 갔다.

이번엔 민경호에게로 갈 작정인 것 같았다. 신병준은 백로 선생이 민경호한테 무슨 말을 할까 하고 궁금했지만 관심을 쓰지 않기로 했다.

"오늘 밤 식사는 자네가 만들게."

하는 백로 선생의 분부를 듣고 신병준이 동굴로 돌아왔다.

식사준비라고 해도 별게 아니다. 보리와 쌀, 조에다 콩을 섞은 이른바 오곡밥에 소금에 절여 짜다가 못해 쓰디 쓴 고들빼기 장아치를 물에 씻어 썰어 놓으면 그만이다.

땀에 밴 몸을 씻고 초라한 식사자리에 앉았을 때 백로 선생은 밥을 향해 명목합장을 하고 나서

"짓궂은 시어미 잔소리 같애 내키지 않는다만 해둘 말은 해둬야겠다."

며 다음과 같은 말을 했다.

"식사때쯤은 기도할 줄 알아야 해. 살아 있다는 것이 고맙다는 뜻만으로도 기도할 만하지 않는가. 민경호 군은 마르크스에 대해서, 신병준 군은 도스토엡스키에 대해서, 윤창순 군에게 새삼스럽게 말할 필요도 없구."

"전 어머님께 대해 감사묵념을 할랍니다."

신병준의 이 말은 백로 선생이 자기와 도스토옙스키와의 관계를 만화적(漫畫的)으로 보고 있지 않나 하는데 대한 반발이었다.

"마르크스는 우상적 숭배를 좋아하지 않을 겁니다."

민경호가 볼멘 소릴 했다.

"그럴까? 러시아에선 스탈린이 우상처럼 되어 있다던데."

"그건 모략입니다."

민경호가 단호하게 말했다.

"아무튼 식사를 하기에 앞서 감사하는 형식만을 취해라."

"감사하는 마음만 가지면 그만이지 형식이 무슨 소용입니까."

민경호의 말투가 항의조(抗議調)로 되었다.

"자넨 그래도 유물론자(唯物論者)인가? 물질이란 것은 질(質)이 양(量)의 형식으로 존재하는 거다. 형식은 존재의 표현이다. 형식없이 어떻게 마음을 나타낼 깬가. 실질이 꽉 차게 되면 자연형식을 갖추게 되는 것인데 형식부터 갖추고 실질을 뒤에 채울 수도 있는 것이어. 부처님께 대한 조석의 근행과 예불은 형식이지만 그 형식이 곧 본질로 화하는 것이다. 공산당도 성공하기 위해선 거게 알맞은 형식을 갖추어야 할껄. 감사하다는 뜻을 일이 분 동안의 묵념으로써 나타내는 것이 형식이라고 해서 배척하는 건 인간으로서 살기를 포기한다는 얘기와 마찬가지다."

백로 선생의 담담한 말이 있자 민경호는 고개를 떨구었다. 그런데 그것이 선생님의 말을 승복한 탓인지 계면쩍스러운 감정의 표시인지는 신병준이 알 수 없었다. 초라한 식사는 간단히 끝났다.

으레 식사준비를 한 사람이 뒤치다꺼리를 하게 되어 있는 것이어서 신병준은 식기를 걸머 들고 개울로 나왔다. 달도 없어 어두웠지만 산속에서 오래 살다 보면 별빛도 조명이 된다.

신병준이 그릇 하나 하나를 정성껏 씻었다. 베크라이트인지 아르마이트인지 모르는 하잘것없는 그릇이었지만 그것을 씻는데 정성을 드릴 수 있었던 건 백로 선생으로부터 들은 말 탓인지 몰랐다.

신병준은 그릇을 다 씻고 나서도 그 자리를 뜰 수가 없었다. 백로 선생이 말한 '오늘'의 뜻이 가슴에 메아리를 울렸기 때문이다. 신병준에게 있어서 '앞날이 있을까' 하는 물음은 민족의 문제도 아니고, 나라의 문제도 아니고, 지금 I전문학교에 다니고 있는 '심영화'와의 앞날이었다.

심영화의 신병준에게 대한 사랑은 진실인 것 같았다. '인 것 같았다'는 것은 완전히 진실임을 믿을 수 없다는 것을 뜻한다. 눈물을 글성하게 그를 바라보던 눈이 그를 향한 애타는 듯한 몸짓이 어두운 밤 공원의 벤치에서 그의 손을 꼬옥 잡아주던 그 손이, 끝끝 안전하길 빈다는 그 애절한 호소가 어쩌면 죽음터로 나가는 청년에게 대한 동정의 탓일 수도 있는 것이다.

"나는 학병으로 나가지 않을지도 모릅니다."

하고 신병준이 본심의 일단을 보였을 때 심영화는

"그럴 수가 있을까요?"

하는 물음도 아닌 말투로 중얼거렸을 뿐 그렇게 하라는 격려의 말도, 그 결심을 믿겠다는 시늉도 없었다. 그것이 지금 신병준의 마음을 괴롭혔다. 도망다니기가 바빠 신병준은 심영화의 마음을 확인할 기회를 놓쳤었다. 그게 끝내 아쉬운 것이다.

심영화의 모습이 떠오르기만 하면 신병준의 내부에 관능의 불이 붙었다. 심영화를 모독하는 상념(想念)이어서 죄스럽기 짝이 없었으나 젊은 육체는 그 육체에 따른 사상을 갖는 법이다. 신병준은 민경호와 윤창순이 그들의 관능을 어떻게 처리하고 있을까 하는 생각을 해보았다. 민경호의 그 시니컬한 언동, 윤창순의 그 광신적인 믿음도 따지고 보면 금압된 관능의 소치일지 몰랐다.

젊은 사람들이 모이면 으레 '섹스'의 문제가 화제에 오르기도 하느 것인데 동굴에선 일체 그런 일이 없었다. 마르크스주의자를 자부하는 민경호의 경우는 그 자부(自負)가 그런 화제를 입 밖에 내지 못하게 하는 브레이크 구실을 하고 있는 게 틀림없었고, 윤창순의 경우 또한 그의 신앙이 그를 청교도(淸敎徒)로 만들고 있는 게 확실했다. 그러니 입으로도 발산할 수 없는 관능이, 이 적적한 산속에서 사는 세 사람의 세계가 화합을 이루지 못하게 하는 것인지 몰랐다. 이를테면 마르크스와 예수교도와의 알력이 아니라 억제된 관능이 인간으로서의 여유있는 마음을 갖지 못하게 하는 결과 민경호의 마르크스와 윤창순의 예수가 사사건건 충돌을 일으키는 것이리라…….

신병준은 이렇게라도 분석하고 나니, 그 분석의 정확성이 어느 정도일지 측정할 순 물론 없었지만 다소 마음이 놓였다. 그렇더라도 관능의 불길이 어째서 이처럼 치열한 것일까.

'아아, 육(肉)은 슬프다. 모든 책을 다 읽었건만!'

말라르메는 어떤 경우에 이러한 인식(認識)에 이르렀던 것일까……

이 생각 저 생각으로 넋을 잃고 있는데

"신 형."

하고 부르는 소리가 동굴쪽에서 났다.

윤창순의 목소리였다.

"여기 있습니다."

신병준이 일어섰다.

"백로 선생이 부르십니다."

해놓고 동굴 속으로 들어가는 윤창순의 그림자가 어둠에 익숙해진 신병준의 눈에 보였다.

"오늘밤 우리 얘기 좀 하자꾸나."

촛불을 정면으로 받은 백로 선생 앞 이마의 사마귀가 유난히 빛났다.

"모두들 우리 나라가 독립할 날이 있을 것으로 믿나?"

하고 백로 선생은 턱으로 먼저 윤창순을 가리켰다.

"독립할 날이 있을 것으로 믿습니다."

윤창순의 대답은 이랬다.

다음 민경호는

"꼭 독립될 날이 있을 겁니다."

하는 것이었고 신병준은

"그런 날이 있기를 바랄 뿐입니다."

라고 했다.

"어떻게 자넨 그럴 날이 있을 것으로 믿는가."

백로 선생이 윤창순에게 물었다.

"하나님의 뜻을 우리 국민 모두가 받들고 하나님의 뜻대로 이루어질 것을 우리 국민 모두 기도하면 독립은 내일에라도 가능하다고 봅니다."

백로 선생의 질문에 대한 민경호의 대답은

"우리 독립을 도울 노력이 소련에서 진행되고 있다고 봅니다. 모스크바에 있는 인터내셔널은 불원 우리를 일본의 예속에서 해방시킬 겁니다. 나는 굳게 그렇게 믿고 있습니다."

"자넨 어떤가."

하고 백로 선생이 신병준에게 물었다.

"이번 전쟁에 일본이 패배하면 승리한 연합국의 협력을 얻어 독립이 될 것으로 바라고 있습니다. 카이로선언에 조선을 장차 독립시킨다고 되어 있으니까요."

신병준의 대답이었다.

"모두들 의견이 결국 우리 힘만으로는 독립될 수 없다는 결론이

군."

하고 잠깐 명목한 자세로 있더니

"자네들 말은 다 틀렸다."

고 소리를 높였다.

"하나님이 우리에게 독립을 줘? 하나님이 없어서 우리가 일본의 식민지가 되었던가? 인터내셔널이 우리의 독립을 마련할 꺼라구? 그게 정신 있는 소린가. 인터내셔널은 소련의 앞잡이일 뿐이다. 소련이 에스토니아, 라트비아, 리투아니아, 발트 삼국(三國)을 무자비하게 병합한 것은 엊그제 있었던 일이다. 소련은 조선을 그들의 속국으로 만들 요량은 있어도 우리에게 독립을 줄 생각은 없을 것이어. 신병준은 카이로선언이 어쨌다구? 영국이 발포어선언(宣言)을 한 게 언젠가. 그런데 오늘날 유태인의 꼴이 뭔가. 독립은 우리의 힘으로 해야 해. 우리가 독립할 만한 힘을 기르지 않는 한 독립은 무망해. 독립할 만한 힘이란 단결된 힘을 말하는 거다. 헌데 자네들의 말을 들어보니 단결은 커녕 분열이다. 독립의 기운이 오기 전에 분열할 징후(徵候)만이 있다는 얘기다. 민경호 군은 소련의 힘을 믿고, 윤창순은 예수님의 힘만 믿고 있고, 신병준 군은 막연히 연합국을 믿고 있는데 이러다가 독립의 기운을 맞이했다고 하자. 각기 당을 만들어 대가리가 터지도록 싸움을 시작할 것은 뻔한 일이다. 어떤가, 그런 일이 없도록 하기 위해서 자네들끼리라도 의견을 합쳐보면. 이를테면 대동(大同)을 취하고 소이(小異)를 버리는 것이다. 대동이란 뭣이냐, 나라의 독립이다. 소이란 뭣이냐, 각기의 주관이다. 국민 모두가 각기의 주관에 집착한다면 대동은 불가능하다. 대동이 불가능하다면 독립도 불가능하다. 자네들 셋이 대동할 수 없다면 이 치악산속에서부터 독립은 불가능하다. 내 말이 어떤가. 소련의 힘만을 믿는 독립이어야 한다고 고집할 때, 영국과 미국의 힘만으로 믿어야 한다는 신병준이 납득하겠는가."

백로 선생의 말이 여기까지 이르렀을 때 민경호가

"말씀 도중입니다만."

하고 나섰다.

"말해 보게."

"그래서 다수결이란 게 있지 않습니까. 각기가 주장을 내놓고 다수의 지지자를 얻은 주장대로 나라를 만들면 될 게 아닙니까. 우리나라 인민의 8할이 농민이고 노동자입니다. 그 절대적인 다수의 이해관계를 대변하는 세력이 이니셔티브를 잡으면 그만 아닙니까."

민경호의 말은 이처럼 논리가 정연했다.

"노동자 농민을 위하지 않겠다는 나라나 정당이 있어보기나 했나?"

백로 선생의 반문이었다.

"그러나 모두 노동자 농민을 속였습니다. 위한다는 말만 해놓고 착취하지 않았습니까."

민경호는 자신만만하게 말했다.

"그런데 자넨 노동자 농민을 속이지 않고 그들을 진정으로 위하는 나라 또는 정당이 있다고 말할 테지? 그건 물론 공산국가, 또는 공산당일 것이 분명하구."

"그렇습니다."

"그런데 공산당이 노동자와 노인을 배신하고, 착취하는 정도가 아니라 압제를 가하고 있다고 하면 자넨 어쩔 텐가."

"그럴 까닭이 없습니다."

"어떻게 그처럼 자신만만한가."

"노동자와 농민을 위하는 것이 공산당의 사명인데 어떻게 그런 일이 있을 수 있겠습니까. 소련 인민들의 공산당에 대한 찬미, 스탈린에게 대한 존경으로 미루어 보아도 알 것 아닙니까."

"자넨 지금 상상을 하고 있는 거지?"

"스탈린에게 대한 소련 인민의 존경은 상상이 아닙니다. 보고 온 사람들로부터 듣기도 하고 책에서 읽기도 했습니다."

"천황(天皇)에 대해 일본인의 충성은 별도로 두고 지금 조선사람들도 아침마다 동방요배를 하고 황국신민(皇國臣民)의 서사(誓辭)를 낭창(朗唱)하고 있지?"

"그건 억압에 의해 마지 못해 하는 짓 아닙니까."

"독일의 군중이 히틀러에게 열광적으로 환호하는 것은 뉴스 영화에서 보았지?"

"그건 히틀러의 허위선전에 놀아난 때문이기도 하고 나치당(黨)

의 조직적인 선전 때문이기도 합니다."

"알긴 아는군. 조선사람의 일본 천황에게 대한 충성과 독일 국민의 히틀러에게 대한 열광적인 환호는 억압과 선동에 의한 것인데 소련 인민의 스탈린에게 대한 숭배는 진정에서 우러나온 것이다. 이것 아닌가."

"그렇습니다. 노예의 처지에 있던 노동자 농민을 나라의 주인으로 만들었으니 스탈린을 숭배할 것은 당연한 일 아니겠습니까."

"자넨 책을 꽤 많이 읽은 모양인데 앙드레 지드의『소비에트 기행(紀行)』과 그『수정기행(修正紀行)』을 읽어보았는가."

"읽어보았습니다."

"읽어보았다니까 말하기가 수월하겠군. 그 책에 기록되어 있는 노동자 농민의 상태가 어떻게 되어 있던가."

"지드는 부르조아지의 대변자입니다. 고의로 소련을 중상한 겁니다. 그런 책을 믿을 수 있겠습니까?"

"지드는 시대(時代)의 양심(良心)이란 평가를 받고 있는 사람이다. 역사에 남을 인물이다. 그런 인물이 무엇이 답답해서 소련까지 갔다가 돌아와 장차 자기의 문명(文名)에 오점(汚點)이 될지 모르는 그런 글을 썼겠나. 자네가 믿어도 좋고, 안 믿어도 좋지만 오늘날 소련은 노동자 농민들에겐 지옥처럼 되어 있다. 불원 그런 사실이 만천하에 폭로될 것이다. 소련은 공산당 일당독재(一黨獨裁)하에 전국이 감옥이다. 완전한 감옥국가다."

"일본놈들이 하는 소리를 그대로 하시는군요."

"일본인 말 듣고 하는 소리가 아니다. 나는 프랑스에도 있었고 독일에도 있었다. 짧은 기간이나마 혁명 후의 러시아도 가봤다. 내 눈으로 직접 보고 들었다. 공산당은 노동자를 위한 당이라고 해놓고 당의 상층부엔 노동자 출신이라곤 없다. 그건 언젠간 자네가 확인할 수 있는 말이다. 부하린, 토하체프스키, 킬리로프를 숙청한 목적이 어디에 있는지. 자넨 아는가. 자네 머릿속에 있는 마르크스주의는 환상(幻想)이고 지금 소련에서 진행되고 있는 상황은 전연 다르다. 그렇다고 해서 나는 자네더러 공산주의를 포기하라는 것은 아니다. 노동자의 나라라고 하면서 노동자의 나라가 아니라는 것, 마르크스주의의 나라조차도 아니라는 것, 이것만은 내가 자신있게 말할 수 있다. 자네가 공산주의를 신봉하는 건 좋지만 이런 사실을 짐작하는 공산주의자가 되어야 한다."

"그럼 백로 선생님은 에드가 스노우의 『중국(中國)의 적성(赤星)』이란 책을 읽어보셨습니까."

"읽지 못했다."

"그러시다면 그 책을 한번 읽어보시도록 권합니다. 중국 공산당의 영웅적 투쟁이 기록되어 있는 책인 동시에 그들의 주장이 어떠한가를 알려주는 책입니다."

"그 책을 읽지 않아도 나는 중국 공산당이 얼마나 영웅적 투쟁을 하고 있는가를 알고 있다. 나는 중국에서 산 적도 있었으니까. 그러나 알아두어야 할 것은 공산당은 적과 싸울 때는 영웅적이고 훌륭하며 인민을 위하는 당으로서의 체면을 차리는 모양이지만 일단 정권을 잡아 놓으면 그때부터 타락하기 시작한다는 사실이다."

"전 납득할 수 없습니다."

"지금 납득하란 말은 아니다. 언젠간 나의 말을 납득할 때가 있을 꺼다."

"보다도 백 선생께서 생각을 돌리는 게 어떻습니까. 이 가난하고 낙후되고 노예근성이 고질화되어 있는 나라는 구제할 수가 없습니다."

이렇게 백로 선생과 민경호의 토론은 한 시간이 더 계속되었다. 그래도 백로 선생은 시종 미소를 띠고 청년처럼 토론을 전개했다.

그런 옆에서 신병준은 백로 선생의 말 내용보다도 그가 프랑스에도 있었다, 독일에도 있었다, 러시아에도 있었다, 중국에도 있었다 하는 말이 과연 사실일까 하는 의혹에 사로잡혔다. 흔히 절간에 세상을 도피한 지식인이 숨어살 수 있는 것이니 백로 선생과 같은 존재를 절간에서 만났다는 것 자체는 그다지 놀랄 일이 아니었지만, 독일에도 있었다, 프랑스에도 있었다로 되면 기이한 느낌을 갖지 않을 수 없는 것이다.

신병준은 40 안팎의 나이로밖에 보이지 않은 백로 선생의 식견에 놀라고 있는 그만큼, 터무니없는 거짓말을 할 까닭이 없다는 생각이 있고 보니 그 의혹은 약간 고통스러울 정도의 궁금증을 낳았다.

백로 선생과 민경호의 토론이 차츰 백열화되어 가는 도중의 일이다. 백로 선생이 돌연

"자네『다스 카피탈』을 가지고 있더군."

하고 그 책을 내놓으라고 명령했다.

민경호가 베로 다시 포장한 책을 내려 백로 선생 앞에 밀어 놓았다. 백로 선생은 독일어 원서로 되『다스 카피탈』, 즉 마르크스의 『자본론(資本論)』의 중간쯤을 펴 놓더니

"여게 이걸 어떻게 해설하는가."

고 물었다.

민경호가 주춤했다. 그 대목을 들여다보고 있을 뿐 말을 못했다. 그러자 백로 선생은

"우선 내가 문제로 하고 싶은 건 이 대목이다."

하고 다음과 같이 그 독일어를 우리 말로 읽었다.

"노동자는 그 생활의 나날 노동력 이외의 아무것도 아니고, 따라서 그가 자유로이 사용할 수 있는 시간은 모두 자연적으로도 법률적으로도 노동 시간이며 자본(資本)의 자기증식(自己增殖)을 위한 시간이다. 인간적 교양, 정신적 발전, 사회적 직분의 수행, 사교(社交)를 위한 시간이란 전연 없다. 그런데 자본(資本)은 잉여노동(剩餘勞動)을 요구하는 그 무제한한 맹목적 충동에 의해 노동시간의 정신적 최대한도만이 아니라 육체적 최대한도까질 넘어선다. 자본은 신체의 성장, 발달, 건강유지를 위한 시간을 약탈한다. 그것은 외기(外氣)와 일

광(日光)을 필요로 하는 시간을 약탈한다…… ."

이렇게 읽고 나서 백로 선생은

"이것은 영국의 17세기에 있어서의 노동 사정을 설명한 것인데 중간에 가서 현재의 노동 사정인 것처럼 교묘한 탈바꿈을 한다. 그렇게 해서 노동자를 흥분시키고, 학생과 청년들의 인도주의적 정열을 자극하는데, 지금 소련에 있어서의 노동 사정이 꼭 이와 같다. 한편 자본주의가 발달해 있는 유럽이나 미국의 노동시간은 6시간 내지 8시간이고 토요일과 일요일을 연휴(連休)하는 관례로 되어가고 있다. 그렇다면 어떻게 되는 건가."

하고 민경호가 질문을 던졌다.

"소련이 노동시간을 연장하고 있는 것은 사실이지만 그건 자본의 착취에 의한 것이 아니고 생산수단(生産手段)의 소유자(所有者)인 노동자 자신들의 자발적인 의사에 의한 것이니 사정이 전연 다릅니다."

민경호의 답이 이렇게 되자 백로 선생은 다음과 같이 추궁했다.

"생산수단을 노동자가 소유하고 있다는 건 허울 좋은 개살구다. 공장 및 재산의 소유자는 당이다. 당을 대표하는 권력자의 수중에 있을 뿐이다. 기왕엔 노동자를 착취하는 건 불특정다수(不特定多數)인 자본가였는데 소련에선 절대권력, 즉 생살여탈(生殺與奪)의 권능을 가지고 있는 권력자가 착취하는 거다. 쉽게 말하면 전엔 자본가와 노동자로 나눠 있었던 것이 요즘엔 지배자와 피지배자(被支配者)로 나뉘게 되었다는 얘기다. 그리고 자넨 자본론을 좀 더 충실히 읽어야 하겠다. 이 책을 잘만 읽으면 부분적으로 이득이 되는 점이 없지 않은데 잘못 읽으면 수박 겉 핥는 얼간이가 되든가, 주둥이만 깐 같똑똑이가 되든가 할 뿐이다. 그러나 저러나 자네 이 책을 통독(通讀)이라도 해봤나?"

민경호는 얼굴을 떨군 채 고개를 들지 못했다. 그러자 옆에서 윤창순이 물었다.

"선생님은 언제 독일어를 배웠습니까."

"독일에서 대학을 나왔는데 독일어를 모르겠나. 자본론은 두 번이나 읽었다."

백로 선생의 이 말엔 신병준이 아연했다.

문득 장난기가 생겼던 모양으로 백로 선생은 신병준을 돌아보고 말했다.

"자넨 프랑스 책을 가지고 있겠다? 한권 내어 봐."

신병준은 열 권의 책을 치악산에 가지고 왔는데 공교롭게도 그 열 권의 책 가운데 폴 발레리의 『봐리에떼』가 있었다.

백로 선생은 이 책을 뒤적이더니 한두 줄 읽곤

"문장은 이렇게 써야 하는 거다."

며 고등학교는 프랑스에서 다녔다고 하고 옛날을 그리는 눈빛이 되었다.

"내 고등학교 시절 이 사람은 〈젊은 파르크의 노래〉란 시를 써서 센세이션을 일으켰다."

신병준이 완전히 압도되었다. 용기를 내어보지 않을 수 없었다.

"도대체 선생님은 누구십니까."

백로 선생의 대답은 속절없었다.

"나는 일개의 불제자(佛弟子)일 뿐이다."

그후 얼마동안 백로 선생은 긴 얘기를 하지 않았다. 몸소 규칙적
인 생활을 시범하고 땅을 개간하는 데 열중했다.

땅을 개간하기 시작하고 보니 민경호의 고등농림학교(高等農林學
校) 출신으로서의 실력을 발휘했다. 자기의 입으론 사회과학(社會科
學) 공부하느라고 농사에 관한 학문을 등한히 했다고 말하고 있었지
만 전문가와 비전문가가 다르다는 것을 깨닫게 되었다.

너무나 급사면이면 아무리 좋은 작물을 가꾸어 놓아도 비가 쓸어
간다는 것이었고, 가까이에 숲이 있으면 그 숲의 뿌리가 지하에 뻗쳐
작물의 성장을 방해한다는 것이며 토양(土壤)의 질에 따라 씨앗의 종
류도 달리해야 하는데 이곳의 적성에 맞는 작물은 콩·감자·연맥(燕
麥)·모밀 등이고 소채로선 뿌리가 작은 재래종 무밖엔 가꿀 수 없다
는 그의 지식이 큰 도움이 되었다.

어느덧 민경호가 지도자처럼 되었다. 하루종일 하는 일이 개간이
고 농사짓는 일이고 보니 윤창순, 신병준은 물론이고 백로 선생마저
그의 지시에 따르지 않으면 안 되는 것이다. 그렇게 되자 민경호의
태도에 변화가 생겼다. 일종의 너그러움이랄까, 그런 것이 그의 언동

에 나타나게 되었다. 가장 큰 변화는 식사 때마다 윤창순이 기도하는 모습을 노골적인 불쾌감을 띤 눈초리로 흘겨보곤 했었는데 그런 태도가 없어진 것이다.

이와 같은 무렵에 신병준에게 대한 민경호의 태도에도 변화가 생겼다. 같이 풀을 뽑거나 나무를 켜거나 할 경우 전 같으면

"센티멘털리즘을 갖고 사회가 고쳐질 줄 알아요? 문학이란 기껏해서 센티멘털리즘이오."

또는

"과학적 사고방식을 익히지 못한 사이비 지식인(似而非知識人)은 인민의 적이다."

하는 등 묻지도 않는 말을 예사로 해서 사람의 비위를 뒤집어 놓기가 일수였는데 요즘 와선

"신 형, 역사라는 것을 알아야 합니다."

하곤 역사의 진리는 유물사관(唯物史觀)에 있다며 유물사관을 설명하기도 하고, 잉여가치(剩餘價値)가 어떻게 해서 만들어지게 되는가를 땅바닥에 도표(圖表)까지 그려놓고 설명도 했다.

이러한 민경호의 태도가 번거롭긴 했어도, '배워서 남 주나' 하는 심정으로 열심히 들었다.

4월 들어 어느날의 일이다. 민경호의 지도를 받으며 감자를 심었다. 감자의 눈이 있는 대로 감자를 쪼개선 재를 묻혀 심는데 윤창순이 민경호에게 물었다.

"왜 재를 묻힙니까."

"감자 조각엔 원래 수분이 있는데 적당한 지열만 있으면 그 수분으로써 눈이 움으로 틉니다. 그런데 외부의 물이 들어가면 움이 트기 전에 썩어요. 재를 묻히는 건 불필요한 수분(水分)을 막기 위하고 벌레에 먹히지 않도록 하기 위한 이중의 목적이 있는 거요."

여기까진 자상하고 친절한 말이었는데 그 다음이 나빴다.

"우주의 원리를 아는 데 있어선 윤 형의 성서가 이 한 개의 감자 눈을 당하지 못할 꺼요."

민경호의 요령으로썬 농담이었을 것이지만 윤창순이 분통을 터뜨렸다.

"당신 자꾸만 그런 모독을 할 꺼야?"

윤창순의 고함이 높았다.

"진리를 말하는 게 모독인가?"

민경호는 윤창순을 보지도 않고 감자를 심는 동작을 계속하며 응수했다.

"진리는 하느님께 있어. 예사로 진리, 진리하지 말엇."

윤창순은 호미를 내동댕이치고 개울로 걸어갔다. 거게서 손을 씻는 모양이더니 동굴 안으로 사라졌다.

대여섯 줄 건너편에서 감자를 심고 있던 백로 선생이 혀를 끌끌차고 이편으로 오더니 민경호에게 나직이 말했다.

"자넨 평생 정치운동하긴 틀렸다. 공산당도 정치운동이다. 정치운동은 적까지도 포섭하려는 노력이다. 그런데 자넨 실속도 없는 일로, 선량한 사람을 적으로 만들려고 드니 그게 되겠는가."

그리고 신병준더러

"자넨 윤 군헌테 가봐라."

고 했다.

백로 선생이 노기마저 띠고 말하고 있는 것을 등 뒤로 듣고 신병준이 동굴로 들어갔다.

윤창순은 눈물을 펑펑 쏟으며 짐을 챙기고 있었다.

"왜 이러십니까."

신병준이 짐을 챙기고 있는 윤창순의 손을 잡았다. 윤창순이 신병준의 손을 뿌리쳤다.

"하나님을 없수이 여기는 자완 하루도 같이 있을 수 없소. 내가 이때까지 견디어 온 것만으로도 나는 도저히 용서받을 수 없는 죄를 하나님께 지었소. 이 이상 참는다는 건 하느님을 더더욱 욕되게 하는 짓일 뿐이오. 하나님을 모독하는 놈과 사느니보다 나는 감옥으로 가겠소. 하나님을 비방하는 자를 여태껏 용인한 죄를 그곳에 가서 속죄하겠소."

신병준이 뭐라고 할 말이 없었다.

윤창순이 챙기고 있는 건 바닥에 깔린 모피를 비롯하여 취사도구에까지 이르렀다. 그가 짐을 챙기고 나면 동굴 안은 텅 빌 형편이었다. 그러고 보니 여태껏 동굴에서 그렇게라도 살아 온 것은 윤창순의 덕이 태반이었다.

그 사실을 인식하고 나니 신병준이 더욱 그를 말릴 수가 없었다. 생활의 필요상 말리는 것처럼 되어버리기 때문이다.

이윽고 짐을 싸들고 윤창순이 동굴을 나섰다. 백로 선생이 동굴 앞에 서 있었다.

"선생님 신세는 잊지 않을 겁니다."

윤창순이 깊숙이 절을 하고 걸빵에 팔을 끼었다.

"갈 텐가?"

백로 선생이 물었다.

"하나님을 모독하는 자완 더 이상 같이 있을 수가 없습니다."

"못난 사람. 자네의 신앙이 기껏 그 정도인가?"

"하나님을 모독하는 자와 같이 있으면 그만큼 하나님께 죄짓는 꼴이 되지 않겠습니까."

"자네의 하나님은 그처럼 협량(狹量)할까?"

"오직 제 도리를 다해야겠다는 것뿐입니다."

"지금 가면 어떻게 되는 건가."

"감옥엘 갈 각오로 있습니다."

"그럼 됐어, 잘 가게나."

백로 선생의 말에 만근의 감회가 묻어 있었다.

윤창순이 바위틈을 기어오르기 시작했다.

"잠깐 기다리게."

백로 선생이 그를 불러 세웠다.

"예수님을 믿는 자네에게 부처님의 설법이 무슨 소용이 있을까만 헤어지는 마당에 한가지만 얘기해 두겠네. 부처님을 모신 자와 2년 가까운 세월을 같이 지내고 그로부터 불도에 관한 말 한 마디도 듣지 않았다고 하면 자네도 섭섭하고 나 또한 섭섭하지 않겠는가. 잠깐 짐을 내어놓고 내 얘기를 듣고 가게."

윤창순이 짐을 벗었다.

백로 선생은 그를 개울가 돌 위에 앉히고 개울을 사이에 두고 자기는 저편으로 가서 앉았다. 그리고는 이런 말을 했다.

"부처님이 사위국 기수급고독원(舍衛國祈樹給孤獨園)에 계실 때의 얘기다. 부루나라는 존자(尊者)가 찾아와서 가르침을 구했다. 부처님이 설법하사 부루나는 크게 감동했다. 부처님이 물었다. 지금부터 어디서 살 것이냐고. 부루나 답하길 '세존(世尊)이여, 갸륵한 설법을 들었사온즉 저는 서방(西方) 슈르나에 가서 살겠습니다' 그러자 부처님이 말씀하셨다. '부루나여, 슈르나 사람들은 흉악하고 경망하여 욕설 퍼붓길 좋아한다. 너 만일 그들의 욕설을 받으면 어떻게 할 것인가' 부루나가 답했다. '세존이여, 그들이 내 면전에서 욕설을 하면 저는 이렇게 생각하겠습니다. 슈르나 사람들은 어질구나. 내 앞에서 욕설은 할망정 나를 손과 돌로 때리지는 않으니' 부처님이 다시 말씀하셨다. '슈르나 사람들이 손과 돌로 너를 치면 어떻게 할 꺼냐?' 부루나가 답했다. '슈르나 사람들은 착하도다. 손과 돌로써 나를 칠망정 칼과 몽둥이로 사형하지 않는구나' '칼과 몽둥이로 너를 해치면 어떻게 할 텐가' 하고 부처님이 물었다. '세존이여, 슈르나 사람들이 칼과 몽둥이로 저를 해치면 이렇게 생각하렵니다. 슈르나 사람들은 착하도 다. 칼과 몽둥이로 나를 해치지만 나를 죽이진 않는구나 하고' 부처 님이 말씀하였다. '만일 그들이 너를 죽이면 어떻게 할텐가' 부루나의 대답은 이러했다. '세존이여, 슈르나 사람이 나를 죽이면 저는 이렇게 생각할 것입니다. 무릇 세존의 제자들 가운덴 스스로를 염환(厭患)하 여 더러는 칼로써 자살하고, 더러는 독약을 복(服)하고, 더러는 목매 어 죽고, 더러는 심갱(深坑)에 몸을 던졌다. 그런데 시방 슈르나의 사 람들은 어질고 착하도다. 내 규폐(朽癈)의 몸을 수월한 방편으로 해탈 (解脫)케 했으니' 그러자 부처님이 말씀하셨다. '부루나여, 너는 인욕 (忍辱)을 배웠구나. 그만하면 슈르나 사람들 사이에 가서 살 수가 있 겠다. 부루나여, 가서 제도(濟度)될 수 없는 자를 제도하고 안명(安命) 할 수 없는 자를 안명하고, 열반(涅槃)할 수 없는 자를 열반케 하라' 이것이 부처님의 가르침이었다. 윤 군의 하나님이 부처님만 못한 까 닭이 없지 않겠는가."

말을 끝내고 백로 선생은 일어서서 감자를 심고 있던 밭의 방향 으로 떠났다. 개울 소리만 남았다.

윤창순은 짐을 걸머지고 바위틈으로 올라갔다. 신병준이 한참 동 안 개울가에 우두커니 서 있었다.

그날 밤, 세 사람으로 된 동굴의 식구는 말없이 식사를 하고 말없이 잠자리에 들었다. 피곤한데도 신병준이 잠을 이룰 수가 없었다. 앙상한 짐을 지고 바위틈으로 올라가는 윤창순의 뒷모습이 망막에 얽혀있어 어찌할 수가 없었다.

밤중쯤 되었을까.

백로 선생의 말이 있었다.

"잠이 안 오는가 보군."

"예."

신병준의 대답을 대신한 건 민경호였다.

"오늘밤은 늦은 달이 뜬다."

백로 선생은 말을 끊었다가 :

"신 군, 자네가 시루봉의 정상까지 다녀오너라."

"예."

하고 신병준이 일어섰다.

"저도 갈랍니다."

하고 민경호도 일어섰다.

"좋아, 둘이서 다녀오너라. 거게 가서 한 시간쯤 기다리고 있으면 윤창순 군의 모습이 보일 꺼다. 짐은 민 군이 받아지고 오게. 아무 말 말구."

바깥으로 나오니 스무날제의 달이 동산 위에 있었다. 공기는 달콤하기까지 했다.

민경호가 앞서고 신병준은 그 뒤를 따랐다. 두 사람은 말없이 비탈길을 기어올랐다. 정상에 섰을 때 달은 거의 중천에 있었다. 한마디로 신비로운 정적 속에 하잘것없는 인간의 심리(心理)가 그저 황공할 뿐이었다.

손바닥으로 땀을 닦고 아랫길을 내려다보고 있는데 앙상한 짐을 곁드는 사람의 그림자가 나타났다.

민경호가 선뜻 일어서 내려가더니 말없이 짐을 뺏어 짊어졌다. 말이라곤 없었다. 희미한 달빛 아래 연출된 판토마임을 신병준은 눈이 뚫어지게 바라보았다.

이윽고 두 사람이 올라오더니 신병준을 사이에 두고 앉았다. 아무 말 말라는 백로 선생의 분부가 없었더라도 말은 없었을 것이다.

윤창순이 숨을 돌리길 기다려 세 사람은 비탈을 기어내려 동굴로 돌아왔다. 촛불을 켜고 윤창순의 누울 자리를 마련하고 있는 데도 백로 선생은 깊이 든 잠에서 깨어나지 않았다.

아무 일 없었던 것처럼 시간이 흘러갔다. 감자의 잎이 꽃처럼 피어났다. 그 포기 포기의 감자를 보고 있으면 루나르 박물지(博物誌)의 한 구절이 생각나기도 한다.

감자 : 여보 당신 내 또 애를 밴 것 같애.

신병준이 구김살 없이 웃을 수 있는 시간이었다.

태평양에서 어떤 일이 전개되고 있는지.

중국 대륙이 어떻게 돌아가고 있는지.

유럽 전선, 러시아 전선, 아프리카 전선이 어떤 양상으로 변해가고 있는지.

아랑곳 없이 치악산에 꽃이 피고 녹음은 우거지고 꿩이 숲속을 기고, 수리개가 가끔 하늘을 날았다.

아무튼 관성(慣性)이란 무서운 것이다. 20년, 30년의 징역을 안 넘기는 것은 결코 인내(忍耐)가 아니고 관성이다. 인내로써 종신형(終身刑)을 견디어 낼 수 있을까? 천만의 말씀, 관성이 감당하고 있을 뿐이다.

민경호와 윤창순은 그 일로 해서 사이가 더 나빠진 것도 아니고 친해진 것도 아닌 여전히 덤덤한 사인데 틈만 있으면 민경호는 신병준에게 공산주의를 가르치려고 들었고, 윤창순은 신병준을 예수님의 복음 가까이로 인도하려고 했다.

하나 신병준이 가장 듣고 싶은 것은 백로 선생의 얘기였다. 그런데 백로 선생은 날로 말이 적어만 갔다.

5월 초의 어느 화창한 날이다. 콩을 심고 돌아오는 길, 백로 선생과 단둘이가 되었을 때 신병준이

"선생님은 왜 우리들에게 불교를 가르쳐 주시지 않습니까?"
하고 투덜대 보았다.

"내가 아무리 미련하기로서니 소 귀에 경문 읽을 생각은 없다."
고 백로 선생은 잘라 말했다.

무안하기도 해서 두세 걸음 떨어져 걷던 것을 5, 6보쯤 뒤에 처져

버렸다. 그랬더니 백로 선생이 개울 위쪽 바위를 가리켰다. 거게 가 있으란 시늉으로 알았다.

이윽고 바위로 와서 신병준과 나란히 앉은 백로 선생이 진지한 표정으로 물었다.

"자넨 진정 불교를 배우고 싶은가?"

"예, 배우고 싶습니다."

"지식으로? 교양으로?"

"무슨 뜻으로도 좋습니다."

"춘원처럼?"

"춘원이 어쨌습니까."

"그 사람은 불교를 치레삼아 배웠지."

"그럴 까닭이 있습니까."

춘원에 대한 비방같아서 신병준이 이렇게 반발했더니 백로 선생은

"재주가 많은 사람은 그래서 탈이다."

하곤 덧붙였다.

"춘원이 겉치레로 불교를 배운 게 아니면 자네들더러 학병에 나가라고 권하지 않았을 걸세."

뭔가 춘원을 위해 변명하고 싶은 마음이 움직였으나 적당한 말이 없어 신병준이 잠잠해 버렸다.

"불법은 일러 백천만겁난조우(百千萬刧難遭遇)라고 하는 무상심

심미묘법(無上甚深微妙法)이다. 어째서 자네들에게 가르치고 싶지 않았겠는가. 그러나 풍부하게 흘러가는 물도 그릇이 없으면 담지를 못한다. 민 군이 그렇고 윤 군이 그렇고, 자네 역시 마찬가지다. 억지로 물가에 끌어다 놓아도 억지로 말에게 물을 먹일 순 없다는 말이 있지 않는가. 물 먹지 않을 말을 억지로 물가에 끌어다 놓는 건 우스운 일이다. 부처님은 도부제도(度不濟度), 즉 제도할 수 없는 중생을 제도해야 한다고 하셨지만 나의 근기는 거게까진 못미친다. 자넨 암말 말구 도스토옙스키나 읽고 톨스토이나 읽어라. 그렇게 하고 있으면 언젠가는 불법에 대한 갈증(渴症)이 생겨날 것이다. 갈증이 생겼을 때 마셔야 부처님의 진미를 안다. 그건 그렇고 자네의 본심을 한번 털어놔 보아라. 민경호와 윤창순은 자기들 본심 이상의 것까지도 노출시키고 있는데 자넨 뭔가를 숨기고 있는 것 같애. 그걸 내가 알고 싶다."

신병준이 솔직해야겠다는 마음을 먹었다.

"숨기고 있는 게 있습니다. 부끄러우니까 숨기고 있는 겁니다. 제가 사랑하는 사람이 있었는데 상대방의 제게 대한 사랑을 확인하진 못했습니다. 이게 항상 먹구름처럼 제 가슴을 덮고 있습니다. 그것뿐이면 또 그만이겠는데 그녀를 생각하기만 하면 관능에 불이 붙습니다. 다행히 개간작업을 시작하는 농사를 짓게 된 이래는 피로에 지쳐 가끔 잊게도 되었습니다만, 어쩌다 관능에 불이 붙기만 하면 견딜 수가 없습니다. 마르크스이건 예수이건 부처님이건 모든 게 시들하게 보입니다. 불이 붙어 있는 육체에 보이는 게 있겠습니까. 참으로 부끄럽게 생각합니다. 민 군은 마르크스에 대한 정열로써 그 불을 끄고 있는 것 같고, 윤 군은 예수 그리스도에 대한 신앙으로 관능을 진압하고 있는 것 같습니다만 제겐 그런 것이 없지 않습니까."

"불이 붙어 있는 육체엔 보이는 게 없다는 말은 좋았어. 그래서 인간은 동물이 아닌가. 사랑에 미쳐 있는 사람에게 진리가 무슨 소용이겠나. 그러나 이렇게 생각해 보면 어떨까. 남의 마음을 내 마음처럼 쓰려는 것은 오만이라고. 현재 자기 마음도 자기 마음대로 못하는 주제에 어떻게 남의 마음처럼 쓸 수가 있겠나. 버려야 할 것은 버려야 한다. 인생에 있어서 버려야 할 게 뭐냐. 그것은 미망(迷妄)이다. 자네의 가슴을 덮고 있는 먹구름, 바로 그것이 미망이다. 그 미망을 버릴 때 새로운 천지, 새로운 사랑의 가능이 생길 거라고 믿고 그 미망을 버리는 데 모든 힘을 다해 보렴. 치악산에 꽃이 많지 않는가. 그 꽃 하나하나가 새로운 아름다움으로 자네 앞에 다가설 걸세. 관능의 불을 감당하지 못하겠다고 했는데 금욕(禁欲)을 고통이라고만 생각하지 말게. 옳은 의미에 있어서 금욕은 섹스로부터의 해방이다. 섹스에 얽매인 육체를 섹스로부터 해방하는 게 금욕이다. 금욕을 속박으로 생각하는 데서 고통이 생겨난다. 금욕엔 미학(美學)이 있는 법이다. 음탕(淫蕩)에도 물론 거게 어울린 데카당의 미학이 있겠지만 금욕의 미학은 데카당의 미학이 미칠 바가 아니다. 금욕을 속박이라고만 생각하는 버릇을, 금욕을 섹스로부터의 해방이라고 생각하는 버릇으로 고쳐봐라. 어려운 일 같지만 뜻밖에 감동이 있는 일이다. 관능의 불을 켜고 창부(娼婦) 집으로 달려가는 것은 데카당의 미학이겠지만 관능의 불을 켜고 추운 겨울에 폭포수로 찾아가는 건 금욕의 미학이다. 관능의 불길이 타오르거든 일어서라, 동굴을 나서라, 요아래 폭포가 있지 않느냐, 그리로 달려가라! 요즘 문학하는 사람들은 데카당의 미학만 알고 금욕의 청량한 미학을 모르는 게 탈이다."

백로 선생의 말은 비약이 심해서 따라가기가 힘들지만 '금욕의 미학'이란 대목에 신병준이 살큼 감동했다. 데카당의 미학과 금욕의 미학! 그 내용은 고사하고 신병준은 백로 선생의 레토릭이 대단하다는 것을 새삼스럽게 느꼈다.

"내 의견이 어떤가."

백로 선생의 질문이어서 신병준이

"금욕의 미학은 좋았습니다."

하고 솔직하게 승복했다.

"헌데 자네가 숨기고 있는 게 그것만은 아닐 것 같다. 사랑과 관능의 문제는 청년, 아니 인생에 있어서 보편적인 문제가 아닌가. 좀더 솔직할 수가 없을까?"

신병준은 백로 선생의 날카롭고 깊은 통찰을 피할 수 없다고 각오했다. 그래서 부끄러움을 무릅쓰고 :

"저는 예술 이외의 아무것에도 관심이 없습니다. 정직하게 고백하면 제 의식의 본질적 부분엔 나라도 없고 민족도 없습니다. 진실로 예술일 수 있는 한편의 작품 — 그것이 소설이라도 좋고, 시라도 좋습니다. 예술작품을 만드는 게 제 소원입니다. 마르크스주의에 관심이 없는 것도 그 때문이며, 끝끝내 학병을 거부한 것도 그 때문입니다. 갖가지 마르크스주의 문학이 있습니다만 저는 그것은 예술로 보지 않습니다. 예술을 지망하는 사람이 사람을 죽이기 위해 훈련을 받고 이윽고 사람을 죽이려는 시스템 속에 들어갈 수 없는 것이라고 생각했습니다. 불가피한 경우는 모르겠습니다. 도스토옙스키도 병정노릇을 했으니까요. 그러나 백 프로의 불가피가 아니고 99프로의 불가피라면 1프로인 피할 길을 찾아야겠다는 것이 저의 결심이었습니다."

"이를테면 예술지상주의자란 말이군."

"그런 것은 아닙니다. 저 자신의 존재 이유를 거게다 걸었다는 뜻입니다. 나는 예술 이외의 길을 걷지 않으리란 것하고 예술만이 지상(至上)의 것이라고 일반론으로써 주장하는 것관 다르지 않겠습니까."

"자네 의도는 알았다. 그러나 예술작품을 만듦으로써 이 세계의 악을 제거할 수 있다거나, 인류의 비참을 완화할 수 있다거나 하는 상상은 안 하는 게 좋다. 예술가의 중요성은 물론 인정되어야 하지만 부당한 과대평가는 삼가야 한다. 만일 이백(李白)이나 두보(杜甫)가 없었다고 해도 셰익스피어나 괴테, 자네가 좋아하는 도스토옙스키, 미켈란젤로, 베토벤이 없었다고 해도 세계의 역사는 별반 다를 게 없었을 게다. 기껏 예술가가 할 수 있는 것은 사람들로 하여금 다소 인생을 즐기게 한다는 것, 약간 수월하게 인생을 견디게 하는 정도이다. 진정 인생을 구제하고 인간의 의미를 알게 하는 것은 오직 종교밖엔 없다. 위대한 예술이 성립될 수 있는 장소는 이 종교의 심오한 힘을 인식하는 곳, 종교의 감동과 예술가의 감동이 교감(交感)하는 곳이란 사정을 잊어선 안 된다. 인생이 기막힌 것이란 표출(表出)이 예술일 때, 인생이 기막히다는 그 인식의 뿌리는 종교에 있는 것이니까."

"선생님의 말씀대로라면 훌륭한 예술가가 되기 위해선 어떤 종교에 귀의(歸衣)해야 된다는 뜻입니까. 저는 예술적인 인식을 종교적인 인식보다 깊은 것으로 알고 있고 그렇게 자주하는 것이 예술가의 태도라고 생각하는 데요. 신앙심마저도 비판의 대상으로 보고 그 신앙심을 꿰뚫어 인간성의 바닥을 보는 곳에 예술가의 본령이 있다고 생각하기 때문입니다."

"자네 말을 그대로 긍정한다면 그러기 때문에 깊은 종교적 이해를 가져야 할 것이 아닌가. 설혹 귀의는 아니더라도 종교의 문을 일단 통해야만 종교적 이해가 무엇이가를 알 것이 아닌가. 그렇지 못한 종교적 신앙심의 비난은 마르크스의 비난을 넘어 설 수가 없어 마르크스적 비판은 예술에 있어선 불모(不毛)의 비판이다."

"선생님은 종교를 문제로 할 때 불교만을 들먹이시는 겁니까."

"천만에 나는 예수교를 존경하고 마호메트도 존경한다. 예수와 마호메트에 관한 견해는어떠했건 그 신심은 경건한 것이니까. 경건한 종교심, 이것이 소중하다."

"선생님은 예수교와 불교를 비교해서 어떻게 생각하고 계십니까."

"예수교적인 개념을 종교라고 할 경우 불교는 종교가 아니다. 왜 예수교의 종교로서의 의미는 인격(人格)을 갖춘 유일심(唯一神)을 신앙하는 데 있으니까. 불교는 인격신을 인정하지 않는다는 의미에선 무신론(無神論)이다. 그러나 무신론이 아니란 것은 섭리(攝理)의 신을 믿고 있기 때문이다."

"그렇다면 그것이 유럽에서 일부 행해지고 있는 이신론(理神論)과 다를 게 없지 않습니까."

"크게 다르다. 유럽의 이신론은 세계의 조화(調和)를 가능케 한 어떤 이치가 있다고 보고 그것을 추상(抽象)한 개념에 불과하지만 불교도는 시방세계(十方世界), 삼라만상을 관류하고 있는 섭리를 깨달아 그 섭리를 몸소 체현하고, 인간에게 미치는 섭리의 작용을 정신과 수양으로써 혹은 높이고, 혹은 전제하고 혹은 조절하는 달도(達道)를 가르친 스승으로서의 부처님을 정립(定立)하여 예수교도가 예수를 숭앙하는 것과 같은 정열로써 신앙한다. 말하자면 서양의 이신론은 무내용한 추상적인 개념에 불과한데 불교에 있어서의 섭리는 부처님을 통해 구체적인 내용으로 나타나 있다는 이야기다. 그러니까 불교에 있어선 부처님을 인격신처럼 신앙할 수도 있고 부처님을 스승으로서 숭경하여 부처님이 개척하신 오묘한 법에 귀의할 수도 있는 양면을 가지고 있다. 그런가 하면 예수교도 가운데서도 인격신을 그대로 믿고 예수의 부활을 바이블의 문자 그대로 이해하고 있는 사람도 있고 하나님을 상징으로 보고 예수를 불교에 있어서의 부처님처럼 이해하고 있는 사람도 있다. 불교에 있어서나 예수교에 있어서나 만인이 만인 그 신앙 내용이 다른데 더러는 불교를 예수교처럼 믿고 있는 사람도 있고, 예수교를 불교처럼 믿고 있는 사람도 있다는 얘기다. 독일의 관념론 철학자들의 신앙 내용은 대강 불교도가 부처님을 숭앙하고 있는 것과 같은 방식으로 예수를 믿고 있다는 것으로 될 것이다. 불교와 예수교의 교리는 천양지차가 있을 만큼 다른데 신앙의 실상에 있어선 엇비슷한 점이 있다는 사정에 나는 세계를 하나라고 느낀다."

이에 백로 선생은 조선에서 불교가 샤머니즘과 유착(癒着)한 상태를 강물에 비유하여 다음과 같이 말했다.

"강이 순수한 물만으로 흐를 순 없다. 거겐 흙, 풀, 나무, 죽은 동물 등 별의별 것이 함께 흘러간다. 그러기 때문에 힘찬 흐름으로 되기도 한다. 지나치게 탁하면 죽은 강이 되어버리니 무슨 대책이 있어야 하겠지만 탁류라고 해서 겁낼 것이 없듯이 우리 불교가 샤머니즘과 결부되어 있다고 해서 겁낼 것은 없다. 샤머니즘적 부분만을 보고 우리 불교를 비판하는 사람이 있지만 그런 사람은 순수한 물이 아니면 마실 수 없다고 버티는 사람과 마찬가지다. 서양의 예수교도 가는 곳마다의 풍습과 어울려 갖가지 색채를 띠어 독특한 문화를 만들어내었을 뿐 아니라 생활에 밀착한 종교로 되었다. 근본 허망한 인간은 종교를 통해서만이 안심입명(安心立命)에 이른다. 자네의 예술이 이러한 안심입명에 기여하지 못한다면 그게 무슨 소용이겠는가."

신병준이

"어떤 동기로 선생님은 불교에 귀의하게 되었습니까."

고 물었더니 백로 선생은 조실부모(早失父母)하고 고아로 자랐다는 어린 시절의 얘기를 하곤

"모든 청년들이 개화의 물결에 휩쓸려 신식학교로 갔을 때 나는 산속 절간으로 들어갔다."

고만 말했다.

특히 동기를 밝히지 않은 사정에 신병준이 호기심을 느꼈지만 꼬치꼬치 물어 볼 순 없었다.

닷새 만에 한번 꼴로 상원사에 가선 식량을 조달해 오고 했었는데도 백로 선생은 결코 바깥 소식을 전하는 일이 없었는데 그날은 어떤 생각을 했던지

"그제, 7월 18일 동조내각(東條內閣)이 총사직을 했다드먼."

하고 싱글벙글 웃었다.

"후임은 누굽니까."

민경호가 물었다.

"소기국소(小機國昭)란다."

"소기면? 조선총독이 아닙니까."

"그놈 말고 소기가 또 있겠나."

"그처럼 세게 나오던 놈이 사표를 낸 걸 보니 무슨 변화가 있을 모양이지요?"

윤창순의 말이었다.

"소기나 동조나 그놈이 그놈 아니겠나. 그러나 뭔가 있었던 모양이지. 아무튼 두고 봐, 금년 연말 아니면 내년 이맘때쯤에 사달이 날 꺼니까."

백로 선생의 이 말이 동기가 되어 전황(戰況)에 대한 갖가지 추측으로 얘기 꽃이 피었다.

"그 따위에 관심 두지 말라. 우린 굿이나 보고 떡이나 먹으면 될 테니까."

"굿이 보이기나 하고 먹을 떡이 어디에 있습니까."

신병준의 이 말에 모두들 웃었다.

"보이지 않는 굿을 볼 수가 있고 없는 떡을 먹을 수 있어야 대장부라고 할 수 있는 건데 자네들은 아직도 멀었다."

며 백로 선생이 혀를 찼다.

이런 일이 있고 며칠 후 감자를 캤다. 네 가마니나 되었다.

"하나 앞에 한 가마니라. 굶어죽을 팔자는 면한 셈이다."

하고 백로 선생은 흡족한 표정이더니

"감자 본 김에 한 가마니 울러메고 나는 상원사로 가야겠다."

고 했다.

모두들 놀랐다. 그럴 수가 없다는 이유였다.

"안 돼, 난 상원사에 쭈욱 있어야 할 이유가 생겼어."

백로 선생은 가볍게 감자 가마니를 어깨에 얹더니 바위틈을 올라가려고 했다.

"안 됩니다."

하고 윤창순이 감자 가마니를 어깨에 얹었다. 시루봉 정상에까지 갈 참인가 보았다. 그들의 행동 범위는 동굴에서 시루봉 정상까지였다.

그날의 행동은 돌연한 것 같았지만 백로 선생은 마음속으론 벌써 결정하고 있었던 것이 분명했다.

세 사람의 화합을 확인한 것이고 보면 백로 선생이 동굴에 남아 있을 까닭이 없는 것이다.

모시고 있던 선생이 없어졌다는 것은 생각 이상으로 쓸쓸한 일이었다. 감자를 삶아 방 가운데 두고 이제 곧 먹길 시작하려던 참이었는데 민경호가

"윤 형, 우리 모두를 위해서 기도해 주시구려. 우리 손으로 가꾼 감자를 앞에 놓은 자리에 백 선생님이 안 계시니 왠지 서글픕니다. 우리 모두를 위해 기도해 주시오."

하는 제안을 했다.

윤창순이 멍청히 민경호를 바라보았다. 민경호의 제안이 진지하다는 것을 알자 윤창순의 눈에서 눈물이 흘러내렸다.

"윤 형, 내가 크리스천이 되겠다는 말은 아닙니다. 식사때나마 윤

형의 기도를 듣고 싶을 뿐입니다."

민경호의 눈에도 눈물이 글썽해 있었다. 윤창순의 기도가 시작되었다.

"거룩한 하나님 아버지시여, 아버지의 덕택으로 오늘 우리는 푸짐한 감자 수확을 했습니다. 이 거룩한 자리에서 하나님의 이름을 불러 감사하게 되었으니 이 얼마나 영광입니까. 다만 유감인 것은 항상 같이 계시던 백 선생님이 이 자리에 계시지 않은 사실입니다. 그러나 백 선생님도 지금쯤 상원사에서 감사와 더불어 이 감자를 자시고 계실 것입니다. 그분에게도 은총이 계시옵소서. 그리고 특별히 하나님 아버지께 보고할 일은 민경호 군이 저더러 기도를 올려 달라고 부탁한 사실입니다. 그는 장차 공산당이 될 사람입니다만 공산당이라도 민경호 군만은 용서해 주옵소서. 그에게 영원한 가호 계시기를 빌고 또 비옵니다. 동시에 나와 같이 있는 신병준에게도 하나님의 각별한 은총이 계시옵소서. 고향에 계시는 우리 부모님들도 두루두루 보살펴주소서. 하나님 아버지, 지금 세계는 격심한 동요 속에 있습니다. 그 가운데 악을 물리치고 선을 구하여서 이 지상에 하루 빨리 평화가 오도록 하소서. 태평양에서 남방에서 중국 대륙에서 우리 형제가 전열에 끼어 있습니다. 그 불쌍한 형제들을 보호해 주소서. 거룩하고 거룩하신 하나님 아버지, 무소불능의 권능을 가지신 하나님 아버지, 지금 우리나라도 불행하옵니다. 하나님의 은총 계셔서 부디 독립되고 복된 나라를 만들어 주소서. 거듭 비옵나이다. 민경호 군은 공산당이 될 사람이지만 하나님께 기도올리길 저에게 부탁한 만큼 선량한 사람이오니 부디 각별한 보살핌이 계시소서. 하나님의 전능으로 그가 공산당되길 그만둔다면 얼마나 좋겠습니까만 그렇게 안 되어도 저는 그를 소중한 친구로 알겠습니다. 오늘날 이 성찬에 감사하옵고 예수 그리스도의 이름으로 기도하나아다. 아멘."

신병준이 눈물과 함께 감자를 씹으면서 생각에 잠겼다.

아무리 생각해도 백로 선생은 신통력을 가진 어른인 것이다. 이런 장면을 충분히 예상하고 떠난 것이었으니…….

그 후 세 사람 사이에 대립과 알력, 불쾌한 일이 없었다고 하면 거짓말이 된다. 고요한 호수도 바람이 불기만 하면 거친 파도가 일었다가 다시 고요를 되찾듯 세 사람 사이엔 때론 풍파가 있었지만 활달한 화해로써 끝나곤 했다.

물론 농담이었지만, 민경호는 윤창순이 주재하는 하나님의 나라엔 살아 무방하다는 소리를 했고, 윤창순은 민경호가 주동이 된 나라에서면 교회당을 짓겠다고 하며 서로 웃었다.

신병준이 그런 농담에 끼일 수 없었던 것은 그는 자기의 공화국을 갖지 못하고 있었기 때문이다. 그 대신 그는 상상의 세계를 가지고 있었다. 이하(李賀), 소동파(蘇東坡), 단테와 셰익스피어, 발자크와 도스토옙스키가 미켈란젤로, 모짜르트, 베토벤과 더불어 시민을 이루고 있는 나라에서 살았다. 그리고 가끔 시 같은 것을 쓰기도 해선 민경호와 윤창순 앞에서 읽기도 했다. 당신네에겐 정치가 있고 종교가 있지만 내겐 문학이 있다는 의사표시였고 그런 의사표시를 장난기분을 섞어할 수 있는 분위기가 되어 있었다는 얘기도 된다.

그 무렵 그가 쓴 감상 가운덴 다음과 같은 것이 있다.

3천만 가운데 오직 내 하나만이 시인이다.

과학(科學)의 꼬발에 정의(正義)라는 글자를 새겨넣고 지상에 낙원을 만들려는 건축기사도 있고,

하나님의 은총을 빌어 이 지상을 천상(天上)으로 끌어 올리려는 하나님의 독실한 아들도 있는데,

그 거룩한 야심과 화려한 꿈을 노래 부를 사람은 나밖엔 없다.

그 공간의 경계는 하늘 끝까지 이따랐고,

그 시간은 영원으로 이어진,

어떤 왕국보다도 어떤 공화국보다도

찬란한 누리는

치악산의 나무와 꽃과 바위로서 장식된

자연의 베르사이유.

수리개는 하늘을 날며 적들을 초계(哨戒)하고

새와 벌레는 더러는 코러스로, 더러는

솔로로서 우리들을 위한 자장가가 되기도 하는데

심야에 달이 천심(天心)에 있으면

개울은 숨을 죽이고, 새들은 둥지에서

꿈을 꾸고, 온누리는 태고(太古)와

현재와 미래를 침묵한다.

그러나 3천만 가운데의 오직 하나인

나의 시인은 그 불사(不死)의 눈을

뜨고 침묵의 소리를 듣는다.

아아 나는 지금 이곳의 환희를 노래 부르고,

먼 훗날엔 3천만이 생명의 시간 속에

유일한 단편을 줏어모아 이곳 신화를

기록하는 위대한 기록자가 되련다.

신병준이 이렇게 읽었을 때 윤창순이

"3천만이 무엇을 뜻하느냐."

고 물었다.

"우리 셋이 곧 3천만 아니오. 일당 천만이면 오만도 아니고 겸손
도 아닐 것이오."

신병준의 대답이었다.

민경호는

"그건 시가 아니고 협박장(脅迫狀)이군. 기록자가 보고 있으니 정
신 채려라, 결국 이 말 아닌가?"

하고 껄껄 웃었다.

그런 동안에도 시간은 흘렀다.

1945년 3월 어느날, 낯선 노승(老僧)이 동굴로 찾아왔다. 아연하고 있는 세 사람에게 노승은 이렇게 말했다.

"앞으로는 내가 당신들을 보살피겠소."

"백 선생님은 어떻게 되셨습니까."

민경호가 숨 가쁘게 물었다.

"지장암 스님께선 오늘 아침 서울로 떠났습니다."

모두들 멍청했다.

"지장암 스님 참으로 너무하셔."

하고 빙그레 웃으면 노승이 한 말은

"어제 저녁까지 이곳에 여러분이 있다는 말씀이 전연 없었거던요. 상원사에선 이 동굴을 스님의 선실(禪室)로만 쓰고 계시는 줄 알았습니다. 일체 접근을 금하셨으니까요. 어젯밤에야 말씀합디다. 자기가 떠난 후에 여러분을 잘 돌봐주라고."

"헌데 무슨 일로 그처럼 황망하게 떠나셨을까요."

윤창순이 물었다.

"총독부 경무국에서 명령이 내렸소. 지장암 스님이 이곳에 제자들을 모아놓고 있다는 정보가 들어간 거죠."

"그렇다면 경찰서로 가셨나요?"

신병준이 물었다.

"그건 아닙니다. 돈암동 자택에 계시도록 한 거죠. 일종의 금족

령입니다."

"어떻게 그런."

신병준이 다시 물었다.

"스님 가는 곳엔 제자가 많이 따릅니다. 총독부 경무국에선 그게
못마땅한 겁니다. 7, 8년 전 금강산 지장암에 계시다가도 그런 꼴을
당하셨죠. 그리고서 5년 전 상원사에 오셨는데 이번에 또 당한 겁니
다."

"제자들은 무사했습니까."

"스님께서 제자들이 무사하지 않은 걸 보고 호락호락 서울로 가
셨겠습니까."

신병준은 가슴속으로 찬바람이 지나가는 것같이 쓸쓸했다.

민경호가 물었다.

"백 선생님은 어떤 분이십니까."

"그건 당신들이 잘 알고 있을 것 아니오."

"제가 말하는 건 그분의 경력입니다."

"그걸 모르고 있었소?"

"전연 모르고 있습니다. 이름도 모르는데요."

"이름도 모른다?"

하고 노승은 웃었다.

"허기야 스님은 당신들을 제자라고 하지 않고 손님들이라고만 말
씀하고 계셨지만, 스님의 속명은 백광욱입니다. 일찍이 입산수도하

시다가 20세땐 독립운동을 하시느라고 중국에 가 계시기도 했지요. 그 후 프랑스와 독일에 유학하시고 독일에서 박사학위를 받은 걸로 알고 있습니다. 귀국하셔선 중악불교전문학교의 교수로 계셨지만 곧 그만두고 금강산 지장암으로 들어가셨습니다. 그때 불교전문학교에서 교장으로 모실려고 했습니다만 거절하셨지요. 아까 언급이 있었소만 총독부 경찰의 압력을 받아 금강산에 계실 수 없게 되어 한동안 서울에 머무시다가 4, 5년 전 이곳에 오신 겁니다."

이렇게 간추린 약력으로써 뭣을 알 수 있을까만 백로 선생의 인간적인 윤곽만은 잡힌 것 같아 신병준이

"연구해 볼 만한 인물이군요."

하고 중얼거렸더니 노승은

"연구해 볼만한 인물이구 말구."

하고 덧붙였다.

"그러나 지장암 스님을 연구하려면 대단한 노력이 필요할 겁니다. 그분이 가지신 지혜와 불교에 관한 지식의 대체적인 윤곽만이라도 파악해야 할 텐데 그게 쉬운 일이 아닐 것입니다."

그러나 신병준은 세상이 어느 정도 안정되면 백로 선생에 관한 연구를 본격적으로 하리라고 마음을 먹었다.

노승은 백로 선생과는 달리 닷새 만에 한번씩 찾아올 때마다 푸짐한 시국담을 하고 곁들어 부처님에 관한 설법을 했다. 그런데 백

로 선생과 다른 것은 노승은 불교적인 전문어(專門語)를 많이 쓰는 점이었다. 백로 선생은 그렇지 않으셨다. 드물게 설법을 할 때가 있었지만 전문어를 쓰지 않고 일상적인 용어만으로써 이야기를 엮어 나갔다.

3월 중순께 노승은 숨을 헐떡거리며 동굴에 와서, 유황도에 있는 일본 수비대가 전멸했다고 전했다.

5월 2일엔 베를린이 함락하고 7일에 독일이 무조건 항복했다는 사실이 늦게나마 치악산의 동굴에 전해졌다.

6월 21일엔 오끼나와의 일본군이 전멸했다는 것이고 8월 6일엔 일본 히로시마에 원자폭탄이 떨어졌다는 소식에 이어 9일 소련군이 일본에 선전포고를 하고 만주와 북선(北鮮)에 밀고들어왔다는 소식이 전해졌다.

큰 바위가 낭떠러지를 굴러 떨어지는 모양으로 패망의 과정을 밟고 있는 것이 눈에 보이듯 했다.

민경호, 윤창순, 신병준은 콩밭의 김을 맬 엄두가 나질 않았다. 그 가운데서도 눈에 보이게 민경호가 들뜬 상태에 있었다. 윤창순의 기도는 차츰 그 열도를 더해만 갔다.

8월 10일쯤 되었을 때의 일이다.

민경호가 밤중에 일어나더니

"윤 형, 신 형, 우리 원주로 가서 경찰서를 습격하자."

는 당돌한 제안을 했다.

윤창순과 신병준이 응할 까닭이 없이 결국 그 제안은 흐지부지 되고 말았으나, 민경호의 흥분상태를 짐작케 하는 증거 재료는 될 것이다.

일본이 패망하고 난 후 우리는 어떻게 해야 할 것인가가 열띤 토론의 과제가 되었다. 민경호는 기필 공산당의 지하조직이 표면화 할 것이니 그 조직에 가담할 것이라고 선언했고, 윤창순은 고향에 돌아가 교회의 문을 열어야 하겠다고 흥분했다.

그런데 신병준은 심영화를 만나는 장면만을 상상하고 가슴을 설렜다. 백로 선생으로부터 들은 충고는 온데간데없어지고 심영화를 품 안에 안을 수 있는 순간을 공상하고 있었던 것이다.

그런 만큼 각기 고상한 이상을 안고 정열을 불태우고 있는 민경호와 윤창순에 대해 부끄러움을 금할 수 없었다.

세계가 평화를 찾으려고 온통 술렁이고 있는 이때에 하나의 여자에게 행복의 전 중심을 걸고 있는 나 자신이 과연 사나이일 수 있을까. 예술가일 수 있을까, 하는 의혹을 황홀한 시간 속에 있는 그만큼 뜻밖에도 마음의 부담이었다.

8월 16일 새벽.

동굴 밖에서 무어라 고함을 지르는 소리에 잠을 깬 신병준이 바깥으로 뛰어나가 보았다. 소년으로 보이는 조그마한 체구가 새벽 노을 속에 서서 한다는 말이

"빨리 절로 오시라고 했어요. 스님의 분부이십니다. 빨리 절로 오시오."

"무슨 일인가."

"일본이 항복했다고 했어요."

이 말이 동굴 안에까지 들렸던 모양이다. 민경호와 윤창순이 뛰어나왔다.

민경호는 재차 사실을 확인하자

"조선 독립 만세."

"조선 해방 만세."

를 외쳐댔고 윤창순은 개울가에 엎디어

"주여!"

하고 높이 기도를 외치기 시작했다.

"거룩한 하느님 아버지 감사하옵니다. 우리에게 독립을 주셔서 감사하옵니다. 우리에게 해방을 주셔서 감사하옵니다. 하나님, 하나님, 감사하옵니다. 예수 그리스도의 이름에 영광 있으소서, 이 감사 어떻게 해야할지 모르겠나이다. 하나님!……."

그러나 감격은 실로 일순간의 일이었다.

신병준이 백로 선생, 즉 백광욱 박사를 부산의 피난지에서 만난 것은 그로부터 5년 후, 6·25동란이 한창 진행중인 어느 겨울날이었다.

백로 선생은 곧 신병준을 알아보았다.

"자네의 문학은 어떻게 되었는가."

인사가 끝난 후의 첫 물음이었다.

"나라가 이꼴인데 문학이고 뭐고가 있겠습니까."

"애인은 만났는가."

"시집간 후였습니다."

"그래 다른 사람과 결혼을 했는가."

"안 했습니다."

"민경호 군의 소식은 들었는가."

"조선공산당의 북한지부를 만들기 위해 평양으로 간 현준혁 일행에 섞였다는 것은 확실한데 그 후 소식은 모릅니다."

"윤창순의 소식은 아는가."

"동란 직전에 서울에서 만나, 장호원 근처에서 목사를 하고 있다는 얘기를 들었을 뿐 그 후의 소식은 모릅니다."

"흠."

하고 백로 선생은 잠깐 합장하고 있더니

"한가한 시간에 또 놀러오게."

라는 말을 남기고 자리에서 일어섰다.

짤막한 대면이었으나 백로 선생을 만났다는 사실만으로 흐뭇했다.

그 길로 피난민이 북적거리는 거리의 다방에 들려 신병준은 차를 시켜 놓고 민경호와 윤창순이 지금껏 어떻게 되어 있을까 하고 생각에 잠겼다.

그런데 그땐 민경호와 윤창순은 치악산 그 동굴 속에 싸늘한 시체가 되어 있었다.

그 사실을 신병준이 알게 된 것은 휴전협정이 있은 지 1년 후의 일이다.

봄날 치악산 상원사를 찾았더니 백로 선생으로부터 인계를 받고 그들을 보살펴 주었던 노승이 아직도 건재해 있었다. 보행(普行)이라고 하는 그 노승은 신병준의 손을 잡고 이런 얘기를 했다. 그 얘기를 간추리면

1950년 9월 초순의 어느날 밤, 두 사나이가 보행스님을 찾았다. 그리고 황급하게 하는 말이, 먼저의 그 동굴에 숨어 있을 테니 하루에 한두 끼라도 좋으니 먹을 것을 갖다 달라고 했다. 그 두 사나이가 민경호와 윤창순이었다.

이튿날 새벽 먹을 것을 갖고 동굴로 찾아가 사정얘기를 들었다. 민경호가 선전반원(宣傳班員)의 자격으로 장호원엘 들린 것은 7월 상순인데 그곳 내무서에 윤창순이 구금되어 있는 사실을 알았다. 민경호가 상부의 명령이라고 속여 윤창순을 빼내온 것까진 좋았는데 이틀도 채 못되어 발각이 나서 두 사람은 쫓기는 신세가 되었다. 이곳 저곳 산에도 숨고 아는 사람 집을 찾아가 숨기도 하다가 결국 이곳으로 왔다고 했다.

보행은 조심 조심 그들을 도왔다. 밤중이 되면 먹을 것을 갖고 동굴로 찾아가선 전쟁이 어떻게 되어가는가를 알리기도 했다. 그랬는데 어느 겨울날의 새벽 총성이 어딘가에서 들리기에 우선 몸을 숲속에 피했다가 동굴로 가봤더니 민경호와 윤창순은 총을 맞아 이미 싸늘한 시체가 되어 있었던 것이다.

이튿날 신병준은 동굴로 찾아갔다. 핏자국이 남아 있을 까닭이 없이 동굴안은 방금 소제한 것처럼 깨끗했다. 안쪽 바위쪽에 예부터 새겨져 있던 '변암(弁岩)'이란 글자를 새삼스러운 눈으로 보고, 바위 바깥에 새겨진 '돌우물을 파서 갈증을 면하고 산채를 거두어 시장기를 면했다'는 운곡 선생의 사적과 그것을 새긴 운곡 선생의 후손 이름, '숭정후 80년'이란 연호를 보며 뺨위를 흔건히 흐르는 눈물을 닦을 생각도 않고 신병준은 서 있었다.

'조선독립만세'를 외치던 민경호와 개울가에 엎드려 기도를 올리던 윤창순의 모습이 눈앞에 선했다.

그 꿈, 그 감격이 불과 5년을 지탱하지 못하고 다시 이 동굴로 돌아와 싸늘한 시체가 될 줄을 누가 알았는가.

'3천만 가운데 나 하나만이 시인이라.'고 했는데, 3천만 가운데 나 하나만이 살아남았다는 슬픔을 새롭게 하며 신병준은 이젠 불제자(佛弟子)로서 백로 선생을 찾아야겠다는 다짐을 했다.

역성(歷城)의 풍(風) 화산(華山)의 월(月)

그럴 만한 사연은 물론 있었다.

성유정(成裕正)은 다음의 시구(詩句)를 좋아했다.

人生只合死楊州(인생지합사양주)
인생은 모름지기 양주에서 죽어야 하는 것이어늘!

이것이 당대(唐代)의 시인 장고(張枯)의 〈종유회남(縱游淮南)〉이
란 시편에 있는 일절이라고 했다. 성유정 자신으로부터 들은 이야
기다.

설경(雪景)이 다한 저편, 연자색의 하늘을 배경으로 아슴프레 불
암산(佛岩山)의 봉우리가 바라뵈는 양주 일패면(一貝面)의 어느 산허
리에 자리잡은 성유정의 무덤가에 서 있으니, 술에 취했을 대면 간혹
나직히 읊어 보곤 하던 〈人生只合死楊州(인생지합사양주)〉란 그의 음
성이 나의 귓전에 살아난다.

장고의 시에 새겨진 양주와 성유정이 묻혀 있는 이 양주와는 다르다. 장고의 양주는 중국(中國)의 중부, 양자강의 북안(北岸)에 자리 잡은 고을이고, 이곳 양주는 한국의 수도 서울의 근교에 있는 고을이다. 무슨 까닭으로 이곳을 양주하고 이름했는진 알 까닭이 없다. 모화사상(慕華思想)은 중국의 지명(地名)을 수월찮게 이 나라에 옮겨 놓았다. 진주, 악양, 사천, 청주, 충주, 호남, 호서 등이 모두 그런 류의 이름이다. 언젠가 나는 산수(山水)의 모습이 그곳의 양주와 이곳의 양주와 닮은 데가 있느냐고 물었더니,

"자연 닮은 데라곤 없다,"

는 성유정의 답이었다.

성유정은 1년 남짓 중국의 양주에서 머문 적이 있었다. 일제(日帝) 때 학도병(學徒兵)으로 끌려간 성유정이 속한 부대의 주둔지가 양주였던 것이다.

성유정에 의하면 중국의 양주는 장강(長江)을 끼고 있으면서도 그 장강의 이(利)를 볼 수 있을 정도로 가깝고, 손해를 보지 않을 정도로 사이를 두고 있다고 했다. 대호(大湖)의 언저리에 있는데도 호반(湖畔)의 간사함이 없고 호수를 감상할 수 있는 상거에 있다고 했다. 산불고(山不高), 수불심(水不深)한 산수는 정답고, 인심 또한 산수처럼 정다운데 비옥한 들에 봄이 오면 유채꽃이 울금빛의 방석으로 화하고, 가을이면 시들어가는 양류 사이로 백로(白鷺)가 수천 마리씩 떼를 지어 기막힌 경관을 이룬다고도 했다.

그처럼 평화로운 산수와 경관 속에서 살인자(殺人者)의 익사를
노출한 일본병(日本兵)의 생리(生理)를 규칙적으로 살고 있자니까 더
욱 더욱 힘들더라는 얘기도 있었는데 어느 기회, 바로 그 양주가 명
말청초(明末淸初)의 교대기에 명청간(明淸間)의 혈전(血戰)이 있었던
곳이라고 듣고 더욱 애착을 더했다고 했다. 〈人生只合死揚州〉란 시
귀는 그가 어느 휴일 양주 교외를 산책하고 있다가 길가의 비각(碑
閣)에서 주운 것이었다.

　　"오죽 했으면 양주에서 죽고 싶다고 했을까,"

　　하곤 성유정은,

　　"나도 혹시 이 양주에서 죽고 싶어질지도 모른다,"

　　는 생각을 했다는 것이다.

　　그런 만큼 그의 양주에 대한 애착은 강했다. 그러한 애착이 그로
하여금 주자소(朱子素)의 『가정도성기략(嘉定屠城紀略)』, 왕수초(王秀
楚)의 『양주십일기(揚州十日記)』 등을 읽게 했다. 그것이 또한 그의 한
학(漢學)에의 경사(傾斜)에 자극을 가속(加速)했는지도 모른다. 그의
말 가운데 이런 것이 있다.

　　"마르셀 프루스트처럼 인생을 치밀하게 슬퍼하는 것도 좋지만
한시(漢詩)처럼 풍월적(風月的)으로 인생을 슬퍼하는 것도 나쁘질 않
다. 요컨대 인생은 슬퍼하면 되는 것이니까. 문학은 인생의 슬픔을
기록하면 되는 것이니까. 문학이란 원래 필패(必敗)의 역사일 따름
이다……"

아무튼 그는 중국의 양주에선 죽지 않았다. 살아 돌아와 34년 후 이곳 양주에 묻힌 운명이 되었다. 그의 나이는 59세. 난세를 산 사람으로선 결코 짧은 수명이랄 순 없다. 그래도 슬픈 것은 죽음이다. 특히 성유정의 경우가 슬픔 것은 그의 어머니의 죽음이 있은 지 일주일 후에 죽었다는 사실에 비롯된다. 그 어머니의 무덤은 그의 무덤 바로 위에 있다. 마른 잔디가 아직 흙과 어울리지 않은 어설픈 모습으로 아들의 무덤을 지켜보고 있는 것이다. 그 두 개의 무덤을 보고 있으니 당연히 염두에 떠오르는 것이 있다. 어느 시인의 단장(短長)이다.

많은 철학이 죽음을 설명하려고 했다. 그러나 무덤의 의미를 탐구한 철학을 아직 나는 알지 못한다. 존재(存在)에 관해서 사색(思索)하는 정신이 흙이나 돌에 관해서 사색한 예는 드물다. 인간의 사색은 무덤에서 멀어진다. 그러나 아득한 옛날부터 오늘에 이르기까지 인간들을 지배하고 있는 매장(埋葬)의 원리라는 게 있다. 문명 전체를 통해서 매장의 완성(完成)이 있다. 그리고 완벽한 사물이란 것은 정신에게 정당한 위치를 요구한다. 그런데 왜 사람들은 무덤을 침묵 속에 방치해 두고만 있을까. 대담한 죽음의 철학도 접근하지 않으려고 하는 이 침묵……

잠꼬대나 다름없는 말이다. 헌데 무덤 앞에 서 있으면 이런, 사상 같지도 않은 잠꼬대 같은 상념이 떠오르기 마련이다. 그러나 성유정의 죽음과 그의 무덤에 관해선 성유정 자신으로 하여금 말하게 할 수밖에 없다. 그는 꽤 부피가 있는 수기를 남기고 있다. 다음은 그의 수기다. 그러니 다음의 글 가운데 나오는 '나'는 성유정 자신을 말하는 것이다.

죽음이란 문제.

슬프지 않은 죽음이란 있을까. 있다. 신문지상에 보도되는, 면식(面識)이 전연 없는 사람들의 죽음. 예컨대 캄보디아의 폴 포트가 학살한 4백만 명의 죽음 같은 것이다. 나는 잡지의 사진과 텔레비전에 비친 화면을 보기까지엔 폴 포트를 저주하는 마음을 가졌을 뿐이고 슬픔을 느끼진 않았다. 뿐만 아니라 그런 사실을 안주로 실컷 술을 마셨다.

죽음이 슬픈 것은 친하게 지내던 사람, 사랑한 사람, 가까이에 있는 사람의 경우이다. 그러나 사람이 남의 죽음을 슬퍼할 수 있는 마음의 여유를 가질 수 있는 것일까. 언젠가는 자기의 죽음을 감당해야 할 사람이 말이다. 무릇 죽음을 앞두고 슬퍼한다는 것은 언젠가 있을 스스로의 죽음을 슬퍼하는 노릇일밖엔 없을지 모른다.

아무튼 세상은, 또는 세월은 죽음을 슬퍼할 수 있도록 사람을 방치하지 않는다. 지구는 수십만 년 동안 누적된 일류의 시체로 해서 더욱 무거운 것이다. 언제부터인가 죽음은 신비의 베일을 벗고 일생사가 되었다. 드디어 우리는 죽음과 동거하고 있다. 살아간다는 것은 죽어간다는 의미의 표면일 뿐이다.

그래도 죽음이 슬픈 것은 어떻게 할 수가 없다. 폴 포트가 죽인, 아민이 죽인, 스탈린이 죽인, 히틀러가 죽인 그 무수한 피살자들의 죽음에 눈썹 하나 까딱 하지 않던 나 자신인데도 우리집의 새끼새가 죽었을 때는 가슴이 메었다. 그래 그 시체를 좋은 곳에 묻어 주기 위해 한나절을 울먹거리며 우왕좌왕했다. 양지쪽에 묻으려고 했더니 거긴 하수도가 있었다. 서쪽 담벼락에 붙여 묻으려고 했더니 쓰레기통이 있었다. 집 뒤에 묻으려고 했더니 거긴 너무나 음습했다. …… 이렇게 하다가 끝내 목련의 뿌리 근처에 묻고 말았던 것인데 목련꽃이 필 때마다 그 꽃잎에 붉은 빛이 돋아날까 봐 겁을 먹었다. 지금은 잊었지만.

표현 여하에 따라선 죽음 이상의 장려(壯麗)가 없을 것 같기도 하다. 생명의 시작은 비록 그것이 인간의 시작이라도 곤충(昆蟲)의 시작 이상일 것이 없다. 그러나 생명의 마지막은 그가 가꾸기 시작한 꿈의 가능이 붕괴하는 뜻만으로도 장엄한 것이 아닌가. 인간은 곤충으로서 태어나 제왕(帝王)으로서 죽는다. 인생이란 제국(帝國)의 건설이다. 죽음은 그 제국과 함께하는 함몰(陷沒)이다. 제국의 낙일(落日)! 장려하지 않는가.

시인은 쥐의 죽음에서조차도 다음과 같은 송가(頌歌)를 읊을 줄 알았다.

나는 냉장고 뒤에 죽어있는 쥐를 간혹 본다. 장도미반에 넘어진 그들의 얼굴은 참으로 원통한 표정이다. 이빨은 샛하얀 보석처럼 빛나고 배는 공단처럼 부드러웠다. 뜨락에 내던져진 신세가 되었어도 그들은 확실히 제국(帝國)의 전사(戰士)들처럼 보인다.

차마 사람의 죽음을 읊을 수 없었던 시인의 심약함이 쥐새끼의 죽음을 서러워할 수밖에 없었다고 하면 지나친 확대해석이 될지 모르나 나는 그 시인의 감수성에 깊은 공감을 가졌다.

하지만 죽음이란 섣불리 왈가왈부할 문제가 아니다. 머리가 좋기로 희랍에서 이름이 높았던 에피쿠로스는 말했다.

살아있는 동안 죽음을 알 수 없다. 죽으면 죽음을 더욱 모른다. 이래도 저래도 알 수 없는 문제를 놓고 고민할 필요가 뭐 있느냐.

동양의 공자(孔子)는 한술을 더 떴다.

나는 아직 생(生)을 모른다. 그런 처지에 어찌 사(死)를 논(論)하랴!

이런 점으로 봐서 석가는 덜 영리했던 것인지도 모른다. 그는 종평생 죽음을 최대의 문제로 삼았다.

그러나 저러나 나는 죽음에 관한 내 나름대로의 견식을 가지고 있다. 이 세상에서 없어지는 것이 죽음인데, 상황(狀況)과 조건(條件)과 무대와 조명(照明)에 따라 슬프게도 되고 희극적으로도 되는 것이며 쓰레기처럼 처리되기도 하고, 어둠 속에서 감쪽같이 풍화(風化)되기도 하고 어복(魚腹)에 매장되기도 하는 것이다……. 그런데 이러한 넋두리를 왜 하필이면 그날따라 하게 되었는지가 이상한 일이다. 결정적인 파국(破局)이 닥쳐온다는 데 대한 일종의 텔레파시의 작용이었다고도 생각이 된다. 동물은 본능적으로 그의 사기(死期)를 감지한다고 하는데 만물의 영장인 인간에게 그런 텔레파시가 없을 수 없는 것이다. 다만 번거로운 세사(世事)에 말려 둔화(鈍化)되었을 따름이다. 하여간 나는 그날 뭔가 예조(豫兆)를 느꼈다.

그날은 10월 10일이었다. 그렇게 기억하고 있는 까닭은 쌍십절(雙十節)이었기 때문이다. 한동안을 중국에서 지낸 적이 있는 나는 그날을 쉽게 잊지 못한다. 중국에서의 쌍십절 광경을 회상하며 오후의 한나절 나는 유리창 너머로 가을 뜰을 바라보고 있는 동안 막연히 죽음에 관한 생각을 하고 있었던 터였다. 목련이 유독 눈에 띄었다. 목련은 벌써 잎을 죄다 떨어버리고 앙상한 가지만 남겨놓고 있었다. 나지막한 사철나무 사이에 끼어 우뚝 키가 큰 목련의 나형(裸形)이 성급하게 옷을 벗어던져버린 선머슴애의 멋적은 몰골 같기도 해서 유머러스했다.

'1979년도 얼마 남지 않았군.' 하며 죽음에 대한 생각을 떨어버리려고 했다. 동시에 '1979년의 의미란 제목으로 칼럼을 쓸까?' 하는 직업의식이 돋아났다. 나는 K신문에 1주일에 한 편 꼴로 〈시사 컬럼〉을 쓰고 있는 터였다. 연말에나 가서 쓸 작정이었지만 미리 구상해두는 것도 나쁠 것이 없었다.

얼만가를 생각하다가 보니, '1979년은 참으로 이상한 해라고 아니할 수 없다.'는 서두(序頭)가 뇌리에 떠올랐다. 아닌 게 아니라 1979년엔 이상한 일이 다음다음으로 발생했다. 이상하다는 것은 하나의 색조(色調)로써 기록할 수 있게 사건들을 묶을 수 있다는 뜻이다.

첫째 1979년이 시작되자마자 1월초 캄보디아의 폴 포트 정권이 붕괴되었다. 론놀을 몰아내고 그 기세가 등등했던 크메르 루즈가 베트남의 지원을 받은 구국민족통일전선(救國民族統一戰線)이란 세력에 의해 프놈펜으로부터 쫓겨나 버린 것이다. 프놈펜은 한자로 금변(金邊)이라고 쓴다. 금변이란 한자어(漢字語)가 잘 어울릴 만큼 스콜이 멎은 직후의 프놈펜은 비에 젖은 가로수와 더불어 황금색으로 빛난다. 나는 그 프놈펜이 론놀의 지배하에 들어갔을 때에도 분개했거니와 폴 포트가 장악한 후 거리에서 시민을 쫓아내고 학살을 시작했다고 들었을 땐 정말 분통이 터졌다. 불과 사흘 동안이었지만 나는 프놈펜에 머문 적이 있었다. 그 추억이 나로 하여금 분통을 터뜨리게 한 것이다. 그러니 폴 포트가 그곳에서 축출되어 행방불명이 되었다고 들었을 때 그를 쫓아낸 측이 누구였건간에 나는 쾌재를 불렀었다.

"폴 포트를 추방한 자들을 위해서!"

하고 하룻밤 근사하게 술을 마신 기억이 있다.

폴 포트가 학살한 4백만은 캄보디아 인구의 거의 반수에 가까운 숫자다. 그런 잔학한 놈이 어찌 오래 갈 수 있겠는가. 외신은 그의 잔당이 아직도 변두리에서 준동하고 있다지만 폴 포트의 정치적 생명은 이미 끝장이 났다…….

같은 1월, 이란의 팔레비왕이 국외로 쫓겨났다. 그도 역시 자기의 정권을 유지하기 위해선 수단 방법을 가리지 않고 백성을 살육한 자다. 즉위(卽位) 몇 십 주년인가의 기념행사를 거국적, 대대적으로 거행해선 국왕으로서의 위세를 전세계에 과시한 것이 어젯일 같은데 이란 국민의 민주화운동에 밀려났다. 그는 지금 불안한 망명생활을 파나마에서 보내고 있다지만 그의 운명은 시간문제인 것 같다.

4월엔 아프리카 우간다의 대통령 아민이 우간다의 해방전선에 의해 타도되었다. 아민과 나와는 다소의 연분이 있다. 내가 말하는 연분이란 별게 아니다. 그를 미끼로 몇 편인가의 칼럼을 썼다는 사실을 말한다. 이스라엘 특공대가 엔테베의 인질(人質)들을 탈환했을 때는 다음과 같이 썼다.

……여기에 등장한 또 하나의 문제는 우간다의 대통령 '이디 아민 다다'하는 존재다. 그는 1971년 오보트를 축출하고 정권을 잡은 뒤 30만 명에 달하는 우간다인을 살해했다고 하는데 그 살해하는 방법이 잔인하기 짝이 없었다. 형무소의 죄수들에겐 그들 동수자(同囚者)들을 죽여 그 고기를 먹게 하고, 때론 죽인 사람으로써 악어(鰐魚)

의 배를 채우기도 했다. 사법, 행정, 군대를 자기 한 사람의 지배하에 두고 자기의 말을 입법행위(立法行爲)로 간주하고 있는, 터무니없는 이 인물은 돈에 궁한 나머지 아랍의 지원을 얻을 양으로 반이스라엘 노선을 굳히는 동시, 소련에 추파를 보내기도 했다. 아프리카의 지도자들은 아프리카 흑인의 망신을 도맡아 하고 있는 아민을 두고 골치를 앓고 있다. 오죽하면 그들이 이런 말을 했을까. "이스라엘 특공대가 하이재킹을 한 놈들과 같이 아민을 쏘아 죽이지 않은 것이 유감스럽다. 만일 그렇게만 되었더라면 아프리카를 위해 그처럼한 다행은 없었을 것인데……."

전 미국무장관 키신저와 옥신각신 입씨름이 있었을 때 쓴 것도 있다. 스크랩을 꺼내 그것을 읽어본다.

평균적으로 사람들의 체격은 조금씩 커지는 경향이라고 하는데 인격(人格)은 자꾸만 왜소(矮小)해지는 것 같다. 기계문명이란 게 발달하고 보니 큼직큼직한 인격을 사회가 필요로 안 하는 탓도 있지만 모난 돌이 정을 맞는다는 지혜가 고루 보급되어 각기 몸을 사리는 까닭도 있다.

이런 풍조는 일반인에보다 지도자라고 하는 층의 인사에게 두드러진 현상이다. 그들은 멋진 연설보다는 실수 없는 연설을 하려고 하고, 모험을 필요로 하는 성공보다는 대과(大過)없이 지나기에 급급하

다. 말하자면,

"내가 국가다."

"내가 곧 법률이다."

하는 따위의 루이 14세적인 뱃심 좋은 말을 듣기란 어렵게 되었다. 실지에 있어서 독재정치를 하고 있으면서도 요즘의 독재자들은 예외없이 독재자란 소릴 듣기 싫어한다. 뿐만 아니라 어색한 변명까질 곁들여 자기를 민주적 정치가인 양 가장하려고 하는 것이 세계적인 상례(常例)처럼 되어 있다.

그런 가운데의 특례가 우간다의 대통령 이디 아민 다다이다. 그는 누구의 의견도, 눈치에도 개의치 않고 자기가 하고 싶은 말은 척척 하고, 자기가 하고 싶은 짓은 서슴없이 해치운다. 쿠데타에 성공한 후 정치활동에 금지령을 내리면서 한 그의 연설은 20세기도 4분의 3을 지난 시점에선 세계 어느 곳에서도 누구에게서도 들어볼 수 없는 기골(氣骨) 있는 내용의 것이었다.

"우간다에선 정치는 나만 하면 된다."

말만을 그렇게 한 것이 아니다. 이런 단호한 선포가 있은 연후 정치활동을 하는 자가 있으면 사정없이 잡아죽였다. 재판이란 절차도 필요로 하지 않았다.

"꼭 죽이기로 되어 있는 자를 재판해서 뭣하느냐. 괜히 인력과 시간을 낭비하면서까지 위선할 필요가 없다."

그는 대담하게 이렇게 갈파하고 대량의 재판관을 해임하고 인건

비를 줄이는 방편을 삼았다. 그는 자기의 가슴에 훈장을 다는 이외의 형식적, 장식적인 행사는 일체 하지 않겠다는 각오를 명시한 것이다. 혹자는 이러한 아민 대통령의 태도를 무식의 소치라고 생각할지 모르나 어림도 없는 소리다. 현재 세계에서 자기의 정치철학을 철저하게 실천에 옮기고 있는 것은 오직 이디 아민 한 사람뿐이다.

그는 정치란 지배관계, 지배현상이란 것을 알고 있다. 지배란 곧 강제력의 행사이다. 이왕 강제력을 행사할 바에야 철저한 편이 낫다. 어중간하게 하는 데서 잡음이 난다. 이것이 그의 정치철학이다.

그는 또한 외교란 결국 거래라는 것을 알고 있다. 거래의 표본은 상거래에 있다. 장사에 있어서 문제가 되는 것은 이익이지 허례가 아니다. 소련에 붙는 것이 유리하면 소련에 붙고 그러다가 수틀리면 돌아서면 그만이다. 조약이란 것은 이편에 필요할 때만 지키면 된다. 조약의 조문에 사로잡힌다는 건 바보가 하는 짓이다. 이것이 그의 외교철학이다.

이렇게 아민 대통령은 모든 사례를 단순 명쾌하게 해석하고 처리한다. 그러니 아민의 안목으로써 볼 때 헨리 키신저의 행동은 어린애 장난처럼 되는 것이다. 그런 까닭으로 이달 20일(77년 1월 20일) 국무장관직을 사임하게 되는 키신저에게 기막힌 제안을 했다.

"키신저 군, 미국의 국무장관을 그만두고 나거든 우간다로 유학하러 오게. 내가 직접 정치술과 외교술을 가르쳐 줄 테니까. 내 호의에 감사할 줄 알아야 하네."

키신저가 이 제안에 어떤 반응을 보였는진 알 수가 없지만 이디 아민의 면목 약여한 바가 있다.

세계 대부분의 정치가들이 실수를 겁내서 마음에 있는 말을 못하고, 한마디의 발언을 위해 몇 사람의 보좌관을 시켜 갈고 닦고 하는 판인데 이디 아민은 이처럼 거침이 없다. 이러한 아민이 부러워 환장할 지경인 정치가들도 적지않을 것이다.

그런데 정치 공부를 하기 위해 우간다로 오라고 한 아민의 말을 농담으로만 들어선 안 될 것 같다. 정치가 궤변적인 허식을 벗고 그 생리를 적나라하게 노출하고 있는 현상이 아프리카, 특히 우간다라고 할 수 있을 때 우간다의 현장을 배움으로 해서 사법, 행정, 입법 등의 절차가 다른 나라에서 꾸며 놓은 사술을 간파할 수 있을 것이다. 아울러 아민적 지배하에 사는 사람들의 의식구조를 살핌으로써 사람이 억압을 견디어내는 내구도(耐久度) 같은 것도 알 수 있게 되리라고 믿는다.

줄잡아서 아민의 의미는 그의 정직성에 있다. 그의 생경하게 노출된 정직이 20세기 정치의 병리를 역조명하는 보람으로 해서 아민의 존재 이유를 무시할 수 없는 것으로 만들고 있다.

그러나 아민이 그의 존재 이유를 증명하기 위해서라고 해도 8년의 권좌(權座)는 너무나 길었다.

4월에 우간다를 휩쓴 독재자 축출의 선풍이 7월엔 중미(中美) 니카라과의 소모사 대통령을 휩쓸었다. 소모사는 아버지의 대를 이어

43년 동안이나 니카라과에 군림한 자다. 모두들 니카라과를 소모사의 사유재산(私有財産)이라고 생각하고 있었던 것인데 그런 것이 아니었다는 사실이 밝혀진 셈이다. 산디노 영도하의 민족해방전선(民族解放戰線)은 소모사를 타도했다.

9월엔 중앙 아프리카의 보카사 황제가 축출되었다. 아동의 해에 아동을 대량 학살했을 뿐만 아니라 보카사에 관한 스캔들은 그밖에도 많다.

그리고 지금 시월 중미(中美) 엘사바도르의 독재자 로무론의 위기가 전해지고 있다. 그의 실각은 확실한 모양이다.

이렇게 되니 10월10일 현재, 1979년 한 해에 여섯 명의 독재자가 권좌에서 밀려난 것으로 된다.

나는 꽤 흥미있는 컬럼이 되겠다는, 약간 들뜬 기분이 되었다. 그러고 보니 컬럼의 서두(序頭)를 센세이셔널하게 꾸며야겠다는 생각이 일었다.

'1979년은 독재자들에게 철퇴가 내린 해이다……. 안 돼'

'1979년은 역사에서 교훈을 배울 줄 모르는 무도한 독재자들에게 역사의 엄숙함을 가르치려고 섭리가 작동한 해인 것 같다……. 이것도 안 돼'

'1979년은 곧 다가올 80년대를 보다 평화롭고 청량한 시대로 만들기 위해 신의가 대청소를 감행한 해인지 모른다…….'

나는 이렇게 서두부터 옥타브를 올려선 안 된다는 생각으로 마음을 가다듬었다. 담담하게, 아무렇지 않게 써야 하는 것이다. 그러려면?

'1979년에도 많은 사건이 있었다. 한때 크메르 루즈의 지도자였고 캄보디아의 구국의 영웅으로서 자처했던 폴 포트씨가⋯⋯.'

'1979년은 우연을 우연이라고만 해석하고 안심할 수 없는 그런 사건이 연속된 해이다⋯⋯.'

이것도 저것도 불만이었다. 나는 아나톨 프랑스를 상기했다. 아나톨 프랑스 같으면 이러한 재료를 어떻게 요리할까 해서다.

'설마 아나톨 프랑스라도, 내가 가장 좋아하는 캄보디아의 폴 포트 군이 뜻하지 않은 불행을 당했다고 하니⋯⋯ 이런 식으로 쓰진 않겠지, 않겠지만.'

아나톨 프랑스의 솜씨 같으면 동양산(東洋産) 고춧가루에 프란돌의 마늘가루를 섞은 양념을 곁들여 꽤 맛좋은 푸딩을 만들 수가 있을 것이다.

나는 쫓겨난 독재자들에게 최상의 경칭(敬稱)을 붙이고 작문(作文)해야겠다는 아이디어까질 냈다. 팔레비 국왕 폐하, 아민 대통령 각하, 보사카 황제 폐하 등으로. 그런데 프랑스어로썬 경칭을 붙여 멸칭(蔑稱)으로 할 수가 있는데 우리 말로썬 서툰 장난처럼 되기가 일쑤다.

이런 생각 저런 생각으로 1979년의 의미를 모색하고 있었는데 어머니가 문간을 들어서고 있었다. 얼핏 보기엔 건장한 걸음걸이였다.

　아아, 그런데 나는 왜 이 따위로 쓰고 있는 것일까! 나는 냉정하려는 것이다. 차분하려는 것이다. 최종식(崔種軾) 교수를 배워 보려는 것이다. 그는 간암(肝癌)에 걸려 마지막 숨을 거둔 순간까지 그의 저서 『농업정책론』의 미필된 부분을 보완하고 있었다니 말이다.

　"어머님 별고 없으시죠?"

　"별고는 없는데."

하고 어머니는 눈을 가느다랗게 하며 웃곤,

　"가끔 배가 아프다."

며 자기의 배쪽을 가리켰다.

　"과식을 하신 건 아닙니까?"

　"별로 그런 일도 없는데."

　"그럼 소화제를 자셔보면?"

　"소화제는 먹고 있다."

　"배가 아픈 것쯤은 조금 조심하면 될 겁니다. 저도 간혹 배가 아파요."

하고 가끔 무딘 통증을 일으키는 부위를 가리켰다.

　"애야, 조심해라. 의사헌테 가보지 그래."

　어머니의 얼굴은 단번에 수색(愁色)으로 변했다.

"제 걱정할 건 없어요. 어머니나 가보시지 그래요."

"나도 걱정 없다. 이렇게 펄펄 걸어다닐 수가 있는데 뭐."

하시고선,

"조금 누워야겠다."

며 아랫목에 자리를 깔게 했다.

자리 위에 누워 지긋이 눈을 감는 것을 보고 나는 서재로 돌아왔다. 팔순노인(八旬老人)이 버스를 타고 걷고 했으니 고단하실 것이란 단순한 짐작밖엔 안 했다.

서재에 와서 책상 앞에 앉자 문득 불길한 예감이 들었다.

'혹시 중병이나 아니실는지.'

이어 어머니의 죽음이란 관념이 뇌리를 스쳤으나 얼른 지워버렸다. 어머니의 죽음이란 상상도 못할 일이었다. 그런 일이 있어도 먼 훗날에나 있을 것이었다.

재작년 여름 혼났던 일이 생각났다.

그때 나는 미국을 돌아 일본 동경에 도착해 있었는데 밤중에 서울로부터 전화가 왔다. 어머니가 위독하니 급히 돌아오라는 전화였다. 그때의 놀라움은 기억하기조차 힘들다. 풀었던 짐을 다시 챙겨 놓고 한숨도 자지 않고 뜬눈으로 새우곤 아침이 되길 기다려 항공사에 가서 생떼를 썼다. 다행히 첫 비행기를 탈 수가 있었다. 김포에 내리자마자 병원으로 달렸다. 어머닌 그때 이문동의 조그마한 개인병원에 누워 계셨다.

어머니는 링거 주사를 맞고 있었으나, 얼굴빛은 좋았다. 의사의 말에 의하면 위험한 고비는 넘겼다고 했다. 병명은 담석증 같다고 했는데 다행히 수술하지 않고도 치유될 수 있다는 얘기였다. 내가 옆에 있은 탓은 아니겠지만 어머니의 회복은 눈에 보이게 빨랐다. 삼 일 후엔 퇴원할 수가 있었다.

"미안하구나. 볼 일도 못보게 먼 데 있는 널 불러서."

퇴원할 때 어머니가 하신 말씀이다.

그 일이 있곤 어머니를 내가 직접 모시고 있으려고 했으나 어머니는 여전히 손주와 같이 있기를 고집했다. 내가 살고 있는 집은 보일러 장치가 되어 있어 겨울은 따뜻하고, 에어콘도 있어 여름은 시원한데 어머니의 손주, 즉 내 아들이 사는 집은 좁고 연탄 아궁이여서 하나부터 열까지 불편한데도 어머니는 그 집을 떠나려고 하시질 않았다. 가끔 나한테 와 있다간 사흘을 넘기지 못하고,

"우리 집으로 가야지."

하시며 떠나곤 했다.

손주에게 대한 애착이 그만큼 극진했다고 하면 그만이지만 어머니의 심중에 있는 것은 그런 것만은 아닐 것이었다.

그러나 나는 그런 상황에 편승해서 어머니가 계시는 곳으로 빈번히 찾아가지도 못했다. 사실 바쁘기도 했지만 바쁘다는 이유로 변명이 가능할 까닭은 없다.

내가 찾아가지 않으니 어머니가 오실 수밖에 없다. 그럴 때마다,

"네가 보고 싶어서 왔다."

고 하시곤 뭔가 몇 마디 보태려고 하다간,

"널 보지 않을 땐 할 말이 많은 것 같더니 네가 옆에 있으니 할 말이 하나도 없다."

며 입을 다물으셨다.

그런데도 나는 어머니 옆에 오래 앉아 있기가 거북했다. 만일 어머니가 말씀을 시작하신다면 감당 못할 일이 한두 가지가 아닌 것이다. 그만큼 나는 불효(不孝)를 거듭하고 있었다. 번연히 할 말이 없다고 하셨는데도 무슨 말씀이 나올까 겁이 나서 안절부절하는 기분으로 나는 어머니 곁을 떠나 서재로 돌아가곤 했다.

어머니에게 대한 불효 가운데 최대의 불효는 직접 모시고 있지 않는다는 바로 그 사실이다. 매일 모시고만 있으면 어머니 옆에 있는 것이 거북한 기분으로 될 하등의 이유가 없다. 모시고 있지 않다는 그 불효가 누적되어 있고 보니 그 죄의식으로 해서 어머니 옆에 있는 심정이 평온할 수가 없는 것이다.

서재에서 나와 어머니가 계시는 방으로 들어갔다. 어머니는 누운 채 눈을 뜨고 있었다.

"고단하십니까?"

"조금."

"지금도 배가 아프세요?"

"아프진 않는데 어쩐지 거북하다."

"병원엘 가십시다."

"병원엔 가봤다."

"어느 병원에요."

"그 병원에 갔지."

그 병원이란 이문동에 있는 어머니의 단골 병원이다.

"그 병원은 시설이 모자라 완전한 진찰을 못할 텐데."

"신설동의 병원에도 갔다."

며 어머니는 서울대학병원의 의사가 경영하고 있는 의학박사의 이름을 가리켰다. 명성이 있는 의사로서 나도 그 이름은 알고 있었다. 그러고 보니 어머니의 병은 어제 오늘 시작한 것이 아니었다. 가슴이 철렁했다.

"병원엔 누구와 같이 갔습니까?"

"강실이허구도 가구……."

강실이란 상계동에서 살고 있는 출가한 누이동생을 말한다.

"왜 제겐 말씀이 없으셨습니까."

"별것도 아닌 일을 갖고 바쁜 너까지 부담을 줄 게 뭐 있더냐"
하고 어머니는 한숨을 쉬었다. 그 모습은 정녕 병자의 모습이었다.

나는 2, 3일 더 지켜보다가 종합병원으로 모시고 갈 작정을 세웠다.

"어머니, 지금부턴 여기에 계십시다."
했더니 어머니는 가만히 머리를 끄덕였다. 그리고 다시 눈을 감으며,

"약을 먹고 며칠 이렇게 누워 있으면 나을 거다."

하고 손가방에 약이 들어 있으니 꺼내라고 했다. 물을 가지고 오라고 일러 어머니는 약을 잡수시고 다시 자리에 누웠다. 병원 이름이 새겨진 구겨진 약봉지가 처량했다. 나는 한참 그 약봉지를 만지작거리다가 일어섰다.

H대학 부속병원에 어머니를 입원시킬 사전준비를 끝내 놓고 그렇게 알렸더니 어머니는 멍청한 눈으로 나를 보았다.

"병원엘 입원해야 하나?"

"병원에 가셔야 빨리 병을 고칠 게 아닙니까."

어머닌 자기가 챙기실 걸 대강 챙기시곤 옷을 고쳐 입으시며 방 안을 한번 둘러보셨다. 그리고 뜰을 걸으시며 역시 주변을 둘러보았다.

자동차에 오를 땐 대문 쪽을 되돌아보셨다. 그 시선의 방향이 내 이름이 새겨진 문패에 가 있다는 것을 짐작하고 나는 엉뚱한 쪽을 보았다.

운전사에게 강변도로로 해서 가자고 일렀다. 팔군 앞 복잡한 거리를 벗어나서 강변도로에 들어섰을 때 어머니의 눈은 한강에 쏠려 있었다. 강 건너에 즐비한 아파트군도 시야에 있었으리라. 그 아파트의 하나에 어머니의 손녀(孫女)가 살고 있어서 가끔 어머니가 드나들기도 했었다.

추색(秋色)에 물든 한강이 소리없이 흐르고 있는 경색을 보며 어머니는 무엇을 생각하고 계셨을까. 어머니도 말이 없었고 나도 말이 없었다. 누이 강실도 말이 없었다. 어떠한 발언권도 개재될 수 없는 운명의 길을 달리고 있다는 의식이 세 사람의 입을 다물게 했는지 모른다. 어머니의 나이는 80세, 내 나이는 59세, 누이 강실의 나이는 45세, 도합 184년의 인생이 그 목적지가 어딘지도 모르고 한강의 물줄기를 따라 허공을 달리고 있는 것이다. 나는 그 엉뚱한 산술에 쓴웃음을 지었다.

의사는 상냥했다.

혈압을 재고 청진기를 대보고 하곤 활달하게 말했다.

"걱정하실 것 없습니다. 정성껏 해드릴 테니까요."

그런데 나를 돌아본 그의 눈엔 엄숙함이 있었다. 까닭도 모르고 나는 전율했다. 동시에 불쾌하기 짝이 없는 통증을 옆구리에 느꼈다. 등에 식은땀이 배었다. 그런 상태로 나는 억지로 웃음을 짓고 어머니를 진찰실에서 모셔나와 휠체어에 태웠다. 20층 위에 있는 입원실까지 엘리베이터를 서서 타실 순 없을 것으로 알았기 때문이다.

그날부터 어머니의 정밀진찰이 시작되었다. 들먹이기조차 번거로운 갖가지의 시험, 그리고 렌트겐 촬영. 그 도중에 난관에 부딪쳤다. 어머니의 위장사진이 나오지 않는다는 것이었다. 구체적으로 말하면 위벽(胃壁)에 내출혈한 피가 엉겨붙어 투시가 불가능하다는 것이다. 위세척을 하고 관장도 했다. 그 결과 엄청나게 토하고 엄청나게 사했다. 추석 때 먹은 음식이 그냥 그대로 나오기도 했다.

"이런 상황으로 용케도 견디셨다."

는 것이 의사의 말이었다.

그렇게 쌓였던 것이 다 배출되고 나니 한결 기분이 가벼워진 모양으로 어머니는 웃기도 하고 얘기도 했다.

"많이 먹지만 않으면 나을 것 같다."

며 미음 이상은 드시려고도 하지 않았다. 좋아하시는 전복죽도 두 숟갈 이상은 먹지 않으시려고 하며 20층 높은 곳에서 바라뵈는 가을의 경치를 눈을 가느다랗게 뜨고 즐기기도 하셨다.

그런데 그 무렵엔 내 자신의 고통이 심해졌다. 그러나 아프다는 표정을 할 수가 없었다. 고통이 견디기 어려울 땐 바쁘다는 핑계를 대고 집에 와서 누웠다. 하기야 누워 있을 시간이란 것도 별로 없었다. 원고마감에 쫓겨 한가하게 누워 있을 수가 없었던 것이다.

10월 26일에야 어머니의 병명(病名)이 밝혀졌다. 위암이란 선고였다. 복도에서 그 선고를 듣고 나는 변소로 가서 변소의 벽에 이마를 대고 한참동안을 울었다. 가까스로 진정을 하고 나서 의사를 찾아갔다.

"어떻게 무슨 방법이 없겠습니까."

의사로선 이런 경우란 흔하게 있는 일이어선지 직업적인 신중성을 표정에 나타내고 한참을 있더니,

"젊으시면 수술이라도 해보겠지만."

하고 말꼬리를 흐렸다.

"수술하면 안 될까요?"

"노쇠가 심해서."

노쇠가 심하다는 말에 발끈하는 감정이 났다. 검사니 시험이니 촬영이니 하는 번거로운 절차 때문에 어머니의 체력은 더욱 소모된 것이 아닌가 해서다. 그러나 그 감정을 억누르고 다시 한번 물었다.

"정 희망이 없을까요?"

"……."

"뭣이건 수를 써 볼 수도 없을까요?"

"우리 병원으로선……."

"다른 병원으로 가면 혹시 무슨 수가 있을까요?"

"글쎄요."

의사의 표정이 약간 짜증스럽게 흐렸다. 나는 자리에서 일어설 수밖에 없었다. 의사의 방에서 나온 후 병실로 전화를 걸었다. 조카가 전화를 받았다.

"나 잠깐 바깥에 나갔다가 올께. 너 할머니 잘 모시고 있거라이."

터질 것 같은 오열을 겨우 참고 이렇게 말하곤 돌아올 말을 기다리지도 않고 송수화기를 걸어버렸다.

나는 그 길로 나와 변두리 어느 술집으로 갔다.

'어머니는 빈사의 병상에 있고 아들놈은 술집에서 흥청댄다.'는 의식은 세상의 빛깔을 송두리째 바꿔 놓았다. 언제 어머니의 영생을 믿기라도 했던가. 다만 한없이 한없이 어머니가 가련할 뿐이었다. 그날 밤 묘한 일이 생겼다. 이른바 10 · 26사건이다.

그 이튿날 밤, 나는 병실에 있었다. 텔레비전은 어젯밤 있었던 사건을 설명했다. 죽은 사람에게 대한 애도의 방송이 슬픈 가락을 곁들여 언제까지나 계속되었다.

텔레비엔 등을 돌리고 면목동 쪽의 불빛을 보고 있는 나더러 어머니는,

"텔레비를 끄지 왜."

하고 한숨을 쉬었다.

시키는 대로 나는 텔레비를 껐다.

"세상이 시끄러워지겠재?"

어머니의 말씀이었다.

"약간은 시끄러워지겠죠."

나는 벙벙하게 대답했다.

"네겐 아무 일도 없겠재?"

"제게 무슨 일이 있겠습니까."

하면서 나는 어머니의 마음을 알 것 같았다. 나는 무슨 큰 사건이 있을 때마다 변을 당했었다. 일제 말기엔 학병으로 끌려갔고, 6·25때는 자칫 죽을 뻔했고, 5·16때는 징역살이를 했다. 이를테면 역사의 고빗길마다에서 나는 고난을 겪었다.

어머니는 그러한 아들이기 때문에 무슨 변란만 있으면 가슴을 조였다.

"조심해라 얘야."

"예."

"어쩌자고 저런 일이 난단 말인가. 참으로 알 수가 없구나."

"알 수가 없는 건 저도 마찬가집니다. 어머닌 그런 걱정 마시고 가만 누워 계십시오."

"내가 걱정한다고 쓸 데나 있겠나만 어쨌건 세상이 편해야 할 텐데……."

하고 어머니는 저편으로 돌아누웠다.

침묵이 방안에 깔렸다. 나는 어머니가 세상을 이해하고 있는 범위와 내용이 어떤 것일까, 하는 생각을 해봤다. 이 아들이 속에 지니고 있는 추잡하리만큼 복잡한 세계 인식을 짐작이나 하신다면 얼마나 놀라실까.

어머니의 세계 인식은 연꽃에 맺힌 이슬이 달빛을 반영하고 있는 것처럼 청묘(淸妙)하다는 것을 나는 알고 있다. 어머니의 격식으로썬 모든 사람들이 서로 잘 지내야 하는 것이다. 부처님 앞에 경건하게 치성을 드리며 싸움하지 않고 없는 사람에게 있는 사람이 선심을 써가며 살아야 하는 것이다. 왜 사람들이 서로 싸워야 하는가를 이해하지 못한다. 착하고 착하다고만 생각한 자기의 아들이 어째서 징역살이를 해야 했는가를 이해하지 못한다. 잘 살진 못해도 어머니가 낳은 삼남일녀(三男一女)가 요절(夭折)하지 않고, 또 손주들이 별 탈없이 지내고 있는 것은 어머니의 착하신 마음의 그늘 때문인지도 모른다.

세상에 어느 아들이 자기 어머니를 존경하지 않을까만 우리 어머니처럼 선량한 어머니를 나는 알지 못한다. 우선 나는 어머니가 남과 다투는 경우를 보지 못했다. 어릴 때 많은 하인(下人)이 있었고 하녀(下女)가 있었을 때를 회상하면 어머니의 심지(心地)가 어떠했다는 것을 알고 있다. 지금은 뿔뿔이 시집을 가서 살면서도 어머니를 친정 어머니처럼 지금도 따르고 있는 것을 보면 어머니가 그들에게 어떻게 마음을 썼다는 것을 알 수가 있다.

"심심하지 않느냐."

고 어머니는 다시 이편으로 돌아누우며 말했다.

"심심하질 않습니다."

"텔레비라도 보렴."

"좋습니다."

한참을 있더니 어머니는,

"네 외삼촌 무덤에 가본 적이 있느냐."

고 물었다.

어머니보다 열 살이나 아래인 외삼촌이 죽은 지 5년이나 지났다. 나는 장사 지내는 그날 가보곤 가본 적이 없었다.

"없습니다."

그러자 어머니는 뚜벅 말했다.

"의사가 자기 병도 모르고 죽다니. 박사라고 해도 소용이 없는 거지?"

외삼촌은 의사였다. 어머니는 자기의 병을 가늠하며 의사를 어느 정도로 믿으면 될까 하는 생각과 더불어 외삼촌을 상기한 것임에 틀림이 없었다.

"외삼촌의 경우는 할 수 없었지만 요즘의 의사, 더욱이 이 병원의 의사는 믿을 수가 있습니다. 모두 권위자들이니까요."

이 말엔 반응이 없더니 어머니는,

"항상 이런 모양이라면 내일에라도 퇴원을 하는 게 어떻겠니. 병원에 있는 게 진력이 났다."

고 말했다.

"며칠만 더 계시지요. 퇴원을 한다고 해도 기운을 좀 더 돋우어야 할 게 아닙니까."

"의사가 하는 일이란 주사 놔주는 일뿐인데 주사는 집에 가서도 놓을 수 안 있겠나."

"하여간 며칠만 기다려 봅시다."

"네가 알아서 해라."

하고 어머니는 다시 저편으로 돌아누웠다.

나는 아까부터 솟구쳐 오르는 복부의 통증을 달랠 겸, 냉장고에 갖다 둔 술병을 꺼냈다. 큰 글라스 반쯤 술을 채워 냉수 마시듯 꿀꺽꿀꺽 마셨다. 통증이 금시에 가셔진 느낌이었다.

아침에 조카가 왔다.

바쁜 원고가 있기도 해서 집으로 돌아가려다 외래환자가 뜸한 시간이기도 하니 진찰을 받아볼까, 하는 생각을 했다.

'한 시간, 한 시간쯤이면 되겠지.' 하는 기분으로서였다.

의사는 혈압을 재고 대강 청진을 하곤 당장 렌트겐 사진을 찍어야겠다고 했다. 그럴 시간이 없다고 하자 의사는 이상스런 눈초리를 를 했다. 가련하고 불쌍한 사람을 대했을 때 사람은 흔히 그런 눈초리, 그런 눈빛을 하는 게 아닐까 하는 느낌이 와락 들었다.

"꼭 찍어야 하나요? 렌트겐을."

계면쩍스럽게 내가 물었다.

"어떻게 바쁘신진 몰라도 생명에 관한 일 이상으로 바쁘신 일이 있습니까?"

그것은 바로 협박이었다.

나는 그날의 예정을 전부 포기하고 모든 검사에 응하고 사진을 찍었다. 그리고 삼 일 후의 일이었다.

"보호자를 만나고 싶은데요."
하는 의사의 말이 있었다.

"나 자신 말고 또 달리 무슨 보호자가 있겠습니까. 어머님이라도 건강해 계시면 몰라도."

내 말이 이렇게 나오자 의사의 얼굴은 핼쑥하게 긴장했다. 중대한 국면에 봉착한 그런 표정이었다.

"무슨 말이라도 좋습니다. 솔직하게 말씀해 주십시오."

그래도 의사는 말이 없이 나를 바라보고만 있었다.

"대강 짐작이 갑니다. 내가 중병에 걸려 있는 모양이죠? 솔직하게 말씀해 주십시오."

"중병이라고 하기보다……."

하고 의사는 얼굴을 찌푸렸다.

"암입니까?"

낭떠러지를 뛰어내리는 마음으로 물었다.

의사의 답은 없었다.

엷은 커튼이 눈앞에 내린 것처럼 시야가 흐릿하게 되었다. 나는 혼신의 힘을 다해 자세를 바로하고 무언가 한마디 하려고 했으나 목구멍이 말라붙은 듯 말이 되질 않았다.

"마음을 단단히 가지셔야 합니다."

의사의 말이 저 먼 세계에서 들려오는 것처럼 아득히 들렸다.

'정신을 차려야 한다.'는 마음이 머릿속 한구석에서 가냘픈 소리를 질렀다. '정신을 차려야지.' 이번엔 입속에서 중얼거렸다.

"입원하시렵니까?"

하는 의사의 말이 있었다. 그대 내가 겨우 대답한 말은

"어머니를 두고 어떻게 내가 입원을, 입원을 하겠소."

병명은 간암.

숨겨도 소용이 없다는 생각이 들었는지 의사는 과학자적인 냉정

한 태도로 말했다.

"문제는 시간입니다."

캄캄한 창고의 한 구석에 초롱불 같은 관념의 불이 켜졌다.

'위신'

나는 깜박거리는 그 위신의 호롱불을 지켜보는 눈으로 되면서 물었다.

"언제쯤으로 각오하면……."

의사는 심각한 포즈를 취했다. 그리고 눈앞에 있는 서류를 살금 밀어놓고 말했다.

"1년쯤으로 생각하시면 무방할 것 같습니다."

그 말엔 놀라지 않았다. 그런데 다음의 말이 엄청났다.

"어머니보다 훨씬 중증일는지 모릅니다."

"그럼 제가 어머니 앞에……."

"그럴는지도 모르죠."

나는 잠자코 일어섰다. 아랫도리가 후들후들 떨렸다. 간신히 발을 놀려 도어의 노브를 잡고 잠간 숨을 돌렸다.

'아무렇지 않은 것처럼 복도를 걸어야 한다.'는 의식으로 나는 긴장했다.

복도를 나왔다. 복도엔 대기하고 있는 환자들로 붐비고 있었다. 그냥 걸을 수가 없어 두리번거리고 있는데 마침 내 눈앞의 한 사람이 벤치에서 일어섰다. 그 자리에 비집고 앉았다.

담배를 피워물었다.

담배의 맛이라곤 없었다. 그래도 버릇처럼 담배를 빨아선 연기를 뿜어내고 있었는데 그동안 맞은편 벤치에 앉아 있는 사람에게로 어느덧 관심이 쏠렸다. 끊임없이 오가는 사람들 때문에 계속해서 관찰할 순 없었으나 사람이 지나간 잠깐동안의 틈을 엮어 꽤 세밀하게 그 사람을 관찰할 수 있었는데 나이는 나와 비슷한 또래가 아닐까 했다.

겁게 질려 있는 어린 아이, 굶주려 있는 어린 아이들에게서 흔히 보는, 표정을 잃은 표정과 통하는 뭔가가 그 사나이의 얼굴엔 있었다. 굳어 있는 신경이 그냥 피부가 된 듯, 주름마저도 오랜 세파가 새겨놓은 그런 자연스러운 것이 아니고, 병고(病苦)와 그로 인한 충격이 한꺼번에 구겨놓은 것 같은 어설픈 주름들인데 빛깔은 황회색(黃灰色)으로 시들었다. 특히 그 머리털 기름기는커녕 물기마저 잃은 헝크러진 마사(麻絲)를 닮았다. 그리고 그 황탁한 눈빛, 구원을 바라는 기력도 이미 잃은 듯, 스스로의 부식에 익숙해버린 그 자체 부식의 과정을 겪고 있는 눈인 것이다. 나는 그 사나이의 얼굴에 암환자의 징후를 보았다기보다 암병균이 사람의 얼굴로 화한 표본 같은 것이라고 보았다.

'나도 불원 저런 몰골로 될 것이다.' 싶었지만 실감으로까진 되질 않았다.

약간의 평정과 다소의 기력이 나를 일어서게 했다. 나는 되도록 태연스럽도록 애를 쓰며 골마루 한구석에 붙여놓은 재떨이에 부벼

끈 담배꽁초를 버리고 천천히 걸었다.

사람이 병에 걸린다는 건 어떻게 된 이치일까. 분명 거겐 섭리의 작용이 있고 인과의 작용이 있을 것이었다. 그러나 그건 영원한 아폴리아(難問題)인 것이다. 나는 그 난문제를 피하기라도 하려는 것처럼 병원 문을 나섰다.

그날따라 하늘이 왜 그렇게 푸르렀는지 모른다. 드높은 가을 하늘엔 구름 한점 없었다. 미풍이 산들거렸다. 누가 무슨 소릴 해도 살아볼 만한 세상이 아닌가, 이 세상을 버리고 떠날 때 세상은 얼마나 아름다운 것일까. 내가 없어도 이 하늘과 땅은 천년 후에도 만년 후에도 이처럼 의젓하게 남아 있을 것이 아닌가. 천년 전 만년 전에 이 하늘과 땅이 있었듯이 말이다.

나는 광장을 걸어 높은 낭떠러지가 시작되는 철책 가까이로 갔다. 왼편은 의정부쪽, 오른편은 천호동쪽으로 광활하게 시야는 펼쳐 있고, 높고 낮은 산, 들, 한강을 끼고 멀게 가깝게 집들이 산재해 있는 풍경들이 꿈결 속의 경색과 같았다.

'저 집에 사는 사람들도 백년을 지내면 하나도 이 지상에 남아 있지 않으리라!'

시간문제라고 한 아까의 의사의 말이 되살아났다.

'그렇다. 모든 것이 시간의 문제다. 다만 조만(早晚)이 있을 뿐이다. 그런데도 내가 이처럼 슬픈 것은 생명을 가진 자가 그 생명에 대해 응당 느껴야 하는 석별일 따름이다……'

이런 생각을 했다고 해서 내 마음이 진정된 것은 아니다. 나를 지탱하고 있는 것은 사람이란 견디지 못할 것이 없다는, 즉 자기의 죽음마저도 견딜 수밖에 없는 생명의 또 하나의 힘이었을 뿐이다.

'나는 아무렇지 않게 행동해야 한다.'

이렇게 나 자신에게 명령하고 택시를 탔다. 일단 집으로 돌아가서 정리를 시작해야겠다고 마음을 먹은 것이다.

운전사에게 행선지만 알리고 노선은 그에게 맡겼다. 강변도로로 갈 수도 있고 시심(市心)으로 해서 갈 수도 있었는데 나는 그 노선의 선택마저 하기 싫을 정도로 지쳐왔던 것이다.

택시는 시심을 향하고 있었다. 그때사 나는 운전사의 의도를 알아차리고 얼른 말을 보냈다.

"천 원쯤 더 드릴 테니 합승은 말고 갑시다."

알았다는 시늉으로 운전사는 고개를 끄덕였다. 과묵해뵈는 운전사라서 다행이라고 여겼다.

몸을 택시에 맡기고 눈을 감았다. 어디에서부터 생각을 시작하며, 무엇부터 정리를 시작해야 할까. 뜻밖에도 육이오 동란 중 피난처에서 집으로 돌아왔을 때 수습 못할 정도로 헝클어져 있는 서재를 들여다 보고 있던 나 자신의 모습이 염두에 떠올랐다.

부숴진 책상, 탄흔이 남아 있는 벽, 천정의 판자가 디룽디룽해 있고 책들은 산란해 있었는데 그 위에 토족(土足)의 흔적이 요란한 서재를 보고 나는 멍청히 서 있었다. 어디서부터 손을 대야 할지 엄두가 나지 않았던 것이다. 지금의 내 머릿속이 그때의 서재를 방불케 하고 있다는 사정을 돌연 깨달았다.

그러나 그땐 슬프지도 않았다. 당황하지도 않았다. 살아 있다는 사실만으로 충분히 고마웠던 것이었는데…….

나는 아무 생각도 않기로 작정해 보았다. 그런데 그것이 불가능했다. 맥락도 없는 상념이 폭풍(暴風)에 날린 돌더미, 나무토막, 기왓장, 풀신한 먼지처럼 뒤죽박죽으로 섞였다. 그리고 보니 나는 폭력으로 죽을 뻔한 일이 한두 번이 아니었다는 회상이 살아났다.

날짜도 잊지 않는다. 1950년 8월 31일, 정오 무렵, C시의 상공에 수십 대나 되는 B29가 나타났다. 친구인 정 군과 나는 한여름의 태양에 은색 날개를 번쩍거리며 폭음도 요란하게 날아오고 있는 그 비행기들을 넋을 잃고 쳐다보고 있었다. 너무나 높은 고도(高度)여서 그저 지나가버리는 것으로만 알았던 것이다. 그런데 검은 깨알을 쏟듯 비행기의 배가 무언가를 토해내는 것을 보았다.

'시력도 좋았지. 아무렴 좌우 각각 1·5였으니까.'

정 군이 외쳤다.

"수평폭격이다."

정 군과 나는 바로 옆 개천으로 뛰어내렸다. 그리고는 축대 아래쪽에 몸을 붙이고 눈과 귀와 코를 양손의 손가락으로 막았다. 일본 군대에서 배운 요령이었다. 다음 순간 천지가 진동하는 굉음이 일더니 한참동안을 계속되었다. 굉음이 사라진 뒤 눈을 떠보았다. 몽몽한 연기와 먼지로 지척도 분간할 수 없는데 기왓장과 돌멩이와 나무토막 같은 것이 날아와선 축대의 벽에 부딪치고 있었다. 폭풍의 회오리였다.

그 회오리가 끝나고 먼지가 가라앉았을 때 몸을 일으켰다. 근처의 집은 온데간데없었다. 무수한 사람이 죽었다. 그 지옥 속에서 나와 정 군은 살아남았다.

'폭탄이 떨어지는 자리를 몇 센티쯤 피했다는 것이 내가 생존한 조건이며, 이유다.' 하는 하나의 관념이 그때 내 가슴속에 새겨지게 된 것이다.

'그렇게 살아남아 드디어 이젠⋯⋯.'

육체의 세계는 협소하기 짝이 없다. 육체의 시간은 허무하리만큼 짧다. 헌데 관념의 세계는 한없이 넓다. 그 시간도 거의 무한에 가깝다. 빈약하고 짧고 협소한 세계밖엔 가지고 있지 않은 인간이 다종 다양할 뿐아니라 중요한 관념의 세계를 가지고 있다는 것은 책벌(責罰)일까, 위안일까. 육체는 사로잡혀 있지만 관념은 모든 속박에서 초월할 수 있다는 것은 지혜의 말일까. 우자(愚者)의 넋두릴까.

집안 사람들이 나의 음울한 표정을 어머니의 병환 때문일 것이다고만 생각하고 있는 것은 다행이구나. 나는 아무 말 않고 서재로 들어가 한 권의 책을 찾았다. 두 달 전엔가 읽은 모리스 웨스트의 책이다. 암의 선고를 받는 메레디스란 신부(神父)를 주인공으로 한 그 소설의 서두를 읽어보고 싶었던 것이다. 한 번 읽은 책은 아무 구석에나 처박아버려 찾기 힘들기가 보통인데 요행스럽게도 그 책은 짜증을 내지 않고 찾을 수가 있었다.

첫 페이지를 폈다.

　　다른 사람들을 위해 편안한 죽음을 준비해 주는 것을 직업으로 하고 있는 그가 자기의 죽음에 대해선 전혀 준비가 없었다는 사실은 충격이었다.

　　그는 이성적인 사람이었다. 그런 만큼 사람은 출생하는 그날, 자기의 사형선고(死刑宣告)를 손바닥 위에 기록한다는 사실을 그는 알고 있었다. 그는 또한 냉정한 인간이었다. 감정에 치우치지 않고 어떠한 고행(苦行)에도 지치지 않았다. 그런데도 암의 선고를 받았을 때의 그의 첫째의 충동은 불사(不死)의 환상(幻想)에 매달리고 싶은 강렬한 욕망이었다.

　　얼굴을 가리고 손을 숨기고 전혀 예기치도 않은 시간에 죽음이 들어닥친다는 것은 죽음이 지니고 있는 은총(恩寵)의 일부라고 할 수가 있다. 죽음은 그의 형제인 수면(睡眠)처럼 천천히 부드럽게 다가서든가, 또는 성애(性愛)의 절정처럼 빨리, 급격하게 엄습하든가 해야 한다. 그런 까닭에 최후의 순간은 영혼과 육이 분리하는 고통 대신 조용하고 성스럽기조차 할 것이었다.

이와같은 죽음의 은총은 막연하나마 모든 사람들이 바라고 있는 바이며 그것을 위해 기도한다. 그런데 그 바람과 기도가 거절당했을 때 사람들의 비통은 심각하다……

나는 계속 읽어갈 흥미를 잃었다. 문제는 앞부분에 있을 뿐이다. 정도와 내용은 물론 다르지만 신부(神父)와 작가(作家)라는 것은 약간 비슷한 직업이다. 신부의 역할이 사람들에게 편안한 마음을 준비해 주는 것이라면 작가의 역할은 죽음에 대처하는 인간의 위신(威信)을 생각케 하는 데 있다. 그는 죽음에 관해 어떤 글을 쓰건, 안 쓰건 죽음에 임하는 각오만은 마음속에 간직해 있어야 하는 것이 아닐까. 각오까지 되지 못하더라도 좋다. 그러면 어떤 기분이라도.

그런데 내겐 그저 당황이 있을 뿐이다. 남에게 충고하는 것을 직업으로 하고 있는 나 자신이 인생에 있어서 가장 중대한 문제를 두고 당황한다는 것은 말이 되지 않지 않는가. 그러나 지금도 아직 늦지는 않다는 마음이 있다.

나는 모리스 웨스트의 신부(神父)로부터 각오를 배울 양으로 억지로 읽어 내려갔다. 다음과 같은 대목이 나왔다.

의사는 말했다.

"물론 수술할 수야 있죠. 헌데 수술을 하면 당신은 석 달 안으로 죽게 됩니다."

"수술을 안 하면?"

"조금은 더 살 수가 있겠죠. 죽을 때 고통스럽긴 하겠지만."

"어느 정도로 오래 살 수 있을까요."

"육 개월."

"우울한 선택이군요."

"당신이 결정해야죠."

"알았습니다."

나는 나와 의사와의 대화를 상기했다. 나의 경우 의사는 수술이 불가능하다고 했다. 앞으로 1년은 살 수 있을 것이라고 했다.

모리스 웨스트의 작중인물 메레디스 신부는 6개월은 살 수 있다는 의사의 말을 믿고 그 기간을 꽉 차게 자기의 임무를 완수하려고 했다. 그런데 임무 도중 다른 의사에게 알아본 결과 그 반밖에 못 산다는 사실이 밝혀졌다. 그러니 나의 경우도 반년으로 잡아야 할 것이 아닐까.

'그런데 어머니는?' 하고 상념이 뇌리에 비끼자 나는 어떻게 하더라도 어머니보다는 오래 살아야 한다는 생각을 다졌다. 단 하루라도 좋다. 어떻게 하건 어머니가 죽은 연후에 내가 죽어야 하는 것이다.

심한 통증이 엄습했다.

서재에 있는 술병을 꺼내 병으로부터 직접 몇 모금을 마셨다. 그래도 고통은 가시질 않았다. 소파에 길게 누웠다. 병세는 선고 후에

급속도로 진행되는 모양이었다. 책에서 얻은 지식으로 모르핀을 구해야겠다는 작정을 했다.

밤중에 '기막힌 운명!'이라고 중얼거려 본 것은 내가 암에 걸렸다는 사실을 두고 한 감회는 아니다.

나는 이상스럽게도 내 자신의 고통을 고통스러운 그대로 표명할 수 없는 국면만을 겪어왔다.

그 첫째의 예가 일제 말기 학병으로 나갔을 때다. 가까운 친척 친척 할 것 없이 죽음터에 나가게 된 나를 위로하기 위하여 모여드는 바람에 나는 우울한 표정을 지을 겨를이라곤 없었다. 되레 내가 그들의 침통한 마음을 위로해야만 하는 입장이 되었다.

"걱정 마십시오. 나는 어떻게 하건 살아서 돌아올 테니까요."

"전쟁은 곧 끝납니다."

"일본은 망하게 돼있으니까 기회를 보아 안전지대로 탈출이라도 할 겁니다."

이렇게 내 자신도 믿지 않은 허튼 소리까지 해가며 나는 그 긴박한 시간을 엄격한 자기성찰(自己省察)을 할 겨를도 없이 넘겨버렸다.

둘째의 예는 6·25동란 중 정치보위부에 붙들렸을 때이다. C시를 점령한 북괴군은 천주교 교회당에 정치보위부의 본거를 차려두고 유치장으로 2층을 사용했다. 이층 유치장에 며칠을 가둬두고 조사가 끝나면 형무소로 보내는데 그 이층 유치장에 있는 동안이 공포의 연속이었다. 낮과 밤을 가리지 않게 빈번이 공격해 오는 비행기가 언제 그 이층건물을 날려버릴지 몰랐기 때문이다. 그런데 그때도 나는 불안한 그대로 언동할 수가 없었다. 상당수의 학생이 반동사상을 가졌다고 해서 끌려와 있었는데 그들에 섞여 명색이 교사라고 하는 자가 불안하다고 해서 벌벌 떨 수가 없었다. 스스로의 불안을 숨기고 태연한 척 꾸미곤

"최후의 일각까지 침착해야 한다."

"불안하다고 생각하면 자꾸만 불안해지는 것이다. 일부러라도 불안한 척 말아라."

"정신만 똑바로 차리면 하늘이 무너져도 솟아날 구멍이 있단다."

"미국 비행기가 십자가가 달려 있는 교회당을 폭격할 까닭이 있느냐."

는 등의 말을 지껄여야 했던 것이다.

세 번째의 예는 5·16혁명 직후 필화사건으로 붙들렸을 때이다. 처음 Y경찰서의 유치장에 수감되었는데 거기엔 이미 교원노조(敎員勞組)에 관계했다고 해서 십수 명의 교사들이 수감되어 있었다. 그들은 나를 보자 지옥에서 부처님이나 만난 것처럼 반가워했다. 무력하고 마음이 약한 교사들은 별것도 아닌 나를 정시적인 지주로서 삼으려는 기분이 되었던 모양이다. 상황이 그렇게 되었는데 어떻게 나 자신의 울분과 고통을 표명할 수 있겠는가 말이다. 나는 부득이 수학여행에 아이들을 데리고 여관방에서 같이 자는 선생처럼 처신하

지 않을 수 없었다. 이런 사정은 서대문 교도소로 옮기고 나서도 바뀌질 않았다. 같은 감방에 노인도 있고 청년도 있고 보니 우울한 표정조차 할 수가 없었다.

"이곳은 감옥이 아니고 아카데미다."

"우리는 죄수가 아니고 황제다."

"감옥 이상으로 안전한 곳이 어디에 있느냐. 우선 체포당할 걱정이 없지 않느냐. 화재를 만날 걱정도 없고 홍수에 떠내려갈 걱정도 없지 않느냐."

"이곳에 있는 한 나는 나의 완전한 주인이다."

"자유는 마음속에 있는 것이지 조건에 있는 건 아니다. 바깥 세상은 창살이 없는 감옥일 뿐이다."

"우리가 갇혀 있는 것이 아니라 우리가 달과 별을 가두어 놓고 산다."

이처럼 황당무계한 말을 꾸며가며 죄수가 황제 노릇을 해야 했던 것이다.

그런데 나는 마지막 인생의 국면에서 또 그와같은 사정에 놓이게 되었다는 것을 절실한 마음으로 확인하지 않을 수가 없었다.

'어머니를 위해서!'

어머니를 위해 최후이자 결정적인 연극을 해야만 하는 것이다. 첫째 나는 나의 병을 어머니에게 알려선 안 된다고 다짐했다. 둘째 어떠한 일이 있더라도 어머니보다 먼저 죽어서는 안 된다고 다짐했다. 말하자면 하루에 몇 번씩이나 엄습하는 통증을 참고 건강한 사람인 척해야 하는 것이다.

나는 나의 불효를 보상하는 방법은 이 길밖에 없다고 결심했다. 고통을 참지 못해 드러눕는다고 해서 경각에 있는 죽음을 연기시킬 수는 없는 일이 아닌가. 나는 어머니를 위해서 내 마지막 인생을 바치기로 했다. 이런 각오에 따른 비장감(悲壯感)이 얼만가의 위안이 된다는 것은 인간이 유물적 존재(唯物的存在)가 아닌 증거일지도 모른다.

병원에 있어도 아무런 보람이 없다는 사실이 명백하게 되었다. 그럴 바에야 집에 누워 계시는 게 마음이 편하겠다는 어머니의 말씀도 있었다.

내일 퇴원하기로 한 날의 밤, 나는 어머니와 함께 병실에서 지내기로 했다. 그날 밤 모자간에 긴 얘기가 있었다.

얘기는 이렇게 시작했다.

"애야, 너 기운이 없어 뵈는구나."

"어머니가 아프신데 제가 기운이 있을 턱이 있습니까."

"나는 많이 나아진 것 같다. 그러니 기운을 내라."

"어머니가 완쾌하시면 그때 자연 기운이 날 겁니다. 걱정마이소."

"아무쪼록 몸조심 해라. 네 책임이 얼마나 중하노."

"그보다 어머니 옛날 얘기나 합시다."

"옛날 이야기? 네가 해라. 나는 들을게."

"이 세상에선 어머니와 같이 가장 오래 산 사람은 저죠?"

"응 그래."

"제 어릴 때 하던 짓 기억하고 계십니까."

"대강."

"커서 흥부전이란 걸 읽어 봤는데 제 한 짓이 놀부가 한 짓 그대로였습니다. 내가 한 짓을 일일이 기록한 것 같애요."

"그래?"

"못자리판에 돌 던지기, 삼밭에 말 달리기, 삼밭에 말을 달리진 않았지만 삼밭에서 숨바꼭질을 하여 남의 삼밭을 망쳐 놓은 적은 있거든요."

"그랬지."

"호박을 보면 나무 못을 박아 놓았고 남의 외밭을 뒤지고 게발통을 뒤엎고……."

"난하기 짝이 없었지."

"그렇게 짓궂은 애를 키우려니 얼마나 수고를 했겠습니까."

"가을만 되면 네가 손해 뵌 곡식 물어주느라고 바빴다."

"어머니 제게 하모니카 사주신 일 기억하세요?"

"응."

"일본 갔다 온 사람의 아들이 하모니카를 가지고 있었거든요. 그것이 탐이나 죽을 지경이라서 졸랐더니 어머니가 그 집에 직접 가셔서 하모니카를 사왔어요. 그 집 어른들은 고사하고 그 집 아이를 어떻게 꼬셨는지 지금도 궁금해요."

"돈도 많이 주었지만 짚을 열 통이나 안 줬나. 지붕을 일 짚이 없다캐서."

"되게 비싸게 치었겠네요."

"그 집 아들도 소중한 아들인데 그 아들 것을 가지고 오는데 비싸고 안 비싸고가 있었겠나."

"어머니가 제일 기뻤을 땐 언제였습니까."

"네가 중국에서 돌아왔을 때다."

"제일 슬펐을 때는요."

"글쎄. 그건 아버지가 죽었을 때라고 해야 안 되겠나."

"어머닌 시집을 사시느라고 고생하시진 않았습니까?"

"고생이 뭣고, 호강을 했지. 느그 할머니는 참으로 훌륭했더니라. 여장부였지."

"고생이 많으셨을 텐데요. 그밖에도."

"누가 고생 않고 사는 사람이 있겠나."

"특히 마음에 걸려 있는 게 뭡니까."

"느그 작은 아부지의 제사가 마음에 걸리는구나."

작은 아부지란 나의 중부를 말한다. 중부는 3·1운동 때 투옥된 이래 평생 절(節)을 굽히지 않고 불우하게 살았는데 아들이 없다. 그 때문에 제사를 걱정하고 있는 것이다.

"그밖에 한이 되는 건 없습니까."

"원도 한도 없다. 손주놈 장가만 보내면 그 이상이 없겠구나."

"상대가 결정되어 있으니 걱정할 것 없습니다."

"이해 안으로 안 될까?"

"지금 대학 4학년이니까 명년 봄 졸업하고 나면 곧 하도록 하죠 뭐. 여자는 재학중엔 결혼할 수 없게 돼 있어요."

"모두가 남녀동권이라고 하던데 왜 그것만 남녀동권이 아니고."

"특히 하고 싶은 건 뭡니까."

"아무것도 없다. 전국 좋은 데란 곳은 다 가봤고. 제주도만 빼놓고 말이다. 그런데 뭐 바랄 게 있겠노."

"완쾌하시거든 제주도엘 갑시다. 제가 모시고 갈 테니까요."

"언제 나을 날이 있을까?"

"있구말구요."

"병원비가 많이 들겠재?"

"그런 게 어디 문젭니까."

"차를 없애서 불편하재?"

"요즘 휘발유 값이 비싸고 한데 없앤 건 잘한 일입니다."

"그래도 넌 옛날부터 타고 다닌건데."

"새 차 좋은 걸 사죠 뭐. 어머니가 나으시기만 하면요. 새 차 사 가지고 전국 방방곡곡 타고 다닙시다."

"바쁜 사람이 그럴 여가가 있겠나."

"어머니만 나으시면 그때부터 전 안 바쁩답니다. 일을 줄이죠 뭐."

"일을 좀 줄여야 될끼다. 밤샘을 하며 글 쓰고 있는 걸 보니 딱하더라."

"버릇이니 딱할 것도 없습니다. 아무리 생각해도 어머닌 오래 살아계셔야 할 것 같애요."

"왜?"

"유일한 빽인 걸요."

"나를 빽으로 말고 부처님을 빽으로 해라."

"부처님을 빽으로 한 사람은 너무 많지 않습니까. 전 여전히 어머니를 빽으로 할 겁니다."

"내 빽이 부처님이니까 네 빽도 부처님이다."

……

얘기는 더 많이 계속되었다. 처음으로 모기장을 산 얘기, 재봉틀을 산 얘기, 어머니의 어렸을 때의 얘기, 어머니의 잊을 수 없는 친구들의 얘기, 친정 얘기……

이것이 어머니와 나 사이에 있었던 대화다운 긴 대화의 마지막이었다.

퇴원하는 날 나는 의사에게 물었다. 어머니의 생존이 얼마 동안이나 보장되겠느냐고. 반년까진 갈 것이란 의사의 대답이었다.

어머니를 자동차 안에 모셔다 놓고 나는 다시 의사에게로 가서 내 문제를 물었다. 의사는 좀처럼 답을 안 하고 있더니 조심만 하면 1년은 견딜 수 있을 것이라고 했다.

"그럼 어머니보다 먼저 죽는 일은 없겠습니까?"

"대강 그렇게 되겠죠."

하고 그는 얼마 전의 의견을 반복했다.

"어머니보다도 중증이라면서 내가 오래 산다는 건 모순이 아닙니까?"

"젊으니까요."

돌아와 차를 타고 강변도로로 해서 내가 거처하고 있는 집으로 가려고 하자 어머니는 반대였다. 손주집으로 가야 한다며 말을 다음과 같이 하셨다.

"내 집에 가서 누워 있어야 편하다."

이 말씀에 내 가슴이 쿵했다.

그리로 가시면 나도 거기서 거처해야 할 것이지만 그렇겐 될 수가 없었다. 나는 내 죽음도 준비해야 하는 것이며 따라서 정리를 하려면 생활의 본거지에 있어야 하는 것이었으니까.

그러나 어머니의 뜻대로 모실 수밖에 없었다. 어머니는 어쨌건 살아서 집으로 돌아오신 것이 기쁜 모양으로 문병 온 친척들과 친지들에게 농담을 섞은 말씀을 가끔 하셨다.

어머니의 단골 병원에 연락이 되어 간호원이 왔다. 그 간호원이 책임지고 링거와 그밖에 필요한 주사를 놓아주기로 약속이 되었다.

나는 내 생애의 정리에 착수했다. 정신을 혼미케 할 정도의 동통이 엄습해 오면 모든 것을 포기하고 드러누워 버리고 싶었지만 그 동통이 살큼 가시면 이대로 가만 있을 순 없다는 생각으로 벌떡 일어나곤 했다. 요컨대 나는 어머니의 고통과 내 고통을 이중으로 고통해야 했는데 그것이 상승작용(相乘作用)으로 고통을 더하게 하는 것이 아니라 어쩌면 상제작용(相除作用)으로 고통을 덜어주는 결과가 되었지 않았나 하는 생각을 가질 때도 있었다. 이를테면 어머니의 죽음에 대한 슬픔 속에 내 죽음에 대한 공포를 묻어버릴 수가 있고, 내 죽음에 대한 슬픔의 그늘에 어머니의 죽음에 대한 슬픔을 묻어버릴 수가 있다는 얘기다.

관념이 무슨 꾀를 꾸미고 수식(修飾)하려고 해도 고통은 남는다. 고통 가운데서라도 정리는 해야 한다. 그런데 무엇을 어떻게 정리한단 말인가.

재산! 정리를 해야 할 정도로 재산이 있을 까닭이 없다. 그야말로 프랑스의 어느 익살꾼처럼 뽐낼 수가 있다.

'내가 한 유일한 선행(善行)은 후손들이 그것으로 인해 싸움질을 하게 될지 모르는 재산을 남기지 않은 데 있다'고.

가지고 있는 것은 얼만가의 책이다. 약간의 호학심(好學心)에 허영심(虛榮心)이 거들어 만 권의 장서가 된 것인데 모아 놓고 보니 장하다는 생각이 없지 않다. 언어별로 하면 그리스, 라틴, 영어, 프랑스어, 일어, 독일어, 한문, 우리 말. 갖가지 고전(古典)을 비롯해서 현대의 사상가에 이르기까지. 어느 한 권 내 손으로 만져보지 않은 것은 없지만 아직도 읽지 못한 책이 적잖이 있다. 언젠가는 읽을 것이라고 모아둔 것이지만 시간이 없다. 읽지 못한 책을 쌓아두고 세상을 떠난다는 것도 슬픈 일이다.

그 책더미를 둘러보며 생각하는 것은 나의 59년은 철이 들고 이날까지 외국어(外國語)를 배우고 익히는 데 소모되었다는 아쉬움이다. 그리고도 이 정도면 되었노라고 자신을 가질 만큼 마스터한 외국어라곤 없다. 도스토옙스키가 베린스키를 비판한 말 가운데, '평생 하나의 외국어도 마스터하지 못하고 포이어바흐를 폭이엘밧흐라고 발음한 인간.'이란 것이 있는 이 말은 나에게 가슴을 찌르는 칼날처럼 느껴지는 말이다. 도스토옙스키는 20세 이전에 거침없이 칸트를 읽을 만큼 독일어에 능했고 16세 때 발자크를 번역할 정도로 프랑스어에 능했다. 대천재(大天才)와 겨루려는 불손한 생각은 아예 없지만 59년의 생애를 살고도 하나의 외국어에도 자신있게 익숙해 있지 못하다는 것이 한스러울 뿐이다. 그러한 자책도 있어 나는 내가 모아둔 책들을 두고 친구들에겐 나이가 많아 아무것도 하지 못하게 되면 헌책점을 할 작정이라고 했다.

이것은 결코 농담이 아니었다. 친구들은 대강 전원(田園)에 집을 가지고 수석(樹石)을 즐기며 노후(老後)를 지내야겠다는 꿈을 가지고 있는 모양인데 나는 그렇지가 않다. 서울 어느 변두리에 헌책점을 차려놓고 책이 팔리는 대로 쌀 한 되, 연탄 한 개 사서 끼니를 잇고 여유가 있으면 소주 한 병, 오징어 한 마리 사다간 책을 구하러 온 학생들과 책 얘기나 하며 노후를 살았으면 하는, 목가적(牧歌的)이라고 하기엔 너무나 거리가 먼, 그러나 나로선 목가적이라고 할밖에 없는 꿈을 가지고 있었던 것이다.

백발에 주름 잡힌 몰골로 동(東)으로 사마천(司馬遷), 서(西)에선 사포를 들먹이며 젊은 학생들과 소줏잔을 나눠가며 담론풍발(談論風發)하고 있으면 인생의 노후, 그로 족한 것이 아닐까. 그런데 아주 겸손한 염원이라고 생각했던 이 염원이 지금 와선 엄청나게 호사스런 꿈으로 되었다. 내겐 노후조차도 없는 것이다.

내게 청춘이 없었다는 말은 노상 써오던 넋두리다. 공부하는 것처럼 공부하지 못하고 노는 것처럼 놀아보지 못하고 피압박 민족으로서의 컴플렉스를 지니며 어두운 나날을 보내다가, 젊음의 절정을 일본군(日本軍)의 용병(傭兵) 신세로 지내곤 뒤이어 좌우충돌(左右衝突)의 회오리 속에서 정신을 차리지 못한 채 생사지간(生死之間)을 방황해야 했던 놈에게 무슨 청춘이 있었겠는가 말이다. 그러고 보니 내겐 청춘도 없고 노후도 없다는 얘기가 되는 것이다.

젊은 친구들은 여전히 찾아온다.

"선생님, 건강이 안 좋으신 것 아닙니까."

하면서도 그들이 예나 다름없이 내 서재(書齋)에서 활달한 것은 내가 빈사상태에 있다는 사실을 알 까닭이 없기 때문이다. 나는 기를 쓰며 건강한 척 꾸미고 있었으니까.

어느 날엔가 그들은 헌법논의(憲法論議)를 토론의 주제로 하고 불꽃을 튀겼다. 대통령책임제가 어떻고, 내각책임제가 어떻고, 절충식이 어떻고 하는 의견들이 엇갈렸다. 종전 같았으면 나도 그 노론에 끼어 들었을 것이지만 그들의 토론을 듣고 있는 것만으로도 심신이 지쳤다.

설혹 기력이 있더라도 그러한 논의는 사람을 지치게 만든다. 어떤 의견에도 나름대로의 타당성은 있는 거이고, 어떤 제도라도 운용의 묘(妙)를 다하면 좋은 보람을 나타낼 수가 있고, 어떤 제도라도 운용이 잘못되면 사악(邪惡)한 올가미로 화하고 말 것이니 그렇다. 사실이 그렇지 않은가, 제퍼슨이나 링컨 같은 지도자를 예상할 수 있다면 대통령책임제 이상으로 좋은 것이 없을 것이고 네루와 같은 인물을 예상한다면 내각책임제도 나쁠 것이 없다.

영국이나 미국, 스칸디나비아처럼 제도가 전통적인 뿌리를 박고 있는 나라에선 그 제도는 이미 자연환경처럼 되어 있어 사람은 그것에 대한 유연하고 탄력성이 있는 적응방법만 연구하면 된다. 그러나 우리나라와 같은 상황은 제도 논의(制度論議)를 필요로 하면서도 그 제도 논의를 할 수 있는 단계까지도 이르지 못하고 있는 것이 아닌가. 그렇다고 해서 제도 논의를 포기할 순 없지만······.

젊은 친구들의 토론은 계속되고 있었다. 나는 살며시 빠져나와 서재에 이어진 온돌방으로 와서 잠시 몸을 뉘었다. 오한(惡寒)이 엄습해 왔기 때문이다.

이불을 뒤집어쓰고서도 다가오는 사신(死神)의 얼굴을 보아둘 양으로 마음의 눈을 부릅뜨고 있으니 썰물처럼 열이 빠져나갔다. 옆구리의 동통만이 심하게 남았다. 그 동통을 견디느라고 안간힘을 다하고 있는데 뜻밖에도 파키스탄의 '부토'의 얼굴이 내 눈 앞에 어른거렸다. 파키스탄의 '부토'는 작년(1979年) 3월 24일 쿠데타를 일으킨 '하크' 장군에 의해 사형되었다. 그가 사형된 날자를 내가 기억하고 있는 것은 바로 그 날 나는 '하크'에게 부토의 구명을 탄원하는 편지를 썼기 때문이다. 프랑스의 지스칼 대통령을 비롯한 세계의 지도자들이 그의 구명을 서둘고 있는데도 효과가 있을까 말까한 처지였는데, 극동의 반도에 사는 존재도 없는 작가가 탄원의 편지를 쓴들 무슨 소용이 있으리라고 믿기라도 했을까만 《뉴스위크》가 전하는 그의 옥중사정(獄中事情)에 충격을 느낀 때문도 있어 나로서는 최선을 다해야겠다는 간절한 마음으로 그 편지를 썼다.

…… Please save Mr. Bhutto.

In every respect, It is disgraceful to kill Bhutto for you and your country.

He is a supreme kind of Patriots which has the deepest mean to your country.

Though he may be a Badman according to any sence he surely has some great values……

부토 씨를 살려 주시오. 어떤 면으로서도 그를 죽이는 것은 당신과 당신 나라를 위해 명예스럽지 못할 것입니다. 그는 당신 나라에 있어선 깊은 의미를 가진 탁월한 애국자의 한 사람입니다. 설혹 어떤 의미론 그가 나쁠지 모르지만 그는 확실히 위대한 가치를 가지고 있는 사람입니다 …….

이 편지를 쓰고 있을 때가 새벽 세 시 반이었다. 나는 그 시각까지를 편지의 말미에 적어 넣었다. 그리고는 날이 새기를 기다려 국제 우체국으로 가려던 참인데 아침의 라디오 뉴스는 줄피카르 알리 부토의 사형 집행이 있었다는 사실을 알렸다.

부토는 51세의 나이로 형장의 이슬이 되었다. 그것은 제도(制度)라는 것이 아무런 의무도 갖지 못한다는 것을 알리는 선고(宣告)와도 같았다. 부토는 방글라데시와의 분리 후의 파키스탄의 효과적인 제도를 도입하기 위해 애쓴 사람이었다. 혼합상태에 있는 정교(政敎)를 가장 바람직한 제도로 구별하고 조화하여 파키스탄이 제도에 의해 지배되는 나라로 자라게 하기 위해 그는 혼신의 용기를 다했다. 그 결과가 사형인 것이다.

부토의 최후는 제도에 의한 지배가 확립되지 못한 나라에 있어서의 제도의 운명을 말해 주는 동시에, 제도는 제도에 대한 존경이 전통적으로 확립되어 있는 나라에만 보람을 다할 뿐 그렇지 못한 나라에선 언제 북풍의 회오리 속에 떨어질지 모르는 낙엽과 같은 것이란 사실을 시사한 것이기도 하다.

이를테면 바이마르의 헌법이 얼마나 훌륭한 것이었던가. 그런데 그 바이마르 헌법의 틈서리를 비집고 아돌프 히틀러가 등장했다. 또한 소련의 헌법 어느 부분에 천만 가까운 시민을 강제수용소에 몰아넣어 학살해도 좋다는 조문이 있기도 했던가. 그러나 제도에 관한 논의가 있어야만 한다. 알아둬야 할 것은 법률이 민주주의를 만들어 내지 못한다는 사실이다. 민주주의가 정치적으로 작용할 수 있으려면 나라를 구성하는 성원(成員)의 반쯤은, 반이 지나치면 3분의 1정도라도 민주적인 인격과 의식을 지니고 있어야 한다. 민주적인 인격의 결정적 조건은 관용(寬容)이며 양보이며, 타협이며, 이 이상의 타협은 생명의 지장이 있다고 생각할 때엔 어떠한 위협에도 굴하지 않는 정신이다.

여기까지 마음이 미쳤을 때 나는 어이가 없어서 웃었다. 사형집행의 날짜를 받아놓고 있는 사람이 민주주의를 생각하고 있다는 것은 너무도 어처구니 없는 일이란 의식이 고개를 쳐들었기 때문이다. 나는 나의 최후를 위해 최선의 준비를 해야만 하는 것이다. 보다도 어머니가 돌아가시기 전엔 어떤 일이 있어도 죽지 말도록 방법을 강구해야 하는 것이다.

서재에서의 토론은 아직도 계속되고 있었는데 돌연 나를 찾는 말이 있었다. 벌떡 일어났다. 잠깐 변소엘 다녀왔다는 태도를 꾸미고 자리에 가서 앉았다.

"선생님은 어떤 체제가 가장 좋다고 생각합니까."

하는 누군가의 질문이 있었다.

"나는 체제를 신용하지 않는다. 그런 때문에 어떤 체제가 좋다는 말을 할 수가 없다."

나는 겨우 이렇게 말했다.

"그것은 너무한 회의주의(懷疑主義) 아닙니까. 지금 제시되어 있는 것 가운데 어느 것인가를 선택해야 할 경우에 있으니까 묻는 겁니다."

하고 말하는 사람이 있었다.

"하지만 내겐 선택할 겨를이 없을 것 같애."

이건 나의 본심을 말한 것이었다. 헌법안을 놓고 투표할 때까지 나는 이 지상에 살아 있지 않을 것이니까. 그런데 그런 나의 본심을 알 까닭이 없는 젊은 친구들은 나의 말을 도회술(韜晦術)의 일종으로 보았던 모양으로,

"선생님도 늙어 가시니까 자꾸만 약아지십니다그려."

하고 한 사람이 말하자 모두들 서먹서먹한 웃음을 띠었다. 그리고는 나를 토론권 외로 밀어내놓고 다시 토론이 시작되었는데 한 사람이 돌연 이런 말을 했다.

"하여간 이번에 잘 하지 않으면 볼 장 다 보는 거야. 가장 악한 방식에 의한 대륙화를 면하지 못할껄? 그렇게 되어 봐, 지금 이 나라에서 진행되고 있는 문학이니 뭐니 하는 게 살아날 것 같애? 어림도

없어. 베트남이나 캄보디아가 남의 일인 줄 알아?"

그러자 다른 청년이 다음과 같이 받았다.

"캄보디아의 폴 포트 정권이 프놈펜의 시민들을 모조리 시골로 내쫓았다고 하지 않던가. 마을 사람들은 마을 사람들대로 지역을 바꿔 이주시키고 말야. 그런데 그게 폴 포트의 창안(創案)이 아니고 김일성으로부터 배워서 한 짓이래. 평양과 원산, 함흥 등 도시를 김일성이 그런 식으로 처리했다는 거야. 뿐만 아니라 폴 포트 주변엔 북한에서 간 공작원이 있대. 그 공작원들이 김일성의 수법을 캄보디아에 적용한 거라니까 알만 하잖아."

"그래 어쩌자는 건가. 김일성이 두려우니 민주주의 말자는 얘긴가."

하는 반박이 있었다.

"민주주의의 방향을 그런 사정을 감안하여 결정해야 한다는 거며 놈들에게 허(虛)를 찔리지 않도록 조심해야 한다는 얘길 뿐야."

하고 한 사람이 말하자,

"공산주의를 이기는 수단은 민주주의밖에 없어. 그러니까 민주주의의 기틀을 잡는 게 안보(安保)의 선결문제라고 생각한다."

는 의견을 내는 사람도 있었다.

이어 학생들의 동태이며 장래 대통령의 가능적 인물에 대한 평으로 화제는 옮아갔다.

그 모든 얘기들이 그저 귀찮기만 했다. 동시에 엉뚱한 얘기가 염두에 떠오르기도 했다.

하루살이가 엄마에게 물었다.

"엄마, 파리들이 내일 어쩌자, 내일 저라자 해쌌는데 내일이란 게 뭣꼬?"

하루살이 엄마는,

"씨알머리 없는 놈들의 잠꼬대 같은 소리를 귀담아 듣는 바보가 어덨어."

하고 신경질을 냈다는.

요컨대 내일이 없는 하루살이인 내가 내일을 들먹이고 있는 파리 떼에 섞여 있는 기분이라고나 할까.

젊은 친구들은 두어 시간 동안 지껄이다가 돌아갔다. 여느 때 같으면 술병을 갖다 놓고 잔치를 벌일 테지만 아무리 내가 태연한 척 꾸미고 있다고는 하나 그럴 용기까진 나질 않았다.

그들이 돌아가고 난 뒤 나는 다시 온돌방으로 돌아와 자리에 누웠다. 동통의 발작이 심해 천정을 보고 누워 있을 수가 없었다. 배를 아래로 깔고 누웠다. 얼마 동안인가를 그러고 있는데 아내가 들어왔다. 고개를 들어 아내를 힐긋 쳐다보곤 다시 얼굴을 아래로 깔았다.

"당신 영 기운이 없어뵈요. 녹용이나 한재 지어 먹어야 할 것 같소."

하는 말을 남기고 횡 나가려는 것을 붙들어 세웠다.

"어머니한테 가봐야 하는데 도저히 그럴 수가 없소. 당신이 가든지 전화를 하든지 해서……."

말을 마저 끝내지 못한 것은 북바쳐 오르는 슬픔 때문이었다. 세상의 상식은 암에 걸렸을 경우, 가족은 알고 있으면서 본인에겐 알리지 않는다고 하는데 나는 사정이 거꾸로 되어 있는 것이다. 나만 알고 가족은 모르고.

그러나 나는 나의 병을 이 정도라도 미리 알게 되었다는 것을 다행으로 생각한다. 덕분에 앞으로 반년쯤 남은 나의 생명이 시간을 치밀하게 계산하며 살 수 있는 거니까.

Y군이 찾아온 것은 언제였던가. 그날 소춘(小春)의 날씨였던 것은 틀림이 없다. 뜰에 등의자를 내놓고 겨울로선 거짓말처럼 따사로운 햇빛을 쪼이며 장시간 얘기를 주고 받았으니까.

"어머니께선 퇴원하셨다지?"

"응."

"작년에 팔순잔치를 하실 땐 그렇게 정정하시던 어른이……."

"글쎄 사람이란 기약할 수가 없는 거라."

"위암이라고 했지?"

"그렇다네."

"어머니께선 모르시고 계시지?"

"그래. 그러나 워낙 영리한 어른이니까 벌써 눈치를 채고 계실지 모르지. 알면서도 모르는 척 하고 계시는 건지."

"병원에 계실 때 문병을 갔더니 자네 어머니의 말씀이 의학박사 수십 명이나 있으면서 고치지 못하는 병이 있다면 의사란 건 있으나 마나한 거 아니냐고 아주 유머러스하게 말씀하시던데……."

"자기의 동생이 의학박사였는데도 자기보다 먼저 돌아가셨으니 그런데 대한 푸념도 곁들어 하신 말씀일 꺼야."

"앞으로 십 년만 기다리면 암예방이나, 치료가 완벽하게 될 것이란 말도 있던데."

"글쎄 십 년만 더 사실 수가 있으면 좋으련만."

"그래도 자네는 어머니를 81세까지 모시고 있으니 보통 다행한 일이 아니잖은가."

"Y군은 어머닐 몇 살 때 잃으셨지?"

"육이오 때니까 내가 설흔 살. 우리 어머닌 환갑을 채우시지도 못했어. 그러니까 내가 지금 자네를 동정하고 있는 건 보다 불행한 놈이 덜 불행한 놈을 동정하고 있는 거나 다를 바가 없어."

"자네는 그 슬픔에서 벌써 졸업하고 있는 것 아닌가."

"이 사람아 슬픔을 어떻게 졸업하노. 잊고 있을 뿐이지."

"슬픔을 졸업할 순 없다. 잊고 있을 뿐이다. 좋은 말인데……."

"헌데 자네의 안색이 영 좋질 않군. 어머니 일로 충격이 큰 때문이겠지만 자네 건강도 조심해요. 앞으로 자네가 할 일이 태산 같지 않은가."

"내가 할 일?"

"자네가 할 일은 아직 태산 같이 남았어. 이때까지도 좋은 작품을 안 쓴 건 아니지만 자네의 라이프 워크는 장래에 있어. 아직 나타나지 않았어. 그리고 나는 자네가 가슴 속에 소장하고 있는 그 많은 문제를 알고 있거던. 그게 하나 하나의 작품이 되어 나오면 빛나는 문학의 성(城)이 될 거야."

"천만에. 나는 여태껏 너무나 시시껄렁한 것을 많이 써 왔어. 생각하면 그게 후회야."

"후회는 아직 일러. 설혹 시시껄렁한 것을 더러 썼다고 해도 앞으로 정진하기만 하면 자네의 재능으로선 능히 그 시시껄렁한 것을 덮어버릴 작품을 쓸 수가 있을 테니 말이다."

"기대하지 말게, 내가 기대하는 건 자네뿐이야. 자네야말로 훌륭한 작가가 아닌가. 나는 자네가 신 벗어놓은 데도 따라갈 수가 없어. 나는 그걸 요즘에사 똑똑하게 알았네."

"무슨 소릴 하고 있는 거야."

"아냐 내겐 희망이 없어. 완전히 없어. 희망이 있을 것으로 믿고 차일피일해 왔는데 이젠 절망이다. 절망!"

"왜 그런 터무니없는 소릴!"

"터무니없는 소리가 아니다. 얼마 안 가 알 게 될거다."

해놓고 나는 Y군에게만은 고백해버리고 싶은 맹렬한 충동을 느꼈다. 그런데도 그 충동에 제동을 거는 강한 브레이크가 있었다. 그 브레이크가 무엇일까.

그것은 그 고백이 있을 때 뒤이을 얼만가의 수탄장(愁嘆場)이라고도 할 수 있을 장면에 대한 예감이었다. 고백한들 결과엔 하등의 변경도 없을 것을 고백했기 때문에 생겨나는 음습하고도 구질구질한 장면이 싫은 것이다.

그러나 이러한 마음의 갈등을 가슴속에 묻어 놓고 한가한 화제로 옮아갈 순 없다. 그래 나는 이렇게 물었다.

"Y군은 죽음을 생각해 본 적이 없나?"

"심각하게 생각한 적은 없어."

"그만큼 낙천적이란 말인가?"

"낙천적이랄 것까지도 없어. 그저 불모(不毛)의 생각은 피하는 버릇이 있지."

"불모의 생각이라!"

"아무리 생각한들 죽음이란 사실은 엄연하니까 불모의 생각이 아니겠는가."

"그렇대서 생각을 포기할 수도 없는 거구."

"죽음에의 생각을 포기하지 않는 예가 불교(佛敎) 아닌가."

"불교나 기독교나 모든 종교는 그 사고, 아니 신앙의 바탕엔 죽음이란 것이 있다. 이를테면 죽음이란 문제에 압도된 사람들이 종교에 향하는 것 아닐까."

"그럴 테지."

"죽음으로부터 인생(人生)을 역산(逆算)하는 마음의 노력이 종교라고 할 수 있는데 과연 종교가 우리들의 죽음을 보람 있는 것으로 해 줄 수 있는 건지 없는 건지."

"죽음에 있어서의 최대의 문제는 죽음에 대한 공포 아니겠나. 그 공포심을 경감해주는 효력은 있는 모양이야, 종교가."

"나는 요즘 박희영 군을 생각하고 있어."

"나도 가끔 생각하지. 기막힌 인간이었으니까."

"나는 박 군의 재능, 또는 인간성에 중점을 두고 생각하는 건 아냐. 암에 걸렸다는 선고를 받고, 기적적으로 살아나선 그 후 박 군은 초상이 난 친구들 집을 찾아다니며 시체의 염을 도맡아 하다시피 했다는 얘기가 아닌가. 나는 이제사 그 까닭은 알것 같애. 박 군은 죽음과 친할려고 한 거야. 죽음을 일상생활 속에 집어넣어 평범한 작업의 대상으로 만들어 버릴려고 했던 거다. 그의 독실한 가톨릭의 신앙으로써도 넘어설 수 없었던 죽음이란 사실을 그런 작업으로 마스터할려고 하는 의자가 없고서야 무슨 까닭으로 초상집을 찾아다니며 염하는 일을 도왔겠는가 말이다. 뒤에사 들은 얘기지만 친구의 집이 아니라도 자기가 살고 있는 동네에 초상난 집이 있기만 하면 찾아다녔다는 얘기더라. 그런데 우리는 박 군이 기를 쓰며 죽음의 공포를 넘어설려고 애쓰고 있을 때 그의 심중을 조금이라도 이해해 주었느냐 말이다."

"자네 말을 들으니 박 군의 심정을 이해하지 못할 바는 아니다. 그러나 내 경우를 말해보면 나는 내가 한 일에 대해 회한(悔恨)만 없으면 비교적 안심하고 죽을 수 있을 것 같애. 공자의 말이 있지 왜. 부모를 공경하는 데 불효(不孝)함이 없었나, 친구와 사귀는 데 불신(不信)함이 없었나, 하는 따위의 말 말이다. 그렇게 반성해서 과히 어긋남이 없다고 생각하면 비교적 평온하게 죽을 수 있을 것 같은데 내겐 회한이 너무나 많아."

Y군의 그 말은 내게 결정적인 충격을 주었다. 부모에게 불효한 그대로, 친구들에게 폐를 끼친 그대로, 여자를 농락해서 불행하게 한 일을 그대로 두고는 안심하고 죽을 수 있을 것 같지 않다는 관념이 솟아난 것이다. 내가 잘못을 저질른 사람들에게 사과를 하고 그 용서를 빌고 용서를 받은 연휴가 아니면 죽어도 눈을 감을 수가 없는 것이 아닌가.

돌연 침묵해버린 나를 의아한 눈초리로 바라보고 있더니 Y가 말했다.

"아까도 말했지만 죽음에 대해 생각하는 것은 불모의 사색일 뿐이다. 박희영 군처럼 초상집을 찾아다니며 염하는 작업을 거들어 줄 수도 없는 일이고, 기껏 10년을 더 살지, 20년을 더 살지, 어쩌면 내일 모레 어떻게 될지도 모르는 판이니 기왕에 잘못한 일이나 반성해서 가능하다면 그 죄를 보상하는 일을 하나 둘 해나갈 수밖에 없는 게 아닌가 해. 한 달에 하나씩 마음으로부터 사과하고 행동으로 뭔가 표시해 나가면 앞으로 십 년을 사는 기간이 허용될 때 안심하고 죽을 수 있는 준비는 갖추어지는 것으로 되지 않을까."

"자네 그런 일이 많은가?"

"치밀하게 반성하면 꽤 많을 거야. 그러나 자네나 내나 사람을 죽인 일이 없고, 남을 밀고한 적이 없고, 사기를 한 적은 없으니까, 웬만한 노력만 하면 혹시 홀가분한 기분이 될지 모르지."

"내겐 엄청난 잘못이 너무나 많아."

"지나친 과잉의식도 좋지 못한 거야."

"과잉의식으로 그러는 건 아니다."

"어머니의 병환으로 큰 충격을 받아 그러는 모양인데, 그런 걸 잊기 위해서도 일을 해야 하네. 그런데 내가 오늘 찾아온 것은 S대학의 N교수를 끼어 우리 세 사람이 마르크스주의에 관한 심포지움을 하자는 데 있어."

"마르크스주의에 관한 심포지움?"

그렇다. 작년엔가 재작년 나는 그런 심포지움을 제안한 적이 있다. 뭐니뭐니해도 마르크스주의는 한반도에 있어서 무시 못할 문제로서 등장하고 있는 것이니 그 학설의 본연의 양태와 그 학설이 실제정치에 전개된 상황과를 대비해서 철저한 비판을 함으로써 아직도 이 나라 지식인들의 심정에 투영되고 있는 일루전(환상)을 청산해 보자는 것이 목적이었다. 그러한 목적을 설정해 보게 된 것은 어떤 사상이건 그것이 사상의 형태로 간직되어 있는 한 얼만가의 진실의 빛깔을 발하기는 하는데 정치사상으로 화하기만 하면 왜곡되고 부식(腐殖)되어 이익보다는 해독을 더 많이 가진다는 사실을 확인해 보고 싶어서였다. 예를 들면 유교사상이 정치적 이데올로기로서 작용한 이조(李朝)의 부패, 가톨릭 사상이 정치적 이데올로기로서 작용한 서양중세(西洋中世)의 암흑상, 불교사상이 정치적 이데올로기로서 작용한 인도차이나 삼국(三國)의 혼란 등을 전제로 해서, 마르크스의 사상도 정치화하면 예외가 아니라는 것을 소련과 북한 등의 실증을 들어 증명해 보고 싶었던 것이다.

"반공(反共)의 나라에서 반(反)마르크스주의의 토론을 한다는 건 이것이 세계 수준에까지 못갈 땐 창피만 될 것이니 여간한 각오와 실력을 겸비하지 않곤 불가능한 일이라고까지 자넨 말하지 않았나. 그런데 그것을 혼자서 서술하는 식으로 말고 세 사람이 정담하는 식으로 해나가면 그야말로 변증법적 방법으로써 동맥경화증(動脈硬化症)에 걸린 소련식 변증법을 분쇄할 수 있을 것이 아닌가."

Y는 내 태도가 아리송하자 이렇게 웅변이 되었는데 나는 얼마 남지 않은 앞으로의 시간을 그 일에 몰두해 볼까, 하는 생각을 얼핏 가졌다가 곧 그 생각을 지워 버렸다.

마르크스주의가 어떻게 되었건 죽어가는 나에겐 상관없다는 마음을 누르고 짧은 앞날을 나의 회한사(悔恨事)를 풀어나가는 데 사용해야겠다는 마음이 강력한 자리를 잡아버린 것이다.

"해보고 싶은 일이지만 지금 내겐 시간이 없어. 그 일은 자네가 맡아서 해보게. 반드시 보람이 있을 거라. 최근에 나온 프랑스의 신철학파의 의견도 참고가 될 것이니까."

"아냐, 이 일은 할려면 역시 자네가 중심이 돼야 해. 신철학파의 책을 읽어보고 놀란 것은 예증(例證)과 설명의 레트릭은 달라도 그 기본적인 사상 내용은 수년 전부터 짬이 있을 적마다 자네가 나에게 들려준 의견과 꼭 같더란 말일세. 프랑의 학자가 쓴 책을 읽고 나서야 자네의 사상을 이해할 수 있게 되었다고 말한면 나 자신의 사대주의 근성을 폭로하는 꼴이 되는 거지만 정말 나는 놀랐어. 자네의 탁견(卓見)에 정말 감복했어. 그러니까 자네가 이 심포지움의 중심이 되어야 한단 말일세."

나는 뭔가 설명해야 하겠다고 생각을 더듬고 있는데 돌연 동통이 엄습해 왔다.

내 얼굴이 Y가 보는 앞에서 추하게 이그러진 모양이다.

"자네 어디 앓고 있는 것 아닌가?"

Y가 조심스럽게 말했다.

"아냐, 가끔 위경련 증세가 있어."

"위경련이라구? 의사를 부를까?"

"필요 없어. 이 증세는 내가 잘 알고 있어. 아주 가벼운 위경련이다. 잠깐 가만 있으면 나아."

그래도 안심이 안 되는 듯 Y는 고개를 갸웃갸웃 하고 있더니 날 더러 방으로 들어가라고 했다.

어느덧 해가 기울어 뜰은 그늘에 덮여가고 있어 한기가 느껴지기도 했다. 나는 방으로 들어왔다. Y도 따라 들어와 자리에 누운 내 옆에 앉아 연거푸 담배를 두 대쯤 피우더니 일어섰다.

그리고는

"빨리 그 위경련인가 뭔가를 치료하라구. 심포지움이란 원래 건강한 사람들끼리의 향연이야."

하는 말을 남겨놓고 떠나버렸다.

적막강산 내 혼자 섰노라.

아니 적막강산 내 혼자 누웠노라.

안팎으로 쏟아지는 눈물 자국사이로 이런 푸념이 아른거렸다.

'회한사를 처리하는 일!'

Y의 말을 되씹고 있는 동안 내 마음속에 차차 계획이 짜여져 나갔다.

동통이 약간 둔화된 시간을 기다려 나는 일어나서 옷을 챙겨 입고 콜택시를 부르라고 했다.

먼저 어머니 단골 병원으로 달려갔다.

어머니의 주치의를 만나 따져물었다.

"어머닌 몇 달 동안 지탱할 수 있겠습니까."

"대강 4, 5개월은 지탱할 수 있을 겁니다."

그 길로 어머니를 찾아갔다.

어머니는 링거 주사의 바늘을 팔뚝에 꼽고 멍청하게 누워 계시더니 내가 들어가자 눈빛에 보일 듯 말 듯 생기를 띄었다.

"기분 어때요."

"그저 그렇다."

"배가 아프진 않습니까?"

"가끔 아프기는 하다만……."

하고 말을 끊었다가

"이 주사를 꼭 맞아야 하는 건가?"

하며 한숨을 섞었다.

"주사를 맞아야 기력을 유지할 것 아닙니까. 기력을 유지해야만 빨리 일어나실 수 있을 것 아닙니까."

어머니는 말이 없었다. 눈을 감았다. 눈두덕이 꺼진 흔적이 완연했다. 얼굴이 몰라보이게 작아져 있었다.

"어머니."

하고 불렀다.

"응."

눈을 뜨지 않은 채 어머니는 답했다.

"주치의한테 갔다오는 길인데 큰 위험은 없다고 해요. 그러니……."

어머니는 눈을 감은 채 있었으나 듣고 있다는 시늉을 했다.

"어머니 저 열흘 동안만 일본에 갔다 올랍니다."

"일본에?"

하며 어머니는 눈을 떴다.

"예, 일본에 꼭 갔다 와야 할 일이 있습니다."

"꼭 가야 할 일이 있다면 가거라."

"그럼 다녀오겠습니다."

"며칠 날인지, 돌아올 날이 며칠인지."

"양력으로 정월 5일이면 돌아옵니다."

"그럼 갔다 오너라."

"의사가 어머닌 안심해도 된다 하니까 떠납니다만 병중에 계시는 어머니를 두고 아들이 여행을 한다는 건 안 되는 일인데……."

하며 나는 울먹거렸다.

"그런 건 모두 구식 아닌가. 요새는 신식인께."

"어머니 병중인데 신식이니 구식이니가 있습니까."

"꼭 가야 할 일이면 가야지."

"갔다 오겠습니다."

"오는 날은 1월 5일이지?"

"예."

어머니의 손을 잡아보고 나는 바깥으로 나왔다. 중병인 어머니를 두고 명색 장남인 내가 일본에 가겠다고 하니 모두들 민망한 눈으로 나를 보았다. 감히 불만을 말할 순 없어 표정으로 나타낸 것이다. 나는 출가한 몸인데도 어머니 때문에 친정엘 와서 밤낮 가리지 않고 간병에 열중하고 있는 누이동생을 조용히 불렀다.

"한 열흘 일본엘 다녀와야겠는데 어머닐 부탁한다."

"어머니헌텐 내가 있는것 보다 오빠가 옆에 있는 게 훨씬 나을 텐데."

"내가 일본 가는 게 불만이냐?"

"그런 건 아녜요. 오죽 다급하시길래 가시겠어요."

"그렇다, 정말 다급하다. 지금 일본엘 갔다오질 않으면 나는 죽어도 눈을 감을 수가 없겠구나."

누이동생은 몸을 바르르 떨었다.

"죽는다는 말 마세요."

금방에라도 통곡을 터뜨릴 것 같은 말투였다.

"그만큼 다급하다는 얘기다."

"그럼 여기 일은 걱정 마시고 빨리 갔다오세요."

나는 이 누이동생에게나마 내 사정 얘기를 털어 놓으면 얼마나 시원할까 하는 마음으로 가슴이 메였다.

어머니에게 하직하고 나온 뒤 나는 곧바로 박영태란 의사를 찾아갔다. 그는 나의 제자였다. C동에서 큰 병원을 개업하고 있었다.

원행을 해야 하는데 있어서 필요한 지시를 받을 겸, 내가 남은 시간을 확인도 해볼 겸 그를 찾아가기로 한 것이다.

그러자니 그에게만은 비밀을 털어놓지 않을 수 없었다. 내 말을 듣자 박영태는 고개를 떨구고 있더니 한참만에야 '아아, 이럴 수가.' 하며 나직히 중얼거리곤 고개를 들었다. 눈엔 이슬이 맺혀 있었다.

"오늘밤 이 병원에서 주무실 요량하시고 한번 철저하게 조사를
해보십시다. 종합병원에 있는 시설은 거의 다 있습니다."
했지만 나는 H대학병원에서 이미 정밀검사를 했다고 하고

"대강 앞으로 얼마만큼 살 수 있는지, 그리고 여행 중 급한 일을
당하지 않도록 하기 위해선 어떻게 하면 좋은지 그것만 알려달라."
고 부탁했다.

"그러기 위해서라도 진찰을 해봐야지요."
하고 박영태는 먼저 H대학병원에서 나를 진찰한 의사에게 전화를
걸었다. 저편으로부터 상당히 긴 말이 있었다. 내겐 들리지 않았다.

전화를 끝낸 박영태는

"여행은 절대로 금물이라고 합니다. 특히 간의 장애는 다른 부위
완 또 달리 예상을 할 수 없습니다. 간경변으로 언제 돌아질지 모르
는 일이니까요."
하곤,

"마지막 시간이나마 조금이라도 편히 계시기 위해선 제 병원에
입원하고 계시는 게 좋을 겁니다."
하고 애원하다시피 했다.

그래도 나는 듣지 않고 구급(救急)으로 쓸 약과 주사약이 든 작은
통 하나를 얻어 들고 병원을 빠져 나왔다. 뒤쫓아 따라나온 박영태는
자기 차에 나를 태우고 자기도 같이 탔다. 차 안에서 구급이 필요할
때 해야 할 일을 설명하기 위해서였다.

"우리에겐 청춘이 없었다."

입버릇처럼 내가 하고 있는 말이지만 청춘의 단편(斷片)마저 없었을 까닭이 없다. 그러나 그 청춘은 이즈러진 청춘, 병든 청춘, 그러기에 결국 회한의 씨앗만을 뿌리게 된 청춘일 수밖에 없었다.

나는 뿌린 씨앗을 거두기 위해 일본으로 건너가기로 했다. 37년 전 뿌려 놓은 씨앗을 거두기 위해 가는 것이다. 설혹 그것이 바람을 심어 폭풍우를 거두는 엄청난 고역이 되더라도 나는 그것을 감당할 각오를 다짐했다.

물론 나의 회한사(悔恨事)는 한두 가지가 아니다. 그 가운데서도 가장 강렬하게 아픔을 주고 있는 그 일부터 먼저 해결해야겠다고 믿고 나선 것이기는 하지만 구체적으로 어떻게 해야겠다는 작정이 서 있었던 것은 아니다.

1979년 12월 25일.

흐린 하늘을 향해 날아오른 비행기 속에 내가 있었다. 문득 영혼의 비상(飛翔)이란 관념을 얻었다. 사람이 죽으면 영혼은 허공 위로 날라가고 육체는 흙속에 묻힌다는…….

작아져 가는 하계(下界)의 풍경을 나는 영영 지상을 떠나는 사람의 눈으로써 볼려고 했다. 흐린 하늘 아래 약간의 농담을 섞은 단일빛 회색인데도 어쩌면 그렇게도 다소곳이 아름다울 수가 있을까.

마음을 가다듬고 떠날 때의 산하의 그 아름다움이어. 지금 노래하지 않는 나의 마음은 영원한 기쁨을 노래하기 위해서다. 지금 꽃 피지 않는 나의 마음은 영원한 젊음으로 빛나기 위해서다.

누가 쓴 노래이건 아랑곳없다. 내 마음은 그 노래를 절창하고 있었다.

하계가 구름으로 덮이고 말았을 때 나는 의자를 뒤로 제끼고 눈을 감았다. 어젯밤 크리스마스 이브를 같이 지낸 소녀의 얼굴이 떠올랐다. 나이는 30세를 넘어 있었지만 내게는 소녀로밖엔 여겨지지 않는 그 여인은 술을 마시지 않는 나에게 이렇게 말했다.

"크리스마스 이브를 경건하게 지내자는 건가요?"

이에 대한 나의 대답은,

"술을 마신다고 해서 경건하지 않는 건 아니지 않는가."

"그럼 왜 술을 드시지 않으려는 거죠?"

"취하기가 싫어. 깨어있고 싶어. 일초일각도 소홀히 하고 싶지 않아."

"돌연 그런 생각은 왜 하셨죠?"

"언제 죽을지 모르니 살아 있는 동안만이라도 깨어 있는 마음으로 너와 같이 있고 싶어."

"죽는 얘긴 안 했으면 좋겠어요."

"나도 그러고 싶어. 백 살까지라도 살아 나는 널 지켜보고 싶어."

"백 살까지 사세요, 그럼."

"그런데 그게 마음대로 되나 뭐."

"절 위해서도 오래오래 사셔야죠."

"나도 그럴 생각이었어."

"그럴 생각이었어가 아니고 그럴 생각으로 있어야 해요."

"난 요즘 묘한 생각을 하고 있어."

"어떤?"

"나는 내 죽음은 감당할 수가 있을 것 같애. 내가 죽는 거니까 그런데 먼 훗날 네가 죽을 거라고 생각하니 감당 못할 걱정이 돼. 저게 어디서 어떻게 죽음을 당할 것인가, 하고 생각하니 견딜 수가 없단 말이다."

"이상하네요. 어머니가 중병이시니 충격을 받으신 것 아녜요? 어머니가 돌아가실까 봐서."

"아냐, 어머니의 죽음은 걱정 없어. 내가 지켜보아 드릴 테니까. 걱정은 너야 너."

"그러니까 오래 살아 주셔야죠."

"아무리 오래 산대두 너의 죽음을 지켜볼 수는 없잖겠나."

"실컷 오래 사시기만 하면 저도 저의 죽음을 감당할 정도로 성숙할 거예요."

"그럴까?"

소녀는 네 살 때 아버지를 여의고 편모 밑에서 자랐다. 소녀 8세

때 어머니는 개가를 했다. 소녀는 의부를 모시게 되었다. 그런데 그 의부가 다시없는 사람이었다. 명문대학까질 졸업시키는 등 귀하게 키웠다.

의부는 소녀가 좋은 신랑을 만나기를 원했다. 친사위 이상으로 그 사위를 소중하게 하리라고 마음을 먹고 기대도 했다. 그러던 차에 나라는 인간이 나타났다. 소녀는 결혼하길 기피했다. 그리고 소녀인 그대로 나와 함께 크리스마스 이브를 지내고 있는 터였다. 같이 지낸 크리스마스가 몇 번이나 될까. 나는 그와 같은 상황이 허용하는 범위를 꼭 차게 소녀의 행복을 보장해 주어야 하는 것이었다. 그런데 나는 그 마음의 맹서를 다하지 못하고 죽음을 맞이해야만 되게 되었다. 그런데도 사실을 말할 수가 없고 그렇다고 해서 예고도 없이 홀쩍 죽어버릴 수도 없고 해서 엉뚱한 화제를 놓고 빙빙 돌고 있었던 터였다.

생각하면 그 소녀의 문제 이상으로 나에게 심각한 문제는 없을 것이었다. 그런데 또 하나 마음에 걸리는 게 있어 이렇게 동경을 향해 날아가고 있는 것이다.

'나쁜 놈이다, 나는.' 하고 되뇌어 보지만 나는 나를 심하게 책할 수가 없다. 60세를 못 다 채우고 죽어야 할 스스로의 운명이 너무나 가련해서다.

"내 요즘 착하죠?"

언젠가 소녀가 한 말이다. 처음에 무슨 뜻인질 몰랐다. 소녀의 그 말끝에 잇따른 애매한 표정을 읽고서야, 겨우 그 뜻을 알았다. 소녀는 정당한 스테터스를 보장해 주길 한동안 강하게 요구했다. 당연한 요구였다. 그리고 그런 요구를 하는 것 자체를 나는 고맙게 생각해야 할 처지이기도 했다. 그런 만큼 그런 요구를 했을 때마다 나는 진땀을 뺐다. 지옥의 고통이란 이런 것이로구나, 하는 생각에까지 미쳤다. 나는 발광 직전에까지 갔다. 소녀에게 대한 사랑이 지극할수록 그 지옥의 빛깔은 격렬했다. 그랬는데 언제부터인가 소녀는 보채길 그만두었다. 어린 소녀가 나이 많은 악당을 봐주기 시작한 것이다. 나를 둘러싼 복잡한 사정을 지레 짐작하고 내게 고통을 주지 않길 결단한 것이다. 그러니 다음과 같은 말이 있지 않을 수 없었다.

"제 스스로도 놀라고 있어요. 왜 이렇게 내가 착하게 되었나 하구요."

나는 그 착한 소녀의 환상을 억지로 지워버리고 의자를 곧추세웠다.

1980년 용(用)으로 된 조그마한 수첩을 꺼냈다. 그리곤 1980년 5월 5일의 난에 ○표를 했다. 어머니가 돌아가실 날을 주치의의 말을 근거로 그렇게 예상해 본 것이다. 이어 열흘쯤 뛰어 5월 15일의 난에 또 하나의 ○를 했다. 이것은 내가 죽을 날의 예상표였다. 무슨 수를 써서라도 금강불괴(金剛不壞)의 힘을 발휘하여 어머니가 돌아가시고 난 뒤 10일 동안은 내 생명을 지탱해야 하는 것이다. 이러한 뜻이 관철된다고 치면 어머니가 생존해 계실 날은 꼬박 100일, 내가 살아 있을 날은 110일이 된다. 110일이면 결코 짧은 날이 아니다. 잘만 하면 어줍잖게 넘겨버릴 수도 있는 10년 동안의 작업량을 집약적으로 완수할 수도 있다. 슬픔과 공포의 압력을 배제할 수만 있다면 110일 동안에 하나의 인생을 살 수도 있을 것이 아닌가. 하나 이것은 바닷불처럼 허약한 빛일 뿐이다. 그걸 둘러싼 어둠은 너무나 짙다. 그래도 나는 그 반딧불처럼 허약한 빛에나마 매달리지 않을 수가 없다. 그 허약한 빛의 조명아래 '헬렌 켈러' 여사의 다음과 같은 글귀를 읽을 수가 있었다.

사흘 동안만 이 지구를 볼 수가 있었으면!

헬렌 켈러는 사흘 동안만 이 지구의 풍물을 볼 수 있었으면 원도 한도 없겠다고 했다. 그런데 내 앞엔 장장 110일이란 시간이 펼쳐져 있지 않는가.

선뜻 돌린 시선이 은빛 비행기 날개를 비추고 있는 태양광선을 보았다 어느덧 구름은 사라지고 없었다. 눈 아래 푸른 바다가 보였다.

'37년 전을 향해 날아가고 있는 비행기가 지금 동해를 건너고 있다.'

얼마지 않아 일본에 도착하는 것이다.

'나의 심판은 가까이 왔다!'

최후의 심판이란 관념이 솟았다.

이윽고 나는 심판정에 서게 될 것이다. 그 최후의 심판정에서 나는 어떻게 공술할 것인가. 나는 최후의 심판정에서의 검사의 눈으로서 37년 전의 사건을 점검해 볼 필요를 느꼈다.

1943년 4월 초순의 어느날 성모(成某)란 불량학생(不良學生)이 관부연락선(關釜連絡船)에서 내려 많은 손님들과 함께 시모노세끼역(下關驛)의 플랫폼 위를 걸어가고 있었다. 거겐 동경행 열차 쓰바메호(燕號)가 대기하고 있었다. 그 열차는 7시 10분발 예정이었다.

불량학생은 그 기차에 올라 차량마다를 한바퀴 돌고 다시 플랫폼에 내려섰다. 열차 안엔 빈 자리가 많이 있었는데 동경으로 갈 목적을 가진 불량학생이 다시 내려 버렸다는데 이 불량학생의 불량성(不良性)이 나타나 있는 것이다. 그 이유는 불량학생은 예쁜 아가씨, 또는 여학생 옆에 앉고 싶었는데 자기의 마음이 끌릴 만한 여자도 없었거니와 여자 옆이나 맞은편 자리엔 앉을 수가 없었다는 데 있었다.

불량학생은 다음의 급행, 즉 8시 10분발 열차를 탈 작정을 하고 역에서 빠져나와 바로 역 앞에 있는 산양(山陽)호텔의 레스토랑으로 들어갔다. 레스토랑에서 카레라이스를 먹고 커피를 마신 뒤 불량학생은 다시 역으로 들어가서 플랫폼에 나섰다. 그때 8시 10분 출발 예정인 열차가 말쑥히 소제된 빈 차량을 이끌고 들어오고 있었다.

불량학생은 수월하게 자리를 잡을 수가 있었다. 좌석은 마주보고

4인이 앉게 돼 있었는데 불량학생은 적절한 자리를 차지한 후, 나머지 세 자리에 각각 책을 얹어 놓았다. 달갑지 않는 손님을 앉히지 않게 하기 위한 수단이었다.

7시 10분의 열차가 주로 관부연락선에서 내린 여객을 싣고 가는 것이라면 8시 10분은 관문연락선(關門連絡船)에서 내린 손님을 싣고 가게 돼 있었다. 그러나 그 당시의 열차표는 10일쯤의 여유를 두고 행선지(行先地)만 확실하면 어떤 열차를 타도 좋게 돼 있었다. 도중 하차(途中下車)도 물론 자유이며 좌석의 지정도 없었다. 불량학생이 쳐놓은 덫에 걸릴 아가씨는 관문연락선을 타고 왔다. 하선(下船)이 늦었던 관계로 그 아가씨는 출발 5분 전쯤에 열차를 탔는데 그때까지 불량학생이 잡아 놓은 좌석엔 아무도 앉지 않고 있었다. 불량학생은 그 아가씨가 가까이로 오는 것을 확인하자 빈 좌석에 올려 놓았던 책을 얼른 치워버렸다. 아니나다를까 불량학생 하나만이 앉아 있을 뿐 세 자리가 텅텅 비어 있는 그곳이 아가씨의 눈을 끌었다.

"여게 앉아도 될까요?"

아가씨가 정중하게 물었다.

"비어 있습니다."

하고 불량학생은 짤막하게 대답했다.

아가씨는 그 자리에 앉을 양으로 트렁크를 짐칸에 얹으려고 했다. 불량학생은 얼른 일어나 그 무거운 트렁크를 받아 짐칸에 올려 주었다.

"고맙습니다."

하고 아가씨는 불량학생이 고마워서 안절부절하는 기분으로 되었다.

'천만에.' 하곤 불량학생은 바로 맞은편에 앉은 아가씨에게 아무런 관심도 없다는 듯 꾸미고 책을 읽기 시작했다. 그러는 동안 불량학생의 옆에 통로 쪽으로 노인이 앉고, 건너편 아가씨의 옆엔 노인의 부인으로 보이는 노파가 앉았다.

기차는 이윽고 출발했다.

아가씨도 백에서 문고본(文庫本)을 꺼내어 책을 읽기 시작했다. 그 문고본은 시가나오야(志賀直哉)란 작가가 쓴 『쿠니꼬(邦子)』란 소설이었다. 불량학생의 비상한 시력(視力)이 포착한 것이다.

불량학생은 책읽기에 열중하고 있는 체하면서도 맞은편 아가씨를 세밀하게 감정하고 있었다. 18, 9세? 뺨에 약간의 분홍색을 띠고 얼굴은 수밀도(水蜜桃)를 닮아 청결했다. 옷은 일본의 재래식 기모노를 입었는데 하부다에(羽二重)란 값진 비단은 달걀색이었고 그 위에 창포(菖蒲)의 무늬가 우아하게 새겨져 있는, 가난한 사람들은 엄두에도 못 낼, 그런 차림이었다. 게다가 시가나오야를 읽고 있다는 것은 여학교(女學校) 이상을 졸업했다는 교양 정도를 말해 주는 것이기도 했다. 시가(志賀)라는 작가는 일본 문단(日本文壇)에선 최고의 작가로서 존경받고 있는 사람이었지만 일반대중(一般大衆)과 먼 거리에 있었다. 그의 문학의 순도(純度)가 너무나 높기 때문이다.

불량학생은 이러한 감정 결과 80점쯤으로 채점(採點)을 해놓고 그 아가씨를 유혹할 계획을 세웠다. 기찻간에서 여자를 유혹하려면 우선 타이밍이 필요한데 타이밍을 하자면 상대방의 행선지를 알아야 한다. 행선지를 알고 나서야 시간을 재고 적당한 유혹 방법을 사용할 수 있는 것이다.

그런데 행선지를 알기란 그다지 어려운 일은 아니었다. 열차가 이와꾸니(岩國) 근처를 달리고 있을 때 차장이 검표를 했다. 여자의 행선지는 기후(岐阜)였다. 열차가 기후까지 가려면 줄잡아 14시간은 걸린다. 오사카(大阪)까지 12시간, 동경까진 24시간이 걸리는 당시였다. 불량학생은 대강의 계획을 세웠다.

히로시마(廣島)까진 아무 말도 안 한다. 시모노세끼에서 히로시마까진 네 시간의 거리다. 히로시마를 지난 지점에서 말을 걸되 극히 짤막한 몇 마디를 하고, 거게서 또 네 시간이 걸리는 오까야마를 통과하고 나서 본격적인 유혹을 해선 오사카에서 같이 도중 하차(途中下車)한다. 오사카까지 그 공작이 성공하지 못하면 경도(京都)까지 갈 동안 노력해 본다. 그래도 안 되면 포기하고 자기만 경도에서 하차한다. 시모노세끼로부터 동경으로 갈 때 오사카에서나 경도에서 도중 하차하여 2, 3일 쉬어가는 것이 불량학생인 성모(成某)의 그 당시의 버릇이었던 것이다.

열차는 히로시마를 통과하고 있었다.

불량학생은 읽고 있던 책을 덮어놓고 기지개를 폈다. 그리고는 옆에 앉아 있는 노인에게 물었다.

"어디까지 가십니까."

"북해도까지 갑니다."

하는 대답이었다.

"북해도? 먼 곳으로 가시는군요."

"우리는 거게서 살고 있소. 친척이 죽었다기에 잠깐 고향엘 다녀가는 길이오."

이어 북해도에 관한 질문을 하고 아가씨에게 물었다.

"아가씬 어디까지 가시죠?"

"기후까지."

"댁이 거겝니까."

"아아뇨. 제 언니가 살고 있어요."

"언니 집에 다니러?"

"그래요. 언니가 어린애를 낳았다고 해서 축하 겸 가보는 거예요."

그 이상 얘기를 끌어서는 안 되는 것이다. 상대방에게 경계의식을 일으키기 때문이다. 불량학생은 다시 책을 집어들었다. 이렇게 되면 상대방이 살큼 설명한다는 것도 알고 있다. 지루한 여행길에 말동무가 생겼다 싶었는데 다시 이쪽이 침묵해버리니 다소 실망하지 않을 수가 없는 것이다.

불량학생은 한참 동안 책을 읽는 체하다가 일어서서 짐칸에서 백을 내려 '드롭스' 통을 꺼냈다. 그리곤 드롭스를 몇 개씩 노인부부에게 먼저 나눠줬다.

"요즘 이런 걸 구하기란 어려울 텐데 고맙습니다, 학생."

하는 노인부부의 감사는 극진했다. 아닌 게 아니라 그 당시는 감미품(甘味品)이란 귀할 때였다.

"아가씨도 자."

하고 네댓 알을 건네주었다.

"고맙습니다."

여자는 불량학생의 호의에 모둘 바를 모르겠다는 그런 기분으로 된 것 같았다. 지금은 몰라도 옛날의 일본 여성은 남으로부터 호의를 받으면 이편이 당황하리만큼 고마움을 표시한다.

그리고도 말없이 불량학생은 책을 바꾸어 읽기까지 하며 오까야 마까질 무료한 시간을 견디었다.

오까야마를 지나고 나서야 본격적인 공격이 시작되었다. 불량학 생은 아가씨가 읽고 있는 책에 관해서 말을 걸었다.

"그 책 재미있어요?"

"글쎄요."

"시가나오야를 이해하실 수 있다면 대단하시군요."

"이해한다는 정도까지야."

하며 아가씨는 얼굴을 붉혔다.

"이해하도록 노력해야죠. 시가나오야는 일본인이 자랑할 만한 홀 륭한 작가입니다."

하고 불량학생은 시가문학에 대한 소상한 설명을 하곤

"지금 아가씨가 읽고 있는 그『쿠니꼬(邦子)』란 작품만 해도 대단한 겁니다."

하고 상대방의 호기심을 끌었다.

"그저 평범한 얘기를 적은 것 같은데 이게 그처럼 대단할까요?"

"대단하다뿐입니까. 그런 평범한 얘기 가운데서, '드라마'를 발견했다는 것도 대단하거니와 그 담담한 묘사가 기막히지 않습니까."

"전 잘 모르겠어요."

"그럼 설명해 드릴까요?"

"설명해 주시면 고맙겠어요."

아가씨의 눈빛에 생기가 돌았다. 불량학생은 천천히 설명하기 시작했다.

"그 작품에 등장하는 부부는 둘 다 호인입니다. 거짓말을 할 줄 모릅니다. 그렇죠?"

"네, 네 그래요."

"그러면서도 상대방을 지극히 사랑하고 있죠?"

"그래요."

"아내는 남편을 너무나 사랑하고 있기 때문에 혹시 남편이 나와 결혼한 것을 후회하고 있지나 않을까 하는 불안을 느끼게 됩니다. 바깥에서 돌아온 남편의 얼굴에 수심이 끼었다든가, 눈살을 찌푸리고 있다던가 하면 그런 불안이 더욱 강하게 느껴지기도 하구, 그래서 아내가 남편에게 묻는 겁니다. 당신 나와 결혼한 걸 후회하고 계시는 것 아녜요? 하고. 그런데 남편은 너무 정직하거든요. 후회 안 해. 해놓고도 단정적으로 그 의사를 표현하지 못하는 겁니다. '글쎄' 하는 기분으로 되어 마음의 어느 부분엔 불만이 없지 않다는 것을 발견하여 우물쭈물하는 거죠. 그러면 아내가 또 추궁합니다. 당신은 나와 결혼한 걸 후회하고 옛날에 사귀었던 여자 생각을 하고 있는 게 아니냐고. 그런 추궁을 받고 보면 남자는 옛날 사귄 여자를 가끔 생각하기도 하는 스스로를 발견하곤 그런 일이 없다고 잘라 말할 수가 없게 되는 겁니다. 또 반대로 남자는, 늙어가는 스스로에게 열등의식 같은 것을 느끼게 되어 이런 남편에 대해 아내가 불만을 느끼지 않을까, 하는 생각을 하게 됩니다. 그래서 묻는 겁니다. 당신 거리에서 젊은 미남자(美男子)를 보면 마음이 끌리지 않더냐고. 여자 역시 너무나 정직하기 때문에 그런 일이 없다고 단언할 수가 없게 됩니다. 남편의 추궁이 심할수록 자기 마음속에서 잡스러운 관념을 발견하게 되는 거죠. 그렇게 해서 그 부부 사이는 점점 벌어져 사랑에서 시작한 싸움이 끝끝내 두 사람의 파멸로 이끌어가는 겁니다!"

"그랬어요, 꼭 그대로였어요."

아가씨는 불량학생의 요령있는 분석에 감탄했다. 힘을 얻은 불량학생은,

"이 작품을 통해서 우리는 지극한 사랑이 사랑을 파괴할 수도 있다는 것을 알게 됩니다. 너무나 정직하기 때문에 행복의 성을 파괴한

다는 것도 알 수가 있습니다. 남자와 여자 가운데 한 사람이라도 거짓말을 할 줄 알았다면 『쿠니꼬』의 비극은 방지할 수가 있었던 겁니다. 그렇게 생각하지 않으세요?"

"듣고 보니 그러네요. 참 그러네요."

아가씨의 말엔 감격의 빛깔이 섞였다. 이때 불량학생은 한술을 더 떴다.

"비극은 악(惡)으로 비롯된 것만은 아닙니다. 아리스토텔레스는 비극을 다음과 같이 정의했죠. 비극은 선(善)과 악(惡)의 갈등이 아니고 선과 선, 즉 양립(兩立)하는 선의 갈등이라고. 좀 어렵나요?"

"어려워요."

"그럼 다시 설명하죠. 좋은 사람과 나쁜 사람이 있다고 칩시다. 그 두 사람이 싸운다는 건 비극이 아니다, 이 말입니다. 좋은 사람이 반드시 이겨야 하고 나쁜 사람이 져야 하니까요. 그런데 세상엔 왕왕 나쁜 사람이 이기고 착한 사람이 지기도 하죠. 그러나 이건 경우에 어긋난 일이기는 해도 비극은 아니라고 아리스토텔레스는 생각하는 겁니다. 착한 사람과 착한 사람, 즉 정의(正義)와 정의 싸움이란 것도 있습니다. 이를테면 아테네와 스파르타의 싸움 같은 것이죠. 아테네인은 자기 나라를 위해 싸웁니다. 스파르타인도 그렇습니다. 각기 자기 나라를 위한다는 정의와 애국심을 갖고 역시 자기 나라를 위하는 정의와 애국심을 가진 사람들과 싸우는 겁니다. 이럴 때 국외(局外)에 있는 사람들은 어느 쪽에도 편을 들 수가 없습니다. 그런 상황을 비극이라고 한다는 겁니다. 『쿠니꼬』의 경우가 그렇죠. 남편도 좋은 사람이며 아내도 좋은 사람입니다. 그런데도 갈등이 생겨나는 겁니다. 시가문학(志賀文學)이 훌륭하다는 것은 이러한 평범한 생활 속에 본질적인 비극이 싹틀 수 있다는 걸 격조높은 문체로써 표현했다는 점에 있는 겁니다. 아셨죠?"

"잘 알았어요. 정말 잘 알았어요."

불량학생은 수줍은 웃음을 띠면서도 이 정도만이라도 아가씨를 유혹할 수 있는 터전을 마련한 것이라고 속으로 악마적(惡魔的)인 웃음을 웃었다. 그리고 다음의 단계로 옮아가야 하는데 그러기 위해선 얼마 동안의 사이를 두어야 한다는 것도 이 불량학생은 알고 있는 것이다.

그런데 아가씨로부터의 질문이 있다.

"『쿠니꼬』를 읽는 사람은, 아니 이걸 읽고 그 뜻을 잘 이해한 사람은 그런 비극에 사로잡히지 않겠죠?"

"그럴 테죠. 그렇게 되어야 하는 거죠. 그런데 사람이란 것은 좀처럼 독서와 체험해서 얻은 교훈을 활용하지 못하는 겁니다. 그래서 꼭 같은 비극을 되풀이 하기도 하는 겁니다. 라, 비, 에, 미제라블! 인생이란 비참한 겁니다. 그래서 문학이 소중하기도 한 거죠."

"전 문학이란 얘기를 꾸며놓은 거로만 알았어요. 특히 소설은요."

"얘기를 꾸며놓은 것이라고 할밖에 없는 소설도 많지요. 그러나 문학으로서의 소설은 왜 그런 얘기를 꾸미지 않을 수 없었던가 하는 정념(情念)과 사상(思想)이 표현되어 있는 얘기라야만 하는 겁니다."
하고는 물었다.

"아가씨가 읽고 가장 감동한 소설은 뭡니까."

여자는 고개를 갸웃하며 창 밖으로 눈을 돌렸다. 불량학생도 그
시선을 좇았다. 거겐 기막힌 풍경이 전개되어 있었다. 보랏빛 베일을
쓴 것 같은 봄바다가 멀게 가깝게 섬(島)을 점철하곤 그림처럼 꿈처
럼 펼쳐져 있었다. 열차는 세또나이까이(瀨戶內海)를 오른편으로 끼
고 달리고 있었던 것이다.

그 풍경에 마음을 빼앗긴 그는 불량한 학생일망정 일순 헛된 야
욕을 품는 스스로를 부끄럽게 생각했다. 그러나 다음 순간 자기가
떠나온 고향의 삭막한 경치와 지금 눈앞에 전개되어 있는 풍경과
를 비교해 보는 마음으로 되자 질투라고 하기에도, 미움이라고 하
기에도 어긋나지만 그와 비슷한 감정의 빛깔이 섞인 묘한 심리상태
로 변해갔다.

해안까지의 전원은 장방형(長方形)으로 경지정리가 된 논과 밭이
며 거겐 보리가 탐스러운 푸르름으로 담요처럼 깔려 있기도 하고, 샛
노란 유채의 꽃이 눈부신 꽃무리를 이루고 있는가 하면 울창하게 숲
을 가꾼 동산이 나타나기도 하다가 검은 기와 하얀 벽의 농가들이 낙
원(樂園)을 꾸며 놓기도 했다.

불량학생이 떠나온 고향은 벗겨진 산이 피부병이 걸린 살결을 그
냥 드러내 놓은 듯했고, 들은 질서도 맥락도 없이 꾸불꾸불한 논두

렁으로 구획되어 볼품이 없었으며, 시내는 돌자갈의 바닥을 드러내어 소 오줌살 같은 물결을 뻗고 있었을 뿐이며 산허리에 졸고 있는 초가지붕의 취락들은 고목(枯木)의 뿌리를 에워싼 버섯밭처럼 을씨년스러웠던 것이다.

불량학생은 앞에 앉은 아가씨에게 시선을 돌리며 유혹의 결정적인 방법을 모색하기 시작했다. 동시에 아까 아가씨에게 한 질문이 대답을 받지 않은 채 그냥 남아있다는 것을 상기했다.

"왜 대답을 안 하지?"

"끼꾸지캉(菊池實)의 『은수(恩讐)의 저편』이란 소설입니다."

망설임 없이 이렇게 대답한 것을 보면 그 동안에 그 대답을 준비하고 있었던 탓이었을 것이다.

끼꾸지캉은 지금에사 대중소설을 쓰는 통속작가(通俗作家)로 타락해버렸지만 그의 초기엔 꽤 깔끔한 작품을 썼다. 『은수의 저편』이란 소설도 그의 초기의 소설이다. 아가씨가 자기가 읽은 가장 감동적인 소설이라고 해도 교양의 바탕을 얕뵈게 하는 그런 것은 아니었다. 그 줄거리는 이렇다. 원수를 만나고 보니 그 원수는 자기의 죄를 속죄할 양으로 너무나 지세가 위험해서 사람의 왕래가 곤란한, 그러나 그곳을 지나지 않곤 목적지에 갈 수가 없는 난소(難所)에 끌과 정으로 터널을 파고 있었다. 사람의 일념은 무서운 것이어서 침식을 잃고 암벽(岩壁)을 파길 십수 년, 몇 해만 더하면 굴은 관통될 상태에 있었다. 추적자는 드디어 원수에 대한 미움을 잊고 원수와 더불어 협력하여 그 터널 관통을 완수시킨다는 얘기니, 읽는 사람을 감동시키기에 충분한 것이다.

"그 작품은 충분히 감동적이지."

하며 불량학생은 아가씨의 감상력이 대단하다고 추켜 주었다.

아가씨는 그 평이 반가운 듯 용기를 내어 물었다.

"끼꾸찌캉 선생하고 시가나오야 선생, 어느 편이 더욱 훌륭할까요."

"작가로서?"

"예, 문학자로서요."

"그렇다면 비교가 안 되지. 시가나오야가 월등해요. 시가를 금(金)이라고 치면 끼꾸찌는 구리쇠(鋼)라고나 할까."

이런 설명을 아가씨는 납득이 안 가는 모양이었다. 불량학생은 더욱더 소상한 설명을 보태지 않을 수가 없었다.

아가씨가 겨우 납득하는 것을 보자 불량학생은,

"시가가 아무리 훌륭한 작가라고 해도 그건 일본 내에서의 평가일 뿐 세계적인 시야에 서면 존재도 없는 작가요."

하고 아가씨의 마음에 충격을 줄 양으로 과장된 말을 썼다. 그리고는 톨스토이, 괴테, 발자크, 위고 등 작가들의 이름을 생각나는 대로 들먹여 그들의 위대함을 설명하고 상대적으로 시가를 비롯한 일본의 작가들을 낮춰 평가했다.

"일본이 뭐라고 해도 동해에 있는 조그만 섬나라에 불과한 거요.

프랑스와 영국, 독일에 비하면 그야말로 미미한 존재이며, 오늘날 중국을 점령하고 위세를 보이고 있으나, 싸움에 강하다는 게 무슨 자랑이나 되는 줄 아시오? 자랑할 것은 문화요, 문화. 문화가 뒤떨어져 있으면 아무리 전쟁에 강해도 야만국일밖에 없는 거요."

이 대목에서 불량학생의 말소리는 바로 옆자리의 사람도 들을 수 없을 만큼 낮았다. 아가씨는 귀를 불량학생의 입 가까이에 대 놓고 전신을 긴장하고 있었다. 불량학생은 바로 눈앞에 있는 아가씨의 귀를 보며 소연해지는 관능(官能)을 느꼈다. 아가씨의 귀는 진주모색(眞珠母色)으로 투명하게 보였다. 두텁지도 얇지도 않은 귀는 모양 좋은 조개를 닮아 속발(束髮)로 흘러 있는 머리칼을 가볍게 받으며 다량의 속삭임을 기다려 다소곳이 열려 있는 것이다.

신랄하게 일본을 욕하는 말이 일본을 신국(神國)이라고 믿도록 하는 교육을 받고 자랐을 아가씨를 혼란에 빠뜨리지 않을 까닭이 없다. 아가씨의 얼굴에 겁을 먹은 듯한 표정이 돋아났다. 불량학생은 거기서 말의 방향을 바꾸고 한탄조가 되었다.

"왜 무궁한 장래를 가진 우리 젊은 사내들이 죽어야 하느냐 말이오"

죽어야 한다는 말에 아가씨의 얼굴이 새파랗게 질렸다.

"그렇지 않소? 우리는 지금 학교에 다니고 있으니까 망정이지 학교를 졸업하면 병정에 가야 하오. 병정으로 가면 죽게 마련이오. 그래서 우리는 인생 25년이라고 한다오. 내 나인 지금 22세요. 그러니

이 지상에 살아 있을 날이 3년밖엔 안 된다는 얘기죠."

아가씨는 눈을 동그랗게 뜨고 불향학생을 쳐다볼 뿐이었다.

"아가씨의 고향에서도 많은 젊은 사람들이 전쟁터에 나갔죠? 전사한 사람도 많죠?"

아가씨는 말없이 고개만 끄덕였다.

"전쟁은 자꾸만 치열하게 될 거요. 젊은 사나이들은 자꾸만 죽을 거요. 젊은 남자들이 한 사람 남지 않게 될 때, 그때 전쟁은 끝날 것이오."

불량학생은 당시 전쟁에 나갈 예상을 하지 않아도 되었다. 한국인이었으니까. 병역의 의무가 없었으니까. 그런데도 이런 말을 한 것은 아가씨의 심정을 극도로 감상화(感傷化)해서 무저항상태(無抵抗狀態)로 만들어버리기 위한 수단이긴 했다. 그러나 전연 그런 예상을 해볼 필요가 없었던 것은 아니다. 정세의 강요에 따라 언제 어떻게 전쟁터에 끌려갈지 모르는 흉조(兇兆)가 차츰 싹트기 시작하고 있었던 때였으니까.

불량학생은 더욱더 그 불량성을 발휘해선 스스로가 속한 세대가 얼마나 불행한가에 대해서 나지막한 소리로 설명해 나갔다.

"살아 있었으면 베토벤 이상의 음악가가 되었을 친구도 죽었소."

"살아 있었더면 괴테 이상의 문학자가 되었을 친구도 죽었소."

"그 기막힌 재능, 빛나는 젊음이 대륙의 두메, 태평양의 해저에서 죽어갔단 말이오."

"그런 사람들에게 비하면 나 같은 형편없는 존재쯤은 죽어 없어져 봤자 아쉬울 것도 아까와할 사람도 없겠지만……."

이때 아가씨는 소매에서 손수건을 꺼내 눈을 가렸다. 자기도 모르게 눈물이 쏟아질 뻔했던 모양이다.

열차 쿠라시키(倉數)를 지나고 있었다. 불량학생은 그 이상의 말은 필요없다고 느꼈다. 오사카가 가까워질 때 같이 내리자고 한마디하면 그만일 것이라고 생각했다.

석양이 비끼기 시작한 창밖의 풍경을 슬프고 슬픈 얼굴로 눈을 허허하게 뜨고 보고만 있으면 될 것이었다.

이런 계산을 한 불량학생은 고베(神戶)에 도착할 때까지 한마디도 하지 않았다. 아가씨는 뭔가 위로의 말을 하고 싶은 기색이었지만 이편에서 그럴 계기를 주지 않으니 그 위로의 말을 미련처럼 도로 삼켜버려야 했다.

드디어 열차는 고베를 지났다. 해는 지고 창 밖은 전등의 바다로 변했다. 불량학생이 돌연 입을 열었다.

"나는 오사카에서 내려야 하겠는데."

"동경으로 가시는 것 아녜요?"

아가씨는 당황한 투로 물었다. 불쌍한 운명을 지고 있는 학생에게 위로의 말 한마디 못하고 헤어지게 되었다는 것이 그녀를 당황하게 한 원인일 것이었다.

"동경까지 24시간을 쭈욱 타고 가는 건 지루해서요. 난 언제나 오사카 아니면 경도에서 도중 하차해서 며칠 쉬었다가 가죠."

말없이 고개만 끄덕거리는 아가씨.

그 아가씨의 귀에 불량학생도 살큼

"어때요, 아가씨도 오사카에서 내리시지. 기후까진 전철도 있으니까. 두세 시간 후엔 전철을 타고 가실 수도 있을 테고……."

아가씨는 즉각 결심을 한 모양으로 일어서서 손을 잠깐 위로 뻗었다. 불량학생이 성큼 따라서서 아가씨의 트렁크를 거들어 내려 주었다.

얼마지 않아 불량학생은 그 아가씨를 데리고 오사카의 우메다역(梅田驛)의 집찰구를 빠져나가고 있었다 …….

최후의 심판정에서 검찰관은 이 대목에 이르러 목청을 높일 것이다. 염라대왕 각하, 이놈은 이처럼 나쁜 놈입니다. 교언영색(巧言令色)을 다해 순진한 처녀를 감쪽같이 유혹하는 그 수법을 보십시오. 여기까지의 행동만으로도 놈을 초열지옥(焦熱地獄)에 집어넣어야 합니다, 하고.

그럴 때 나는 뭐라고 변명해야 할까. 초열지옥의 형은 달갑게 받겠다. 그러나 처음부터 불량학생 취급하는 것은 너무하다. 긴 기차여행 도중 아름다운 여자 옆에 앉고 싶어 하는 것은 청년다운 로맨티시즘이라고 보아줄 수 있지 않겠는가. 그리고 유혹에의 은근한 마음이 없었다고는 말 못하지만 처음부터 계획적으로 그런 짓을 했다고 단언하는 것은 지나친 확대해석이 아닌가. 그러나 검찰관이 나의 변명에 호락호락 넘어갈 까닭이 없다. 검찰관의 공소장 낭독은 다음과 같이 계속될 것이다.

아가씨가 불량학생과 같이 오사카역에서 내린 것은 두세 시간 같이 지나며 신세타령을 슬프게 하는 그 놈에게 위로의 말 몇 마디라도 해줬으면 해서였다. 그리고 아가씨는 전철을 타고 기후로 갈 작정이었다.

그런데 불량학생은 역을 벗어나자 택시에 아가씨를 태우고 나까노시마(中之驛)로 가서 여관을 잡았다. 그리고는 그 여관에 짐을 맡겨 놓고 도톤보리의 번화가로 아가씨를 끌고 나갔다. 번화가의 어떤 술집으로 가서 방으로 들어가선 술을 마시곤 불량학생은 인생 25년을 연거푸 들먹이며 자기의 운명을 서러워했다.

"그러나 나처럼 재능도 없고 못난 놈은 죽어봤자 아쉬워할 아무것도 없고 아껴줄 누구도 없다."

고 하자 아가씨는,

"학생처럼 총명한 사람은 죽어선 안 돼요."

하며 위로하기 시작했다.

불량학생은 그의 말 주변을 최고로 발휘해선 아가씨로 하여금 이 학생을 위해선, 이 학생의 마음에 기쁨을 주기 위해선 무슨 일인들 하겠다는 기분으로 만들어 버렸다.

그 결과도 뻔하다.

불량학생은 드디어 아가씨를 가지 못하게 하곤 여관에서 같이 자게 되었다. 같은 방에서 같이 자도록 상황을 만들어 놓곤 우리는 깨끗하게 이 밤을 지내야 한다는 감언이설로 자리를 따로 깔고 눕게 되었는데 밤중이 지나고 난 어느 시각 아가씨는 하얀 시트에 묻은 파괴된 처녀의 붉은 흔적을 물을 묻힌 탈지면으로 닦아내려고 애쓰고 있었다.

　부도덕하기 짝이 없는 불량학생도 그 광경을 보곤 비로소 죄의식을 느꼈던지 아가씨의 어깨를 가볍게 안고는 용서해달라고 빌었다. 그러나 아가씨는,

　"아무것도 아녜요. 젊은 청년들이 무수히 죽어가는데 이런 것쯤이 뭣이 그처럼 대단해요."

하고 울먹거렸다.

　그 이튿날 그들은 나라(奈良)로 갔다. 하루를 꼬박 와까구사야마(若草山)의 사슴들과 놀고 다시 오사카의 여관으로 돌아와선 신혼의 부부라도 된 양으로 하룻밤을 지냈다.

　아가씨가 만일 기후에 미리 자기의 도착일자를 알려놓지 않았더라면 며칠을 더 묵었을지 모른다. 그 이튿날 아침 두 사람은 동경행 열차를 탔다. 아가씨는 기후에서 내리고 불량학생은 동경으로 직행했다. 불량학생의 수첩엔 다음과 같은 기록이 있었다.

　미네야마 후미코(峰山文子) 19세. 후쿠오카현(福岡縣) 미즈마군 출신. 고등여학교(高等女學校) 졸업.

그런데 불량학생은 미네야마에게 동경의 하숙집 주소를 가르쳐 주지 않고 학교의 주소와 그가 다니는 학과의 이름만 가르쳐 주었다. 불량학생이 다니는 대학의 그 학과는 본교사와는 다른 지역에 있어 그리로 보내온 편지는 수위(守衛)가 받아두어 나눠 주었기 때문에 교통(交通)엔 지장이 없는 탓도 있었지만 하숙집 주소를 가르쳐 주지 않은 이유는 불량학생은 그때 하숙집 딸과 연애관계에 있었기 때문이다.

그후 미네야마의 편지는 사흘에 한 번 꼴로 왔다. 언니와 어린아이의 건강이 좋지 않아 당분간 기후에 있게 되었다는 것이어서 불량학생은 가끔 주말을 이용해서 기후에까지 가선 같이 놀다가 오기도 했다.

그해의 여름방학엔 불량학생은 귀성하지 않고 동경에 머물러 있었다. 어학강습회(語學講習會)에 나갔기 때문에 방학인데도 기후에 있는 미네야마를 찾을 겨를이 없었다. 9월 신학기에 학교엘 나갔더니 미네야마로부터 온 편지가 7, 8통 밀려 있었다. 그 가운데의 한통은 임신했다는 사연을 알린 것이었다. 불량학생은 크게 당황했다. 당황하고 있는 판인데 졸업이 9월 25일로 당겨졌다는 조치와 함께 학생 징병연기 폐지, 10월 1일에 대학 전문학교 학생은 일제히 군에 입대하라는 명령이 내렸다. 이른바 학도동원령이다. 그러나 이것은 일본인 학생에게 해당되는 일이지 불량학생 성모에겐 관계 없는 일이었지만 간교한 불량학생은 그 사태를 이용할 술책을 꾸몄다.

우리들은 머잖아 전쟁터에 나가게 되었다. 그러니 결혼을 하재도 그럴 겨를이 없다. 어떤 수단을 쓰건 임신은 중절시켜야 한다.

는 요지의 편지를 썼다.

당장 답장이 왔다.

아무튼 만나보고 싶어요. 아무리 바쁘시더라도 하루쯤 시간을 내어 기후로 오세요. 임신은 죽었으면 죽었지 중절시킬 순 없어요. 당신이 전쟁터로 나가더라도 난 아이를 내게 주어진 운명으로 알고, 그리고 모든 고통을 감수하고라도 키우겠어요. 당신에게 책임을 돌리는 일은 추호도 안 할 테니 한번 기후로 와서 절 만나 주세요……

이 편지를 받은 불량학생은 무엇에 쫓기듯 겁을 먹고 졸업식에 참가하지도 않고 마지막 시험이 끝난 9월 10일 한국으로 돌아가버렸다. 그가 돌아가는 열차는 기후를 통과했다. 그는 몇 번인가 기후에서 내릴까 말까 하다가 그냥 지나쳐버린 것이다. 하지만 불량학생은 미네야마로부터 도망칠 생각으로 그런 것은 아니었다. 고향에 돌아가 부모님과 의논해서 사후책을 강구할 요량이 없진 않았다. 그러나 고향에 돌아가자마자 그를 기다리고 있었던 것은 한국 출신의 대학생과 그해 졸업생은 지원병의 형식으로 군대에 가라는 강제 명령이었다……

사정이 이렇게 된 데는 최후의 심판도 정상의 재량이 있지 않을까, 하는 희망이 솟지 않을 바는 아니지만 37년 동안이나 방치해 두었다는 사실은 아무래도 용서받을 수가 없는 것이다.

비행기는 이미 일본열도(日本列島)의 상공에 진입하고 있었다.

후쿠오카로 직행하지 않고 동경으로 간 것은 만일의 경우 나를 도와주는 사람을 데리고 가기 위해서였다. 대학의 동기동창에 쓰찌야(土屋)라는 시나리오 라이터가 있는데 그에게 부탁할 참이었다.

호텔에 도착하자마자 쓰찌야에게 전화를 걸었다. 연말을 동북의 온천에서 지낼 양으로 집을 떠났다는 답이 돌아왔다. 도리가 없었다. 호텔방을 그대로 잡아두고 이튿날 아침 하네다에서 미야자키(官崎)로 가는 비행기를 탔다. 미야자키로 간 이유는 그곳 미야코노조(都城)에 나의 일가가 살고 있어 그 사람의 도움을 받았으면 해서였다.

미야코노조에 도착하고 보니 그 사람은 병석에 있었다. 나를 만나게 되었다며 그는 반갑기 한량이 없는 것 같았으나, 나는 시간을 허비했다는 뉘우침만 느꼈다. 핑계를 대어 그날 안으로 가고시마(鹿兒島)로 나와 가고시마 본선(本線)을 타고 구루메(久留米)에 내렸다. 미즈마군이 구루메 근처에 있다는 얘기를 미네야마로부터 들은 기억이 있었기 때문이다.

밤 아홉 시나 되었을까. 역 앞에 있는 택시 운전사에게 '미즈마'로 가자고 했더니 아무도 미즈마를 몰랐다. 이상한 일이었다. 나는 까다

로운 한자 瀦(저)까지 써 보이며 물어도 근처에 있는 택시 운전사는
아무도 몰랐다. 하는 수 없이 파출소로 갔다. 파출소의 젊은 순경들
도 고개를 이리 저리로 흔들어 보일 뿐 모르겠다고 하는데 어떤 영감
이 들어와서 그 얘기를 듣곤,

"미즈마는 지금의 오카와(大川)다. 25년 전에 미즈마가 오카와시
로 지명을 바꾸고 승격한 때문에 요즘 젊은이들은 아무도 모른다."

며 웃었다. 그리고 날더러,

"무슨 목적으로 그곳을 찾느냐."

고 물었다.

"그곳에 고등여학교가 있었죠?"

대답 대신 이렇게 물었더니,

"옛날 미즈마 고등여학교는 지금은 오카와 고등학교(大川高等學
校)로 되어 있지 아마."

하는 대답이었다.

"학교 이름은 바꿔도 그 당시의 동창회 명부나 학적부 같은 것은
간수되어 있겠죠."

"물론 있겠죠. 그런데 그걸 뭣하려고."

"사람을 찾는 겁니다. 미즈마 고등여학교를 나온 사람을 찾으려
는 겁니다."

"이름이 뭔데요?"

"미네야마 후미코란 이름입니다."

"미네야마란 성이면 이 근처에 많이 살죠."

그쯤 하면 되었다. 나는 택시를 잡아타고 오카와 고등학교 근처에 있는 여관까지 데려다 달라고 했다. 그 여관에서 자고 아침에 학교를 찾아갈 참이었다.

구루메의 시가를 벗어나 택시는 시골길을 한참 달렸다. 헤드라이트에 비쳐지는 것만으론 풍경의 대중을 잡을 수 없었으나 시골길인데도 깨끗하게 포장이 되어 있다는 것과 그 연도의 집들이 윤택해 보인다는 것만은 알 수가 있었다.

그러다가 문득 '오카와'란 이름이 아까부터 뇌리에 묘한 음향을 남기고 있었는데 그 까닭을 알았다. 창피하게도 일제시대 우리 집안은 '오카와', 즉 大川이란 창씨(創氏)를 했었다. 하필이면 '미즈마'란 이름을 '大川'이라고 고치다니 하는 생각과 함께 미네야마가 기억하고 있을 나의 이름은 바로 그 '大川'이란 사실에 생각이 미쳤다. 그렇다면 미네야마는 바뀐 고향의 이름 때문으로도 나를 잊지 못했을 것이 아닌가. 미운 마음을 가졌대도 잊지 못했을 것이고, 그러지 않았으면 더욱 잊지 못했을 것인데 아이를 낳았다고 치고, 그 아들인가, 딸에게 '大川'이란 이름에 대한 감상을 전했을까, 전하지 않았을까.

만일 그때 아이를 낳았다고 치면 지금은 37세의 남자, 아니면 여자일 것인데 요행히 그를 만날 수 있을 경우가 있다고 할 땐 남자보다는 여자로서 있었으면 좋겠다는 엉뚱한 상념이 들기도 했다. 37세의 억센 사나이가 '당신이 내 아비라구? 뭣 때문에 나타났어, 뻔뻔스

럽게' 하고 덤비면 어떡하나, 그보다는 무슨 푸념을 하건 여자이면
상대하기가 수월하리라, 하는 상상 때문이었다.

전방에 전등의 바다가 나타났다.

"저기가 오카와입니다."

하는 운전사의 말에,

"이 고장의 특생은 뭡니까."

하고 물었다.

"목공업입니다."

"목공업? 나무로 만드는 것?"

"그렇습니다. 오카와의 가구(家具)는 일본 전국에서 제일로 칩니
다. 일본 제일의 규모를 가진 가구공장이 이곳에 있습니다."

"그래요?"

이런 대화가 있는 동안 택시는 시심(市心)으로 들어섰다. 운전사
는 어느 가게 앞에 차를 세우고 고등학교가 있는 위치를 묻고 다시
차를 몰아 한참을 가더니 가등이 비추고 있는 '大川高等學校'란 간
판을 확인하곤,

"다음은 여관을 찾아야지."

하고 자동차를 서행시켰다.

저만치에 아라아케여관(有名旅館)이란 네온이 들어 있는 간판이
보였다. 자동차는 그 앞에 멈췄다.

여중(女中)으로 보이지 않는 젊은 여자가 이층의 방으로 안내해 주었다. 넓은 방이 휘하게 차가왔다.

전기 스토브에 코드를 꽂는다, 석유 스토브에 불을 붙인다, 하며 젊은 여자는 민첩하게 움직였다. 침구를 깔고 찻물도 갖다 놓고 목욕탕의 소재를 가르쳐 놓고 내려가려는 그녀에게 물었다.

"이 근처에 술집이 없소?"

"조금 걸어야 술집이 있습니다."

"어느 편으로 걸으면 됩니까?"

"집에서 나가 왼편으로 50미터쯤 가면 백마(白馬)라는 데가 있죠. 큰 술집은 아닙니다만."

"댁에선 술을 팔지 않소?"

"식사때 필요하시다면 갖다 드리지만 사람의 손이 모자라 술 심부름까지 할 수가 없어서요."

"아주머닌 이 집의 주인 되십니까?"

"예, 그렇습니다."

"그럼 학교는?"

"이곳 고등학교를 나온 것뿐예요."

"실례입니다만 성씨는?"

"미조타라고 해요."

"이 근처에 미네야마란 성이 많다면서요."

"그런 것까진 모르겠습니다만, 제 동기생 가운데 미네야마란 성을 가진 사람이 하나 있었어요."

"그럼 혹시 도움을 청할 일이 있을지 모르겠습니다. 그때는 아무
쪼록 ……."

"뭣이건 저희들 힘이 닿는 것이라면."

하고 상냥한 웃음과 함께,

"안녕히 주무세요."

하는 인사를 남기고 그녀는 내려갔다.

참고있던 아픔이 맹렬하게 시작했다. 옷 입은 대로 엎드려 진정
할려고 했으나 뜻대로 될 까닭이 없다. 기름땀이 짜여지는 게 눈에
보이는 듯했다. 이 고통이 조금만 누그러들면 술집으로 가야겠다고
마음을 먹으며 숨을 몰아쉬었다. 술에 취해 곤드레가 되어야만 잠을
청할 수가 있을 것 같아서였다.

'아아, 이런 몸이 아니었을 때 이곳으로 와야 했던 것을!'

불각의 눈물이 고통의 사이사이를 비집고 흘러내렸다. 만일 건
강한 몸으로 이 여관에 앉아 내일의 예정을 짜고 있었더라면 이 밤
의 정회(情懷)도 그럴 듯했을 것이란 상념이 일자 고통은 한결 더 격
화되었다. 고함이라도 지르고 싶은, 빈사의 중상을 받은 짐승처럼 고
함을 지르고 싶은 충동을 미네아마를 비롯한 많은 여자들을 농락한
죄값이라고 생각하면 당연한 고통이라고 생각함으로써 가까스로 누
를 수가 있었다.

겨우 고통이 소강상태로 들어가는 듯할 때 시계를 보았다. 열 시

반이었다. 기력을 모아 일어섰다.

'여관을 나가 왼쪽으로 50미터……'

주문처럼 외우며 여관문을 나섰다.

휑하니 몰아치는 일진의 바람이 있었다. 그러나 견디지 못할 정
도의 추위는 아니었다.

'백마(白馬)'라는 조그마한 네온 간판이 있었다. 벼 주렴을 제끼고
가는 격자창을 열었다. 7, 8평이나 될까 마제형(馬蹄型)으로 된 카운
터에 저편으로 세 사람이 앉아 술을 마시고 있었다. 하얀 에이프런을
두르고 중년의 여자가 희게 반들반들 화장한 얼굴을 돌려,

"어서 오세요."

하며 상냥한 인사를 했다.

"술 주시오. 따끈하게요. 안주는 어떤 게 있습니까."

"안주는 사쿠라밖엔 없어요."

"사쿠라?"

여자는 턱으로 저편 손님들 앞에 놓인 쟁반을 가리켰다. 형광등
의 탓인지 유난히 붉게 보이는 고기였다.

"좋소."

이윽고 여자는 술과 안주를 가지고 왔는데 그때 사나이는 사쿠라
라는 것이 말고기를 뜻하는 것이란 사실을 깨달았다. 말고기를 가늘
게 썰어 그걸 생으로 간장에 찍어 먹도록 되어 있는 모양이었다. 이
를테면 말고기의 육회. 나는 그것을 먹을 수가 없었다. 다꽝을 몇 조

각 달라고 해서 그걸 안주로 술을 마셨다.

여자는 술을 따라 주기 위해 내 앞에 와선,

"옛날엔 안주감이 풍부했죠. 아리아케카이(有名海)에서 맛있는 생선이 많이 잡혔으니까요. 더욱이 아리아케카이의 게는 명물이었죠. 그런데 요즘은 바다가 오염되어 생선을 통 먹을 수가 없답니다. 생선이 살질 못하구요."

하고 사과하는 듯 변명하는 듯한 말을 했다.

저편의 손님들은 이 해의 경기(景氣) 얘기를 하고 있었다. 일반적인 경기와 가구업은 밀접 불가피하니까, 경기가 하락한 때문에 가구업체가 입는 손해는 막대하다는 푸념이었다. 그들의 말투는 심각했으나 내가 듣기론 행복한 인간들의 행복에 겨운 비명 같았다.

"경기의 하락이 유일한 걱정일 때 당신들은 최고로 행복한 거요."

하는 말이 하마터면 내 입에서 나올 뻔했다.

거의 반대 가까운 술을 마셨을 때 내 뱃속의 통증은 무디게 확산되는 듯했다. 고통의 집중이 없으면 그만큼 견디기 쉬운 것이다. 나는 피로를 느꼈다. 여관까지의 50미터가 힘겨웁도록 나의 육체는 지쳐 있었다.

겨울 방학이자 연말에 놓인 학교의 교정은 어느 나라엔들 그러할 것이다. 텅 빈 운동장, 닫혀진 유리창이 늘어서 있는 교사. 오카와 고등학교는 오카와란 시가가 새롭고 아담한 건물로 차 있는데 비하면 너무나 낡고 빈한한 인상의 목조건물이었다. 우리나라의 웬만한 시골 중학교도 겉치레에 있어선 그보다 뒤진 곳이 없으리란 느낌마저 들었다.

교무실을 찾았다.

일직선생인 듯싶은, 50세를 훨씬 넘긴 얼굴 전체에 듬성듬성 수염을 잡초처럼 방치해 둔 사람이 내가 내미는 명함을 받자 자기의 이름을 기타하라(北原)라고 하며 감격적인 투로,

"아아, 한국서 오셨습니까. 사시는 곳이 용산이구먼요. 용산, 그립습니다. 저도 거게서 나서 거게서 자랐으니까요. 나는 그곳 법정전문학교엘 다녔죠. 지금 경성은 어떻습니까. 한번 가보고 싶군요."

하고 지껄였다.

그의 말에 적당하게 응하고 난 뒤 나는 용건을 말했다.

"이 학교가 고등여학교로부터 남녀공학의 고등학교가 된 것은 종전 5년 후, 그러니까 1950년입니다. 그전의 동창회 명부 물론 있죠. 조금 기다리십시오."

기타하라는 고등여학교시대의 동창회 명부를 꺼내왔다.

"미네야마 후미코라고 하셨죠? 졸업은 1941년, 아니면 42년, 43년이라."

하고 뒤지기 시작했다. 나도 같이 그 명부를 들여다보았다.

"결혼을 했으면 미네야마가 아닐 테지만 구성(舊姓)도 기록해놨으니까요."

그런데 미네야마란 이름도 후미코란 이름도 없었다. 어젯밤 듣기

론 이 고장엔 미네야마 성을 가진 사람이 많이 산다고 했는데 미네야마 후미코가 졸업했을 것으로 추정되는 해엔 미네야마란 성을 가진 사람이 하나도 없는 것이다.

멀리 한국에서 모처럼 찾아온 내가 실망하는 것이 언짢았던지 근처의 국민학교를 샅샅이 뒤져보면 어떻겠느냐는 제안을 하기도 했다. 나는 처음 그 제안에 솔깃하기도 했다. 옛날의 '미즈마군'은 우리나라로 치면 하나의 군(郡)의 면적을 가지고 있는 것이니 촌명(村名)을 알면 모르되 그러지 않고서는 몇 십개의 국민학교를 거쳐야만 한다는 얘기가 되는 것이다. 포기할 수밖에 없었다.

기타하라는 틈을 보아가며 끈질기게 자기가 찾아보겠노라고 했다. 그리고 자기집의 주소와 전화번호까지 메모해 주기도 했다. 그러나 그것이 무슨 위안이 될 까닭이 없다. 나는 의기소침하여 여관으로 돌아와 드러눕고 말았다.

긴장이 풀린 탓인지 전신이 기탈상태인데 동통의 회수가 잦아지고 강도가 더해졌다. 내가 중병인인 것을 발견한 여관집 주인은 저으기 당황하는 모양이었으나 의사를 데리고 오겠다는 것을 나는 굳이 반대했다. 그 대신 젊은 여자의 동기생이란 미네야마 성을 가진 사람에게 미네야마 후미코를 혹시 알고 있는지, 그밖에 미네야마 성을 가진 사람들이 어디에 살고 있는지를 알아달라고 했다. 젊은 여자주인은 전화기를 내가 누워 있는 방에까지 가지고 와서 열심히 전화를 걸었으나 그녀의 동기생은 먼 곳으로 시집을 갔다는 얘기였고 미네야마 성을 가진 사람들이 어느 곳에 많이 살고 있는지도 알아낼 수가 없었다.

고통이 덜하면 내 자신 거리에 나가 만나는 사람마다 미네야마 성씨를 가진 사람들이 어디에 사느냐고 물었다. 시청에 가서 물을려고 했는데 공교롭게도 연말의 휴무에 들어간 탓으로 그것도 뜻대로 되질 않았다.

'그럴 리가 없지. 고등여학교를 나오지 않았는데 나왔다고 거짓 말할 여자는 아니다. 미네야마의 교양 정도 자체가 학교를 나온 정도를 넘어 있었으면 있었지 모자라질 않았다. 『아라비안나이트』를 영어 사이드 리더로 배웠다는 얘기가 있었고 그 가운데 한 대목을 영어로서 외어 보이기도 했으니까 ⋯⋯.'

나는 혼수상태에 있으면서도 이런 상념을 되뇌었다.

드디어 단념하고 동경으로 돌아온 것은 12월 31일. 동경 제국호텔의 일실에서 나는 이 해 마지막일 뿐 아니라 내 생애 마지막 해의 밤을 혼자서 넘기게 되었다.

룸 서비스를 통해 스테이크와 빵을 가져다 놓긴 했으나 한조각 입에 넣을 수 있는 식욕이 없었다. 나는 비행기내에서 사온 스카치를 한 잔 두 잔 스트레이트를 마셨다. 아무리 술을 마셔도 아픔을 완화할 수 없을 때가 한계점인 것이며, 간장이 병든 자가 자꾸만 술을 마시면 생명을 단축시킬 뿐이란 의사의 말이지만 그 자신 암에 걸려보지 못한 의사가 환자가 느끼는 고통의 실질을 알 까닭이 없는 것이다.

나는 이 밤이야말로 죽음과 정면에서 대결해 보자는 각오를 했다.

'죽음이란 뭐냐.'

'이 세상에서 없어지는 것이다.'

'언제 없어져도 없어질 운명이 아닌가.'

'그렇다.'

'그렇다면 조만(早晩)이 있을 뿐이지 본질적으론 다름이 없는 것이 아닌가.'

'그렇다.'

'그런데 왜 오래 살려고 발버둥치는 걸까.'

'오래 살면 죽음에의 공포가 없어지는 걸까.'

'오래 살면 미련 없이 죽을 수 있는 걸까.'

'내가 가령 80세에 죽는다고 치자. 그 나이에 죽으면 지금 죽는 것보다 고통과 슬픔이 덜할까.'

'지금 80세이신 어머니는 자기의 죽음을 어떻게 생각하고 계실까.'

'Y군이 말했듯 이것이야말로 불모의 사고(思考)이다. 그만 두자. 죽음이 다가왔을 그때 대결해도 늦지 않다.'

이런 생각을 하며 욱신거리는 동통을 견디고 있는데 돌연 어두운 창고의 일부분이 플래시에 비추인 것처럼 뇌리의 한 부분이 환하게 되었다. 바로 그곳에,

'미네야마 후미코는 자기의 고향을 미즈마라고 했다. 그리고 학교는 어델 나왔느냐고 묻자 고등여학교라고 답했다. 그걸 나는 미즈마와 고등여학교를 직결해서 생각했다. 과오는 거게 있었다. 후미코의 집이 미즈마에 있어도 지리적으로 지금 오카와라고 하는 곳보다 구루메가 가까왔을는지 모른다. 후미코는 구루메고녀(久留米女高)에다 넣을는지 모른다⋯⋯.'는 생각이 또박또박 새겨졌다.

이것이야말로 천재적인 발상이었다.

나는 시간에 불구하고 오카와에 있는 기타하라의 자택으로 전화를 걸었다. 일본 전국, 북해도의 끝에서 가고시마의 남단에 이르기까지 다이얼만 돌리면 전화가 통하게 되어있는 일본의 문화를 그때처럼 고맙게 생각한 적은 없다.

신호가 울렸다.

수화기를 받았다는 감촉이 있었다.

"누구세요."

하는 소리는 기타하라였다.

"나는 한국에서 온 성입니다. 밤중에 미안합니다."

"천만에요. 실망하고 돌아가신 것을 보고 가슴이 아팠습니다."

"고맙습니다. 그 일에 관해서 기타하라 선생의 협력을 꼭 빌려야겠습니다."

하고 나는 아까의 발상을 정확하게 전했다.

"알았습니다. 그런데 내일부터 4일 동안은 아무 일도 볼 수 없을 겁니다. 5일엔 꼭 알아보겠습니다. 그곳의 전화번호를 알려 주시오."
하는 기타하라의 말이었다.

나는 호텔의 전화번호와 룸넘버를 그에게 가르쳤다.

"새해에도 좋은 일이 많으시도록."
하고 기타하라는 전화를 끊었다.

새해에도 좋은 일이 많으시도록.

선량한 기타하라를 통해 운명은 이렇게 나를 조롱하는 것일까!

1980년이 되었다는 감격이 내게 있을 리가 없다. 국내의 신문들은 그 사설에 일제히 이 해의 축복을 기원하는 내용의 글을 썼으리라. 80년대의 역사적 의미를 썼으리라. 그러나 생명이 있고 따라서 죽음이 있는 사람에게 불사(不死)를 가정한 역사의 의미가 과연 무엇일까. 역사를 믿고 안심하고 죽을 수 있을까. 오늘 억울하게 무참한 사형을 당한 사람이 장차에 있을 역사의 심판을 믿을 수가 있을까. 먼 훗날에 역사의 심판은 있는 것인데 시간의 거리가 멀어갈수록 오늘이 역사 속에 차지하는 폭은 작아만 간다면 역사가 심판할 여유란 것이 있는 것일까 없는 것일까. 1980년대라고 해보았자 장차 쓰일 역사책엔 한 줄로 남을지 두 줄로 남을지. 1979년의 이변(異變)도 1천년의 스팬을 놓고 보면 하나의 점(點)으로 화했다간 드디어 증발해버릴 것이 뻔하다. 1880년대에 김윤식(金允植), 김홍집(金弘集), 김옥균(金玉均) 등 삼 김씨(三金氏)가 있었다. 단순한 우연일 것이지만

1980년대에 또다른 삼 김씨가 나타났다.

1880년대의 삼 김씨와 1980년대의 삼 김씨는 후세의 역사에 있어서 어떻게 비교되며 어떻게 그 상관 관계가 규명될 것인가. 비극은 되풀이되지 말아야 …… 그러나 그건 죽어야 할 내가 관심둘 바는 아니다.

나라의 체면이며 대표자이며 원수(元首)를 정치가 속에서 뽑아야한다는 것이 넌센스가 아닌가, 비극이 아닌가 …… 이것 또한 죽어야할 내가 관심둘 바가 아니다.

격심한 동통과 혼수와 기탈이 교체되는 가운데서도 시간은 흐른다. 시간이 흐른다는 것이 구원일 수밖에 없고 시간이 흐른다는 것이죽음일 수밖에 없는 비극없는 모순 속에서 드디어 1월 5일을 맞이했다. 육체는 단말마의 고통에 신음하면서도 신경만은 긴장하여 전화벨이 울리길 고대했다.

시간은 6일로 접어들었는데도 전화는 울리지 않았다. 이렇게 되면 이편에서 전화를 걸 수도 없는 것이다.

어머니에게 귀국을 약속한 날이 5일이었다. 나는 기타하라의 전화를 믿고 그날을 넘겨버린 것인데 그러고 보니 나의 불안이 양편에걸린 셈이다. 그러나 나는 기타하라로부터 무슨 소식인가를 듣지 않곤 일본을 떠날 수가 없었다. 하루종일 꼼짝도 않고 나는 전화기를지켜보고 있었다.

6일의 밤이 시작되었을 때 전화벨이 울렸다. 서울로부터의 전화였다. 동생의 말소리가 떨려 있었다.

"빨리 돌아와야 합니다. 어머니가 위급합니다."

"무슨 소리냐, 의사의 말과는 다르지 않느냐."

나도 모르게 분격이 치민 격한 말소리로 되었다.

"어머니가 위급해요. 빨리 돌아와야 합니다."

"알았다."

고 하고 전화를 끊었다.

괜히 마음이 바빠졌다. 꾸릴 짐도 없었지만 그래도 챙길 것은 있
었다.

'내일 비행기를 어떻게 한다?'

어마지두하다가 T일보의 이군에게 부탁하기로 했다. 선량하고
독실한 이 군은 내일 비행기에 탈 수 있도록 주선하겠다고 약속했다.

이쯤 됐으면 내가 기타하라에게 전화를 해야겠다고 마음을 먹었
다. 서울의 전화번호라도 알려야겠다는 마음으로.

내가 다이얼을 돌리려고 할 즈음 벨이 울렸다. 송수화기를 들었
다. 기타하라의 말소리가 튀어나왔다.

"구루메고녀의 동창회 명부에 미네야마 후미코상이 있었습니다.
결혼을 하지 않았더군요. 구성 그대로 있었으니까요."

"자아식."

싶었다. 데릴사위란 것도 있는 게 아닌가.

기타하라의 말은 계속되었다.

"그런데 참 안 됐습니다."

"뭣이 말입니까."

잠깐 사이가 있었다.

"미네야마 후미코 씨는 사망으로 되어 있습니다."

참 안 됐습니다.

잠시 말할 수가 없었다.

"감사합니다. 여러 가지로 애를 써 주셔서."

나는 돌아가면 인삼이라도 한두 상자 보내 줘야겠다고 마음을 먹었다.

"참 안 됐습니다. 모처럼 찾으셨는데."

"아닙니다. 내게 있어선 37년 전에 죽은 사람이었으니까요."

"참, 학적부도 뒤져 보았는데 성적이 꽤 좋던데요. 쭈욱 우등생이었습니다."

그 말엔 웃을 수밖에 없었다. 죽어 없어진 사람이 우등생이었으면 무엇을 하느냐 싶어서였다.

1980년 1월 7일 7시.

나리타공항을 떠난 비행기는 '屍休×日前'을 태우고 서울을 향해 날고 있었다. 전신을 비틀어 꼬는 듯한 고통 속에서도 상념이 뭉게구름처럼 이는 것은 비단을 찢는 듯한 소프라노의 아리아를 회오리바람 같은 오케스트라의 연주가 에워싼 양상을 닮았다고나 할까……

그 상념 속의 한 가닥은 재작년의 가을, 나의 외사촌 김생문이 관속에 담겨져 비행기로 날아왔을 때의 회상이다. 180센티의 키, 한때 85킬로의 체중을 가졌던 몸도 마음도 건장했던 45세의 사나이가 돌연 백혈병(白血病)에 걸렸다는 소식을 들은 것이 석 달 전. 미국에선 구할 수가 없는 한방의 특효약을 구하느라고 광분하고 있었을 때 죽었다는 전화가 있었다. 그리고 그의 유언은 한국 땅에 묻어달라는 것이었다고 했다. 미국엘 이민 가기를 그처럼 원하고, 어느 정도 성공을 해선 '링컨 콘티넨털을 샀으니 형님이 오면 그 차로 태워 모시고 어디라도 갈 작정'이란 편지를 보내온 그가 임종의 자리에서 '한국의 땅에 묻어달라고' 했다니 가슴을 에이는 이야기다. 그 외사촌이 죽었을 때의 그에게 있어선 고모가 되는 내 어머니의 비탄한 모습이 눈앞에 선하다. 조카를 잃고 비탄하던 어머니가 지금은 자기의 죽음을 견디어야 하는 것이다……

미네야마 후미코의 죽음은 어떠한 죽음이었을까. 폭격으로 인한? 병으로 인한? 혹은 자살?

내 죄가 얼마나 크더라도 지금 당하고 있는 이 고통으로서 면책될 수 있지 않을까, 이래도 모자랄까.

나는 내 체내에서 광풍노도를 방불케 하는 고통이 옆자리에 앉은 사람이 감시하지 못하도록 입을 악물었다. 그러나 가만 있으면 보채지 않을 수가 없었다. '하코자키'에서 공항으로 가는 버스에 타기 직전 비행기 속에서 읽으라고 T일보의 이 군이 넣어준 문고본을 억지로 폈다. 뭣엔가 집중하지 않고선 안 될 지경이었다. 책을 펴들자 동통이 약간 멀어졌다. 그런데 다음과 같은 대목이 있었다.

"이런 일 믿을 수가 있어요?"

"뭔데요."

"그 사람의 이웃 병실에 있는 사람인데요. 서른살과 스물여덟의 젊은 부부예요. 어느날 같이 거리를 걷고 있었대요. 머리 위에서 간판이 떨어져서 남편이 다쳤는데 그 사람 지금 식물인간(植物人間)이 되어 있는 거래요."

"그래요?"

"부인은 열심히 간호를 하고 있는데 대답도 하지 않고 소리가 나는 방향을 보지도 않아요. 먹는 것만은 입안에 넣어 주면 어떻게 먹기는 한대요. 그런데 그러는 동안 그 부인이 주치의선생(主治醫先生)을 좋아하게 됐나봐요. 처음엔 병들어 있는 남편을 배신한 것 같아서 양심의 가책을 받은 모양이던데 그 사이 남편의 어머니, 즉 시어머니가 그런 사정을 알고, 당신은 아직 젊으니 회복할 가능성도 없는 남편에게 의리를 세울 필요도 없지 않느냐면서 이혼을 시키고 그 의사와 결혼을 시켰대요. 아이가 없었기 때문도 있었겠지만 아무튼 그 의사는 병자에게 미안하니까 되도록 오래 두 사람이 간병하겠다면서, 그 분인, 말하자면 전부인(前夫人)이 매일 남편인 의사와 같이 병원에 출근해선 저녁때 돌아간다는 거예요."

"그것 참말이에요?"

"거짓말 같은 참말이에요. 일요일만은 병자의 어머니가 와서 돌보는 모양이지만. 그 부인이 내게 이렇게 말하는 거예요. 지금의 남편을 만나도록 해준 것은 상처를 입고 식물인간이 되어 있는 이 전남편이니까 소홀히 해선 안 된다고 생각하고 있대요."

"그런 운명이란 사람으로선 상상도 못할 일이군요."

"헌데 그 부상을 입은 사람은 여느때는 아주 빠른 걸음으로 걷는 사람이래요. 그런데 그날 5월의 초순이었던 모양인데 순간 멈춰서선 하늘을 보며 야아, 오늘은 기막히게 아름다운 날이군 하고 중얼거렸대요. 그때 간판이 쾅, 하고 떨어져서⋯⋯."

나는 순간 고통을 잊고 그 대목을 다시 한 번 읽어보았다.

'운명이란 못하는 짓, 안 하는 짓이 없다. 그런 운명에 말려들어간 것이니 난들 어떻게 하란 말인가.'

공항에서 곧바로 어머니에게로 달려가려다가 나는 주춤 자동차를 나의 거처로 돌렸다. 자동차의 백미러에 비친 내 얼굴이 유귀(幽鬼)의 형상을 하고 있었기 때문이다. 열흘이 넘는 동안을 먹는 듯 마는 듯 지나며 술만 먹고, 고통에 시달렸으니 바위인들 그 모습을 바꾸지 않았겠는가 말이다.

나는 거처로 돌아가 잠깐 쉬어 가능한한 제 얼굴을 찾은 후 어머니 앞에 나타나야겠다고 생각했다. 주치의의 말에 매달려 있는 나는 병세가 조금 악화됐을 뿐으로 생각하고 전화 그대로 위급한 건 아닐 것이라고 믿었었다.

이웃 의사를 불러 칼슘과 포도당이 섞인 주사를 맞고 수염을 깎고 크림을 바르고 이 정도면 하는 자신을 얻고선 어머니 곁으로 달려갔다.

"링거를 맞으면 가슴이 답답하다고 해서 치웠어요."

내 표정을 읽은 모양으로 누이동생이 말했다. 그 말에 느낌을 받았는지 어머니가 눈을 떴다. 그리고 손을 내 쪽으로 뻗었다.

꿇어앉으며 손을 잡았다. 마른 나뭇가지를 잡는 기분이었다.

"네가 왔느냐, 그럼 됐다."

이 한마디를 하시고 다시 눈을 감았다. 조금 사이를 두고 이번엔 눈을 뜨지 않은 채 어머니의 말씀이 있었다.

"형술이 아저씨 보았나."

"예 뵀습니다. 어머니에게 맛있는 것 사드리라고 일본 돈을 10만 원 주대요."

어머니는 보일락 말락 고개를 끄덕거린 기분이었다.

형술이 아저씨란 어머니에겐 사촌인 동생이다. 동경서 성공한 사업가로서 살고 있는데 한때 조총련을 하는 바람에 연락이 끊어져 있었다. 그랬다가 조총련과 손을 끊고 고향에도 다녀가게 되었는데 그때 사촌끼리 한 말이 지금도 귀에 쟁쟁하다.

"네가 그 사람들하고 붙어 일한다고 듣고 만나지 못할 건가 했더니 이렇게 돌아와 줘서 고맙다."

"누님. 누님이 보고 싶어서 그 사람들과 손을 끊었어요."

사실이 그렇게만 되었을까만 아저씨의 그 말은 어머니를 기쁘게 했다. 어머니는 우리 집안을 쳐서도 그렇지만 외가로서도 제일 높은 어른이었고 중심인물이었다. 어머니가 들어 해결되지 않는 집안의 트러블이란 없었다.

"링거도 안 맞으시고 아무것도 안 자시고 어떻게 하지?"

잠시 바깥으로 나와 이렇게 중얼거렸다. 대꾸할 누구도 있을 까닭이 없다.

'아아, 이것이 적막이로구나.'

모두들 어머니의 죽는 시간을 기다리고 있다는 것을 집안의 공기로부터 느낄 수가 있었다.

'세상에 이럴 수가.'

눈물이 하염없이 흘렀다.

방안으로부터 염불소리가 흘러나왔다. 테이프 레코더에서 나오는 소리였다. 테이프 레코더에서 나오는 소릴망정 염불소리를 들으니 마음에 안정이 찾아왔다. 그런데 이상하게도 아까 문을 들어설 때까지도 견디기 힘들었던 내 육체의 고통이 말쑥이 가셔져 있었다. 나는 별다른 고통 없이 어머니 옆에 앉았다가 아랫방으로 내려와 기록을 시작했다가 하며 보냈다.

그 이튿날 어머니는 날더러 모두를 부르라고 했다. 겨우 말이 될

듯 말 듯한 소리로.

이윽고 한방 가득차게 사람이 모이자, 보이지 않는 얼굴이 있다는 듯 그 허허한 눈을 돌렸다.

"그 애는 학교 갔어요."

어머니의 눈치를 챈 누이동생의 말이었다. 어머니는 외손녀의 얼굴을 찾고 있었다는 것을 알았다.

어머니는 자기의 손을 내밀었다. 내가 그 손을 잡았다. 동생들도 어머니의 손을 잡았다.

"인자 됐다. 느그들 모두 잘 지내라."

마지막 힘을 모아 또박또박한 음절로 이렇게 말씀하시고는 우리가 잡고 있는 손을 풀었다.

이것이 80세를 사신 어머니의 마지막 말이었다. 그리고 뒤이은 이틀 동안 혼수상태에서 헤매다가 11일의 새벽 드디어 운명하셨다.

1980년 1월 11일 오전 4시, 라고 나는 내 가슴에 그 시각을 적어넣었다.

"느그들 모두 잘 지내라!"

진실로 위대한 메시지였다.

이제 나는 나의 죽음을 준비하면 그만이다. 그런데 나의 메시지는 뭐라고 할까.

'용서해달라, 나를 용서해달라!'

성유정의 수기는 여게서 끝나고 있다. 그는 1월 13일 어머니의 장례를 치루고 삼우제까질 무사히 지내고 그 이튿날 죽었다. 자기의 무덤을 어머니의 무덤 바로 밑에다 지정해 놓고.

나는 후기(後記)를 써야 할 의무를 느낀다. 그러니 다음에 기록되는 '나'는 '성유정(成裕正)'의 '나'가 아니고 후기를 쓰고 있는 '나'라는 것을 명념하기 바란다.

성유정은 재(才)도 있고 능(能)도 있는 인물이다. 그러나 그는 충전한 의미에 있어서의 문학자가 되지 못하고 일개 딜레탕트로서 끝났다. 그 딜레탕트의 늪 속에서 혹시나 연꽃이 피어날 수도 있지 않을까 하는 것이 나의 기대였고 그를 아는 모든 사람들의 기대였지만 그 기대는 그의 운명(殞命)과 더불어 무로 돌아가고 말았다. 그러나 그건 성 군 스스로가 책임을 질 일이지 우리가 애석해할 까닭은 없다. 그는 넘치는 재능을 가지고 있었지만 그것을 받들어 꽃피우고 결실 시킬 수 있는 강한 의지가 결여되어 있었기 때문이다. 그는 왕왕 자기의 과오를 마음이 약한 탓으로 돌리고 있었지만 마음이 약하다는 것이 변명의 재료가 될 수 없을 것이며 항차 그의 문란했다고도 말할 수 있는 사생할에 대한 비난을 면책하는 조건도 되지 못할 것이 그래도 나는 후일 그의 묘비명을 청해 오는 일이 있으면 다음과 같이 쓸 작정이다.

그의 호학(好學)은 가히 본받을 만했는데 다정(多情)과 다감(多感)이 이 준수(俊秀)의 역정(歷程)에 힘이 되었노라, 고.

마지막으로 이 수기에 거창한 제목을 붙인 까닭을 설명해둔다. 성유정이 언젠가 왕어양(王漁洋)의 다음 시,

何處故鄕思 風傷歷城水……(하처고향사 풍상역성수)
何處故鄕思 月倚華山樹……(하처고향사 월기화산수)

란 것을 내게 보이며 언젠가 자기가 라이프 워크를 쓸 땐 이 시구에서 제목을 빌리겠다고 말한 적이 있다. 그런데 그는 라이프 워크라고 할 만한 것을 남기지 못하고 죽었다. 이 수기만 하더라도 병중의 것이었다고는 하나 감정의 비약이 심하고 과시(誇示)도 있어 치밀하지 못한 점으로 해서 불만인 구석이 한두 군데가 아니다. 그러나 나는 그가 애착했던 제목을 무위로 남겨두기가 아쉬워 여기 역성(歷城)의 풍(風), 화산(華山)의 월(月)이란 제목을 붙였다.

진실의 인간적 기록으로서의 소설

정미진 이병주 연구자, 문학박사

1. 인간의 실상을 기록하는 소설의 의미

이병주의 소설 창작은 인간이 영위하는 삶의 실상을 파헤친다는 목적으로 행해졌다. 그 스스로 정리한 것처럼 "생리적 기쁨인 8·15", "절망으로 온 6·25", "감격의 4·19", "공포의 5·16" 등 "역사의 고빗 길에서마다 당한 사람"(송우혜, 「이병주가 본 이후락」, 《마당》, 1984)이었던 이병주는 주로 사적 체험을 바탕으로 과거의 역사적 사건을 소설이라는 담론 형식으로 '기록'해 왔다. 이병주가 자신의 경험에 집중한 것은 객관적이고 구체적인 용어를 통해 역사를 설명해낼 수는 있지만 거기에는 사건의 당사자가 가지는 원한과 진심이 결락될 수 있다는 생각에 따른 것이라 할 수 있다. 엄정한 사료(史料)를 근거로 하여 사실 그대로의 역사를 기록한다고 하더라도 그 배면에 놓인 진실에는 미치지 못하는 경우가 많고, 과거의 역사적 사건으로 인해 상처받아야 했던 사람들의 일상적인 삶과 그 속에 내재한 원한은 역사만으로는 기록할 수 없다는 것이 이병주의 낙착점이었던 것이다. 과거를 사는 동안 생긴 상처의 흔적이 바로 원한이며, 원한은 해소되지 못한 상처이기에 기억이라는 형태로 응어리진 채 축적되어 있다. 인간의 삶에 내재한 원한을 '차가운 타인의 눈'이 아닌 '정감(情感)'으로서 기록하려는 이병주의 소설적 목표였다고 할 수 있다. 허구와 사실, 미시와 거시를 자유롭게 넘나들 수 있는 유연한 장르가 바로 소설이며, 소설이야말로 인간의 삶과 그 실상을 파악하기에 적합한 장르라고 여겼던 이병주는 초월적인 세계나 삶을 다루는 것이 아니라 인간의 실상을 다루는 것이 소설이기 때문에 그것이 설령 비참하거나 추악한 것이라 해도 그 자체의 생동감을 '기록'하는 것이 중요하다고 생각했다. 요컨대 가급적 인간의 실상에 가까운 형태로 창작되어서 인간 심부의 진실을 보여줄 수 있는 것이 소설이어야 한다는 것이 소설가 이병주의 문학적 인식이라 할 수 있다.

"전 문학이란 얘기를 꾸며놓은 거로만 알았어요. 특히 소설은요."
"얘기를 꾸며놓은 것이라고 할밖에 없는 소설도 많지요. 그러나 문학으로서의 소설은 왜 그런 얘기를 꾸미지 않을 수 없었던가 하는 정념(情念)과 사상(思想)이 표현되어 있는 얘기라야만 하는 겁니다."(「역성(歷城)의 풍(風), 화산(華山)의 월(月)」, 436~437쪽)

「역성(歷城)의 풍(風), 화산(華山)의 월(月)」에서 기차 안에서 만난 미네야마 후미코를 꾀어내기 위해 그녀가 읽고 있는 소설에 대해 질문을 하며 자신의 문학적 식견을 뽐내는 성유정의 말을 통해 문학에 대한 소설가 이병주의 인식을 다시금 확인할 수 있다. 소설은 단순히 이야기를 꾸며내는 것에 그치는 것이 아니라 "왜 그런 얘기를 꾸미지 않을 수 없었던가 하는 정념(情念)과 사상(思想)"이 드러나야 한다는 것이다. 쉽게 말해 한 편의 소설은 소설을 통해 말하고자 하는 무엇인가가 있어야 하며, 말할 수밖에 없게 만든 그 무엇에 대한 깊이 있는 사유와 격렬한 정서에 기반을 둔 것이어야 한다는 것이다. 이병주는 객관적 기록만으로는 보여줄 수 없는 인간의 진실을 기록하기 위해 생각했기 때문에 허구로서의 소설을 선택했고, 그런 의미에서 이병주에게 소설은 '진실의 인간적 번역'(에세이 「문학(文學)과 철학(哲學)의 영원한 주제(主題)」, 『사랑을 위(爲)한 독백(獨白)』, 회현사, 1979)이자 실천이기도 하다.

이병주가 자신이 포착한 인생의 진실을 소설로 기록하고자 한다고 했을 때 이병주의 소설에서 빈번하게 발견되는 아이러니(irony)-예상 가능한 상황과는 반대되는 결과로서의 상황적 아이러니- 역시 이병주의 문학적 인식과 결부시켜보자면 일견 당연한 결과라 할 수 있다. 현실은 정합적인 방식으로 질서화 되지 않는다. 더군다나 진실은 겉으로 드러나는 삶의 외형에 고스란히 담기지 않으며 오히려 내면에 감춰져 있는 경우가 많다. 따라서 생의 진실을 담아내고

자 하는 이병주의 소설에서 우리가 예측하거나 기대한 바대로만 유지되지 않는 삶의 상황과 운명이 직조해내는 아이러니는 강조될 수밖에 없는 것이다.

2. 인간 회복의 (불)가능성

「내 마음은 돌이 아니다」(《한국문학》, 1975.10.)는 서술자인 '나'(이선생)가 자신이 쓴 「소설 · 알렉산드리아」를 보고 냉소했던 「겨울밤」(『문학사상』, 1974.2.)의 노정필을 다시 만나러 가는 것에서 시작된다. 소설에서 노정필은 좌익운동 혐의로 체포되어 무기징역을 선고받고, 함께 체포된 아우 노상필은 사형을 선고받아 결국 생을 마감한다. 감옥에서 혈육을 잃고 20년간 복역하고 출소한 이후 스스로를 가둔 채 "돌"처럼 살아가고 있던 노정필은 '나'와의 교류로 인해 세상과 조금씩 타협하는 듯 보인다. 추석이라고 성묘를 할 정도로 현실에 대한 냉소와 환멸은 약화되었지만 사회 제도에 대해서는 여전히 불신을 가지고 있던 노정필의 태도는 목공소 일을 시작하며 사회 친화적으로 바뀌어, 도리어 자신을 "학대"하게 될 사회안전법에 대해서도 "난 어떤 법률이건 순종할 작정"이며, "철저하게 나라에 충성할 작정"(46쪽)인 것으로 급선회한다. 그의 변화는 "곰곰히 생각해보니 이 선생의 생각이 옳아요. 정치에 지나친 기대를 가져선 안 되는 것 같아요. 사람은 제각기 노력해서 나름대로의 생활을 꾸려나가야 한다는 걸 알았소."(42쪽)라는 고백으로 나타난다. 그러나 1975년 7월 19일 사회안전법이 통과된 직후 다시 노정필을 찾아갔을 때 그는 이미 "갈 곳"으로 가버린 후였다. 울음을 터뜨리는 노정필의 부인에게 인사도 제대로 건네지 못하고 돌아나온 '나'는 "나라가 살고 많은 사람이 살자면 노정필 같은 인간이야 다발 다발로 역사의 수레바퀴에 깔려 죽어도 소리 한 번 내지 못한들 어쩔 수 없는 일"(48쪽)이라는 자조 어린 생각을 하며 살아남기 위해 '신고용지'를 받고자 파출소를 향해 걷는다.

소설에서 서술자인 '나'는 이병주 자신이라 볼 수 있다. 이병주는 노정필을 통해 자기 자신은 모순되고 모진 세상에서 어떻게 해서든 살아남았지만, 20년을 형무소에서 보내고 출소한 후에도 "돌부처"처럼 스스로를 가두다가 이제 사회에 순응하며 살겠다는 노정필이 다시 사회에 의해 격리되고 억압받게 되는 현실을 '기록'한다. 결국 「겨울밤」과 「내 마음은 돌이 아니다」로 이어지는 두 편의 소설을 통해 노정필이 역사라는 수레바퀴에서 희생당해야 했던 무력한 개인을 표상하는 인물임을 알 수 있다. 지주의 아들로 태어나 나라의 독립을 위해 헌신적으로 투쟁했지만, 체제와 제도의 기틀을 마련하기 위한다는 명분을 내세우고 개인이 가진 사상을 빌미로 삶을 억압했던 폭압적인 현실 속에서 희생당했던 노정필은 필연적으로 체제를 불신할 수밖에 없었다. 그러나 노정필이 체제 속으로 들어가려고 한

순간, 다시 새로운 법제에 의해 희생되고 만다. 이것은 합리적이고 인과적인 방식으로 설명되기 어려운 것 삶의 아이러니이다. 이병주는 온당하지 못한 현실, 불합리한 일들이 비일비재한 역사의 진실 그대로를 소설로 형상화한 것이다.

「삐에로와 국화」(《한국문학》, 1977.9.)의 경우도 마찬가지이다. 변호사 강신중은 간첩 혐의로 수감되어 재판을 기다리고 있는 임수명의 국선 변호를 맡게 된다. 순순히 자신의 간첩 혐의를 인정하고 "대한민국의 법률에 의해 처단 받길 원"(94쪽)한다며 변호마저 거부하고 있는 임수명의 "심문 조서 전체에서 풍겨나오는 일종의 조작감"과 "허위"(70쪽)의 느낌을 가지게 된 변호사 강신중에 의해 임수명의 서사가 완성된다.

공산당에 전 재산을 희사하고 월북한 다른 형제들과 달리 공산당을 싫어했던 박복길과 어머니는 남한에 남고, 남파된 간첩 도청자가 박복길의 집을 거점으로 활동을 하다 돌연 자수를 하는 바람에 박복길은 사형 선고를 받게 된다. 임수명은 전향한 간첩 도청자를 제거하기 위한 임무를 받고 남파되었지만 이미 죽은 도청자로 인해 목표를 잃은 채 남한에 머무르다 신고 당한다. 임수명의 사형 집행 이후에야 그의 정체가 6·25 직후 공산당에 전 재산을 바치고 가족과 함께 월북한 박복길의 막내 동생 박복영이라는 사실임이 밝혀지고, 자신을 신고한 주명숙에게 국화꽃을 선물해 달라는 임수명의 마지막 부탁을 들어주기 위해 강신중이 주명숙을 찾아가고서야 자신이 월

북한 이후 남쪽에 남은 아내가 재가해서 궁핍하게 사는 것을 알게 된 임수명이 아내에게 간첩 신고를 하게 해, 상금으로 생활을 도우려했던 진실이 드러난다.

공산주의의 비인간적인 행태가 강조될 뿐더러 간첩 문제를 다룬다는 「삐에로와 국화」의 내용은 "단세포적 반공소설의 한계를 극복"(《조선일보》, 1977.8.24.)하기 위한 작가 이병주의 고민을 엿볼 수 있게 한다는 기사가 증명하듯 흔히 '반공소설'로 명명되었다. 그러나 「삐에로와 국화」가 보여주는 것은 공산주의 사상에 대한 반대적인 것이라기보다 지극히 인간적인 드라마이다. 다른 남자의 아내가 된 전처를 위해, 북에 남아 있는 가족을 위해 자신을 희생하는 임수명을 통해 독자가 마주하는 것이 사상이나 신념을 넘어서는 휴머니즘인 까닭이다. 대하장편소설 『지리산』의 반공소설로서의 면모에 대한 남재희의 질문에 "반공소설이라고 하기보다는 반인간적인 것에 대한 결사 반대적인 그런 상황을 그린 것"(남재희 · 이병주, 「'회색군상'의 논리」, 《세대》, 1974)이라는 이병주의 대답을 되새겨볼 때, 「삐에로와 국화」 역시 반인간적인 상황에서도 인간을 지키고자 했던 한 인간의 분투를 보여준다고 보는 것이 정당해 보인다.

'역사의 뒤에서 생략되어 버린 인간의 슬픔, 인생의 실상, 민족의 애환 등을 그려서 나타내주는 것이 소설의 역할'이라고 믿었던 이병주의 신념은 인간이기를 포기했던 노정필이 끝끝내 인간을 회복할 수 없게 만든 폭력적 현실과 역사적 상황 앞에 가족의 이산으로 최소한의 인간적 도의마저 다할 수 없던 한 인물이 자신의 희생으로 인간(성)을 회복하는 소설의 장면으로 고스란히 옮겨진다.

3. 학병의 기억과 역사의 아이러니

「8월의 사상」(《한국문학》, 1980.11.)의 '나'는 "8월 15일이 올 때마다 '단연코'라는 강세어를 접두하고 '앞으론 술을 마시지 않겠다'고 다짐"한다. "8월 15일에 해방이 되었으니 술을 끊고 갱생의 길을 걷는 출발의 날로선 부족함이 없"기 때문으로 "민족이 일제의 사슬에서 해방된 날, 나는 술의 유혹에서 해방되었다고 하면 자타를 납득시킬 수 있을 뿐 아니라 일기장에 써넣어도 당당한 문장"(132쪽)이 될 수 있으리라 스스로를 설득하는 것이다. 그러나 '나'는 번번이 이 다짐을 지키지 못한다. 8월 15일은 우리나라가 길고 어두운 일본 제국주의의 그늘에서 해방된 날인 동시에 '나'에게는 37년 전 일본의 학병으로 강제 징발되었던 과거의 기억을 불러오는 동인으로 작용하기 때문이다.

내가 중국 소주에 있었을 때의, 그 2년간은 연령적으로도 내 청춘의 절정기였다. 그 절정기에 나의 청춘은 철저하게 이지러졌다. 일제 용병에게 어떤 청춘이 허용되었을까. 용병은 곧 노예와 마찬가지이다. 노예에게 어떤 청춘이 허용되었을까. 용병은 곧 노예와 마찬가지이다. 노예에게 어떤 청춘이 허용되었을까. 육체의 고통은 차라리 참을 수가 있다. 세월이 흐르면 흘러간 물처럼 흔적이 없어지기 때문이다. 그러나 정신이 받은 상흔은 아물지 않는다. 우선 그런 환경을 받아들인 데 대해 스스로를 용서할 수 없기 때문이다. 그런데 일제 용병의 나날엔 육체적 정신적인 고통이 병행해서 작동하고 있었다. 일제 때 수인(囚人)들은 고통 속에서도 스스로를 일제의 적으로 정립할 수는 있었다. 그런데 일제의 용병들은 일제의 적으로서도, 동지로서도 어느 편으로도 정립할 수가 없었다. 강제의 성격을 띤 것이라곤 하지만 일제에게 팔렸다는 의식을 말쑥이 지워버릴 수 없었으니 말이다.

눈물을 흘리기도 하고 흘리지 않기도 하면서 나는 소주에서 얼마나 울었을까. 누구를 위해 누구를 죽이려고 이 총을 들고 있느냐는 양심의 아픔이 어느 정도였을까. 모른다. 분명히 말할 수 있는 것은 내가 흘린 눈물이 부족했다는 것과 더한 아픔을 느꼈어야 했을 것인데, 하는 뉘우침이다.(「8월의 사상」, 145~146쪽)

이병주의 소설 전반에서 학병 경험이 미치는 파장은 매우 분명하고도 크게 드러난다. 역사적 현실을 배경으로 하는 그의 많은 소설에서 주요인물 혹은 주변인물이 학병에 동원된 경험이 있는 것으로 설정되고, 학병으로서의 경험은 과거의 일시적인 사건으로 끝나는 것이 아니라 치유할 수 없는 정신적 외상으로 나타난다. 「8월의 사상」의 '나'는 청춘의 절정기를 중국 소주에서 일제 용병으로 고통스럽게 보낼 수밖에 없었다. 노예와 같은 상태에서 보낸 2년은 아물지 않는 정신적 상흔을 남겼고, 그 정신적 상흔은 현재의 '나'로 하여금 '죄의식'을 가지게 하였다. 이 죄의식으로 말미암아 현재의 '나'는 과거의 '나'가 흘린 눈물이 부족했고, 더한 아픔을 느꼈어야 했다, 라고 반성하는 것이다. 우리나라는 기나긴 시련을 보내고 해방을 맞이하였으며 그러고도 37년이라는 시간이 지났지만 일본의 '노예'로 보낸 '나'의 기억은 '나'의 내부에 도사리고 있다가 '8월 15일'과 같은 계기로 인해 불쑥 죄의식으로 엄습하는 것이다. 그래서 '나'는 "시간이 해결한다는 말이 있다. 그러나 나는 이것이 뭔가 잘못된 인식이 아닌가 한다. 시간은 해결하는 것이 아니라 파괴하는 것이다. 말하자면 시간은 대립된 문제를 해결해주는 것이 아니라 대립자를 파괴해버림으로써 문제 자체를 없애버리는 것이다"(150쪽)라는 글을 쓰게 되고, 그래서 매년 8월 15일은 "단주일이 되기는커녕 대폭주일"(154쪽)이 될 수밖에 없게 된다.

중편 「백로 선생」(《한국문학》, 1983.11.)에서 학도지원병제를 피해 산으로 숨어든 신병준은 치악산에 숨어들었다가 백로 선생을 만나 그의 보살핌을 받으며 동굴로 몸을 피한다. 거기에는 이미 사상과 종교적 신념에 따라 일제에 저항해 수배 대상이 된 공산주의자 민경호와 기독교 신자 윤창순이 몸을 숨기고 있었다. 각각의 사상과 종교에 경도된 이들은 몸싸움을 벌일 정도로 극도로 사이가 좋지 않았지만 백로 선생의 개입으로 관계를 회복하고 이후 동굴에서 해방을 맞이하게 된다. 한국 전쟁이 발발하고 인민군에 의해 구금된 윤창순의 소식을 들은 민경호는 거짓으로 윤창순을 구해내지만 사실이 탄로나 곧 쫓기는 신세가 되고, 둘은 다시 동굴로 와 몸을 숨기나 결국 인민군에게 발각되어 함께 죽는다. 일본 제국주의의 압제를 피해 동굴이라는 좁은 공간에서 신념의 양 극단에 놓인 이들은 끊임없이 반목하고 갈등했지만, 화해를 이루고 목숨을 구했다. 그러나 결국, 민경호와 윤창순은 한 날 한 시에 목숨을 잃게 된다. 그리고 그것이 더욱 비극적으로 읽히는 것은 우리 민족 간에 벌어진 참극의 결과인 까닭이다. 이러한 역사의 아이러니 속에서 "나 하나만이 살아 남았다는 슬픔"(346쪽)을 느낀다는 신병준의 고백은 이병주 자신이 거듭 밝힌 것처럼 기록자로서의 소설 쓰기를 계속 하게 하는 동력이 되었을 것이라 짐작할 수 있다.

덧붙여 「백로 선생」에서 백로 선생의 존재는 사상을 실천한다는 명목으로 반인간적인 행위를 일삼아 결국 유능한 청춘들을 희생하게 만들었던 공산당의 작태에 '의분(義憤)'을 느껴 그것을 소설적으로 형상화하지 않을 수 없었다던 『지리산』의 창작 동기를 떠올리게 한다. 외국 유학을 하고 불교에 관한 깊은 식견을 가지고 세상에 나가 큰 뜻을 펼칠 수 있음에도 불구하고, 난세에 도망을 다녀야 하는 젊은이들을 보살피고자 산에서 생활했던 백로 선생과 같은 인물을 내세워 소설에서나마 이병주는 비극적 역사에서 희생당했던 그 많은 청춘들을 구하고 싶었던 것은 아니었을까.

4. 동시대의 세태와 소설가의 남은 한

주로 "역사적 경험을 기록하는 사가(史家)이자 회고의 증언적인 해설자"(이재선, 『현대한국소설사』, 민음사, 1991), "일제 말기 지식인들의 다양한 생존방식의 성격과 복잡한 내면을 깊이 파헤친"(김윤식·정호웅, 『현대한국소설사』, 문학동네, 2000) 소설가라는 평가를 받아왔던 이병주이지만 1965년 「소설·알렉산드리아」를 발표한 이후 동시대 일상적 삶의 영역을 세밀하게 다루는 대중소설 역시 꾸준히 발표했다. 「서울은 천국」(《한국문학》, 1979.3.) 역시 도시화·산업화의 빠른 진행과 함께 최고의 가치로 자리매김하게 된 자본과 그것을 지상 최고의 가치로 여기는 인물 민중환을 등장시켜 1970년대 현실의 단면을 보여준다.

고리대금으로 막대한 부를 쌓아 호의호식하며 사는 인물인 민중환은 대학교수인 친구를 만나서도 '문화인이란 기생충(寄生蟲)'이라고 여기고, 세상 모든 것을 금전으로 환산하면서 사는 "철저하게 계산적(計算的)"(191쪽)인 인물이다. 그는 다른 여자를 만나 육체관계를 맺으면서도 끊임없이 금전 관계를 계산하고, 불륜 관계가 탄로 나는 것이 두려워 주기적으로 여자를 바꾼다. 습관처럼 불륜을 저지르는 인물이지만 별다른 죄의식을 갖지 않고 "세상이 모두 지옥으로 변해도 내 집만은 천국이라야 한다"는 신념 아래 "집 안에선 언제나 상냥한 남편, 인자한 아버지"(191쪽)를 자처한다. 뿐만 아니라 아내인 송여사에게 일수놀이를 시켜 자신의 불륜에 의심할 여지조차 주지 않는 철두철미함까지 갖추어 자신의 천국의 지키고자 애쓴다. 그러나 민중환의 희망과는 달리 송여사는 선동식이라는 젊은 남자와의 정사에 빠져 있다. 민중환의 전략이 무색하게도 아내인 송여사는 "너무나 단조롭고 평범하게 살아 온 20년 동안의 가정생활에 대한 반발, 다시 말하면 자기 자신에게 대한 반항"과 "너무나 자신 만만한 남편에 대한 보복"의 심정으로 시작한 선동식이라는 젊은 남성과의 정사에 "완전히 매혹"(234쪽)되어 일수사업의 밑천까지 바닥을 보이게 되고 급기야는 막대한 돈을 한꺼번에 요구하는 선동식과의 관계를 유지하기 위해 일수장부를 조작하기까지 한다.

민중환은 자본주의 사회의 속성을 적절하게 이용하여 부를 쌓고 철저하게 자신의 욕망을 실현하며 자신 '만'의 행복을 영위하며 사는 세속적 인물이다. 그러나 그의 행복은 민중환과 송여사가 각각 육체적 쾌락에 굴종하면서 파국으로 치닫는다. 확신에 가득 차 자신만의 방식으로 건설해낸 민중환의 행복이 진정한 의미의 행복이 아님을 독자는 쉽게 간파할 수 있다. 그리고 그것은 송여사의 외도 사실과 사실을 미처 알지 못하는 민중환의 태도가 만들어내는 아이러니에 의해 부각된다. '서울은 천국'이라는 제목 역시 자본주의가 가속화됨에 따라 강해지는 돈의 위력과 그것에 의탁해 손쉽게 욕망을 사고 파는 1970년대 한국 사회의 모순을 반어적으로 보여준다고 할 수 있다.

「역성(歷城)의 풍(風), 화산(華山)의 월(月)」(신기원사, 1980, 이후 「세우지 않은 비명(碑銘)」으로 다시 발표됨)은 액자 구성을 취하는데, 안 이야기는 작가 성유정이 1인칭 '나'로 등장하여 59세의 나이로 간암 선고를 받고 죽음에 이르기까지가 수기 형태로 제시되고 있으며, 바깥 이야기에서는 또 다른 1인칭 서술자인 '나'가 성유정의 수기를 전달하고 성유정의 죽음을 설명한다. 성유정은 「역성(歷城)의 풍(風), 화산(華山)의 월(月)」뿐만 아니라 『내일 없는 그날』(1957), 『배신의 강』(1975), 「망명의 늪」(1976), 「빈영출」(1982), 『그해 5월』(1982) 등에 반복적으로 등장하는 인물로, 인물이 가지는 성향이나 설정이 이병주의 개인사와 일치하는 부분이 많아 이병주의 분신이라 볼 수 있다. 이를테면 이병주는 성유정을 내세워 자신이 살아오며 남긴 족적을 되짚고 있는 것이다.

1979년, 어머니가 위암 선고를 받은 직후 그 자신도 간암으로 생존의 시간이 얼마 남지 않았음을 알게 된 성유정은 자신의 목표를 어머니보다 오래 살아남는 것으로 정한다. 그렇지만 '한두 가지가 아닌 회한사(悔恨事) 가운데 가장 강렬하게 아픔을 주고 있는 그 일부터 먼저 해결'(421쪽)하기 위해 성유정은 위중한 몸을 이끌고 일본으로 향한다. 여기서 "그 일"이란 일본 유학 시절 짧은 연애를 했던 일본인 여학생과 그 여학생이 임신했다는 사실을 알고도 귀국해 버린 일이다. 이후로 한 번도 만날 수 없었던 옛 연인과 자신의 핏줄을 찾아 뒤늦은 "변명"(437쪽)이라도 하고 싶었던 터이지만 어렵사리 얻은 소식을 통해 그 여학생이 이미 죽은 사람임을 알게 된다. 어머니와의 귀환 약속을 어긴 성유정은 어머니가 위독하다는 소식을 듣고 급하게 귀국하고, 어머니의 임종을 지킨 성유정 역시 일주일 후에 생을 마감한다.

이병주는 어떤 사정에서든 한으로 남을 수밖에 없을 두 사람-어머니와 옛 연인-의 죽음 앞에 자신의 죽음을 겹쳐 가정하고 "최후의 심판정"(427쪽)에 오른 이의 심정으로 소설이라는 형식의 기록을 했을지 모른다. '한이 많아서 쓰고, 한이 많아서 소설가가 되었다'고 말해 왔던 이병주이지만 그 한이 영원히 해소될 수 없는 것임은 "용서해달라, 나를 용서해달라!"(471쪽)는 성유정의 마지막 메시지와 그의 죽음으로 증명되는 셈이다.

그럼에도 불구하고 이병주가 "스스로의 건망증과 민족의 건망증을 방지하기 위해" "역사의 기록자"(「8월의 사상」, 140쪽) 되기를 자처한 것은 인간의 진실이 소설을 통해서야 비로소 진실로 기록될 수 있다고 믿었기 때문일 것이다.